A ÁRVORE DA MENTIRA

FRANCES
HARDINGE

A ÁRVORE DA MENTIRA

tradução
Caio Pereira

novo século®

SÃO PAULO, 2016

GERENTE EDITORIAL
Lindsay Gois

EDITORIAL
João Paulo Putini
Nair Ferraz
Rebeca Lacerda
Vitor Donofrio

GERENTE DE AQUISIÇÕES
Renata de Mello do Vale

ASSISTENTE DE AQUISIÇÕES
Acácio Alves

AUXILIAR DE PRODUÇÃO
Emilly Reis

TRADUÇÃO
Caio Pereira

PREPARAÇÃO
Samuel Vidilli

PROJETO GRÁFICO
Vitor Donofrio

REVISÃO
Gabriel Patez Silva

ADAPTAÇÃO DE CAPA E DIAGRAMAÇÃO
João Paulo Putini

Texto de acordo com as normas do Novo Acordo Ortográfico da Língua Portuguesa (1990), em vigor desde 1º de janeiro de 2009.

Dados Internacionais de Catalogação na Publicação (CIP)
(Câmara Brasileira do Livro, SP, Brasil)

Hardinge, Frances
A árvore da mentira
Frances Hardinge; [tradução Caio Pereira]
Barueri, SP: Novo Século Editora, 2016.

Título original: The Lie Tree

1. Ficção de suspense 2. Ficção inglesa 3. Literatura juvenil I. Título.

16-00832 CDD-823

Índice para catálogo sistemático:
1. Ficção de suspense: Literatura inglesa 823

NOVO SÉCULO EDITORA LTDA.
Alameda Araguaia, 2190 – Bloco A – 11º andar – Conjunto 1111
CEP 06455-000 – Alphaville Industrial, Barueri – SP – Brasil
Tel.: (11) 3699-7107 | Fax: (11) 3699-7323
www.novoseculo.com.br | atendimento@novoseculo.com.br

Ao meu pai
Pela sabedoria tranquila
e pela integridade,
e por me respeitar enquanto adulta
muito antes de eu ser uma.

1
EXILADOS

O barco movia-se com um ritmo incansável e nauseante, como alguém que mastiga um dente podre. As ilhas pouco visíveis por entre a neblina também lembravam dentes, pensou Faith. Não os dentes bonitos e limpos que se via em Dover, mas irregulares, quebrados, que brotavam tortos em meio ao quebrar das ondas do agitado mar cinzento. O barco mensageiro foi seguindo seu caminho com dificuldade pelas ondas, manchando o céu com fumaça.

– Águia – disse Faith entre dentes que rangiam, e apontou.

O irmão de seis anos, Howard, girou lento demais para ver o grande pássaro, cujo corpo pálido e asas de pontas pretas desapareceram dentro da neblina. Faith fez careta quando o menino se ajeitou no colo dela. Pelo menos parara de pedir pela babá.

– É para lá que a gente está indo? – Howard estreitou os olhos para as fantasmagóricas ilhas adiante.

– É, How.

A chuva tamborilava sobre o fino teto de madeira acima das cabeças deles. O vento frio soprava lá dentro, vindo do deque, açoitando o rosto de Faith.

Apesar do barulho ao seu redor, ela tinha certeza de estar escutando sons fracos vindos de uma caixa na qual estava sentada. Um som de raspar, como um sussurro de escama deslizando sobre escama. Foi doído para ela pensar na pequena cobra chinesa do pai lá dentro, fraca de frio, enrolando-se e desenrolando-se, em pânico, a cada tombar do deque.

Atrás dela, as pessoas falavam alto para competir com o chilrear das gaivotas e o *tum-tum-tum* dos enormes remos do barco. Agora que a chuva apertava, todo mundo a bordo começava a se espremer na pequena área coberta perto da popa. Havia espaço para os passageiros, mas não para toda a bagagem. A mãe de Faith, Myrtle, fazia o melhor que podia para defender uma porção ampla para a de sua família, com considerável sucesso.

Olhando rapidamente para trás, Faith viu Myrtle brandindo os braços como um maestro enquanto dois rapazes colocavam os baús e caixas dos Sunderlys no lugar. Naquele dia, Myrtle estava fosca como cera e abarrotada até o queixo de xales, mas, como sempre, falava por entre e por cima de todos os demais, cálida, suave e descarada, com aquela esperança que as belas mulheres têm de receber a ajuda cavalheiresca dos outros.

– Obrigada, ali, ali mesmo. Ora, eu sinto muito mesmo em ouvir isso, mas não há o que se fazer... Do lado daquela, se não se importar... Bom, sua mala me parece muito resistente. Receio que os artigos e projetos do meu marido não aguentem o clima... O reverendo Erasmus Sunderly, renomado naturalista... Mas quanta gentileza! Fico tão feliz por não se importar...

Atrás dela, tio Miles, rosto redondo, cochilava em seu lugar, contente e tranquilo como um filhotinho de cachorro no tapete. O olhar de Faith passou por ele e pousou na figura alta e silenciosa logo atrás. Seu pai, com um casaco preto de pastor, chapéu de aba larga sombreando as sobrancelhas altas e o nariz torto.

Sempre enchia Faith de admiração. Naquele instante, ele observava o horizonte acinzentado com seu implacável olhar de basilisco, distanciando-se da garoa fria, do fedor de umidade e fumaça de carvão e do ignominioso discutir e acotovelar. Na maior parte do tempo ela o via mais no púlpito do que em casa, então foi peculiar admirá-lo sentado ali. A menina sentiu uma pontada de dolorida simpatia. O homem estava fora de seu elemento, um leão num espetáculo secundário regado a chuva.

Segundo as ordens de Myrtle, Faith se sentara no maior baú da família para impedir que alguém fosse ali e o removesse de novo. Geralmente ela conseguia misturar-se ao pano de fundo, já que ninguém tinha atenção para conceder a uma menina de catorze anos com traços duros e pele morena, cor de lama. Agora ela se retraía sob olhares ressentidos, cauterizada por todo o embaraço que Myrtle jamais sentia.

A figura delicada desta posicionara-se para impedir qualquer outro de inserir sua bagagem sob a cobertura. Um homem alto e largo de nariz pontudo pareceu prestes a passar por ela com seu baú, mas ela o cortou na hora, abrindo um sorriso.

Myrtle piscou duas vezes e escancarou os enormes olhos azuis, iluminando a expressão como se tivesse acabado de reparar na pessoa que tinha à frente com mais claridade. Apesar do narizinho rosado e da palidez cansada, o sorriso conseguia ainda ser doce e íntimo.

– Obrigado por ser tão compreensivo – disse ela. A voz saiu com uma ligeira falha de cansaço.

Esse era um dos truques de Myrtle para lidar com os homens, um flertar que ela conjurava tão fácil e reflexivamente quanto abria o leque. Sempre que dava certo, Faith sentia o estômago se contorcer. Tinha acabado de dar certo. O homem ficou envergonhado, fez uma reverência curta e retirou-se, mas Faith viu que ele saiu carregando ressentimento. Na verdade, a sensação era de que sua família criara caso com todo mundo naquele barco.

Howard idolatrava timidamente a mãe, e quando era mais nova, Faith a via sob a mesma luz adocicada. As raras visitas de Myrtle ao quarto da filha eram quase insuportáveis de tão excitantes, e Faith adorava o ritual de ser aprontada, vestida e montada para ficar apresentável para cada encontro. Myrtle era como um ser de outro planeta, cálida, contente, linda e intocável, uma ninfa do sol com ótimo senso de moda.

Contudo, ao longo do ano anterior, ela decidira começar a "levar Faith consigo", o que parecia envolver interromper as aulas de Faith sem aviso e arrastá-la dali em visitas impulsivas ou viagens à cidade, antes de abandoná-la de volta ao quarto ou à sala de aula de novo. No ano em questão, a familiaridade fizera seu trabalho, arrancando a pintura dourada, um arranhão por vez. Faith começara a se sentir como uma boneca de pano, apanhada e largada segundo os caprichos de uma criança impaciente de temperamento incerto.

A multidão começara a recuar. Myrtle ajeitou-se numa pilha de três baús perto do de Faith, com ar de profunda satisfação.

– Espero que o local que o Sr. Lambent nos arranjou tenha uma sala de desenho decente – comentou ela –, e que os serviçais sejam bons. A cozinheira não pode ser francesa. Não consigo administrar uma casa se minha cozinheira preferir não me entender quando quiser...

A voz de Myrtle não era desagradável, mas gotejava, e gotejava, e gotejava. Por todo o dia anterior, seu tagarelar fora companheiro constante da família, que ela partilhara com o motorista da carruagem que os levara até a estação, com os guardas que puseram a bagagem da família no trem para Londres e depois com Poole, o zelador grosseiro da pousada fria em que passaram a noite, além, também, do capitão daquele barco fumacento.

– *Por que* a gente está indo? – interrompeu Howard. Seus olhos brilhavam de cansaço. Estava em frente a uma encruzilhada. Num caminho encontraria um cochilar compulsivo; no outro, acessos desamparados de cólera.

– Você sabe disso, querido. – Myrtle inclinou-se para tirar com cuidado os cabelos molhados dos olhos de Howard com o indicador protegido à luva. – Tem umas cavernas muito importantes naquela ilha ali, onde os homens têm descoberto dezenas de fósseis especiais. Ninguém sabe mais sobre fósseis do que o seu pai, então pediram que viesse dar uma olhada.

– Mas por que *a gente* veio junto? – Howard insistiu. – Ele não levou a gente para a China. Nem para a Índia. Nem para a África. Nem para a "Mongia". – A última foi a melhor tentativa do menino de dizer Mongólia.

Boa pergunta, Howard! Muita gente devia estar se perguntando a mesma coisa. No dia anterior, uma saraivada de cartas levando desculpas e cancelamentos de último minuto apareceram em residências por toda a paróquia dos Sunderlys feito apologéticos flocos de neve retangulares. Já naquele dia, os rumores sobre a partida inesperada da família deviam estar se alastrando feito fogo.

Na verdade, até mesmo Faith queria saber a resposta da pergunta de Howard.

– Oh, nós nunca poderíamos ter ido para esses lugares! – Myrtle declarou vagamente. – Cobras, febres e gente que come cachorro. Agora é diferente. Vai ser como uma viagem de férias.

– A gente teve que ir por causa do Homem do Besouro? – perguntou Howard, enrugando o rosto em concentração.

O reverendo, que não dava sinal algum de escutar a conversa, subitamente respirou fundo pelo nariz e soltou um sibilo desaprovador. E ficou de pé.

– A chuva está diminuindo e este salão está lotado demais – declarou, e saiu para o deque.

Myrtle, sentida, olhou para tio Miles, que esfregava o sono dos olhos.

– Talvez eu deva, hã, dar uma voltinha também.

Tio Miles fitou a irmã com um erguer ligeiro e debochado das sobrancelhas. Ele alisou os cantos do bigode por cima do sorriso, depois seguiu o cunhado para fora do salão.

– Onde foi o papai? – perguntou Howard em tons perfurantes, enroscando o pescoço para enxergar os fundos do deque. – Posso ir também? Posso pegar minha arminha?

Myrtle fechou os olhos por um instante e deixou os lábios farfalharem no que pareceu ser uma pequena e exasperada prece por paciência. Ela tornou a abrir os olhos e sorriu para Faith.

– Oh, Faith, que pessoa firme você é. – Foi o sorriso que ela sempre dava à filha: carinhoso, mas com um toque de enfadonha aprovação. – Pode não ser a companhia mais animada... mas pelo menos nunca faz perguntas.

Faith conseguiu abrir um sorriso fino e frio. Sabia a quem Howard se referia ao falar do "Homem do Besouro", e suspeitava que a pergunta havia chegado perigosamente perto do alvo.

Ao longo de um mês passado, a família vivera imersa na gelada neblina do não dito. Olhares, sussurros, mudanças sutis de maneiras e contato gentilmente evitado. Faith notara a mudança, mas não conseguira adivinhar qual seria o motivo.

E então, num domingo em que a família retornava da igreja, um homem de chapéu de feltro marrom aproximara-se para apresentar-se, com muito curvar-se e sacudir-se e um sorriso que nunca alcançava os olhos. Escrevera um artigo sobre besouros, e poderia o respeitado reverendo Erasmus Sunderly considerar escrever um prefácio? O respeitado reverendo não o consideraria, e ficou ainda mais friamente irado perante a persistência do visitante. O estranho estava "forçando a camaradagem", contrariando todas as boas maneiras, e finalmente o reverendo disse o *não* secamente.

O sorriso do entusiasta dos besouros caiu para algo menos contente. Faith ainda se lembrava do veneno sutil da resposta dele.

– Perdoe-me por imaginar que sua civilidade fosse equivalente ao intelecto. Do modo como os rumores andam se espalhando, reverendo, pensei que você ficaria *contente* ao encontrar um colega cientista ainda disposto a cumprimentá-lo com um aperto de mão.

Lembrando-se dessas palavras, o sangue de Faith tornou a congelar. Nunca imaginara que um dia veria o pai ser frontalmente insultado. Pior ainda, o reverendo deu as costas ao estranho em silenciosa fúria, sem demandar explicação. A névoa fria das suspeitas de Faith começou a cristalizar. Havia rumores circulando, e o pai os conhecia; ela não.

Myrtle estava errada. Faith estava era cheia de dúvidas, enroladas e contorcidas como a cobra dentro do baú.

Ah, mas não posso. Não devo deixar que aquilo *aconteça.*

Na mente de Faith, era sempre *aquilo*. Não chegara a dar nome, por medo de conceder ainda mais poder sobre si mesma. *Aquilo* era um vício, ela sabia. *Aquilo* era algo a que sempre se entregava, embora nunca o fizesse. *Aquilo* era o oposto de Faith, como o mundo a conhecia. A Faith boa menina, a pessoa firme. Confiável, plana, fiel.

Para ela, o mais difícil era resistir às oportunidades inesperadas. Um envelope ignorado com a carta escapando para fora, visível e tentadora. Uma porta destrancada. Uma conversa descuidada, sem se preocupar com quem a ouvia.

Havia um apetite dentro dela, e isso não era coisa de menina. Esperava-se de uma que mordiscasse muito pouco à mesa, e suas mentes deveriam satisfazer-se com dieta igualmente escassa. Umas poucas aulas banais de governantas cansadas, caminhadas enfadonhas, passatempos idiotas. Mas não bastava. Toda informação – qualquer uma – chamava Faith, e havia um prazer delicioso, venenoso, em roubá-la sem ser vista.

Naquele momento, contudo, a curiosidade da menina tinha foco e ferrenha urgência. Naquele mesmo instante, o pai e tio Miles podiam estar falando sobre o Homem do Besouro, e dos motivos para o êxodo súbito da família.

– Mãe... posso dar uma volta no deque? Meu estômago...

Faith quase acreditou nas próprias palavras. Suas vísceras de fato se contorciam, mas de empolgação, não por causa dos sacolejos do barco.

– Tudo bem... mas não responda se alguém vier falar com você. Leve o guarda-chuva, cuidado para não cair na água e volte antes que pegue um resfriado.

Enquanto Faith caminhava lentamente ao longo do corrimão, com o tamborilar fraco da garoa em seu guarda-chuva, ela admitiu para si que estava se entregando àquilo de novo. A empolgação bombeava um vinho escuro para dentro de suas veias e aguçava-lhe os sentidos a dolorosos extremos. Vagarosamente, a menina foi saindo das vistas de Myrtle e Howard e foi mandriando, muito ciente de cada olhar para ela dirigido. Um por um, esses olhares foram se cansando dela e buscando outro foco.

Chegou, então, o momento. Ninguém mais olhava. Ela deslizou rapidamente pelo deque e perdeu-se entre os baús que se amontoavam na base da trêmula e descorada chaminé do barco. O ar tinha sabor de sal e culpa; ela se sentiu viva.

Foi deslizando de um esconderijo para outro, segurando as saias para que não brandissem ao vento e entregassem sua localização. Seus pés, largos e quadrados, tão desajeitados quando alguém tentava fazer caber neles sapatos de grife, pousavam silenciosamente nas tábuas com praticada destreza.

Entre dois baús ela encontrou lugar para se esconder, de onde via o pai e o tio, poucos metros distantes. Ver o pai sem ser vista era como um sacrilégio todo especial.

– Fugir da minha própria casa! – exclamou o reverendo. – Mostra covardia, Miles. Não devia ter te deixado me persuadir a sair de Kent. E de que vai adiantar partirmos? A fofoca é que nem um cão. Se você fugir, ela corre atrás.

– A fofoca é mesmo um cão, Erasmus. – Tio Miles estreitava os olhos por detrás do *pince-nez*. – E caçam aos bandos, e à vista. Você precisava sair um pouco da sociedade. Agora que se foi, eles vão encontrar outra coisa para perseguir.

– Mas escapando às escondidas, Miles, eu *alimentei* esses cães. Minha partida será usada como prova contra mim.

– Talvez seja mesmo, Erasmus – respondeu tio Miles com seriedade incomum –, mas você prefere ser julgado aqui numa ilha remota, por uns poucos fazendeiros, ou na Inglaterra, entre gente importante? A escavação na Ilha Vane foi a melhor desculpa que pude arranjar para a nossa partida, e continuo contente por você ter aceitado meu ponto de vista. Ontem de manhã, aquele artigo do *Intelligencer* foi lido nas mesas de café em todo o país. Se você tivesse ficado, teria forçado todo o seu círculo a decidir se o apoiariam ou o esnobariam, e do jeito que os rumores têm se espalhado talvez você não gostasse da decisão. Erasmus, um dos jornais mais lidos e respeitados na nação o pintou como uma fraude, um picareta. A não ser que queira sujeitar Myrtle e as crianças a todos os sofrimentos do escândalo, você não pode retornar a Kent. Enquanto tiver o nome sujo, nada de bom espera por vocês lá.

2
VANE

Uma fraude, um picareta.

As palavras zumbiam na cabeça de Faith enquanto ela continuava seu úmido passeio, olhando distraída para as ilhas que passavam. Como alguém poderia suspeitar que o *pai dela* era uma fraude? Sua honestidade fria e terrível era a dor e o orgulho da família. Você sempre sabia onde pisava com ele, mesmo se estivesse em meio à nevasca que fazia quando o contrariavam. E o que tio Miles quis dizer com "fraude", afinal?

Quando ela retornou ao abrigo do salão, tio Miles e o pai estavam de volta em seus assentos. Faith sentou-se em cima do baú da cobra de novo, incapaz de olhar nos olhos de quem fosse.

Tio Miles lia com dificuldade, por detrás do *pince-nez*, um almanaque, molhado de chuva, apesar de tudo, como se a família realmente estivesse viajando de férias, quando de repente olhou para o horizonte.

– Ali! – ele apontou. – Lá está Vane!

A ilha que se aproximava não pareceu muito grande inicialmente, mas Faith logo compreendeu que ela vinha direto para cima deles, como um barco com a proa afunilada. Somente quando a balsa navegou em torno da ilha e começou a descer pelo comprido flanco Faith pôde ver como era muito maior do que aquele primeiro banco de areia. Enormes ondas negras chocavam-se contra os montes de um marrom escuro, jorrando arcos violentos de espuma.

Não deve morar ninguém aqui, foi o que ela pensou primeiro. *Ninguém moraria aqui se pudesse escolher. Só devem morar náufragos. Criminosos, como os condenados na Austrália. E pessoas que estão fugindo, como nós.*

Somos exilados. Talvez tenhamos que morar aqui para sempre.

Passaram por ilhazinhas entrecortadas e cavernas profundas onde prédios solitários escondiam-se ao longo da costa. Então a balsa diminuiu o ritmo e fez uma curva sofrida, movendo muita água, para entrar numa baía mais ampla com um cais erguido cerca de uma parede no alto, e além dele fileiras ascendentes de casas muito brancas, com seus telhados de ardósia lisos de chuva. Dezenas de pequenos barcos de pesca tombavam e oscilavam; a confusão de cordas imergia qual fantasma dentro da neblina. As gaivotas, todas chilreando com o mesmo tom quebrado, ensurdecedoras. Uma comoção tomou a balsa, um suspirar aliviado coletivo e um preparar de bagagem.

A chuva ficou forte mais uma vez assim que a balsa veio descansar ao lado do cais. Em meio à gritaria, ao jogar de cordas e manobrar da prancha de desembarque, tio Miles largou moedas em uma ou duas mãos abertas, e a bagagem dos Sunderlys foi levada por uns rapazes para terra firme.

– Reverendo Erasmus Sunderly e família? – disse um homem magro de casaco preto, parado no cais, todo encharcado. Pingava água da aba larga de seu chapéu. A barba muito bem-feita, de rosto agradável, meio preocupado, naquele momento azul de frio. – O Sr. Anthony Lambent envia seus cumprimentos. – Ele fez uma reverência formal e entregou uma carta bastante úmida. Ao fazê-lo, Faith notou a faixa branca apertada em torno do pescoço dele e compreendeu que era pastor, assim como o pai dela.

Este leu a carta, fez um aceno de aprovação para o homem e estendeu-lhe a mão.

– Sr... Tiberius Clay?

– Exato, senhor. – Clay cumprimentou o outro respeitosamente. – Sou o pároco auxiliar aqui de Vane. – Faith sabia que um pároco auxiliar era como que um vice-pastor, contratado para ajudar um reitor ou vigário que tocava muitas paróquias ou tinha muito trabalho a fazer. – O Sr. Lambent me pediu para me desculpar por ele. Ele queria ter vindo pessoalmente encontrá-lo, mas com essa chuva repentina... – Clay fez careta para as nuvens cor de chumbo. – Os novos buracos correm o risco de encher de água, então ele foi garantir que tudo fosse coberto. Por favor, senhor... se me permite, arranjarei que alguém o ajude com sua bagagem. O Sr. Lambent enviou a carruagem para levar você, sua família e os pertences a Bull Cove.

O reverendo não sorriu, mas o consentimento não foi murmurado sem afeição. A formalidade de maneiras do pároco evidentemente ganhou a aprovação dele.

A família chamava muita atenção, Faith teve certeza disso. Teria o misterioso escândalo já alcançado Vane? Não, devia ser apenas o fato de serem estranhos trazendo montantes absurdos de bagagem. Murmúrios abafados ao redor deles chegaram ao ouvido da menina, mas ela não entendia o que era dito. Parecia ser somente uma sopa de sons, sem consoantes.

Com dificuldade, a bagagem dos Sunderlys foi arranjada numa deselegante e alarmante torre no teto da grande, porém judiada, carruagem, e amarrada para fixação. Quase não houve espaço para o pároco apertar-se lá dentro junto à família. A carruagem partiu, quicando por sobre os paralelepípedos, fazendo vibrar os dentes de Faith.

– Você é um cientista natural, Sr. Clay? – perguntou Myrtle, corajosamente ignorando o rugido das rodas.

– Na presente companhia, não posso afirmar ser mais do que um amador. – Clay fez uma reverência curta e desanimada para o reverendo. – Contudo, meus tutores em Cambridge conseguiram sim martelar um pouco de geologia e história natural dentro da minha cabeça dura.

Faith ouviu isso sem grande surpresa. Muitos dos amigos do pai eram clérigos que tinham trombado com a ciência natural do mesmo modo. Filhos de senhores destinados à Igreja eram enviados a uma boa universidade, onde recebiam educação respeitável, digna de cavalheiros – os clássicos, grego, latim e um gostinho das ciências. Às vezes esse gostinho bastava para que fossem fisgados.

– Minha contribuição principal para a escavação é como fotógrafo.

É algo em que me esforço. – A voz do pároco iluminou-se ao mencionar o hobby. – Uma pena! O desenhista do Sr. Lambent teve a infelicidade de quebrar o punho no primeiro dia, então meu filho e eu temos registrado as descobertas com a minha câmera.

A carruagem deixou a pequena "cidade", que para os olhos de Faith parecia mais um vilarejo, e subiu por uma alameda cheia de pedras e curvas. Toda vez que a carruagem sacudia, Myrtle agarrava-se nervosamente à borda da janela, deixando todos muito tensos.

– Aquela construção ali no cabo é a torre do telégrafo – comentou Clay. Faith enxergava apenas um cilindro marrom largo e desbotado. Pouco depois, uma igrejinha com pináculo alto passou à esquerda. – O presbitério fica logo atrás da igreja. Espero que me deem a honra de tomar chá com vocês enquanto estiverem aqui em Vane.

A carruagem parecia ter dificuldade com o morro, rangendo e estalando tanto que Faith preparou-se para o caso de uma das rodas se soltar. Finalmente o veículo parou, com dois baques agudos no teto.

– Com licença.

Clay abriu a porta e saiu. Uma animada conversa aconteceu acima, numa mistura de inglês com francês que o ouvido destreinado de Faith não pôde decifrar.

O rosto do pároco tornou a aparecer na porta, todo enrugado de pesar e preocupação.

– Minhas mais profundas desculpas. Parece que temos um problema. A casa que alugaram fica em Bull Cove, que só pode ser alcançada por uma estrada baixa que segue a costa, ou por uma trilha alta que passa pelo cume e desce do outro lado. Acabo de ser informado de que a estrada baixa está alagada. Tem um paredão, mas quando a maré está alta, e as ondas, agitadas... – Ele franziu o cenho e lançou um olhar apologético para o céu.

– Suponho que a estrada alta oferece uma jornada mais longa e cansativa? – Myrtle perguntou, seca, com um dos olhos pousado no rabugento Howard.

Clay fez cara de pesar.

– É... uma estrada bem íngreme. De fato, o motorista me informa de que o cavalo não a suportaria com a carruagem, hã, com o fardo que carrega no momento.

– Está insinuando que teremos que sair e *ir andando*? – Myrtle ficou tensa e fechou a cara.

– Mãe – sussurrou Faith, sentindo o impasse –, estou com meu guarda-chuva, e não me importo de andar um pouco...

– Não! – exclamou Myrtle alto o bastante para fazer Faith ficar vermelha. – Se estou prestes a me tornar senhora de uma nova residência, não vou aparecer pela primeira vez parecendo um rato afogado. E nem você!

Faith sentiu uma maré crescente de frustração e raiva agitando seu interior. Quis gritar. *Que importância isso tem? Os jornais devem estar nos rasgando aos pedacinhos uma hora dessas. Acha mesmo que as pessoas vão nos desprezar mais se estivermos molhados?*

O pároco pareceu vexado.

– Então receio que a carruagem terá de fazer duas viagens. Tem uma antiga casinha aqui por perto... É um posto de observação para avistar cardumes de sardinha. Quem sabe suas caixas poderiam ser deixadas lá até que a carruagem retorne para buscá-las? Ficaria muito feliz de ficar aqui de olho nelas.

O rosto de Myrtle iluminou-se em gratidão, mas a resposta foi cortada pelo marido.

– Inaceitável – declarou o pai de Faith. – Desculpe-me, mas algumas dessas caixas contêm flora e fauna insubstituíveis que eu *preciso* ver instaladas na casa assim que possível, ou podem perecer.

– Bom, eu ficaria muito contente de esperar na casa e aliviar o cavalo do *meu* peso – declarou tio Miles.

Clay e o tio desmontaram, e os baús e malas da família foram retirados um por um, deixando apenas engradados e caixas com espécimes no teto. Mesmo assim, o motorista ficou preocupado com o jeito com o qual a carruagem pendeu, fazendo esgares e gesticulando para dizer que estava ainda muito baixa.

O pai de Faith não fez menção alguma de sair e juntar-se aos outros homens.

– Erasmus... – começou tio Miles.

– Devo permanecer junto de meus espécimes – interrompeu secamente o reverendo.

– Quem sabe poderíamos deixar apenas uma de suas caixas para trás? – perguntou Clay. – Tem uma caixa rotulada "cortes diversos" que é muito mais pesada que o restan...

– *Não*, Sr. Clay. – A resposta do reverendo saiu rápida e fria feito neve. – Essa caixa é de *fundamental* importância.

O pai de Faith fitou a família com um olhar frio e distante. Passou os olhos por Myrtle e Howard, até pousar na menina. Ela ruborizou, sabendo que estava sendo avaliada em peso e importância. Teve a sensação de que o estômago afundava, como se a tivessem colocado numa enorme balança.

Teve até enjoo. Não aguentava esperar pela mortificação de ouvir o pai dar voz à decisão.

Ela nem olhou para os pais quando se levantou, desajeitada. Dessa vez, Myrtle não disse nada para impedi-la. Como Faith, escutara a decisão silenciosa do reverendo e retornara humildemente para trás da linha imaginária.

– Srta. Sunderly? – Clay ficou claramente surpreso ao ver Faith saltar fora da carruagem, espirrando água com as botas de uma poça abaixo.

– Tenho guarda-chuva – ela apressou-se em dizer –, e queria tomar um pouco de ar fresco.

A pequena mentira conferiu-lhe um toque de dignidade.

O motorista examinou novamente o nível do veículo, e dessa vez fez sinal positivo. Conforme a carruagem saiu rangendo, Faith evitou o olhar de seus companheiros, com as bochechas quentes de tanta humilhação, apesar do vento frio. Sempre soube que a valorizavam muito menos do que Howard, o filho adorado. Naquele instante, contudo, soube que seu valor era ainda menor que o dos "cortes variados". A casinha ficava na encosta do morro, de frente para o mar, e fora construída com a rocha local, escura e brilhante, com telhado de ardósia inclinado e pequenas janelas sem vidro. O piso lá dentro estava coberto de poças cor de terra. Acima, o tamborilar da chuva diminuía.

Tio Miles e Clay trouxeram os baús e caixas da família para dentro um por um, enquanto Faith sacudia o chapéu que pingava, sentindo-se anestesiada e inútil. Somente quando o cofre do pai pousou com um baque aos pés dela, seu coração deu um pulo. A chave tinha sido deixada na fechadura.

A caixa continha todos os artigos pessoais do pai. Os diários, anotações de pesquisas e correspondência. Talvez ali houvesse alguma pista do misterioso escândalo que os levara até ali.

A menina pigarreou.

– Tio... Sr. Clay... meu... meu lenço e minhas roupas estão muito molhados. Poderiam me dar licença para... – Ela não completou a frase, apontando para o colarinho ensopado.

– Ah, claro! – Clay pareceu um pouco alarmado, como geralmente ficavam os cavalheiros quando algo misterioso envolvendo roupas de mulher corria o risco de acontecer.

– Parece que a chuva tornou a diminuir – observou tio Miles. – Sr. Clay, que tal darmos uma volta em torno do morro? Assim você me conta um pouco mais sobre a escavação.

Os dois homens saíram, e após um tempo suas vozes sumiram.

Faith ficou de joelhos junto ao cofre. O couro mostrou-se liso ao toque dos dedos, e ela pensou em tirar as luvas molhadas, grudadas à pele, mas sabia que ia demorar demais. As fivelas estavam firmes, mas cederam aos puxões apressados da menina. A chave girou. A tampa abriu-se, e ela viu papéis amarelados marcados por diversas mãos diferentes. Faith já não sentia mais frio. Seu rosto ardia, e suas mãos formigavam.

Ela começou a abrir cartas, sacando-as de dentro dos envelopes e segurando pelas beiradas para não manchar nem amassar. Comunicados de jornais científicos. Cartas do editor dos panfletos do pai. Convites de museus.

Era uma tarefa lenta, dolorosa, e a menina perdeu noção do tempo. Finalmente trombou com uma carta cujo palavreado chamou sua atenção.

"... contestando a autenticidade de não um, mas de todos os fósseis que você trouxe aos olhos da comunidade científica e nos quais se baseia a sua reputação. Eles alegam que foram, no mínimo, deliberadamente alterados, e que talvez sejam falsificações completas. A descoberta de New Falton, dizem, são dois fósseis habilidosamente combinados, e foi relatado que encontraram traços de cola nas articulações das asas..."

Alguém bateu na porta, e Faith deu um pulo.

– Faith! – Era a voz do tio. – A carruagem voltou!

– Um minuto! – ela gritou de volta, apressadamente dobrando a carta.

Ao fazê-lo, percebeu que havia uma grande mancha azul em suas luvas brancas molhadas. Com horror, reparou que tinha borrado a carta, deixando uma impressão digital do dedão.

3
BULL COVE

Conforme a carruagem rangia ao longo da estrada alta, Faith manteve as mãos guardadas para esconder a marca na luva. Estava doida de tanto ódio por si mesma. Se o pai fuçasse nas cartas, avistaria a evidência do crime da filha imediatamente. Quem mais estivera sozinho com o cofre? Ele logo deduziria ser ela a responsável.

Seria pega. *Merecia* ser pega. Que tinha de errado com ela?

Entretanto, sua mente ruminava os dizeres da carta o tempo todo, fervilhando de ultraje em defesa do pai. Como alguém poderia crer que algum dos achados dele era falso, pior ainda, o fóssil de New Falton?

Todo mundo concordara que era real. Todo mundo. Tantos outros *experts* o examinaram, aprovaram, exultaram, escreveram sobre ele. Um jornal o chamou de "O Nefilim de New Falton", embora o pai nunca tivesse usado esse nome, e considerara-o "o achado da década". Como poderiam estar todos errados?

Ele deve ter inimigos. Alguém deve estar tentando destruir o meu pai.

O dia terminava quando alcançaram o cume do morro, depois ziguezaguearam por uma estradinha difícil e cheia de curvas. Finalmente a carruagem foi parando, e Faith enxergou o brilho amarelado de uma porta aberta.

Era uma antiga casa de campo, com telhado de ardósia e paredes de pedra marrom irregular que parecia caramelo estilhaçado. Do outro lado do pátio pavimentado havia estábulos e um celeiro. Atrás destes, erguia-se uma estufa de vidro abobadada, seus painéis leitosos sob a meia-luz. Além jazia um gramado, depois a beirada de um bosque escuro e desigual, e um contorno vago que podia ser outro edifício.

A carruagem foi jorrando água ao passar por cima das poças e então parou. Clay saltou e ajudou Faith a descer, enquanto tio Miles dava uma gorjeta ao motorista.

– Boa noite! – O pároco curvou-se ligeiramente para Faith e tio Miles. – Não vou fazê-los demorar embaixo da chuva.

Um serviçal veio correndo e começou a remover a bagagem. Sob a proteção do guarda-chuva, tio Miles e Faith correram até a porta aberta. Uma mulher de meia-idade muito magra abriu caminho para deixá-los entrar.

– Sr. Miles Cattistock e Srta. Sunderly? Sou Jane Vellet, a governanta.

Ela tinha uma voz profunda, quase de homem, e olhos perspicazes que nada perdoavam. O vestido era listrado em tons escuros de verde e abotoado até a garganta.

O hall estava mais escuro do que parecia; a única luz vinha de duas lâmpadas empoleiradas em soleiras. Havia vigas de madeira escura no teto. Faith sentiu cheiro de parafina no ar, e uma mistura de outros perfumes que lhe contavam que era uma casa velha, que havia se acostumado com um jeito todo seu de ser, e que não era o lar da menina.

Logo Faith viu-se sentada em frente a uma lareira atiçada junto do tio Miles e Myrtle, com uma tigela de sopa quente nas mãos. Se Myrtle sentia algum remorso por ter deixado a filha na beira da estrada, escondia-o muito bem. Estava rosada e animada, e pelo visto já tinha feito o reconhecimento da nova morada da família e a considerara pesarosamente razoável.

– Não tem *gás nenhum* – ela informou a Faith, num sussurro teatral. – Dizem que tem um pouco a se conseguir na cidade, mas aqui no campo vamos ter que sobreviver à base de lâmpadas de imersão. *Não tem cozinheira*, só uma governanta, uma empregada e um serviçal. Todos eles trabalhavam para os últimos moradores, duas senhoras inválidas, e foram mantidos. Pelo visto a governanta e a empregada "dão conta" do cozinhar entre si. Mas como vão dar conta de cozinhar para uma família de cinco? E não tem babá para o Howard; você vai ter que cuidar dele, Faith, até encontrarmos alguém.

– Cadê o papai? – Faith perguntou quando a mãe pausou para retomar o fôlego.

– Ele saiu para encontrar um lugar para colocar um espécime botânico assim que chegou – Myrtle respondeu vagamente. – Aparentemente a estufa não foi suficiente. Ficou um século lá naquele lugar, todo preocupado com a planta dele.

– Que lugar?

– Uma torre velha, acho. – Myrtle pigarreou quando a governanta passou pela sala. – Sra. Vellet, o que é mesmo essa torre?

– Foi construída para ser torre de observação, madame – respondeu prontamente a Sra. Vellet –, para procurar navios de Napoleão. Não construíam fortes aqui em Vane como faziam em Alderney. O senhor dono da casa resolveu, então, construir as próprias defesas, como um bom inglês.

– E serviu para alguma coisa? – Myrtle perguntou.

– Ele ficou sem dinheiro antes de terminar, madame, e então a guerra acabou – respondeu a Sra. Vellet. – Foi usada para estocar maçã por um tempo... mas tinha goteiras.

– Local peculiar para se pôr uma planta – refletiu Myrtle. E suspirou. – Em todo caso, ninguém deve interrompê-lo nem chegar perto do lugar. Pelo visto a tal planta é perigosamente delicada e exótica, e um olhar destreinado pode fazer as folhas caírem, ou algo do gênero.

Faith imaginou que o pai talvez tivesse se metido na torre proibida por ser o único lugar onde podia ficar sozinho. A cabeça dela doía. Sabia que alguns dos grandes animais afastavam-se do bando quando estavam feridos.

Até mesmo o falatório sempre a postos de Myrtle foi se cansando. Uma jornada longa deixa a pessoa exausta, como um pincel arrastado por um pedaço amplo de tela. Quando repararam que Faith estava dando cabeçadas, mandaram que fosse para a cama.

– Você ficou com o quarto menor, querida – disse Myrtle –, mas não teve jeito. Você não se importa, não?

A Sra. Vellet pegou uma vela e ofereceu-se para mostrar o quarto. Quando passaram pelo hall, Faith olhou para dentro de uma porta e viu que uma salinha tinha sido conquistada pelos animais do pai. Os lagartos olhavam através do vidro. Um vombate idoso fungava e se sacudia dormindo, que era praticamente só o que ele fazia. Faith ficou acabrunhada ao não encontrar a cobra em lugar algum.

Havia uma pilha com os baús e caixas da família encostada contra uma das paredes do hall. Com descrença, a menina reconheceu o baú que continha a cobra na base da pilha. Fora abandonada naquele hall gelado como se fosse uma caixa de chapéus.

Faith correu até lá e se agachou em frente a ela. Não deu para ouvir nada lá dentro.

– Sra. Vellet, pode, por favor, mandar que levem essa caixa para o meu quarto?

Acabou que o quarto de Faith era pequeno mesmo, metade do tamanho do quarto dela em casa. O fogo vigoroso na lareira lançava luz sobre uma pia com tampo de mármore cortado, uma cômoda velha e uma cama com dossel e cortinas que provavelmente recebera outros monarcas. Nas sombras, atrás da cômoda, dava para ver apenas outra porta, com parafusos enormes.

– Quer um leite antes de dormir? – perguntou a governanta.

– Tem algum rato morto? – Assim que as palavras saíram da boca de Faith, ela constatou que talvez essa não fosse a melhor resposta. – Meu pai tem uma cobra mandarim! – ela explicou apressadamente, e viu as sobrancelhas da Sra. Vellet erguerem-se mais um centímetro. – Carne... uns pedacinhos de carne fresca bastam – ela gaguejou, suspeitando que não estava causando uma boa primeira impressão. – E uns panos. E... um leite seria muito bom também, obrigada.

Somente quando ficou sozinha no quarto a menina abriu o baú e tirou a jaula que se encontrava ali dentro. A cobra estava desconsolada, enrolada em formato de oito, no fundo, de um preto liso exceto pelas manchas douradas e brancas. Esse padrão sempre fazia Faith pensar numa procissão à luz de velas passando por uma floresta, negra como tinta. Na reitoria, a menina passara muito tempo com os animais do pai, e chegara até a cuidar deles na ausência dele, mas a cobra sempre fora seu favorito. O pai a trouxera da China oito anos antes.

Quando Faith estendeu a mão e acariciou as costas do réptil, ficou aliviada ao vê-lo reagir discretamente. Pelo menos estava vivo. Ela colocou a jaula na cômoda, longe do vento frio da janela, mas não muito perto da lareira também. Era uma cobra de clima temperado, e calor demais poderia matar tanto quanto calor de menos.

A Sra. Vellet retornou, e entregou um monte de panos secos e uma tigela de carne picada, antes de partir novamente. Faith foi colocando os panos dentro da jaula para compor um ninho, e encheu a tigela de água da cobra com o líquido do jarro pousado ao lado da cama. A cobra ignorou a carne, mas deleitou-se e banhou-se na água.

Somente quando Faith teve certeza de que a cobra não estava mais prestes a passar pela porta da morte ela foi se lembrar da mancha de tinta na luva. Tentou lavar usando a água fria do jarro do lado da cama, mas foi em vão. Acabou apenas escondendo as luvas embaixo do colchão.

As roupas de Faith eram tiranas. Não podia caminhar à beira de uma estrada poeirenta, enfrentar a chuva, sentar-se numa cadeira de vime nem se encostar a uma parede de cal sem que algo fosse danificado, juntasse sujeira, ficasse amassado ou perdesse a goma. Os modelitos encontravam-se sempre a um passo de se tornarem fonte de culpa. *Eliza teve que passar horas tirando a lama da sua bainha às esfregadas ...*

Pior ainda: eram traidoras. Se a menina saísse em segredo, ou se escondesse num armário, ou encostasse numa porta empoeirada para escutar, as roupas a entregariam. Ainda que a família não notasse, os serviçais notariam.

Faith deitou-se, mas não conseguiu dormir. Fios de crina de cavalo brotavam ao longo do colchão e do lençol. As cortinas da cama não se fecharam adequadamente, deixando entrar uma brisa pegajosa. O longo dia tinha ficado impresso no cérebro da menina, e quando ela fechava os olhos via céus nublados e ondas negras e turbulentas.

O vento fazia ranger as janelas e a porta aparafusada, e às vezes, por detrás dessa espécie de gemido, a menina escutava um barulho distante, um rugido, como algo saído da garganta de um animal. Achava que só podia ser algo de sua própria mente, mas sua imaginação pintou alguma enorme fera negra nas penínsulas, ladrando em meio à tempestade.

Imaginou se o pai ainda estava exilado na torre. Faith às vezes sentia que havia uma conexão entre eles, como uma raiz escondida ligando a árvore no mangue a seus pequenos "filhos" que rebentavam. Por um momento ela tentou imaginar a ligação, e disse a si mesma que talvez, de algum modo, ele pudesse sentir o que ela sentia caso fosse forte o bastante.

Acredito em você, ela disse ao pai apenas em pensamento. *Não importa o que os outros digam, eu acredito em você.*

Faith acordou com um susto ao ouvir o batuque de passos rápidos na madeira. Ela abriu os olhos e, ao ver o dossel pouco familiar acima, as lembranças retornaram.

A menina abriu as cortinas da cama, meio que esperando ver alguém correndo pelo quarto. Os passos pareciam tão próximos, a poucos metros da cabeça dela. Não havia ninguém ali, claro, mas ao prestar atenção ouviu-os de novo, e dessa vez entendeu o rangido rítmico. Era o som de alguém subindo ou descendo às pressas a escada.

A escada dos serviçais! O quarto dela devia ficar perto, tão perto que dava para escutar tudo através da parede. Faith levantou-se e andou pela sala, colocando as orelhas contra as paredes, e sentiu um *frisson* de triunfo quando encontrou o ponto onde o som ficava mais claro. Deu até para ouvir uma conversa distante murmurada.

A maioria das pessoas ficaria ultrajada com tal descoberta. A ideia de existir uma escada para serviçais era justamente para que os serviçais pudessem ir e vir sem que a família fosse forçada a notá-los. De que valor seriam se invadissem a sua atenção e te acordassem ao amanhecer? Para Faith, contudo, não foi incômodo algum; era uma chance de espiar o mundo invisível dos empregados.

Embora, claro, ela não pretendesse usar isso para *aquilo*.

Os parafusos da porta misteriosa atrás da cômoda estavam enferrujados, mas ela conseguiu soltá-los. A porta prendeu, depois se abriu com um trepidar, e Faith viu-se piscando sob a luz do sol.

Era um pequeno jardim de cobertura, com as placas pálidas de pedra manchadas de orvalho. Por todo o perímetro corria uma treliça de ferro tomada por uma trepadeira, que protegia a área da vista de quem passasse lá embaixo. Crianças de pedra branca, marcadas por líquen e tempo, seguravam bacias de pedra das quais pendiam aubrietas púrpuras. No canto mais distante um pequeno portão semicoberto por vinhas, e além dele degraus

de pedra que presumivelmente levavam ao térreo.

Faith sentiu um sorriso abrir-se no rosto. Se fosse do tipo que foge de casa, teria meios particulares de sair e entrar em casa sem ser observada.

Ela se vestiu e continuou a exploração. Quando desceu a escada principal, foi contando os degraus por reflexo, memorizando os que rangiam e os com que se podia contar, que seriam discretos. Faith flagrou-se tomando notas na mente de quais parafusos e trincos teriam de ser discretamente lubrificados a óleo.

Não! Faith não ia mais fazer *aquilo*.

Estava prestes a receber a crisma, lembrou-se, e sentiu o assomo comum de medo ao pensar nisso. Seria uma adulta aos olhos da Igreja e de Deus. Seus pecados seriam apenas seus. Claro que ela sempre sentira o julgamento imortal pendendo acima da cabeça feito um enorme pêndulo fatal, mas sua juventude servira-lhe como um delicado escudo – uma desculpa. Contudo, estava crescendo e chegando numa altura em que o pêndulo poderia derrubá-la com um misterioso golpe. Todos os seus hábitos nefastos tinham que terminar.

Por outro lado, murmurou uma voz furtiva na mente de Faith, a casa de Bull Cove mostrava ter grande potencial.

Quando entrou na sombria sala de jantar, com aqueles painéis de madeira, Faith encontrou a mãe repreendendo a empregada, uma mocinha bonita e atrevida de cabelos pretos e cerca de quinze anos de idade, com um sorriso malicioso pairando eternamente nos cantos da boca.

– Não, Jeanne, assim não vai dar certo! – Myrtle acenava para a bandeja nas mãos da empregada, na qual jaziam dois monstruosos pães compridos de um tipo que Faith nunca tinha visto. – Quando peço pão com manteiga, espero fatias cortadas de um pão de verdade, grosso *assim*. – Myrtle mostrou o dedão e o indicador separados pouco mais de um centímetro um do outro. – Resolva isso, por favor.

A empregada fez um biquinho rápido e desdenhoso, enrugou o rosto e partiu levando a bandeja.

– Mas que casa! – exclamou Myrtle. – Quase não preguei os olhos essa noite! Tenho certeza de que os quartos não foram arejados. E que raios foi aquele barulho medonho que berrou e uivou a noite toda?

– Aparentemente, trata-se do Grande Touro Negro – contou tio Miles com uma piscadela. – Quando a tempestade fica forte, a fera salta das vísceras do mundo e berra com os céus. Ou melhor, trata-se de um fenômeno perfeitamente normal causado pelo vento soprando pelas cavernas marinhas.

– Bom, acho que foi muito inadequado da parte do proprietário nos locar uma casa sem mencionar os berros de gado fantasma – Myrtle respondeu de imediato.

– Ah, mas de acordo com a superstição local, não tem quase nenhum centímetro desta ilha que *não* tenha um fantasma todo seu – devolveu tio Miles, sorrindo. – Clay contou algumas das lendas para mim ontem. Mulheres que gritam, navios-fantasma, e daí por diante. Ah, e me parece que Vane foi covil de ladrões durante a guerra contra os franceses. Dizem que um enterrou boa parte de seu tesouro antes de morrer, e por cinquenta anos o fantasma dele vem tentando em vão levar as pessoas até o local.

– Ele não deve ser muito bom em resolver charadas – Faith murmurou baixinho ao sentar-se à mesa.

– Bom, tratando de assuntos mais terrenos, parece que duas cartas foram deixadas para nós esta manhã. – Myrtle fitou o marido. – Uma do Dr. Jacklers, meu querido; ele diz que espera ter o prazer de nos encontrar às duas, hoje à tarde, e levar você para ver a escavação. A outra é do Sr.

Lambent dizendo que a sociedade local de geologia vai reunir-se na casa dele às quatro da tarde, e que todos ficariam agradecidos se você participasse como convidado de honra. Oh, e o restante da família foi convidado para tomar chá à tarde. Ele se ofereceu para nos mandar a carruagem dele.

O reverendo lançou à esposa um breve olhar nublado, inclinou a cabeça para mostrar que a escutara, depois retornou ao consumo silencioso de seu café da manhã.

– Talvez devêssemos ir *todos* ver a escavação com o Dr. Jacklers – sugeriu tio Miles num tom esperançoso. – Como um passeio em família.

– Podemos? – Faith deu aos pais um olhar de empolgação.

Na biblioteca do pai, na reitoria, a menina passara longas horas fuçando em livros dedicados às feras da pré-história, maravilhando-se com os ossos esquematizados de criaturas havia muito extintas. Ficou emocionada com a ideia de ver uma escavação de verdade pessoalmente.

Myrtle fitou o marido, que lançou à mesa um olhar distraído e pigarreou.

– Não vejo por que não – disse.

Jeanne retornou, pousou uma bandeja gentilmente com ar de estudada inocência e tornou a sair. Os pães compridos tinham sido cortados em fatias de pouco mais de um centímetro com agressiva minúcia, e não sobreviveram à experiência. Fiapos de pão jaziam num montinho de estilhaços de casca, colados em coágulos com nacos de manteiga.

– Jeanne! – Myrtle chamou a convenientemente surda empregada, que saía da sala. – Jeanne! Oh, assim não dá! Terei que reclamar com a Sra. Vellet. Terei mesmo!

Lá de cima veio um baque abafado, o som de pezinhos pequenos e destrambelhados, seguido de portas batendo às tentativas. Myrtle fez uma careta e olhou para o esposo, que olhava fixamente para o teto com frio desapontamento. Não esperavam que Howard fosse visto àquela hora, muito menos ouvido.

– Faith – Myrtle disse baixinho –, pode fazer a gentileza de tomar café com o seu irmão hoje, depois ajudá-lo com as lições dele? – Ela nem olhou para a filha para esperar pela resposta.

Faith lançou um saudoso olhar de adeus para o *kedgeree*, o bacon, a torrada e a marmelada, e levantou-se da cadeira.

Myrtle uma vez explicara à filha que havia um jeito certo de dar uma ordem a um empregado. Bastava frasear como uma pergunta, para ser educado. *Pode ir buscar o chá? Pode, por favor, falar com a cozinheira?* Mas em vez da voz erguer de tom no final, a pessoa deve deixá-la descer, para mostrar que não foi, na verdade, uma pergunta, e que não se espera que o outro diga não.

Ocorreu a Faith que era assim que a mãe falava com ela.

Howard tinha dois quartos contíguos para si, um "berçário noturno" para dormir e um "berçário diurno" para brincar, fazer lição e as refeições.

– Estou odiando – disse ele, comendo torrada com água. – Vêm ratos quando fica escuro. Não consigo dormir sem Skordle.

"Skordle" era o modo com que Howard pronunciava, sussurrando, Miss Caudle, a empregada que dormia junto no quarto dele, em Kent. Faith, em segredo, preferia o nome Skordle e achava que soava como um animal mítico.

A menina não gostou muito também dos berçários, mas por motivos diferentes. Durante todo o ano anterior ela se sentira como uma gangorra, gingando desajeitada entre a infância e a vida adulta. Sempre ficava mais claro nas refeições. Às vezes ela reparava que tinha se tornado adulta da noite para o dia, com velocidade de feijões mágicos, e recebia a honra de comer com os pais na sala de jantar. E então, sem aviso, flagrava-se no berçário com Howard, comendo mingau enquanto uma cadeira muito pequena rangia sob o peso dela.

A comida do berçário era "simples" e "saudável", o que geralmente era o mesmo que sem gosto e cozida a ponto de desfazer-se. Os berçários diurnos cheiravam à comida, batata com arroz doce e carneiro cozido duas vezes. O cheiro fazia com que ela se sentisse vestindo uma versão mais velha de si mesma que era pequena demais. Chegava a coçar.

– A outra mão! – Faith estendeu a dela, gentilmente pegando a colher de mingau da mão esquerda de Howard e colocando na direita. A mesma guerra de sempre.

A pior parte veio logo após o café da manhã, quando ela teve que lutar com ele para vestir o casaco azul. Howard o odiava, já que tinha que usá-lo para todas as lições. A manga esquerda fora costurada ao lado esquerdo do corpo, prendendo a mão no bolso para que o menino não pudesse usá-la.

A persistência voluntariosa de Howard em usar a mão esquerda era, Myrtle insistia, um "capricho" – nada com que se preocupar, contanto que não fosse encorajado. A empregada que viera antes de Skordle, contudo, fora indulgente demais, e Howard desenvolvera alguns "hábitos ruins".

– Você sabe o que a mãe diz! Você precisa aprender a comer e escrever direito antes de ir para a escola!

O plano era mandar Howard para o colégio interno assim que ele completasse oito anos.

O menino enrugou o rosto, do jeito que sempre fazia quando mencionavam a escola. Faith engoliu um nozinho de amargura e inveja.

– Você tem é muita sorte, How. Algumas pessoas ficariam gratas de ter a chance de ir a uma boa escola. – Faith preferiu não mencionar que era uma dessas pessoas. – Escuta! Se você vestir o casaco e terminar os exercícios de escrita, podemos ir explorar o jardim depois. Você pode levar a sua arminha!

A proposta foi considerada aceitável.

Lá fora, Howard saiu correndo e "atirando" nas janelas superiores da casa, apontando a arminha de madeira e gritando *bangue-bangue*. Atirou nos corvos pretos que saltaram, impassíveis, da aproximação apressada do menino e depois abriram asas preguiçosas, afobadas, para deixá-lo para trás. Ele foi atirando em tudo pelo caminho lamacento e irregular que levava ao mar.

Se esse comportamento fosse notado, Faith provavelmente seria repreendida por deixá-lo "se cansar demais". Havia sempre o receio de que Howard, o único filho que sobrevivera, pegasse um resfriado fatal. Faith já tinha visto cinco irmãos mais novos perderem o apego à vida e dobrarem-se sobre si mesmos como margaridas a murchar. Alguns foram apenas bebês, outros chegaram a comemorar alguns aniversários. Os dois primeiros chamavam-se Howard, depois os pais tentaram um James e dois Edwards, com similar falta de sucesso. Isso fazia o Howard vivo parecer frágil, como se estivesse sempre de mãos dadas aos irmãos de nome prestes a cruzar a cortina sombria.

Contudo, Faith conhecia Howard muito melhor que os pais. Ela compreendia que ele *precisava* correr e pular feito louco até se cansar, assim como precisava da arminha de brinquedo. Ele "atirava" nas coisas que lhe metiam medo. Naquele momento, estava tentando fazer desse novo mundo estranho um lugar seguro.

O olhar da menina foi atraído pela torre atarracada, plantada à beira do bosque. À luz do dia, dava para ver que a construção não passava de um toco com um único andar, suas janelas em fenda coaguladas com uma mistura de argamassa e hera, e as pedras amarronzadas feito borra de chá.

A visão cutucou a curiosidade de Faith, mas ela tinha preocupações mais pungentes. As luvas que podiam incriminá-la estavam enroladas, guardadas dentro do bolso. Era preciso livrar-se delas antes que fossem encontradas pelos empregados.

O caminho bifurcava quando chegava perto do mar. A passagem da esquerda escalava morro acima. Faith e Howard pegaram a da direita, que ia costurando para baixo até a praia de seixos. Lá Howard pôs-se em desatinada correria, atirando nos hesitantes ostraceiros, nos morros cor de lama que se erguiam dos dois lados e no próprio reflexo que viu na areia molhada.

Havia uma casinha de barcos na praia com um barco a remo dentro, e atrás dela um montinho de pedregulhos. Quando Howard deu a volta por ele, Faith deslizou para trás da casa de barcos e enfiou as luvas numa rachadura escura e estreita entre duas pedras. Sentiu-se mais leve no mesmo instante. Por algum motivo, a fisgada da culpa era sempre mais aguda quando ela corria o risco de ser pega.

Faith retornou à praia. Gostou muito do lugar por todas as suas cores sóbrias e nuvens cinza espaçadas. Em sua mente abriram-se os livros de história natural do pai, e ela encontrou palavras para o que via. Andorinhas do mar acinzentadas voavam ligeiras pelo ar frio. Uma atrevida torda-mergulheira preta e branca limpava sua plumagem num penhasco. O funcho-marítimo tremelicava suas flores brancas dentre as rochas.

Observando as distantes ilhazinhas, Faith enxergava as plumas brancas das ondas que friccionavam as rochas. Aqui e acolá dava para ver rachaduras negras e fissuras triangulares na base dos montes.

– Olha, How! – ela gritou contra o vento, e apontou. – Cavernas marinhas!

Howard correu até a irmã e apertou os olhos para olhar na direção que o dedo indicava, depois apontou a arma para as cavernas.

– Tem monstros lá dentro? – perguntou, pensativo.

– Talvez sim.

– Podemos entrar lá com o barco para ver?

Faith fitou o barquinho a remo dentro da casa de barcos, depois espiou, especulando, o mar perigoso. As aberturas sombrias cutucavam-lhe a curiosidade.

– Quem sabe outro dia – ela disse, mais para si mesma –, mas teremos que pedir permissão à mamãe e ao papai.

Quando Howard se cansou, a menina o levou morro acima, para a casa. Ao ver mais uma vez a torre marrom, parou.

Na noite anterior, o pai passara horas na torre, cuidando de alguma planta misteriosa. Na hora, ela julgara que ele apenas queria ficar sozinho, mas, parada ali, ela começou a se lembrar da caixa de "cortes diversos" que lhe tomara lugar na carruagem. Era um rótulo estranhamente vago, se fosse parar para pensar. O pai costumava ser tão preciso...

– Howard, que tal a gente ir procurar leões na torre?

Faith teve que circular toda a construção, até o lado perto das árvores, para encontrar a pesada porta de madeira. Não dava para vê-la da casa, e a tentação foi demais para resistir. Ela ergueu a trava gasta e abriu a porta.

O interior estava um breu. Um cheiro esquisito chegou ao nariz dela, com um frescor como menta que fez arder os olhos.

Ela olhou para cima e viu vigas lúgubres, cobertas de teias de aranha. O teto estava intacto, ela reparou com surpresa, bloqueando a luz do dia. Por que o pai colocaria um espécime precioso num lugar onde o sol não chegava?

Faith deu um cauteloso passo para dentro da torre, e a bota escorregou um pouco contra a umidade gosmenta do piso de pedra. Ela tentou enxergar em meio às sombras da salinha redonda.

Havia alguma coisa acocorada junto à parede oposta, uma forma abobadada coberta por tecido impermeável, e logo abaixo do tecido dava para ver a base arredondada de um vaso de planta. Tinha pouco menos de um metro de altura, pequeno o bastante para caber no engradado.

Assim que se adiantou na direção da estranha figura, a menina notou que os gritos de *bangue* atrás de si começavam a ficar mais altos e mais empolgados. Num misto de culpa e pânico, ela correu de volta para a luz do dia e rapidamente fechou a porta da torre atrás de si. Olhou ao redor, temendo ver o pai retornando de uma caminhada.

Em vez disso, viu Howard apontando a arminha para a mata. Um homem estranho caminhava por entre os arbustos.

Não era um dos serviçais – Faith percebeu isso de imediato. Usava roupas gastas, o cabelo despenteado, a barba bagunçada. Trazia um balde de madeira pendurado numa das mãos. Era um invasor, então. A estranheza do homem gritou ameaça na mente de Faith. Ela sentiu cada pelo do corpo levantar-se, como se fosse um animal farejando outra espécie.

Catorze anos de medos treinados romperam-se num estampido. Um homem estranho. Ela era uma menina, quase uma mulher, e mais do que tudo não devia jamais ficar perto de um homem estranho sem protetores ou testemunhas. Isso abria um hiato no qual mil coisas terríveis podiam acontecer.

– Bangue! – gritou Howard. O homem parou e virou-se para olhar para eles.

Faith segurou Howard e desatou a correr para casa. Entrou explodindo pela porta da frente e quase trombou com a mãe, que acabava de sair da sala de desenho.

– Pelos céus! – Myrtle ergueu as sobrancelhas. – Faith... qual é o problema?

Faith baixou Howard e arquejou uma explicação. Myrtle atendeu depressa Howard, que percebeu que devia estar machucado e imediatamente caiu no choro.

– Cuide do Howard, Faith. Vou falar com o seu pai.

Alguns instantes depois, o pai de Faith entrou na sala onde ela ficara distraindo Howard.

– Onde estava esse homem? – perguntou ele.

– Perto da torre – Faith respondeu.

– Até que ponto ele se aproximou? – questionou o pai. Faith nunca o vira tão agitado e sério. Sentiu uma pontadinha de calor por toda essa preocupação.

– Uns dez metros... Estava passando, morro abaixo.

A Sra. Vellet atendeu prontamente ao chamado do reverendo. Havia um delicado e indesejado rubor nas bochechas da governanta, e Faith imaginou se Myrtle estivera a “reclamar com a Sra. Vellet”, conforme prometido.

– Parece ser o Tom Parris – a Sra. Vellet respondeu imediatamente quando ouviu a descrição que Faith deu do estranho.

– Pode me dizer por que esse Parris achou que era permitido invadir a propriedade? – A voz do reverendo saiu firme como aço.

– Minhas desculpas, senhor – a governanta respondeu, ligeira –, mas essas terras são o caminho mais curto até a praia. É a melhor praia para pescar na ilha, então... – Ela abriu os braços, com um crescente ar familiar de autoabsolvição. *Pronto, não tem nada que eu possa fazer.*

– Não vou permitir mais invasões – o reverendo anunciou, resoluto. – Tenho a segurança de minha esposa e meus filhos para levar em conta, e espécimes valiosos na estufa que *não* pretendo deixar à mercê de curiosos à toa ou ladrões. Enquanto eu estiver alugando esta propriedade, considerarei todos que a invadem como larápios. Caso você conheça esses intrusos, informe-os de que investirei em armadilhas.

Até que ponto ele se aproximou? Inicialmente, Faith tomara o gesto, grata, como preocupação com a segurança dela e de Howard. Conforme foi se acalmando, contudo, começou a imaginar se o pai quisera dizer outra coisa a mais.

Até que ponto ele se aproximou da torre?

4
A CAVERNA SEPULCRAL

Às duas da tarde, uma carruagem chegou a casa. Cerca de um minuto depois, um robusto homem de meia-idade e bochechas vermelhas, bigode preto e fortes dentes brancos foi introduzido à sala de estar. Apresentou-se como Dr. Jacklers e apertou a mão do reverendo com uma série de movimentos curtos e firmes, como se a estivesse tentando arrancar fora.

– Reverendo! Que honra conhecê-lo. Sempre leio seus artigos no jornal da Sociedade Real.

O homem apertou a mão do tio Miles com um pouco mais de incerteza, apesar da insistência deste de que também se metia com a ciência natural, e que talvez o bom acadêmico tivesse ouvido falar de um pequeno panfleto sobre mariscos fossilizados de autoria dele. Myrtle cortou o irmão com uma tosse.

Quando Faith foi apresentada, o Dr. Jacklers pareceu atordoado por um instante.

– Faith... oh, eu me lembro da história! Achava que... – Ele não concluiu, estendendo a mão na altura de dar um afago na cabeça de uma criança imaginária. – Quanto tempo faz? Você já está uma mocinha!

Faith agradeceu, um tanto desconfortável. Sabia exatamente a qual evento ele se referia, e era um dia de que ela se recordava com uma mistura de alegria, saudosismo e embaraço.

Contava sete anos, e do nada o pai sugerira, por iniciativa própria, que fossem dar um passeio na praia. Faith foi saltitando ao lado dele, tonta de alegria pelo fato de o pai querer passar um tempo com ela. Ele agia de modo tranquilo e bondoso, como nunca. Vez por outra agachava para pescar pedras para pôr na cesta, e chegara a pausar para mostrar uma à filha. Era branca, com pequenos sulcos e inchaços que compunham um desenho.

– Acha que consegue encontrar pedras como essa? – perguntou.

Maravilhada, Faith saiu correndo e trouxe de volta toda pedra que julgava ser especial, embora a maioria simplesmente brilhasse pela água do mar e perdesse a graça quando secava na mão dele. Em certo ponto, o pai afastou-se da água e acenou para que a filha chegasse perto da base do morro.

– Tente procurar aqui, Faith.

Enquanto ele ficou parado, observando o mar, a menina foi fuçando por entre as pedras. Finalmente encontrou um lasco de pedra com uma espiral de entalhes. Ela o trouxe ao pai, segurando cuidadosamente com as duas mãos, quase tremendo de expectativa e dúvida.

– Muito bem, Faith. – O pai curvou-se até agachar. – Isso é um fóssil, e muito bonito. Lembre-se desse momento. Lembre-se de quando encontrou seu primeiro fóssil.

Muito mais tarde, Faith lera artigos de jornal sobre o achado. A pequena Faith, inocentemente caminhando na praia, trouxera ao pai uma pedra que julgara bonita, e que ele instantaneamente reconhecera como um fóssil de interesse sem paralelo. Os jornalistas amaram a história, e falaram sobre a "inexperiência de uma criança" e de "uma despropositada inocente abrindo a porta das maravilhas da natureza".

Sempre que o reverendo apresentava a filha a colegas entusiastas na ciência natural, os que se lembravam da história esperavam ver uma singela e esbugalhada imagem da inocência. Confrontados com um espécime desajeitado de quase mulher, em geral não sabiam como reagir. A menina tropeçava fora da margem segura e imaculada da infância, e entrava agora numa terra de ninguém, nem uma coisa nem outra, como uma sereia. Enquanto não se arrastasse para a proteção do casamento, seria uma criatura complicada.

– Então, mocinha, encontrou mais algum fóssil? – perguntou o Dr. Jacklers em animada tentativa de ser divertido.

Faith fez que não. Era isso que doía. O primeiro fóssil foi o último. O pai nunca mais a levara para procurar fósseis.

Foi como se ele tivesse aberto uma porta para ela naquele dia claro e fresco, para depois fechar. Ela tentava dizer a si mesma que não ficaria fechada para sempre, que ser distante era apenas a natureza do pai. Ele a deixava ler livros na biblioteca dele, copiar recados à mão e tomar ditado, e tudo isso ela entendia como sinais de que ele ainda queria que ela partilhasse de seu mundo privado, e que a porta poderia ser aberta de novo.

Logo os olhos do Dr. Jacklers desistiram de Faith. Compreensível. Como as pedras molhadas, a menina perdera o brilho.

A empolgação de Howard para com o passeio da família desabou quando ele descobriu que a ideia não envolvia enfrentar as ondas.

– Mas a gente achou um barquinho na praia, e a Faith disse que a gente podia explorar as cavernas marinhas!

– Faith estava brincando, querido! – Myrtle lançou à filha um olhar de pura exasperação. – As correntes marítimas estão fortes *demais*. Howard, não quer ver seu pai trabalhando?

Howard fitou o pai com nervosismo e apertou a mão de Faith.

Conforme a família Sunderly foi passando pelo jardim, Faith sentiu-se arder sob o olhar cuidadoso dos empregados. As botas pareciam soltas no pé, e o colarinho, apertado demais.

Faith escutou o tilintar de risinhos quando a porta de entrada se fechou. Com os instintos finamente sintonizados dos solitários, ela supôs que os serviçais já tinham rido muito com o retorno desvairado da menina à casa, mais cedo, naquele dia. Até ali, os pais pareciam engajados numa campanha para alienar todo mundo na casa, e agora ela tinha se feito motivo de piadas cheias de ressentimento.

A maré tinha baixado, sendo possível pegar a estrada baixa em torno da península. De um lado da estrada erguia-se um morro irregular, e do outro corria o quebra-mar, um paredão de cerca de um metro e meio de altura. Faith imaginou quão ferozes teriam de ser as ondas para chegar a ameaçar a estrada, e sentiu uma pontinha de empolgação com a ideia.

– Então, o que foi encontrado até agora? – perguntou o pai de Faith.

– Estamos removendo sílex esmigalhado, reverendo, e ossos. Um hipopótamo pigmeu, e um dente que eu *acho* que é de mamute. – O doutor esfregou as mãos. – Eu estava torcendo por restos humanos, quem sabe um crânio. Meu negócio é crânio, reverendo. Mas... para ser sincero, estou muito contente que o senhor veio nos colocar em ordem. – O doutor lançou um olhar sagaz de esguelha para o pai de Faith. – Sinto que nós, que estamos envolvidos na escavação, andamos pegando no pé um do outro. Lambent é um amador e não tem paciência nenhuma. Não sabemos o que fazer para impedir que ele abra caminho explodindo tudo na rocha a cada tentativa. Mas a caverna está no território dele, então não podemos fazer nada sem ele. Tem também nosso bom pároco...

– O Sr. Clay parece ser muito agradável – comentou Myrtle. Foi mais uma pergunta do que uma afirmação.

– Oh, e é mesmo! Contudo, tem uns pontos de vista antigos, estranhos, para a idade dele. – O doutor sorriu muito, mas havia algo de tenso nisso. – Mas ele também não pode ser mantido fora da questão, pois foi ele quem *encontrou* a caverna. Ou, melhor, o cachorro dele encontrou. O pobre diabo caiu no fosso escondido e quebrou uma das pernas... Levamos um bom tempo para puxá-lo de volta. Quanto a mim, andei lendo os últimos trabalhos e os outros não, então não podem ficar sem *mim* também. – O homem sorriu sem alegria.

Faith ajeitou-se, desconfortável. O pai fora chamado como *expert*, mas parecia que os locais queriam mesmo era alguém que desse um jeito nas querelas deles.

A rota virou para o interior, elevou-se um pouco, depois nivelou. A carruagem brecou. Faith desceu junto do resto da família.

O terreno ao redor era todo escarpado e turbulento. Aqui e acolá havia elevações rochosas, com pequenas gargantas e caminhos de pedra ziguezagueando por entre elas. No lado que dava para o mar, a descida se parecia com uma mistura descabida de passarelas niveladas e morrinhos, como se um gigante tivesse tentado casualmente cavar degraus na encosta da ilha.

O Dr. Jacklers levou os Sunderlys por um caminho poeirento até poderem espiar a depressão mais próxima. Olhando lá embaixo, Faith viu um conjunto de cabanas de tecido branco. Com crescente empolgação, reparou que elas flanqueavam a boca de um túnel, cortado na encosta do morro entre duas grandes rochas. A entrada fora reforçada por uma verga de madeira, e dava para ver vigas, também de madeira, escondidas pelas sombras lá dentro.

Um túnel para o passado, ela pensou.

Quando o acadêmico lançou um cumprimento, cinco homens com roupas de operário cobertas de terra pararam o que faziam e se levantaram, educados.

Um sexto homem vestido mais formalmente viu a família e protegeu os olhos da luz, depois desceu pelo caminho em ziguezague para encontrá-la.

– Sr. Anthony Lambent – foi a apresentação que o doutor conseguiu fazer antes que o anfitrião parasse logo à frente deles.

Lambent tinha mais de 1,80 m de altura e pareceu ficar ainda mais alto quando veio correndo até a família feito um furacão loiro. Faith supôs que devia ter uns trinta anos, mas suas passadas tinham ainda uma jovialidade feroz. O casaco verde tinha manchas de lama, e o lenço amarelo-claro estava torto.

– Reverendo! – ele gritou como se numa guerra, e saltou para a mão do reverendo. O pai de Faith retraiu-se um pouco, e brevemente pensou em defender-se com a bengala. Lambent mal deixou que o doutor completasse as apresentações antes de se apressar todo morro abaixo. – Venha, deixe-me mostrar o local.

Havia algo de instável nele, que desestabilizava os outros, como um cavalo pronto para dar um coice.

Myrtle franziu o cenho o tempo todo em que foi descendo cuidadosamente pela trilha, e Faith foi em seguida com a mesma cautela. Uma rota difícil para quem não conseguia ver os próprios pés. Logo Lambent se deu conta de que tinha deixado os visitantes para trás, e voltou.

– Perdoem-me! – disse. – Tenho constituição incansável, não me aguento. Preciso estar em movimento o tempo todo.

– Isso não dificulta muito para dormir? – perguntou Myrtle.

– Ah, de fato. Por muitos anos quase não dormi mais que duas horas por noite, mesmo com tudo que os médicos faziam por mim. Ouso dizer que deviam ter me forçado a usar láudano. Felizmente, agora tenho minha querida esposa, que tem uma incrível influência calmante sobre mim. É só Agatha começar a falar que já me pego bocejando.

Faith duvidou que a "querida esposa" fosse agradecer pelo elogio.

Quando chegaram à base do morro, Lambent reparou na arminha de madeira de Howard.

– Olá! – Ele se inclinou, trazendo o rosto para bem perto do de Howard. – Temos um soldado entre nós? Ou é um esportista? Gosta de caçar bichos grandes, é?

Howard congelou, fitando o rosto grande e bigodudo de Lambent, e fez que sim, meio em dúvida.

– Maravilha! – exclamou Lambent. – No que você gosta de atirar, moço?

Howard abriu a boca, e deixou-a assim. Os olhos se escancararam de pânico e concentração. Pequenos ruídos escapavam-lhe pela garganta. Alguns tentavam formar palavras.

– Le... le... le...

Faith reconheceu os sinais e soube que a timidez e o medo engasgaram a voz de Howard dentro da garganta dele. Quanto mais as pessoas olhavam, pior ficava a situação. A menina correu para ele e pôs-lhe uma confortante mão no ombro.

– Leões – disse rapidamente. – Howard gosta de atirar em leões.

Lambent jogou a cabeça para trás e soltou uma bela gargalhada.

– Moleque danado! Pelo visto você está pronto para viajar pelo mundo que nem seu pai, hein?

Howard piscou, ainda mais nervoso, fitando os cabelos loiros de Lambent.

– Crock! – Lambent chamou.

Um rapaz moreno de ombros largos aproximou-se e tocou a testa dele. Era quase tão alto quanto Lambent, mas mantinha a cabeça um pouco pendida para tornar a altura menos intimidante. Movia-se com o cuidado calmo de um homem grande num mundo instável.

– Esse é meu imediato, Ben Crock. Crock, por favor, cuide das senhoras enquanto mostro a área para os cavalheiros.

Ele abriu um sorriso e piscou para mostrar que o "moleque danado" Howard fora incluído entre os cavalheiros.

E foi isso. Uma lâmpada com uma vela dentro foi tomada, e então Lambent abriu caminho túnel adentro, seguido pelo reverendo, por tio Miles e até pelo pequeno Howard, agarrado à manga do casaco do tio. As senhoras ficaram para trás, para que alguém tomasse conta. Faith sentiu como se batessem a porta na cara dela.

Entre as práticas tendas de tecido, uma estrutura de madeira fora erigida e drapeada com ricos tecidos vermelhos pendendo, de modo que ficou parecida com uma barraca beduína com as laterais abertas. Dentro havia um divã, uma mesinha e diversas cadeiras, duas das quais foram apressadamente limpas para que Faith e Myrtle pudessem se sentar. Um restinho de chá amarronzado secara no fundo de uma xícara de porcelana branca em cima da mesa, relíquia de outro convidado. Evidentemente, era ali que as senhoras que visitavam eram alojadas.

Faith não estava pronta ainda para se sentar, no entanto. Estava finalmente numa escavação! Uma escavação *científica* de verdade. Olhava ao redor, fascinada com tudo, até mesmo com os barris empilhados de pedregulho.

Na outra ponta do buraco ela viu Clay fixando uma câmera num tripé, enquanto um menino da idade dela mantinha-o firme. Ela se lembrou de ter ouvido Clay contando que tinha um filho.

Na tenda mais próxima, a menina viu uma mesa comprida coberta de caixas de madeira rasas.

– Sr. Crock, posso ver? – Ela apontou para a tenda, ávida demais para ser tímida.

– Faith, é melhor não incomodar o Sr. Crock! – Myrtle lançou à filha um olhar silenciador, mas Faith não podia ser silenciada, não naquele momento.

– Por favor!

– Não vejo problema nenhum.

Crock abriu um sorriso gentil para ambas, e ergueu o pano na entrada da cabana para que as duas entrassem. Ao aproximar-se da mesa, Faith viu que as caixas estavam pintadas com misteriosas sequências de números e continham pedaços marrons e lascas do que parecia ser osso.

– Melhor não tocar neles, senhorita – Crock aconselhou baixinho. – Sujariam muito as suas luvas. Ainda estão úmidos do...

– Banho – terminou Faith, pensativa, e olhou para o rapaz. – Cascos de cavalo fervidos, algo assim... para impedir que os ossos antigos se desfaçam quando secam.

Lera sobre o "banho" nos livros do pai, mas era a primeira vez que sentia o cheiro, e o via, gosmento, envolvendo ossos mais antigos que as pirâmides.

– Isso, senhorita.

Ben Crock piscou lentamente. Seus pacientes olhos castanhos não mudaram de expressão, mas Faith sentiu que ele alcançava uma silenciosa compreensão em sua mente.

Faith fitou as lascas de osso e notou uma fibra separada das restantes. Não pôde conter uma discreta exclamação. De um lado terminava numa ponta. O outro lado, mais amplo, tinha um buraco redondo perfeito furado nele.

– Sr. Crock! Aquilo é uma agulha?

– Isso mesmo, senhorita – respondeu Crock prontamente. – Confeccionada com chifre de rena usando uma ferramenta de pedra, é isso que os senhores pensam.

– Era glacial?

– Sim, segundo o Dr. Jacklers.

Faith flagrou-se sorrindo. Quando alguém lhe respondia com simplicidade, sem afetação, era um alívio quase físico.

Ela imaginou a agulha sendo confeccionada na distante era de um frio interminável, quando cascos de renas deixavam marcas na neve até mesmo na Grã-Bretanha. Ela queria muito poder tocá-la, percebeu. Queria estender a mão por cima de incontáveis eras e segurá-la, assim como a tocara quem um dia a fizera. Seria como tocar uma estrela.

Somente quando estavam saindo da tenda Myrtle apertou o passo para andar ao lado da filha.

– Faith – sibilou ela –, você *precisa* ser sempre tão absurda?

Não muito depois, Lambent saiu do túnel com os "cavalheiros". Howard estava coberto de poeira e confuso.

– ... Então nosso túnel ainda não abriu caminho para dentro da caverna – declarava Lambent –, mas nada que um barril de explosivo não resolva. Deixe-me mostrar como temos nos baixado até a caverna do alto!

Enquanto Myrtle permaneceu na "tenda beduína", Lambent levou o resto da família Sunderly por uma trilha ainda mais comprida que subia em zigue-zague. No topo, Faith viu-se perante um platô gramado irregular, cheio de arbustos baixos.

– Andem com cuidado! – Lambent aconselhou, animado. – Foi aqui que o cachorro do nosso pároco deparou com um buraco inesperado, e pode haver mais!

À frente, na depressão maior, havia uma plataforma de madeira recém--erguida. Faith reparou que havia um buraco comprido bem no meio. Por cima do buraco havia uma estrutura forte suportando um grande eixo com uma corrente grossa em torno, meio como o mecanismo usado para baixar um balde dentro de um poço. Em vez de balde, contudo, ficava ali pendurada uma espécie de jaula sem teto, com base quadrada de metal e laterais de um metro de altura.

– Mandei trazerem esse mecanismo antigo de uma mina abandonada do outro lado da ilha – explicou Lambent. – O movimento é todo feito por *aquele sujeito* ali. – Ele apontou para um cavalo robusto cujo cabresto estava preso a outra ponta da corrente. – Precisamos contar com ele... É uma queda de uns dez metros.

Agarrado à mão de Faith, Howard ficou nas pontas dos pés para espiar o topo do mastro.

– Ah! – exclamou Lambent. – Nosso jovem esportista está tentando ver a cesta! Quer dar uma voltinha nela, é? – Ele fitou o reverendo. – O que acha, reverendo? Será que ele gostaria de ser a primeira pessoa desde a Idade da Pedra a ver essas cavernas? Podemos baixá-lo uns cinco metros com um dos homens e uma lamparina, só numa altura em que possa ver dentro da caverna.

Uma luz discreta piscou no olho do reverendo. Ele fitou Howard, e a menina soube que a ideia o estava ganhando. *O filho dele* vendo uma caverna pré-histórica que ainda tinha seus mistérios. Seria como um batismo. Ele fez que sim tão sutilmente que quase não deu para ver, e Faith sentiu uma pontada de perda e ciúme.

Ela notou vagamente que um entristecido Ben Crock sussurrava algo bem perto do ouvido de Lambent. Ela pegou as palavras "criança" e "risco". Contudo, fossem quais fossem os argumentos do rapaz, foram dispensados.

Lambent chamou, mas Howard agarrou-se à manga da blusa de Faith. O maxilar travara de novo, e o rosto foi ficando vermelho de frustração pelas palavras entaladas.

– Ele vai querer descer se eu for também – Faith sussurrou para o pai, num impulso. Não pôde resistir. Claro que teria preferido que o pai tivesse virado e dito *Faith, quero que você veja isso, quero que faça parte disso.* Mas se o máximo que podia fazer era andar na cola do irmão, era melhor do que nada.

E o reverendo não a reprimiu com o olhar. Talvez tivesse reparado que Howard parecia um pouco menos assustado graças à iniciativa de Faith de descer com ele.

O pai fez que sim. Faith ruborizou de empolgação ao ver os homens preparando a cesta, prendendo uma lâmpada de óleo num gancho da estrutura. Sob a insistência de Ben Crock, prenderam também cordas nas laterais, para impedir que girasse.

Um dos lados da cesta-jaula tinha dobradiças como as de uma porta, e foi aberta para que Faith e Howard pudessem entrar.

– Sentem-se, vai ser mais seguro – avisou Crock, e as crianças obedeceram. Ao ver as rugas na testa do homem, Faith sentiu no estômago um ligeiro fervilhar de medo, mas a empolgação foi mais forte.

Ela envolveu Howard com os braços quando a corrente foi solta e a cesta começou a descer. Passaram para baixo da estrutura de madeira, e ficaram cercados de rocha castanho-avermelhada, cheia de ondas e furos. Os olhos de Howard ficaram brilhantes sob a luz da lamparina.

– Essa é a nossa aventura, Howard! – Faith sussurrou. – Vamos voltar no tempo! Muito, muito tempo atrás, quando isso aqui era a ponta de uma montanha, não uma ilha. Não tinha mar, só terra, coberta de neve mais alta que casas. Mamutes andando por aí, fazendo o chão estremecer. Grandes bandos de renas chacoalhando os chifres. E rinocerontes preguiçosos do tamanho de cavalos. E tigres dente de sabre.

O passado estava todo ao redor dela. Dava até para sentir o cheiro. Não parecia estar morto. Estava, sim, vivo, e tão curioso com relação a ela quanto ela com relação a ele.

O fosso foi se ampliando, como se as crianças descessem pelo pescoço de uma garrafa. A luz da lamparina iluminava suas paredes irregulares, e logo abaixo havia apenas escuridão.

A corrente de metal descia com um *clangue-clangue-clangue* de tilintar os dentes que ecoava pelo fosso. Então, em meio a essa música monótona,

houve um fraco *tinque*, depois um *crack* alto e abafado.

Então a cesta caiu.

Houve um segundo de completa ausência de peso, e um leve e perfeito desespero. Depois a cesta começou a raspar as paredes rochosas, e Howard, a gritar. Um terror bom e honesto acertou Faith como um tijolo.

A cesta parou muito de repente, com um sacolejo que a fez tombar. Howard foi jogado para a frente, mas Faith passou um braço ao redor dele, agarrando-se à barreira da jaula com a mão livre. Algo pesado a atingiu em cheio das costas com um rangido metálico. Era a ponta da corrente que fora presa à cesta. As cordas laterais ficaram presas, Faith compreendeu, gemendo conforme a cesta balançava, pendurada por cima do negro abismo. Foram essas cordas que contiveram a queda. Ouvia-se uma gritaria lá no alto, mas os ecos abafavam as palavras.

Desajeitada, aos solavancos, a cesta começou a subir. Ao olhar para o alto, a menina via apenas um pedacinho de céu com contornos de cabeças contra ele. Conforme a cesta balançava, Faith via as cordas esticadas raspando contra a rocha e começando a romper.

– Quietinho Howard quietinho Howard quietinho Howard... – Foi como um encantamento. Os soluços de Howard eram a única coisa real no mundo.

A fenda foi chegando mais perto. Braços foram estendidos para a cesta. Faith agarrou Howard por debaixo das axilas e o ergueu o mais alto que pôde. Seus braços doeram e fraquejaram com o peso do menino, mas logo o fardo foi tirado dali. As pernas de Howard brandiram quando ele passou, quase chutando a menina na cabeça.

Então a cesta começou a subir mais rapidamente, e os braços surgiram de novo, e dessa vez agarram as mãos e os braços dela. E a pegaram. Ergueram-na e tiraram-na, e logo ela estava sentada na grama, quase sem acreditar que tinha sobrevivido.

Logo em seguida desatou nova gritaria, principalmente de Lambent, que estava estupefato, em chamas. Era o magistrado local e queria punir alguém, mas logo ficou claro que não seria nenhum dos que estavam ali presentes. O sujeito que lhe tinha vendido o antigo mecanismo da mina era o alvo principal de sua ira.

Howard esperneava. Teve que ser examinado para ver se tinha ferimentos, limpado com lenços, acalmado, confortado e lhe ofereceram balas, também. O reverendo era uma fúria só, mas foi gradualmente cedendo aos pedidos de desculpas. Afinal, quem iria suspeitar que uma corrente grossa daquela pudesse se romper? E com as cordas laterais apertadas, não houve perigo real.

Meio sem jeito, Faith foi até Ben Crock, que estava sentado na grama, recuperando o fôlego. Tinha uma vermelhidão fresca nas palmas das duas mãos.

– Obrigada – ela disse baixinho, olhando para as mãos do rapaz.

– Moça nenhuma deveria levar um susto desses sob a minha responsabilidade – foi tudo o que ele disse. – Espero que possa me perdoar, senhorita.

5
CRÂNIOS E CRINOLINAS

A família Sunderly foi para casa trocar de roupa e discutir sobre o que acabara de acontecer. Por um tempo, pareceu que Myrtle se recusaria a comparecer ao chá da tarde com os Lambents por indignação. Somente depois de ser assegurada uma dúzia de vezes de que seus filhos nunca estiveram em perigo mesmo ela finalmente cedeu.

Faith não disse nada. Ainda se lembrava do horror que a tomou quando lhe pareceu que Howard fosse cair para fora da cesta. O perigo certamente lhe parecera muito mortal na hora.

Myrtle não estava muito certa se Faith estava incluída no convite para as "damas da família". Tivesse sido um convite para jantar, teria sido deixada para trás com Howard sem a menor dúvida. Chá da tarde,

contudo, era assunto um pouco diferente. No final, Myrtle resolveu que Faith poderia participar, embora esta suspeitasse que a mãe simplesmente quisesse alguém para acompanhá-la como uma ama não oficial.

Dada a importância da ocasião, Myrtle concordou em ajustar o "corselete de treinamento" de Faith um centímetro a mais do que o de costume. Contudo, vetou a sugestão da menina de usar uma saia mais longa, como as adultas faziam. Faith conhecia algumas meninas de sua idade, e ao longo do ano anterior vira as bainhas delas descendo aos poucos. A maioria tinha sido graduada ao âmbito dos corseletes de adulto, fazendo Faith reparar o tempo todo no seu, infantil, solto, desajeitado. Às vezes ela imaginava se Myrtle a mantinha infantilizada por vaidade, em vez de admitir ser velha o bastante para ter uma filha quase adulta.

Quando estavam prestes a sair, Myrtle notou as luvas de crochê nas mãos de Faith.

– Onde estão suas luvas de criança? – perguntou.

– Eu... não sei. – Faith ficou vermelha. – Tenho certeza de que trouxe no barco... – Uma sugestão vaga de que as pobres luvinhas teriam caído na água.

– Oh, *Faith*! – Myrtle apertou os lábios, irritada e impaciente.

A casa de Lambent ficava no topo de uma península, a menos de um quilômetro da escavação. De acordo com uma gasta placa de madeira, a casa era chamada "As Pinturas". Ela firmava seus quatro andares de tijolo avermelhado contra o clima, mas as cercas e arvorezinhas ao redor rendiam-se ao vento, curvando-se e quase se deitando perto do comprido gramado. Havia um grande estábulo e uma casa adjacente. Beagles latiam em seu canil.

Houve a demora de sempre, sendo Myrtle manobrada para fora da carruagem de Lambent. A crinolina dela, a gaiola de passarinho feita de osso de baleia e linho que se avolumava na traseira das saias, rangeu e tremeu, tombando a ponto de revelar seus delicados sapatos com lacinho.

A família Sunderly mal entrara no corredor e foi logo interceptada por Lambent.

– Entrem! Deixe-me apresentá-los a todos!

Ele os levou ao que parecia ser uma sala de troféus, com o piso xadrez vermelho e branco com rebites e pelos de cachorro por todo canto. Chifres de animais brotavam de placas no alto, lançando sombras em forma de galho sobre as paredes. Havia também máscaras africanas, gravuras jade chinesas, uma presa de morsa, um bumerangue e outros suvenires de terras estranhas e exóticas.

Uma dúzia de convidados estava ali conversando, a maioria homens. Faith reconheceu o Dr. Jacklers e Clay, mas o restante era estranho.

Quando os Sunderlys entraram, Faith lançou um olhar ressabiado ao redor da sala, analisando cada rosto em busca de lampejos de frieza ou zombaria. Em vez disso, quando o pai foi apresentado, a menina viu somente entusiasmo, curiosidade e respeito. Se o veneno do escândalo tocara o nome do pai, nenhum dos presentes parecia estar ciente disso.

Como de costume, a adulação escorregou pela rochosa reticência do reverendo e foi sugada pelo lenço rendado do charme atarefado de Myrtle. A mulher rapidamente tornou-se a favorita dos cavalheiros, sendo espirituosa sem ser esperta *demais*. Entrementes, tio Miles exibiu o marisco fossilizado que guardava na latinha de tabaco e tentou mostrá-lo às pessoas, mesmo com todo o esforço da irmã para fazê-lo parar.

Faith encontrou-se parada ao lado do Dr. Jacklers, que obviamente não fazia a menor ideia do que lhe dizer.

– Conte-me dos crânios! – Faith sussurrou. Foi uma ousada sugestão, talvez nada digna de uma dama, e se Myrtle estivesse por perto para escutar, Faith nem teria sugerido. Contudo, a disponibilidade de Crock de responder às perguntas da menina conferira-lhe súbito assomo de confiança. E se as regras fossem diferentes lá em Vane? E se ali ela pudesse mostrar interesse em ciência natural sem parecer esquisita?

– Ah, você está brincando com esse velho aqui! – O doutor riu, mostrando os dentes fortes e brancos. Mas claro que comprou a brincadeira. – Tenho uma coleção de crânios. Não porque quero assustar jovens damas como você, mas porque estou escrevendo um artigo sobre o cérebro humano e as raízes da inteligência. Meço as cabeças dos pacientes, também; mesmo quando aparecem só com um espirro, eu invento um motivo para passar uma fita métrica em torno daqueles crânios.

– Então você é um craniometrista? – Assim que as palavras deixaram a boca de Faith, ela viu o sorriso do médico esvanecer e soube que tinha cometido um equívoco. O homem estivera se deleitando com a explicação, e agora ela estragara tudo por saber demais. – É... é essa a palavra certa? – Sabia que sim, mas engoliu em seco e falou com hesitação: – Eu... acho que ouvi em algum lugar.

– Isso. – A confiança do médico lentamente retornou perante a timidez da menina. – Essa é a palavra *exata*, querida. Muito bem.

Conforme o homem continuou descrevendo a coleção de crânios, Faith escutava com uma torção ácida no estômago. Estava furiosa consigo por ter usado termo tão específico. Havia alguém ali *conversando com ela sobre ciência*, e se ela demonstrasse ter muito conhecimento, seria fim de papo. Sim, ele explicava coisas que ela já sabia como se ela tivesse metade da idade que tinha, mas ficaria grata até mesmo com isso.

Certa vez, quando tinha nove anos e começava a tomar conhecimento dos livros do pai, Faith adorava mostrar o que sabia. Sempre que vinha alguém visitar a casa ela borbulhava os fatos mais recentes que tinha descoberto e as novas palavras que capturavam sua imaginação. Queria impressionar – provar ao pai e a todo mundo que era *inteligente*. Sempre, seus esforços eram recompensados primeiro com um riso de surpresa, depois com silêncios desconfortáveis. Ninguém chegava a ser exatamente rude, mas após certo tempo a ignoravam educadamente como se fosse uma mancha na toalha de mesa. Mais tarde, a menina chorava até dormir, sabendo que não tinha sido esperta, que tinha dado uma de burra, burra, burra. Deixara todos envergonhados e estragara tudo.

A rejeição machucava muito Faith. Ela não mais lutava para ser elogiada ou levada a sério. Ficara mais humilde, desesperada para que lhe permitissem participar de conversas interessantes. Mesmo assim, toda vez que fingia ignorância, odiava-se e a seu desespero.

– Quanto maior o crânio, maior o cérebro, e maior a inteligência – continuava o médico, acalorando-se com o tema. – Você só precisa atentar para a diferença de tamanho entre os crânios de homens e mulheres. O crânio do homem é maior, mostrando que é maior em inteligência. – O médico pareceu reparar que não estava tendo muito tato. – A mente feminina é algo totalmente diferente – acrescentou rapidamente – e deveras interessante a seu modo! Mas intelecto demais a estragaria e amassaria, feito pedra no suflê.

Faith ficou irada. Sentiu-se amplamente esmagada e traída. A *ciência* era a traidora. Ela sempre acreditara, no fundo de seu ser, que a ciência não a julgaria, mesmo que as pessoas o fizessem. Os livros do pai abriram-se ao seu toque muito facilmente. Os diários não se retraíram perante seu olhar feminino. Contudo, parecia-lhe que a ciência a tinha pesado, rotulado e descoberto uma fraqueza. A ciência decretara que ela não podia ser inteligente... E que se por algum milagre *fosse*, era sinal de que havia algo de muito errado com ela.

– Ah, eu reconheço esse bordão! – declarou uma voz de mulher diretamente atrás de Faith. – Mais uma vez o Dr. Jacklers está nos denegrindo por nossos crânios pequenos!

Era uma senhora que fora apresentada como "Srta. Hunter, nossa carteira e operadora de telégrafo". Era baixa, arrumada e tinha cabelos pretos, com uma rapidez de movimento e gesto que fez Faith pensar numa galinha-d'água. Os dedos carnudos, sob as luvas, estavam sempre ocupados esticando e ajeitando as roupas dela, mas seu olhar era firme e abrangente.

– Perdoe-me, doutor, não queria ter cortado seu *pequeno* comentário.

A Srta. Hunter sorriu, indiferente. Faith não soube ao certo se tinha imaginado a ligeira ênfase na palavra.

Por outro lado, a reação do Dr. Jacklers foi óbvia. O rosto avermelhado ficou quase púrpura e ele lançou para a Srta. Hunter um olhar carregado de amargura. Não era um homem alto, e Faith imaginou se a fala daquela mulher tinha sido uma provocação velada quanto à altura dele. Entretanto, Faith suspeitou que deixara escapar alguma coisa.

– Estou simplesmente dizendo – persistiu o médico com acidez na voz – que o Todo-poderoso planejou para cada um de nós nosso lugar adequado no mundo...

Mas essas eram palavras fatais. A conversa prontamente explodiu num debate sobre evolução.

Cientistas naturais gostavam de discutir e debater. Na reitoria, Faith acostumara-se a ver os convidados do pai sorrindo, gracejando e matraqueando "meu caro companheiro" regados a chá, enquanto cavalgavam contra as teorias rivais como se fossem pôneis premiados. As discordâncias sobre a evolução eram sempre diferentes, contudo. Havia um estalar de medo por trás delas, uma crueza como da madeira lascada.

A mesma crueza e a tensão passaram a dominar a conversa. Para a surpresa de Faith, era do sempre dócil e cortês Clay uma das vozes mais altas e fervorosas.

– Lamarck e Darwin estão levando o mundo a um grande erro! – declarou ele. – Se dizemos que as espécies mudam, então estamos dizendo que foram criadas imperfeitas! Criticando o próprio Deus!

– Mas, Clay, e quanto aos restos das feras extintas? – protestou Lambent.

– O mastodonte! O grande urso da caverna! Os auroques! Os dinossauros!

– Todos mortos na Inundação – respondeu Clay, sem hesitar – ou por catástrofe similar. Nosso Senhor achou correto limpar a Terra muitas vezes, em cada ocasião criando novas espécies para apreciar seu mundo.

– Mas os fósseis... A maioria deve ter dezenas de milhares de anos pelo menos, são de muito antes da Inundação...

– Isso é impossível. – O tom de Clay era irrevogável. – Sabemos muito bem quão antigo é o mundo, dos registros das escrituras. Não pode ter mais do que seis mil anos.

Os cavalheiros mais velhos concordavam, aprovando a fala do pároco. Os demais pareciam condoídos e bastante envergonhados. Clay pareceu reparar no silêncio.

– Dr. Jacklers – ele chamou –, você mesmo disse isso! Eu me lembro de você falando dessas coisas com meu pai...

– Talvez eu tenha dito, dez anos atrás. – O Dr. Jacklers pareceu ficar incomodado. – Clay... tudo mudou nos últimos dez anos.

Faith era filha de um naturalista e sabia o que o médico queria dizer. O mundo mudara *mesmo*. Seu passado mudara, e com ele tudo mais. Antigamente, todos sabiam a história da Terra: fora criada numa semana, e o homem, colocado nela para reinar. E a história do mundo certamente não podia ter durado mais do que uns milhares de anos...

Mas então os senhores da ciência descobriram quanto tempo levava para que a rocha se dobrasse sobre si mesma feito massa folhada. Encontraram fósseis, e estranhos crânios de homens, de forma diferente, com sobrancelhas íngremes. Então, quando Faith completou cinco anos, um livro sobre evolução chamado *A origem das espécies* apareceu no mundo, que foi sacudido como um barco que avança para o solo.

E o passado desconhecido começou a esticar-se. Dezenas de milhares, centenas de milhares, até milhões de anos... E quanto mais longa a idade obscura ficava, menos gloriosa ia ficando a humanidade, encolhendo, encolhendo. O homem não estivera lá desde o início, nem tivera toda a criação a ele dada como presente. Não, ele chegara bem tarde; seus ancestrais lutaram para sair da lama e rastejaram pela terra.

A Bíblia não mentia. Todo bom cientista temente de Deus sabia disso. Mas rochas e fósseis e ossos também não mentiam, e começava a parecer que eles não contavam a mesma história.

– A verdade não mudou! – exclamou um homenzinho de cabelos brancos ondulados. – Só as mentes dos homens que duvidam! Devo apontar que entre nós temos o reverendo Erasmus Sunderly, cuja maior descoberta é testemunha da verdade do Evangelho!

Todos os olhos pousaram no pai de Faith, que não ousou tirar os olhos do chão.

– Fui um dos primeiros chamados para examinar o achado de New Falton – continuou o velho. – Quando olhei para ele, e vi o ombro humano fossilizado com traços vagos de asas brotando dele, senti... um assombro. Na hora, soube o que era. "Isso", eu disse, "é um dos antigos *nefilim*, e é tão autêntico quanto eu. Eu apostaria a minha reputação nisso!".

A bochecha do reverendo deu uma tremida discreta ao som da palavra "reputação". Faith foi tomada por um assomo terrível de simpatia. Queria sentir-se feliz pelo pai ter tão ardente apoiador, mas a declaração do velho soou um pouco desesperada demais. A menina chegou a ficar nervosa.

– Meus queridos amigos – disse Lambent –, não creio que este seja um bom assunto para grupo tão misto.

Logo o grupo se desmanchou. Por um tempinho pairou no ar uma leve tensão, uma sensação de polidez sob inquietude. As damas tinham sido uma agradável companhia, mas agora os cavalheiros queriam que elas se separassem deles e apreciassem o chá da tarde, para que eles pudessem conduzir seu encontro científico e falar livremente.

O coração de Faith foi aos pés quando ela se viu presa em fileira, seguindo as outras damas. *Isto é o seu futuro*, disse uma voz cruel em sua mente. *Sair de perto de encontros científicos de que não lhe permitirão participar.*

A meio caminho, no corredor, sua atenção foi capturada por uma porta aberta. Atrás dela abria-se uma salinha que cheirava a poeira e formaldeído. A luz do sol atravessava janelas altas e reluzia em armários com portas de vidro e nos olhos dos animais empalhados. Um gabinete de curiosidades, o covil de um naturalista.

Faith fitou Myrtle e as demais senhoras; nenhuma delas prestava-lhe a menor atenção. A menina sentiu o afago da rebeldia e escutou um canto familiar. *Se não posso comer à mesa, posso juntar as migalhas.*

Ela deslizou para a salinha e fechou a porta sem ruído, sem nem um clique.

Faith caminhou pela sala, extasiada, mesmerizada, analisando caixa atrás de caixa. Ovos de pássaro. Borboletas. Pele seca de lagartos e bebês de crocodilo fincada com alfinetes. Restos muito finos de plantas carnívoras, com dentes feito espinhos e estames que mais pareciam línguas. Cada item tinha seu próprio rótulo, delicado e meticulosamente escrito.

Um mangusto empalhado fora congelado para sempre no abraço preto e amarelo de uma cobra. A cor e o desenho das escamas lembrou Faith da serpente do pai, o que a fez sentir-se um pouco incomodada.

Enquanto espiava os itens expostos no grande armário, Faith tinha uma sensação esquisita no estômago, como se estivesse se descolando. Um texugo albino empalhado espreitava por entre uma mosca preservada numa bola brilhante de âmbar e uma raiz que parecia ser muito dura e tinha um formato grosseiro de pessoa. Num grande jarro de picles, um par de leitões siameses flutuava num pálido sono eterno.

Aberrações da natureza, dizia o rótulo central.

E é isso que eu sou, pensou Faith, sentindo enjoo. *Um cérebro pequeno de mulher com coisa demais enfiada dentro. Talvez seja esse o meu problema. Vai ver é por isso que não consigo não espreitar e espiar.*

Faith tinha acabado de sair da salinha para o corredor quando Myrtle reapareceu, de biquinho, muito impaciente.

– Mas por que raios você ficou apra trás?

– Desculpe, mãe... me perdi... – Faith não completou a frase, e com satisfação viu a irritação da mãe passar para uma cansada resignação.

– Agora não é hora de ficar zanzando e fuçando por aí. – Myrtle ajeitou o colarinho reto de Faith e o deixou um pouco mais reto. – Essas "damas" vão avaliar nossa família, e é muito importante que passemos uma boa impressão. Não podemos parecer ávidas demais; se a deixarmos nos tratar com superioridade, então a partir de amanhã a ilha toda estará fazendo o mesmo.

Faith acompanhou Myrtle até uma sala de desenho de papel de parede verde onde havia meia dúzia de senhoras sentadas e um conjunto de chá de prata fora servido. Um fogo tenaz ardia na lareira. Em comparação com o calor agradável da sala de troféus, aquela estava abafada e com ar pesado.

Num trono de vime ao lado do fogo sentava-se uma mulher que Faith ainda não tinha visto. Tinha testa alta de rainha e um emaranhado delicado de cabelos loiros pálidos reunidos num coque. Os cobertores que a envolviam a denotavam como uma inválida.

– Por favor, entrem, para que meu rapaz possa fechar a porta. Os assentos estão mais quentes perto do fogo. Sou Agatha Lambent. – Tinha uma voz profunda, agradável, mas cada sentença ia pendendo, lamentosa, como se não aguentasse com o próprio peso.

Lá na sala dos troféus, os cavalheiros já deviam estar tirando a conversa da coleira. Do mesmo modo, cá na sala de desenho, cada uma das damas relaxou um pouco e ficou mais verdadeira, expandindo-se para ocupar o espaço deixado pelos homens. Sem mudança visível, revelavam-se como flores dos botões ou facas das bainhas.

Faith sentia que a mãe fazia rápidos julgamentos. Todo mundo tinha seu lugar numa escada invisível. Era fácil saber que os duques encontravam-se bem acima da gente, e as empregadas, bem abaixo. Mas havia milhares de degraus, alguns com muito pouca diferença de altura, e Myrtle sempre queria avaliar o nível de todos às frações de um centímetro.

Seus olhos azuis voaram feito borboletas sobre a sala e suas ocupantes. A Sra. Lambent falava um inglês similar ao dos Sunderlys, mas os cumprimentos murmurados pelas outras senhoras entregavam o sotaque local. Os vestidos delas eram de boa qualidade, mas não muito modernos. A maioria usava crinolinas completas, em forma de sino, estilo que fora moda alguns anos antes. Myrtle, por outro lado, usava o mais recente: meia crinolina, chata na frente.

Retraindo-se interiormente, Faith viu Myrtle flutuar adiante com confiança, deitando cortesias que eram polidas, mas um tanto desdenhosas. Dava para ver que a mãe tomava para si uma posição apenas um pouco inferior à da Sra. Lambent, e um tanto superior à das outras damas. Talvez fossem mulheres importantes naquela ilha, mas eram todas *provincianas.*

– Mas que gentileza a sua nos convidar! – ela disse a Sra. Lambent. *E que gentileza a nossa de vir*, seus trejeitos acrescentaram do modo mais adocicado.

Faith sentou-se e tentou não se contorcer. O corselete apertado a fazia sentir-se muito mais adulta, mas dificultava sentar-se ereta, e as alças cavavam-lhe os ombros.

Myrtle era mais nova que muitas das outras mulheres, mas não aceitava as opiniões delas. Em vez disso, contradizia-as com "Ah, mas eu sempre achei que em *Londres*..." ou "Bem, lembro-me de um senhor que me disse em *Londres* que...". Tinha sido criada em Londres e lá vivera até casar-se: era esse o seu grande trunfo.

Por favor, pare, Faith implorava em silêncio. É preciso fazer todo mundo nos odiar? E se formos ficar presos nesta ilha por anos? Apenas a Srta. Hunter, a dos cabelos negros, parecia não se irritar com os trejeitos de Myrtle, observando-a, do contrário, com o ar vívido e ansioso de quem assiste a uma peça muito divertida.

Meu lugar não é aqui, Faith disse a si mesma, desesperada. *Meu lugar não é aqui nesta sala de chá e chapéus e fofocas...*

Faith tentava não mais escutar a mãe nem os sussurros espinhentos e ressentidos que farfalhavam por toda a sala. Em vez disso, deixou seu olhar passear pelo cômodo, e percebeu que era cheio de ornamentos religiosos: livros de orações, bordados com trechos dos Salmos e *memento mori* como crânios de porcelana e grinaldas negras. Talvez a doença da Sra. Lambent mantinha seus pensamentos focados no além. Certamente ela parecia determinada a não ir parar no inferno por falta de ornamentos.

– Faith! – Myrtle sibilou.

Faith levou um susto, e percebeu que os grandes olhos da Sra. Lambent a observavam, solenes. Ficou vermelha, compreendendo que muito provavelmente tinham lhe perguntado alguma coisa.

– Perdoe a Faith... Ainda está se recobrando da viagem de ontem.

Myrtle fitou a filha com um olhar muito distante do perdão.

– Deve ter sido muito cansativa – concordou a Srta. Hunter. – Principalmente por vocês não terem trazido nenhum dos empregados juntos, pelo que ouvi. – O sorriso da moça abriu-se, doce até demais.

– A casa que alugamos está totalmente equipada – Myrtle se apressou em responder.

– Oh, não a culpo de modo algum! – A Srta. Hunter espalhou as mãos carnudas, muito bem desenhadas. – É sempre tão complicado quando a gente mistura dois conjuntos de empregados... Todo mundo sabe como eles fofocam!

A xícara de Faith tilintou contra o pires. As palavras da Srta. Hunter ecoaram demais as próprias suspeitas da menina. A família Sunderly não trouxera os empregados porque não queria trazer as fofocas consigo.

– Espero que vocês percebam que terão tudo de que precisam aqui em Vane – continuou, amigável, a Srta. Hunter. – Aqui não falta vida social, e muito da moda de Londres nos alcança, mais cedo ou mais tarde. Nós até... recebemos jornais de Londres. Em geral, com um dia de atraso, mas a notícia não estraga feito leite... dura um bom tempo. – A moça falava de um jeito seco, mas com inequívoca acidez. – Gosto *especialmente* do *Intelligencer*. Costuma lê-lo, Sra. Sunderly?

– Prefiro o *Times* – declarou Myrtle, com desnecessário desdém, a colher traçando círculos velozes dentro da xícara.

Faith mantinha o rosto baixo, torcendo para que seus traços não entregassem o que sentia. Começara a rezar para que nenhum rumor obscuro sobre o pai tivesse alcançado Vane. Não havia como não captar o que a Srta. Hunter insinuava, contudo.

Faith fitou a mãe, e viu as bochechas de Myrtle ficando brancas.

Minha mãe sabe. As acusações contra o papai... Minha mãe deve estar sabendo delas desde o começo.

Não conseguimos deixar o Intelligencer *para trás, afinal. Ele nos seguiu até aqui, a ilha. A Srta. Hunter já deve saber tudo sobre o escândalo... e logo todos os outros saberão também.*

6
OLHOS AMARELOS

Conforme a carruagem de Lambent levava a família Sunderly de volta a Bull Cove, Faith tentava criar coragem. Precisava falar com o pai. Tinha que avisá-lo das palavras da Srta. Hunter, e dizer-lhe que, não importava o que acontecesse, ela ficaria do lado dele. Era uma tortura vê-lo suportar tanta coisa sozinho.

Quando finalmente chegaram em casa, e Jeanne tirara seus chapéus e casacos, tio Miles acendeu um fósforo e procurou o cachimbo, preparando-se para a caminhada e fumada de costume.

O reverendo o parou na porta.

– Miles, se for sair, fique perto da casa. Mais cedo, hoje, eu mandei o jardineiro espalhar umas armadilhas.

Tio Miles tossiu uma incrédula baforada de fumaça.

– Erasmus... está certo isso? No escuro... se as pessoas não souberem do perigo...

– Duvido que permitir que intrusos noturnos perambulem pelo terreno possa ser descrito como "certo" ou não perigoso – retrucou o reverendo. – Agora, se me dá licença, devo visitar a torre. – E saiu para o jardim.

Um pouquinho depois, o reverendo retornou com uma caixinha de madeira numa mão. Ele entrou, e enquanto limpava a terra dos sapatos, Faith juntou coragem.

– Pai, posso...

– Meu querido, gostaria de saber se poderia falar com você – disse Myrtle ao mesmo tempo, abafando a voz de Faith, mais hesitante. Usava a expressão de alerta e atenção que sempre empregava quando tocava em assuntos delicados com o marido. – Tem algo que preciso mencionar a você.

– Terá que esperar – o reverendo respondeu, seco. Fitava a caixa que tinha na mão. – Tudo terá que esperar. Tem uma questão que requer minha atenção imediata... *toda* a minha atenção. Ficarei na biblioteca, e não devo ser perturbado sob circunstância nenhuma.

O reverendo havia tomado a biblioteca como seu escritório desde o primeiro dia, e fizera dela seu local sagrado.

O pai de Faith dominara a arte de fazer suas palavras soarem finais feito um epitáfio, e suas decisões, irrevogáveis. Fechou-se a porta da biblioteca depois que ele entrou. Perdera-se o momento.

Faith juntou-se a Howard para o jantar, depois o ajudou a rezar e o pôs na cama, perguntando-se como viera a tornar-se governanta e babá de uma só vez. O menino estava sonolento, mas tenaz, envolvendo-a com os braços toda vez que ela tentava partir.

A menina afagava a cabeça do irmão e cantarolava algo para ele dormir quando um barulho distante a sacudiu de seus pensamentos. Foi um grito agudo e curto, não muito diferente de uma raposa, mas muito como o de uma criança, e viera da escuridão lá de fora. Houve um abre e fecha de portas lá embaixo. E conversas sussurradas, exclamações de alarme e passos apressados.

Faith saiu de fininho do quarto do irmão e correu escada abaixo, a tempo de encontrar a mãe, o tio e a Sra. Vellet na sala de desenho em tensa e sussurrada discussão.

– Madame, devemos chamar um médico... – insistia a Sra. Vellet.

– Não posso consentir sem a permissão do meu marido... – Myrtle lançou um olhar nervoso na direção da biblioteca.

– Ele proibiu? – perguntou tio Miles. – Por acaso o Erasmus sabe que tem uma criança mutilada na porta da casa dele?

– Ele deu instruções, instruções rígidas, para que não fosse perturbado. – O tom de Myrtle veio cheio de significado, e sua expressão pareceu domar os ventos que sopravam as velas do irmão. Mesmo animado pelo vinho, tio Miles não se arriscaria a enfrentar o temperamento do reverendo. – Miles... será que você poderia...

– Myrtle, se eu tivesse dinheiro para pagar o médico chamaria agora mesmo, mas no momento eu simplesmente não tenho fundos.

– Sra. Vellet... – Myrtle voltou-se para a governanta –, se o menino for levado até a cozinha, não pode ser tratado ali?

– Sim, madame. – A Sra. Vellet parecia estar com dificuldade de manter a compostura de sempre. – Mas não há muito que possamos fazer.

Todos os três estavam atentos demais à conversa para notar que Faith passava de fininho para a biblioteca.

O papai ia querer saber. Claro que ia querer saber.

Ela bateu na porta. Houve apenas silêncio, depois um som vago que podia ter sido alguém pigarreando, mas que soou um pouco como uma palavra abafada.

Faith girou a maçaneta e abriu a porta.

As lâmpadas de gás foram baixadas para emitir um brilho suave, mas a luminária de metal sobre a escrivaninha banhava a cena com um halo trêmulo de luz. Perante a mesa estava o pai, reclinando-se na cadeira. Quando Faith entrou, ele virou ligeiramente o rosto na direção dela e fechou a cara.

Faith abriu a boca para se desculpar, mas as palavras morreram em sua boca. A postura do pai, sempre muito direita, estava estranhamente largada. Ela nunca o vira pálido daquele jeito, tão relaxado. Chegou a sentir a pele formigar.

Havia um cheiro pegajoso no ar, ela constatou, e o aroma frio que sentira na torre. O perfume passou pela garganta dela como dedos gelados, pelos nervos dos dentes e atrás dos olhos. O ar pulsava com o perfume.

– Pai?

Até a voz dela soou diferente também, como se o restinho de um suspiro a ela se prendesse. Conforme ela avançou timidamente, seus passos foram abafados do mesmo estranho modo, feito plumas roçando o chão. Por todos os lados, o ar parecia agitar-se, soprando por bocas invisíveis.

Uma caneta tremulava entre os dedos fracos do pai, despejando tinta numa poça debaixo da ponta. Algumas sentenças tinham sido rabiscadas desajeitadamente, oposta à letra de sempre do reverendo.

As pupilas dele estavam pequenas e negras, impenetráveis. Sob a luz da lâmpada parecia que o cinza dos olhos dele tinha passado para um amarelo feio e lúgubre. Enquanto a menina os observava, os pingos e listras das íris dele pareceram tremer e agitar-se feito algas marinhas...

– Pai!

Aqueles olhos descoloridos fixaram-na, cada vez mais furiosos. Então o pai fechou a cara e franziu ligeiramente a testa.

– Vá embora. – Foi um sussurro, mas com um veneno que Faith jamais sentira na voz do pai. – Vá embora!

Faith deu meia-volta e saiu correndo da sala, o coração martelando.

– Faith! – Myrtle apareceu no corredor bem a tempo de ver a menina fechando a porta. – Oh, seu pai já terminou de trabalhar? Graças a Deus... Tenho que falar com ele.

– Não! – Faith encostou na porta, por reflexo.

Ela não entendia nada do que acabara de ver, mas sabia que o pai ia querer manter segredo. Faith lembrou-se de histórias sobre estranhos opiáceos fumados em segredo, com fumaças que embaraçavam os desejos dos cavalheiros e escravizavam suas mentes. E se os problemas do pai o tivessem incentivado a ser um consumidor de ópio? Ela não podia expô-lo. Ele já estava enfrentando escárnio e escândalo suficientes.

– Eu... eu fui contar para ele do menino preso na armadilha – Faith apressou-se em dizer.

– O que ele disse?

Faith hesitou. A única resposta segura a ser dada era que o pai a mandara sair do escritório e não respondera. Além disso, era a verdade.

– Que devemos chamar um médico – ela se ouviu dizendo.

Myrtle saiu às pressas para dar a ordem a Sra. Vellet, com alívio evidente em seus belos traços arredondados.

Faith ficou boquiaberta com os próprios nervos. A mentira acabaria sendo exposta inevitavelmente. Sua mente começou a trabalhar com a agilidade da prática, tentando encontrar saída, mas não lhe vinha desculpa ou explicação alguma. Não podia nem imaginar-se encarando o pai para dizer-lhe que dera ordens falsas em nome dele.

Papai tem que entender, ela disse a si mesma. *Se eu não tivesse feito isso, ele teria sido descoberto, ou seria culpado por deixar o menino sangrando. Estou protegendo-o.*

Ao mesmo tempo, pensar que acabara de tomar uma pequena parte dos segredos misteriosos do pai a preenchera com um calor confortante.

Alguns minutos depois, Faith olhou pela janela e viu tio Miles, o empregado da casa e a Sra. Vellet ajudando uma figura baixinha a caminhar para a casa. Quando chegaram perto o bastante para que a luz da janela os banhasse, a menina divisou o rosto do menino, que parecia ter uns catorze anos. Estava alarmantemente pálido, as bochechas brilhantes de lágrimas, o rosto contorcido de dor. O tecido desastradamente amarrado em torno do tornozelo estava escuro de tão encharcado. A visão tomou o estômago da menina com um formigamento animalesco de compaixão.

Não lhe permitiam ir à cozinha. Sentada na sala de jantar contígua, contudo, ela pôde facilmente escutar os volumosos soluços de dor do menino, e as conversas desesperadas lá dentro.

– ... Não, segura direito esse pano!

– Sra. Vellet, está encharcado! Está pingando pelos meus dedos!

O empregado, Prythe, chegara com mais bandagens improvisadas. Quando ele abriu a porta da cozinha, Faith teve um lampejo rápido do menino ferido deitado no tapete da lareira, com Jeanne prendendo um tecido todo vermelho no tornozelo dele. O menino soltava palavrões por entre dentes cerrados, os olhos fechados apertados.

– Não vou tolerar esse palavreado na minha cozinha – deu para ouvir a Sra. Vellet declarar, pouco antes de a porta se fechar. – O que você faria se morresse de tanto sangrar agora e fosse arrastado para o inferno por ter uma língua assim tão suja?

A carruagem do Dr. Jacklers chegou dentro de uma hora. Ele fez reverências para a Sra. Sunderly e Faith, mas tinha uma expressão concentrada de homem de negócios em vez do sorriso sociável de costume.

– Como está o menino? – perguntou ele imediatamente. – Coisa feia, é? Bom, espero que sim. Acabo de deixar uma xícara de cidra apimentada esfriando em cima da cômoda, e odiaria ter sido chamado à toa. – Ele pediu um copinho de láudano para aliviar a dor do paciente, e uma xícara de chá quente para ajudá-lo a recobrar-se do frio da jornada. – Não gosto nunca de trabalhar com os dedos frios, e o melhor jeito de esquentar é de dentro para fora.

A casa ficou um pouco mais calma com a chegada do médico. Passada uma hora ele apareceu, as mãos limpas e a mala pronta para viajar.

– Como está o pobre garoto? – Myrtle perguntou suavemente.

– Bom, os dentes da armadilha não pegaram no osso, graças a Deus, mas abriram dois buracos na carne da panturrilha dele. Limpei a ferrugem e a sujeira deles o melhor que pude, e besuntei os ferimentos com ácido carbólico. – O médico pareceu reparar que Myrtle fazia careta ao ouvir a explicação, então mudou de assunto. – Está enfaixado e bem selado agora, então é melhor eu levá-lo para casa. Conheço a família Parris.

Após um instante, Faith compreendeu por que o nome Parris era familiar. O homem que ela encontrara na floresta, de quem fugira, chamava-se

Tom Parris, segundo a Sra. Vellet. O garoto ferido tinha idade suficiente para ser filho dele. Talvez a família toda fosse assim atrevida.

Quando o casaco do médico foi trazido, ele olhou ao redor e franziu o cenho, parecendo um tanto ofendido. Faith imaginou que talvez ele esperasse que o pai dela aparecesse para cumprimentá-lo.

– Obrigada, *muito* obrigada por ter vindo a uma hora dessas! – Myrtle abriu um charmoso e vulnerável sorriso e estendeu a mão para o médico. A chateação do Dr. Jacklers evaporou feito orvalho sob a luz do sol.

Bem mais tarde, depois que todos tinham se retirado para dormir, Faith levantou-se silenciosamente da cama e colocou um vestido. Ela desceu a escada e foi espiar pelo buraco da fechadura da porta da biblioteca. Não deu para ver muito mais do que uma estante e um pedaço do chão, mas estavam ambos ainda iluminados. Pressionando o ouvido contra o buraco, a menina escutou um rabiscar furtivo de caneta em papel, murmúrios ocasionais e ruídos que deviam ser os rangidos da cadeira.

Faith foi inundada pelo alívio. Imaginara ver o pai esparramado, imóvel, lutando para respirar. Contudo, essas imagens desfizeram-se, e em vez disso, em sua mente, a menina viu o pai ainda sentado à escrivaninha – vivo, consciente e ocupado escrevendo.

Ela envolveu com a mão a maçaneta, mas hesitou, sentindo o frio do metal. Não conseguia esquecer-se dos sombrios olhos bruxuleantes do pai, a atmosfera sussurrante da sala e a virulência com a qual ele a mandara sair. Em vez de entrar, Faith subiu as escadas e deslizou de volta para a cama, que já esfriava.

Quando finalmente adormeceu, sua mente continuou agitada. Ela sonhou que caminhava por um jardim gelado cheio de árvores cobertas de neve. No centro, ela deparou com a enorme cabeça do pai feita de pedra, brotando do chão como se ele tivesse sido enterrado até o pescoço. Os olhos estavam amarelados e brilhavam feito vidro, e por trás deles figuras sombrias se mexiam, borrões de luz abafada. O rosto dele estava coberto de musgo, mas quando ela tentava arrancar, a pedra cedia junto.

7
UM FRIO ENVOLVENTE

A mente de Faith ficou de vigília mesmo durante o sono. A primeira movimentação na casa pela manhã cutucou-a de seus sonhos para um estado semiacordado. Dava para ouvir o bater distante de portas, a água saindo da torneira, as toras de madeira rolando da pilha.

Com o casaco enrolado por cima da camisola, Faith desceu a escada bem a tempo de ver Jeanne indo até a biblioteca com uma bandeja de chá.

– Deixe comigo, Jeanne – disse Faith tentando imitar o ar de confiança da mãe. – Eu levo a bandeja.

Jeanne fitou a menina com surpresa, depois fitou a porta. Faith pôde ver a curiosidade da moça desembainhando-se feito as garras de uma gata.

– Sim, senhorita.

Depois que Jeanne se foi, Faith pegou a bandeja e passou para a biblioteca, que estava imersa em quase total escuridão. O mesmo cheiro frio pairava no ar, mas agora somado de um ranço cítrico, como o de laranjas estragadas. Faith pousou a bandeja e correu abrir as janelas e venezianas, para deixar entrar a luz e limpar o ar. Se o cheiro fosse de opiáceo, ela não queria que mais ninguém notasse.

Quando a luz do dia entrou na sala, Faith viu que o reverendo continuava sentado na cadeira, usando as mesmas roupas da noite anterior. Seu corpo estava pendendo para a frente, por cima da escrivaninha, e Faith sentiu uma agitação de pânico, até que percebeu que escutava o pai respirando.

A mesa estava coberta de livros abertos e papéis rabiscados. A caixa de escrever e o baú de viagem do reverendo estavam abertos, e seus conteúdos cuidadosamente guardados, espalhados por cima de cadeiras e até pelo chão. Na beira da estante, uma vela fora deixada queimando até o fim, de modo que fez uma cicatriz preta na prateleira de cima e estalactites de cera penduradas para baixo.

Foi quase uma blasfêmia vê-lo dormir. Mesmo descansando, o rosto dele tinha a severidade sedada do mármore de um pátio de igreja ou antigo santuário. Era uma rocha inflexível, os julgamentos gravados em sulcos profundos. Era um lugar no qual a pessoa precisava dar passos cautelosos e sussurrar.

– Pai?

O reverendo se mexeu, depois lentamente ergueu a cabeça e se ajeitou.

Seus olhos tinham voltado ao cinza de sempre, mas pareciam protegidos por uma grossa película. As névoas sumiram com misteriosa rapidez, contudo, e o olhar dele ficou afiado feito espada.

– O que está fazendo nesta sala?

Faith congelou. Um momento antes, tinha a sensação de estar protegendo o pai. Agora a mesma ideia lhe parecia infantil e presunçosa.

– Jeanne trouxe chá. Achei... achei que não ia querer que ela entrasse. Você parecia... ontem à noite você parecia doente...

– Dei instruções para que *ninguém* entrasse aqui! – O pai piscava duro e olhava através da menina, fazendo careta, como se ela fosse um telescópio de muito má qualidade. Pelo menos os olhos dele tinham retornado à cor acinzentada de sílex. – Eu... não estou doente. Você se enganou. – Ele estreitou os olhos. – Você disse a alguém que eu estava doente?

– Não. – Faith fez que não enfaticamente.

– Alguma outra pessoa entrou aqui?

– Acho que não... – Faith não completou a frase. O olhar do pai fixou-se em algo, e quando ela o acompanhou viu um feixe novo de lenha na lareira e um balde de carvão que tinham acabado de encher. Faith esquecera-se de que quase todas as lareiras eram acesas às cinco da manhã. Obviamente um dos empregados tinha entrado para ajeitar o fogo, encontrou o reverendo dormindo e saiu, deixando os apetrechos para o fogo prontos para serem usados quando necessário.

O reverendo olhou ao redor, para seus papéis espalhados, agora com ar de alarme e urgência.

– Esses papéis já estavam espalhados quando você entrou pela primeira vez?

Faith fez que sim, e o reverendo começou a pescá-los e empilhá-los de volta na caixa de escrever. Algumas páginas mostravam rabiscos rudes de tinta, e ele parou para analisá-los.

– O que isso significa? – ele murmurou baixinho. – Eu mereço uma resposta... dei tudo por uma resposta! Como posso entender alguma coisa desse disparate?

Faith apressou-se em ajudá-lo. Os rabiscos eram estranhos e difíceis de discernir. Uma criatura com forma de rato descansava as patas dianteiras numa elipse quebrada. Uma fera como um dragão inclinava a cabeça rabiscada para trás. Um rosto semi-humano com a testa muito inclinada olhava furioso com ar de hostil estupefação. Ela viu mais uma coisa ou outra, mas os desenhos foram arrancados de suas mãos.

– Não toque nisso! – o reverendo disse abruptamente.

– Só estava tentando ajudar. – O desespero de Faith sobrepujou sua prudência. – Só quero ajudar! Pai, *por favor*, me conte qual é o problema! Prometo não contar a ninguém!

O pai a fitou surpreso por alguns segundos, e então baixou os olhos com impaciência.

– Não tem nada de errado, Faith. Traga meu chá, depois me deixe trabalhar.

A rejeição doía, sempre doía. Parecia que ela nunca teria um calo para protegê-la.

Faith comeu o café da manhã no berçário: chá fraco e frio, e ovos cozidos ao ponto de quase liquefeitos. Estava preocupada e meio grogue por ter dormido de picadinho, e só reparou no final da refeição que Howard estava furtivamente usando garfo e faca com as mãos erradas de novo.

Quando Faith desceu, aventurou-se até a sala de jantar e espiou pela porta. Lá estava o pai, tomando chá com a mãe e o tio perante os restos do café da manhã. Ele mostrava todo o semblante de sua compostura de sempre. As mãos estavam firmes, folheando as páginas do jornal.

– Aí está você, Faith! – Myrtle avistou a menina e a chamou. – Você precisa ir comigo à cidade hoje. Temos que comprar luvas novas de menina, já que você perdeu as suas... embora eu não entenda como você pode ser tão descuidada!

Faith ruborizou e murmurou uma desculpa.

– Fique pronta para sair assim que puder. – Myrtle lançou ao marido um olhar um tanto cansado. – Meu querido... se você vir o Dr. Jacklers na escavação hoje, pode acertar os serviços dele?

– Dr. Jacklers? – O reverendo analisou a esposa como se fosse um filamento incompreensível sob o microscópio. – Que serviços?

O coração de Faith afundou, e ela subitamente desejou com miserável intensidade que tivesse admitido tudo ao pai pela manhã. Mas era tarde demais, e a crise se instalara. A terrível imprudência de falar pelo pai estava prestes a ser descoberta.

– O pagamento por ter tratado aquele menino que ficou preso na armadilha ontem à noite... – Myrtle hesitou.

– *Como?* – O reverendo ficou de pé, lançando um olhar relampejante para o jardim.

– Você... disse que devíamos chamar um médico. – As sobrancelhas de Myrtle enrugaram-se de incerteza, e seus olhos passaram para a filha.

Faith engoliu em seco e encontrou o olhar do pai. A expressão dele era só nuvens, inconstante, difícil de ler. O clima ali não estava nada bom, e uma tempestade se formava. Ela viu os pensamentos dele encaminharem-se silenciosamente para uma conclusão, mas não sabia dizer qual era.

Então ele tornou a sentar-se, lentamente, e alisou o jornal bagunçado.

– Quando mandei chamar o médico – ele continuou, frio –, pensei que a família do garoto fosse dar conta do pagamento. Não vejo como invasores teriam permissão para nos roubar de tal maneira, mas... já que verei o Dr. Jacklers, farei o pagamento. Pretendo, é claro, falar também com o magistrado, e fazer com que a lei recaia sobre essa questão.

Faith escutou a tudo isso com alívio e choque. Por algum motivo, milagrosamente, a tempestade passou sem causar danos. O pai dera apoio à história dela. Agora Faith sentia como se os dois tivessem mais do que um segredo em comum – estavam juntos numa conspiração. Ela não entendia muito bem por que isso acontecera, nem como.

– Em qual armadilha ele ficou preso? – perguntou o reverendo, como se lhe ocorresse naturalmente a dúvida.

– Foi numa entre as árvores, logo após a torre – disse tio Miles. – Erasmus, espero que você retire essa armadilha. Fica bem na beirada de uma encosta íngreme que vai até lá embaixo, no vale. Alguém que pule por cima dessa armadilha pode cair feio e quebrar o pescoço. E... não está muito de acordo com a lei, sabe?

O reverendo fez que sim solenemente, mas Faith não sentiu muita confiança de que o conselho do tio Miles tivesse sido realmente absorvido. Na verdade, a menina se perguntava se o pai tinha ouvido qualquer coisa dita após a palavra “torre”.

Um dos cavalheiros do encontro na casa dos Lambents oferecera-se galantemente para colocar seu motorista e carruagem à disposição de Myrtle durante a manhã, para que ela pudesse "ver um pouco da cidade". Quando o veículo chegou, revelando ser na verdade uma charrete, o rosto de Myrtle mostrou um lampejo de surpresa e desdém antes de o sorriso reaparecer. Myrtle viajou ao lado do motorista, e Faith foi deixada empoleirada no banco sem cobertura, de frente para a traseira, para ver a estrada desenrolar-se sob seus pés.

Sentada na charrete que transportava ela e a mãe pela estrada de baixo até a cidade, Faith continuou tentando entender o comportamento do pai e por que não a punira. O vento estava forte, arrastando no céu uma colcha de retalhos azuis e cinzas, e forçando Faith a segurar o chapéu. Pingos minúsculos de vapor pinicavam as bochechas dela e grudavam em seus cílios.

A cidadezinha portuária mostrou-se uma visão mais agradável à luz fraca desse dia do que na ocasião da chegada dos Sunderlys. As casas eram

pintadas de branco, amarelo ocre e vívidos azuis. A luz do sol reluzia nos letreiros das pousadas e no sino pendurado na pracinha assimétrica. Tudo cheirava a maresia.

Myrtle pediu que o motorista as aguardasse na praça e depois desceu delicadamente, seguida por Faith. Usava capa, vestido e chapéu azuis, destacando a cor dos olhos.

Uma das casas mais bonitas exibia imagens de luvas e chapéus elegantes no letreiro acima da vitrine. O interior era pequeno, porém imaculado. Mais ou menos cinco chapéus da moda cobriam cabeças de vime. Por sobre um balcão de mármore, luvas de diferentes estilos estavam arranjadas com muita pompa: algumas compridas, com botões no punho, outras menores e práticas, para o dia a dia.

A vendedora era uma mulher pequenina de nariz avantajado e ar comedido de convencimento. Ela escutou quando Myrtle perguntou de certo tipo de luvas infantis, depois desapareceu nos fundos da loja para encontrar algo para Faith provar. Quando retornou, contudo, havia ainda mais frieza em seus modos.

– Minhas desculpas, madame, mas receio que não tenhamos nada do tamanho da sua filha no momento.

– Nada? – Myrtle ergueu as sobrancelhas. – Ora, mas que absurdo! Minha filha nem chegou a provar nenhuma luva!

– Madame, eu sinto muito – a vendedora respondeu suavemente –, mas não posso fazer nada por você.

Quando Faith e Myrtle saíram para a rua, a menina pensou ter escutado sussurros entusiásticos vindo dos fundos da loja.

– Que esquisito – Myrtle comentou, bastante indignada. – Fico pensando como... oh, olha, Faith, aquelas duas estavam no encontro de ontem à noite!

Sem dúvida era a Srta. Hunter dos cabelos negros quem caminhava firme pela calçada oposta, junto de uma mulher mais velha de cabelo castanho-claro. Myrtle abriu um sorriso charmoso na direção da dupla e fez uma ligeira reverência.

Os olhos da Srta. Hunter pousou nas duas, depois escorregou feito gota de água na cera. Ela se virou para passar à companhia um comentário murmurado inexpressivo, e as duas seguiram com a caminhada sem oferecer o menor reconhecimento a Myrtle e Faith.

– Elas não nos viram – disse Myrtle, com uma ligeira oscilação na voz. Seus olhos transmitiam uma impressão infantil de assombro.

Faith sentiu algo decantar-se em seu estômago como uma pedra. Não era mais ansiedade; era um receio pesado do inevitável. Elas tinham sido esnobadas. Isso era reservado somente para pessoas tão baixas que não eram notadas. No dia anterior tinham sido aceitas como parte da "sociedade" de Vane. Alguma coisa tinha de ter mudado, visto que a Srta. Hunter passara a ter segurança de poder esnobá-las com impunidade.

– Mãe... podemos ir para casa? – Faith analisava a multidão, vendo um ou outro olhar sub-reptício e nada de rostos amigáveis.

– Não! – Myrtle envolveu-se com a capa. – Depois de ter enfrentado aquela terrível estrada da costa, pretendo ver o melhor dessa cidadezinha medíocre.

Os modistas fechavam as portas conforme elas se aproximavam. A mulher da *patisserie* foi francesa o bastante para não conseguir entender Myrtle, embora parecesse não ter dificuldade com mais ninguém. O boticário baixinho estava tão ocupado que jamais notara que as duas aguardavam atendimento.

– *Por favor*, podemos ir para casa? – implorou Faith, baixinho. Sentia dezenas de olhares perniciosos velados como se fosse uma garoa fraca.

– Faith, por que você sempre choraminga tanto? – sibilou Myrtle, ficando rosada.

Nesse momento, Faith quase odiou a mãe. Não foi apenas a recusa teimosa de Myrtle de recuar perante a humilhação; foi a total injustiça da resposta. Faith passara a vida toda engolindo protestos e reclamações, e tinha amarga ciência de todos os sentimentos que punha goela abaixo todos os dias. Ser acusada de *choramingar* era tão incrivelmente injusto que a fez sentir-se até um pouco leve, como se pusesse o pé para fora da beirada do mundo.

Conforme seguiram caminho, os olhos de Myrtle iluminaram-se.

– Vamos à igreja – declarou. – Eu disse ao Sr. Clay que talvez fôssemos visitá-lo para escolher um banco.

A charrete os levou morro acima, e estacionaram perante a igrejinha. O local estava vazio, então Myrtle abriu caminho até o pequeno presbitério, uma casinha atarracada que parecia estar sendo lentamente esmagada pelo peso de um ramo de madressilva invasora.

Na janela maior, uma coleção de pequenas fotografias fora arranjada com a face para fora, algumas tocadas por cor. Isso fazia a casa lembrar, muito suspeita, uma loja. Faith imaginou se Clay talvez não estivesse usando seu "hobby" para ganhar um dinheiro extra.

Ao aproximarem-se, o próprio Clay abriu a porta, e pareceu estupefato ao vê-las.

– Eu... Sra. Sunderly. Srta. Sunderly... – O homem olhou para trás por um segundo como se procurasse por reforços. – Vocês... hã... gostariam de entrar? – Faith não pôde deixar de notar que Clay parecia extremamente incomodado. – Hã... esse é o meu filho Paul.

Um menino de uns catorze anos saiu e pegou, educadamente, as capas e chapéus das senhoras. De fato, era o garoto que Faith notara junto a Clay na escavação. Era moreno e franzino como o pai, com uma boca meio emborrachada que Faith achou que podia ficar irritada ou taciturna nas circunstâncias erradas.

– Sentem-se – disse Clay. – Hã... o que posso fazer por vocês, senhoras?

– Bom, eu vim pedir para alugar um banco para a família – declarou Myrtle –, mas... para ser sincera, Sr. Clay, vim aqui na expectativa de ver um rosto amigável, para variar. – Havia algo de quebradiço na voz dela, e uma luz pungente nos grandes olhos azuis. – Fomos maltratadas por toda a cidade hoje de manhã e eu... talvez seja muita bobagem minha, mas não sei por quê. Por favor, seja sincero comigo, Sr. Clay... Por acaso eu fiz alguma coisa muito horrível que ofendeu a todo mundo?

Faith meteu as unhas nas palmas das mãos. Lá fora, Myrtle estivera inexorável e obstinada, mas ali, na presença de um cavalheiro, subitamente passara para uma coitadinha.

– Oh, Sra. Sunderly... por favor, não imagine uma coisa dessas!

Clay derreteu. Sempre derretia.

– Tem alguma coisa a ver com aquela situação terrível de ontem à noite com o pobre garoto que se machucou no nosso jardim? – Myrtle perguntou.

– Isso... não ajudou muito, Sra. Sunderly. Contudo, meu filho Paul aqui me contou que o garoto está indo bem melhor do que o esperado.

– Talvez não perca o pé – disse Paul, espontaneamente. Seus olhos castanhos bem separados não transmitiam alegria alguma. Tinha por volta da mesma idade do menino que se machucara, e Faith imaginou que talvez fossem amigos.

– Contudo, o maior problema... – Clay hesitou e parou, e olhou com insegurança para Faith.

Myrtle captou a hesitação e virou-se apressadamente para a menina.

– Faith... que tal você dar uma olhada nas fotografias do Sr. Clay?

– Exato! – Clay deu um pulo ao ouvir a sugestão. – O Paul pode te mostrar tudo por aí.

Faith deixou-se ser guiada para o outro lado da sala por um Paul ferreamente polido. Nas estantes e na cornija havia um conjunto de fotos de pessoas em poses rígidas, a maioria menor que a palma da mão.

– Essa fotografia aqui é um truque. – Paul apontou uma imagem na qual dois homens fitavam um ao outro, um sentado, tocando violoncelo, o outro em pé, vestido de maestro, bastão erguido. Ao olhar com mais atenção, Faith viu que os homens eram idênticos, como gêmeos. – O mesmo homem foi fotografado duas vezes. Não dá nem para ver a costura em que as imagens foram unidas.

Outra chamou a atenção de Faith. No primeiro plano havia um garotinho de uns dois anos sentado, mas atrás dele havia uma grande figura humana envolta em tecido negro, de modo que quase não se via contra o fundo preto.

– Às vezes as crianças pequenas se mexem ou choram se as colocamos sentadas sozinhas, e isso borra a foto. – Paul apontou para a figura negra.

– Então colocamos a mãe sentada atrás para confortá-las, mas escondemos por baixo de um pano.

Olhando para o outro lado da sala, Faith viu Clay passar um jornal para Myrtle e apontar uma matéria específica. Myrtle leu e leu. O jornal tremia nas mãos dela.

O *Intelligencer*. Na verdade, Faith já tinha adivinhado o que mudara tudo. O escândalo que envolvia o pai tinha chegado a Vane, formalmente, em preto e branco.

– Acho que você ia gostar de olhar aqui. – A voz de Paul interrompeu os pensamentos dela. Ele acenava para uma caixinha de madeira com lentes tipo de binóculo. Faith reconheceu-a imediatamente como sendo um estereoscópio, um aparelho interessante que mostrava para cada olho uma foto diferente, fazendo com que a imagem parecesse ter três dimensões. Por reflexo, a menina ergueu-a aos olhos e espiou.

Conforme a foto ganhou foco, Faith sentiu um verdadeiro choque, como uma sacudida no peito. Era uma cena de crime num beco; o culpado brandia uma faca perante o corpo ensanguentado de bruços de uma mulher. Havia um ferimento comprido visível no plexo solar que descia até a barriga.

Faith baixou lentamente o estereoscópio, sentindo-se meio vacilante. Até o momento, as imagens que vira tinham sido paisagens exóticas ou imagens fantásticas, como fadas derramando bonitos sonhos nas cabecinhas de crianças que dormiam. Essa imagem horrenda não era do tipo que se mostrava às "damas".

Paul fitou a menina um pouco firme e frio demais. Estava mesmo irritado. Faith teve certeza, então, de que tal sentimento se estendia a toda a família dela por conta do amigo ferido. Então, decidira dar vazão aos sentimentos assustando a parte mais fraca – a boba, afetada e tímida filha dos Sunderlys. Foi um ato de malícia estúpido e descuidado, e o menino sabia que entraria em apuros. Os olhos dele *desafiavam* Faith a colocá-lo em apuros.

Subitamente Faith ficou brava também – furiosa com Vane, com a estupidez da armadilha, com a mãe, com os esnobes e risinhos e sussurros e segredos e mentiras. O que a deixou mais brava foi saber que se ficasse exasperada, se tivesse um rompante ou fizesse um escândalo para colocar Paul numa enrascada, de certo modo ele venceria. Ela provaria que ele estava certo – que ela era mesmo a boba, afetada e tímida filha dos Sunderlys, e nada mais.

Por isso, ela não fez nenhuma dessas coisas. Em vez disso, sorriu.

– Uma vez eu ajudei meu pai a fazer taxidermia numa iguana – disse baixinho. – Tivemos que fazer um corte igualzinho a esse antes de puxar fora as entranhas. – Os segundos que passavam tornavam-se perigosos e espaçados. As regras tilintavam baixinho ao se quebrar.

Foi difícil dizer se Paul tinha ficado aturdido com a resposta dela. O fato é que não disse nada por alguns instantes.

– Estou acostumado a lidar com algo maior que um lagarto – disse ele, finalmente. Passou para a estante seguinte, e Faith o acompanhou.

O primeiro cartão da estante chamou a atenção dela. Ele continha duas fotos, ambas mostrando uma mesma bela menina de cabelos cuidadosamente penteados. Uma mostrava-a de olhos fechados, sob o rótulo "Dormindo". A outra estava marcada como "Acordada", e a mostrava olhando para as lentes.

– Meu pai pinta os olhos – disse Paul – caso a família queira que pareça natural.

Faith levou um ou dois segundos para processar as palavras do menino e compreender para o que estava olhando. A garotinha da foto estava morta e fora fotografada para recordação. Fora cuidadosamente posicionada pelos parentes amados para parecer que estava apenas descansando.

As outras fotos da estante eram todas do mesmo estilo, Faith notou, agora que sabia onde procurar. Muitas delas mostravam grupos de familiares, onde um membro pendia mais que os outros ou tinha de ser amparado por almofadas, costas de cadeiras ou braços.

Não fizeram esse tipo de fotografia com os irmãozinhos que Faith perdera. Eram lembrados por meio de outros artefatos: as mamadeiras eram mantidas com cuidado, ou tiveram mechas de cabelo costuradas em paninhos de bordado. Contudo, ela vira uma foto desse estilo certa vez, de uma mulher que aparentemente dormia em paz numa cadeira, com um livro sobre o joelho.

– Eu ajudo a posicionar – disse Paul. – Tem que escolher o momento certo, quando ainda não estão duros demais.

Novamente, a expressão do menino foi muito pouco cortês. *Sua vez*, diziam os olhos dele.

– Como você posicionou esse aqui? – Faith apontou para uma pequena foto de um garotinho sentado sozinho sem apoio numa sala, com um soldadinho na mão.

– Essa foto é diferente – Paul hesitou. – Meu pai fotografou esse garotinho... depois cortou a cabeça, bem devagar, e colou numa foto antiga minha. Ele sempre tirou um monte de fotos de mim para poder transformar em fotos de clientes mortos quando precisa.

– Você tem cópias suas das fotos originais? – Faith perguntou.

– Claro que não. – Paul deu de ombros. – Para quê gastar papel albuminado se não for para um cliente?

– Como é a sensação – Faith sussurrou – de relembrar o passado e não estar mais ali e ter uma pessoa morta no seu lugar? Eu me sentiria como se estivesse *desaparecendo*. Ia achar que meu pai não fazia a menor questão de se lembrar de mim. Você não tem pesadelos em que acorda e descobre que não sobrou nada de você, só uma pessoa morta sentada usando o rosto de outra pessoa?

Paul retraiu-se. Faith tocara na ferida, e saber disso a fez sentir-se corajosa e feliz.

8
CARÁTER MACULADO

Myrtle e Faith retornaram a Bull Cove em silêncio. Quando desceram da charrete, as duas notaram uma figura solitária parada ao lado da casa, protegida do vento. Era tio Miles, rosto franzido e cachimbo protegido na palma da mão. Ele acenou para chamar a atenção delas, depois as chamou com furtiva ansiedade.

– Miles! – exclamou Myrtle, ao aproximar-se dele. – Pensei que estivesse na escavação! Meu marido saiu sem você?

– Oh, não, já estivemos na escavação, é uma pena. – Tio Miles falava sussurrando. – Achei melhor tentar encontrar vocês antes que entrassem em casa. Ocorreu uma confusão, e agora estamos todos pisando em ovos. – Ele ergueu as sobrancelhas de modo muito significativo. – Certas pessoas voltaram da escavação com péssimo humor, e que os céus ajudem a todos nós caso *pensemos* alto demais.

Faith sentiu o pescoço e os ombros contraírem-se. Quando o pai estava no pior dos humores, seu caminho tinha de ser amaciado com o maior cuidado. Não era um homem violento, mas se tomava uma decisão num momento de raiva, sustentava-a eternamente.

Myrtle deu um passo adiante e tomou o irmão pelo braço.

– Vamos dar uma volta pelo gramado, Miles – murmurou.

Faith seguiu o tio e a mãe pelo gramado, ficando perto o bastante para escutar e longe o bastante para que supusessem que ela nada ouvia. O trio foi se afastando da casa.

– Myrtle, querida – disse tio Miles finalmente. – Acho que a maioria das pessoas diria que sou um homem paciente. Mas o dia de hoje realmente testou a minha paciência. Nosso querido reverendo me cutucou até quase brigarmos.

– O que aconteceu na escavação? Por que voltaram tão cedo? – O tom com que Myrtle disse isso foi um tanto seco, como se ela já adivinhasse qual seria a resposta.

– Não chegou carruagem alguma para nós esta manhã. Acabou que tivemos que pagar um rapaz para nos dar carona em sua carreta. E, quando chegamos, não nos deixaram entrar no sítio! Depois de todas as cartas que diziam que *precisavam* do grande reverendo Erasmus Sunderly, nos expulsaram de sua preciosa escavação! Pior ainda, nosso caminho foi bloqueado por uma fileira de empregados e pelo imediato, Crock. Lambent nem desceu para falar conosco.

– Será que não foi um mal-entendido? – perguntou Myrtle, sem muita esperança.

– Bom, foi isso que eu tentei sugerir, mas o reverendo não aceitou. Na escavação, entregaram-lhe uma carta, e depois que ele leu não teve mais conversa. Ele insistiu em marchar até As Pinturas, bateu na porta até fazer marca e deixou um recado tão brusco que não me surpreenderia se Lambent botasse um advogado contra ele por difamação. Myrtle, você sabe que sempre faço o melhor que posso, mas toda vez que encontro um jeito de acalmar as coisas, seu marido me intercepta e põe tudo a perder.

Acompanhando-os silenciosamente, logo atrás, Faith ardia de raiva pelo modo como o pai fora tratado. Num dia, convidado de honra, adorado e cortejado. No seguinte, barrado no lugar feito um biscate vergonhoso.

– Existem exemplares do *Intelligencer* na ilha – Myrtle murmurou.

– Isso explica tudo. – Tio Miles suspirou. – Mas mesmo assim, julgar um homem sem ouvir o lado dele da história... – Ele balançou a cabeça. – É melhor você contar ao Erasmus sobre o *Intelligencer*. Até o momento ele tem na cabeça que a história se espalhou porque os empregados se intrometeram e fofocaram. Quantas pessoas já ficaram sabendo?

– Todo mundo. – A voz de Myrtle tremia ligeiramente. – Hoje de manhã fomos esnobadas pela cidade toda.

– Teria sido cem vezes pior em Kent – insistiu tio Miles, um pouco na defensiva. – Seu marido não pensa assim, é claro. Fiz o melhor para ajudar a sua família a escapar da desgraça, Myrtle, mas se der ouvidos a Erasmus, vai pensar que atraí vocês para essa ilha com más intenções.

– Ele não pensa mesmo assim – Myrtle apressou-se em dizer.

– Erasmus nunca diz nada que não pense de verdade – retrucou tio Miles. Parecia genuinamente irritado. Ao contrário da irmã, não era dado a lampejos e acessos de mau temperamento. Boa parte do tempo, sua natureza tranquila agia como uma espécie de cobertura e as ofensas simplesmente quicavam de volta. Quando um filamento penetrava mesmo, contudo, permanecia preso ali para sempre.

– Temos que ir embora de Vane, Miles. – Myrtle ajustou o pequeno xale para proteger a garganta. – Ir mais além ainda. Ao Continente, se necessário. Preciso que me ajude a persuadi-lo.

– Desculpe, Myrtle, mas no momento eu estou precisando que esse seu marido peça desculpas de algum jeito – respondeu com firmeza o irmão –, e eu aposto um bom dinheiro que ele não tem a menor intenção de pedir. Enquanto não o fizer...

Tio Miles suspirou e ergueu os ombros, depois tornou a baixá-los, deixando escorregar por eles a responsabilidade.

Mesmo sem o aviso do tio Miles, Faith teria sentido que uma tempestade se avultava assim que entrou na casa. As pessoas mais caladas costumam ter uma noção do ambiente que as mais expansivas não possuem. Sentem o vento mudar ao sabor das conversas e tremem com o frio dos ressentimentos guardados.

Foi a Sra. Vellet, e não Jeanne, quem veio retirar os chapéus e capas delas.

– Sra. Sunderly, gostaria de ter o privilégio de falar-lhe. – A voz da governanta saiu num sussurro cauteloso, mas com rouca ênfase. – Perdoe-me, madame, mas é um assunto importante.

– Oh. – Myrtle soltou o ar lentamente e alisou os cabelos. – Muito bem, mas primeiro traga-nos chá na sala de estar. Não suporto mais qualquer problema sem beber alguma coisa.

Embora tenha evidentemente requerido muita força de vontade, a Sra. Vellet reteve a língua até que Faith e Myrtle se instalassem na sala de estar com um jogo de chá entre si. Então, finalmente, Myrtle acenou à governanta para liberá-la.

– Madame, Jeanne Bissette é uma boa moça. Trabalhadeira, decente. Pode até ser meio atrevida e boba às vezes, como toda moça da idade dela, mas trabalha nesta casa desde os treze anos, e *jamais* houve palavra dita acerca de sua honestidade. Madame, ela admite que o jornal estava sob sua posse, mas certamente isso não é um *crime*...

– Sra. Vellet! – Myrtle interrompeu, olhos escancarados. – De que raios está falando? Jeanne andou reclamando de como está sendo tratada aqui?

A Sra. Vellet respirou fundo, cruzou os braços e se recompôs com visível dificuldade.

– Madame... seu marido acredita que alguém anda fuçando nos papéis dele. Uma das cartas tem uma manchinha... – A mulher deu uma chacoalhada impaciente de cabeça. – A mim, parece que caiu uma gota d'água, mas o reverendo tem certeza de que foi borrada por um dedo molhado.

Uma onda de calor cobriu Faith. Ela se deixara crer que a mancha não seria detectada. Mas não, o pai a notara. Ela teve certeza de estar escarlate, brilhando de culpa.

– Ele insistiu que todos os empregados mostrassem as mãos. Encontraram Jeanne lavando as dela na bomba, atrás da casa, então a suspeita recaiu sobre ela.

O primeiro assomo de pânico cedeu. O coração de Faith acalmou-se o bastante para ela poder pensar com clareza e entender as palavras da governanta. A suspeita não recaía sobre a menina. O pai encontrara a prova do crime, mas não associara a ela.

– E... havia tinta nas mãos dela? – Myrtle perguntou.

– Sim, senhora, mas não de caneta. Era tinta de jornal. – A Sra. Vellet

baixou os olhos, incomodada e agitada. – Quando lhe perguntaram, ela tirou o jornal do bolso e entregou imediatamente. Disse que o encontrara na cidade. Sabe que devia tê-lo deixado onde estava, mas ficou curiosa e achou que poderia ler depois que terminasse o expediente.

Houve um curto e expressivo silêncio, no qual a Sra. Vellet não mencionou por que Jeanne estivera curiosa, e Myrtle não perguntou. Faith não teve dificuldade alguma de ler as entrelinhas, nem de adivinhar de qual jornal se tratava.

– Com quem está o jornal agora? – perguntou Myrtle.

– Seu marido o confiscou – respondeu a governanta.

– Vou manter as suas referências em mente – declarou Myrtle, um tanto cansada –, mas acho que devo falar com Jeanne eu mesma, assim posso decidir o que será feito. Mande-a falar comigo assim que puder ser liberada dos afazeres.

– Afazeres? Madame, seu marido a demitiu! Ela está juntando os pertences dela, e foi ordenada a sair desta casa amanhã de manhã.

Somente Faith, que conhecia a mãe muito bem, viu Myrtle firmar-se sutilmente e tentar não reagir. Cuidar da residência e orientar os empregados era seu domínio. O reverendo esperava que a esposa escutasse as vontades dele, mas nunca antes houvera passado por cima dela completamente.

As mãos de Faith tremiam. A culpa que devia ter pousado em sua cabeça errara o caminho e jogara ao chão outra pessoa. Ela pousou a xícara no pires meio torta e ela tombou, derramando chá quente sobre o pulso e o vestido.

– Oh... *Faith*. – Myrtle pareceu profundamente exasperada. – Sua menina estabanada, burra. Vá trocar de roupa, e depois... ah, vá ler seu catecismo.

Faith desceu para jantar num vestido azul que tinha acabado de ser lavado. A limpeza do tecido a fez sentir-se ainda pior, como uma caneta envenenada em contato com um envelope novo e fresco.

Só de pensar em contar a verdade ao pai, era tomada de extremo pânico. Se o pai a expulsasse, o sol ficaria negro e os sonhos dela virariam pó. Ela precisava daquela pequena esperança de ganhar dele a atenção, o respeito e o amor. Não suportava a ideia de perdê-los para sempre.

E Jeanne pode encontrar outro lugar, murmurou uma voz desesperada em sua mente. *Eu não posso encontrar outro pai.*

Logo ficou claro que o jantar seria todo atrapalhado. Tio Miles consentira em voltar para dentro de casa, mas pedira que seu prato fosse levado ao quarto numa bandeja.

O pai de Faith atrasou-se para o jantar, espreitando com olhos duros e taciturnos. Não esteve, contudo, nem um pouco preocupado quanto ao atraso da comida. A família ficou sentada por meia hora até chegar o primeiro prato.

Ele foi trazido por uma mocinha de cara assustada que Faith nunca tinha visto antes. A nova garota parecia meio arrebatada pela tarefa que tinha em mãos. Derrubava sopa na toalha de mesa toda vez que tentava usar a concha. Quando as saias dela derrubaram a colher de Myrtle da mesa, que caiu no chão com um tinido, ela levou um susto tão grande que derrubou o jarro de molho. O reverendo foi obrigado a empurrar a cadeira para trás para escapar da maré que avançou sobre ele.

– Isso é insuportável! – A voz dele não saiu alta, mas gélida o bastante para cortar ao meio todos os outros sons. – Essa menina é uma idiota nativa ou alguém colocou um asno nas patas traseiras e amarrou um avental em volta dele?

Os olhos da menina transbordavam enquanto ela tentava limpar a mancha maior de molho do avental.

– Chega. Está piorando tudo. – A voz de Myrtle veio um pouco impaciente, mas menos dura. – Vá trocar de avental, e mande a Sra. Vellet trazer uma toalha de mesa nova.

A menina aproveitou a chance para fugir da sala.

– Ela não tem muito futuro – declarou Myrtle, com uma leveza frágil na entonação –, mas foi tudo que pudemos encontrar assim tão de repente. Suponho que... – Ela parou, e Faith viu o belo colarinho rendado dela avançar um pouco, como se ela tivesse engolido. – Suponho que talvez valha a pena manter Jeanne aqui um *pouco* mais, só para nos poupar dessas provações.

– Ela vai embora amanhã de manhã – o reverendo afirmou, seco.

– Mesmo assim, eu gostaria... eu gostaria muito, querido, que você tivesse me dado a chance de falar com a menina, e quem sabe ter lidado com isso do meu jeito...

O pai de Faith largou abruptamente garfo e faca ao lado do prato e fixou a esposa com uma cara muito feia.

– Eu teria feito isso se tivesse uma única evidência da sua competência para lidar com o assunto! Pensei que você estivesse à altura para a tarefa de administrar essa residência, mas parece que te dei crédito demais. A casa de um homem deveria ser seu refúgio, o único lugar em que ele pode ser mestre sem que o contrariem. É pedir muito? Em vez disso, servem-me miúdos frios na mesa do jantar, empregados mal lavados se arrastam, derramam coisas, batem portas e não mostram o mínimo respeito. As empregadas têm liberdades com meus papéis particulares, e metade da casa faz vista grossa para larápios e andarilhos que ficam vadiando pelo jardim. Sou atormentado e contrariado no local em que meus desejos deveriam ser lei.

Os olhos azuis de Myrtle se escancararam, depois ela os baixou. Seu rosto ruborizou-se lentamente, e a faca em sua mão tremia um pouquinho.

– Eu... eu sinto muito, querido – murmurou ela, quase inaudível.

– Com muito custo aprendi que existem limites à compreensão feminina – continuou amargamente o reverendo. – Contudo, ouço dizer que outras esposas conseguem manter seus empregados em certa ordem, e impedem que a residência caia numa balbúrdia horrenda.

O reverendo ficou de pé abruptamente, lançou o guardanapo na mesa e saiu da sala.

Faith teve uma sensação terrível de ser rasgada, o que sempre sentia quando o pai falava com a mãe daquele jeito. Queria ficar do lado dele, e doía quando sua compaixão era arrastada para o lado da mãe. Dava quase para sentir as orelhas que escutavam grudadas atrás da porta, divertindo-se às custas da humilhação de Myrtle. Sem dúvida, esta também sabia que estavam lá.

Myrtle retirou-se para o quarto, reclamando de uma dor de cabeça. O massacre que parecia ter ocorrido na mesa de jantar foi limpo, e os pratos removidos para a copa.

Saindo da sala de jantar, Faith escutou o barulhinho distante de soluços. Pareciam vir da direção da escada dos empregados, ao lado da cozinha. Espiando pelo cantinho do corredor, a menina viu Jeanne sentada no primeiro degrau chorando descontroladamente.

A expressão da empregada era de choque, estava consternada e aturdida. Os olhos estavam inchados, e até a boca, de tanto chorar.

Faith recuou do corredor. Só que não adiantou. Em sua mente, Jeanne Bissette não estava mais bonita, confiante e contente. Agora tudo o que se via era a moça parecendo uma criança castigada. Talvez Jeanne não tivesse esperança de encontrar outro emprego. Talvez Jeanne não tivesse aonde ir.

9
CONFISSÃO

Não posso. Não é possível.

E, entretanto, lá estava Faith, perante a biblioteca, uma das mãos preparada para bater na porta.

Sentia náusea, a mente ainda trabalhando para encontrar motivo para fugir. Tentou imaginar Deus tomando conta dela, incentivando-a a seguir o caminho mais nobre. Mas em sua mente, Deus tinha o rosto do pai. Até então, uma parte tola da mente dela achava que, se o pai não soubesse o que ela fizera, Deus também não saberia, e então não teria sido um pecado mesmo.

Faith bateu. Tarde demais. Não tinha mais como fugir.

A porta foi aberta para revelar o pai. Quando ele viu Faith, a expressão de irritação cedeu um pouco. Evidentemente, ele esperava que fosse alguém menos bem-vindo.

– Faith. Algum problema?

– Pai... preciso falar com você. – Faith disse isso bem rápido para que não tornasse a perder a coragem.

O pai passou um segundo em silencioso escrutínio, depois fez que sim.

– Muito bem – disse ele, e abriu mais a porta. Faith entrou, e o pai a fechou. – Sente-se, Faith.

Ela obedeceu, sem saber muito bem se o tom gentil do pai deveria fazê-la sentir-se segura ou nervosa.

– Acho que sei do que quer conversar. – O pai ajeitou-se atrás da mesa. Muito de sua irritação parecia ter vazado para fora. Agora ele parecia apenas sóbrio e cansado. – Continua preocupada com a minha saúde, não é? E receia que eu esteja bravo com você por ter entrado no escritório sem ser convidada. – O olhar dele passava gentileza.

Faith engoliu em seco e nada disse. Estas eram coisas que a preocupavam, mas não estavam bem na frente de sua consciência.

– Primeiro de tudo, você não tem que se preocupar com a minha saúde – prosseguiu o pai. – Como eu disse antes, foi engano seu. Eu não estava doente ontem à noite, só cansado e muito concentrado no trabalho para te dar muita atenção. Quanto à sua invasão ao meu escritório, naquela noite e na manhã seguinte... – Ele juntou as mãos e olhou com sinceridade para Faith. – Não foi certo, e ficarei extremamente desapontado se você fizer isso de novo. Contudo, estou disposto a acreditar que na ocasião você não quis fazer mal nem desrespeitar. Vou pôr de lado o incidente, Faith. Não tocaremos mais no assunto.

Ele fez um movimento curto de cabeça, evidentemente esperando que Faith deixasse a sala. Ela continuou onde estava, sentindo-se uma boba.

– Tem mais alguma coisa a dizer? – Ele já tinha pegado uma das canetas e aberto o caderno, um sinal claro para que ela saísse.

– Não foi a Jeanne. Foi... fui eu. – Faith nem soube dizer se sua voz saiu audível.

O pai a ficou encarando por um bom tempo.

– Aquela carta estava em meu cofre desde que saímos de Kent. – O pai levantou da cadeira. – Está dizendo que você deliberadamente *abriu meu cofre*?

– Eu sinto tanto... – Faith começou de novo.

– Teve a ímpia temeridade de fuçar nos meus papéis? Você leu a carta? Que outros papéis você leu?

– Só a carta! – Faith protestou. – Eu... vi alguns outros, mas só passei por cima. Me desculpe, eu não devia ter feito isso, mas não sabia mais o que fazer! – A frustração conferia força à voz da garota. – Eu sabia que havia algum motivo horrível para deixarmos Kent, e ninguém me contava o que era! Eu só queria saber!

– O quê? Está tentando *justificar* sua atitude? – O pai agora tremia de raiva. – Não! Nem mais uma palavra. Fique quieta e escute. Pelo visto, preciso rever meus conceitos sobre você. Pensei que fosse uma filha dedicada, de coração honesto e bom senso do que deve ter com os mais velhos, os responsáveis. Não imaginava você capaz de uma atitude traiçoeira, sorrateira dessas. Evidente que seu caráter permitiu-se perder-se perigosamente. A honestidade é recomendável para um homem, mas para a mulher ou menina é essencial se ela quiser ter algum valor. Escute, Faith. Uma menina não pode ser corajosa, nem esperta, nem habilidosa como um garoto. Se não for boa, não é nada. Entende isso?

Faith sentiu-se como se tivesse sido atacada fisicamente. No fundo do coração houvera uma esperança frágil e tenra de que fosse ser compreendida e perdoada. Mesmo ali, perante os restos esmagados desse sentimento, a menina sabia que teria que implorar por absolvição. Entretanto, por algum motivo, não o fez.

– Mas eu *sou* esperta – disse, não muito alto, mas disse. Ouviu a própria boca dar forma às palavras.

– Que foi que você disse?

Sete anos de pensamentos engolidos não podiam mais ser silenciados.

– Eu *sou* esperta! Eu *sempre* fui esperta! Você sabe disso! Aprendi grego sozinha! Todo mundo fala do Howard, de como qualquer filho seu vai ser brilhante, mas na idade dele eu li *O peregrino* e *História da Inglaterra para crianças*, e estava aprendendo os nomes em latim das plantas do jardim! Howard mal pode ficar quieto tempo suficiente para ler *O bonzinho do par de sapatos*.

– Como você ousa? – interrompeu o pai, avançando contra a filha. – Como ousa erguer a voz para mim? Como ousa falar de si mesma com tamanho alarde, arrogância? De onde tirou essa vaidade repugnante? É isso que ganho por encorajá-la e permitir que acessasse minha biblioteca, minhas coleções? Por acaso você perdeu a cabeça, ou somente o senso de gratidão? Por acaso acha que *merece* as roupas que veste, o teto que te protege ou a comida que te servem? Não. Não merece. Toda criança começa a vida em dívida para com os pais, que a abrigam, dão roupas e comida. Um filho pode algum dia pagar essa dívida ganhando algum dinheiro no mundo para aumentar as fortunas da família. Como filha, você *nunca* fará isso. *Nunca* servirá com honra no exército, nem vai se destacar nas ciências, nem fazer um nome para si na Igreja ou no Parlamento, nem ganhar a vida direito em qualquer profissão. *Nunca* será nada além de um fardo, e um dreno no meu bolso. Mesmo quando se casar, seu dote fará um rombo nos cofres da família. Você fala com tanto escárnio de Howard... mas se *não* se casar, algum dia vai precisar cortejar a caridade dele, ou se encontrará sem cama nem casa.

Faith não pôde formar palavras. Estava sem ar, meio zonza. Lágrimas quentes rolavam pelas bochechas. Em sua mente ela via a praia iluminada na qual encontrara o fóssil, seu primeiro fóssil. Um sol desapareceu por trás de uma parede negra de nuvens, e um pai se fora, e uma garotinha perambulava sozinha por ali, com uma lasca de rocha na mão.

– Tudo que uma filha pode fazer – o reverendo disse, agora mais baixo – é compensar a dívida que não pode pagar, é manter-se firme no caminho do dever, da gratidão e da humildade. Isso é o *mínimo* que um pai pode esperar, não é?

Abafando os soluços com uma das mãos, Faith fez que sim. Odiou-se por ter feito que sim. Mas a luz na praia estava morrendo.

Seu respeito próprio tinha sofrido uma colisão frontal com o amor, acidente que em geral só termina de um jeito. O amor não joga limpo. Naquele momento, seu orgulho, o fato de saber nas entranhas que estava certa, até mesmo a noção de quem era, nada disso importava do modo como estava perante a possibilidade de não ser mais amada.

O pai de Faith passou para trás da mesa e deu as costas à menina, bagunçando, ansioso, os papéis. Ela tirou vantagem da pausa, sacando, trêmula, um lenço para limpar o rosto. Suas entranhas pareciam ter sido removidas. Todos aqueles sentimentos e pensamentos que ela guardara por anos tinham sido libertos... apenas para ser esmagados com apocalíptico escrutínio. Não sabia mais o que sentia com relação a nada.

Vagamente, ela reparou que o pai parara de mexer nos papéis. Ele pegou uma folha e a estudou.

Passados muitos segundos, ele puxou a cadeira de detrás da mesa e levou até Faith. Sentou-se ali, ficando a menos de meio metro dela. Ainda não dava para enxergá-lo com clareza por causa das lágrimas.

– Faith. – A voz dele perdera parte daquela energia fria. – Você está realmente arrependida de ter agido e falado como fez, não está?

Faith fez que sim de novo.

– E essa sua tolice... foi mesmo porque você estava preocupada comigo e queria me ajudar?

– Sim! – Faith conseguiu exclamar.

– E você ainda quer ajudar seu pai?

– Claro que sim! – Alguma coisa retornara ao interior de Faith. Um pouco de solidez. Um pouco de esperança.

– Ótimo. – O reverendo entregou a Faith o papel que tinha na mão. Era um mapa de Vane, ela percebeu. – Howard disse que vocês dois viram cavernas marinhas da praia. Preciso que as aponte nesse mapa.

Estupefata, Faith analisou o contorno enrugado de tinta e apontou os locais onde achava que se lembrava de ter visto as bocas negras das cavernas.

– Ele mencionou também um barquinho na praia. Pense bem... Parecia-lhe forte o bastante para o alto-mar?

– Sim, acho que sim. – Faith esforçou-se para se lembrar. – Parecia que tinha sido pintado há pouco tempo... sem buracos.

O reverendo apertou os olhos, depois pareceu chegar a uma conclusão.

– Faith, pegue sua capa, mas certifique-se de que ninguém a veja. Preciso que me ajude com uma coisa, e ninguém, *ninguém*, pode ficar sabendo.

10
A CAVERNA MARINHA

Quando Faith passou pela porta dos fundos com a capa, o pai já estava esperando lá fora, usando um casaco mais robusto, xale grosso e chapéu de feltro.

– Pegue isso aqui – ele sussurrou, passando à filha uma lamparina envolta em tecido grosso. – Mantenha uma fresta aberta no tecido, mas certifique-se de que luz não ilumine a casa.

A lamparina estava pesada e cheirava a óleo de baleia. Ele deu meia-volta e foi caminhando na direção da torre.

Fazia uma noite fria, sem estrelas, com uns poucos feixes de uma palidez púrpura no Oeste. Um morcego solitário passou voando e desapareceu, rápido como um bater do coração.

Faith foi cruzando o gramado timidamente, receosa de pisar numa das armadilhas espalhadas sobre a grama, sentindo os tornozelos formigando, apreensiva. O pai deu-lhe uma olhada impaciente e acenou para que se apressasse.

– Tenho que estar de volta em casa à meia-noite – ele sussurrou, seco, quando ela se aproximou. – Por favor, não se demore.

No escuro, a torre parecia ser ainda maior, como uma prisão sombria. O pai abriu a porta e sumiu na escuridão.

Quando reemergiu, seus braços estavam ocupados com um objeto envolto em tecido, e ele obviamente lutava com o peso. Com um abafado clique de terracota sobre madeira, ele baixou o objeto cuidadosamente no carrinho de mão encostado na porta. Mais uma vez o nariz de Faith foi abordado por um aroma esquisito e gelado.

O reverendo ergueu o carrinho com as mãos.

– Ilumine o caminho para mim, para evitarmos as pedras – sussurrou ele, apontando o caminho que levava ao mar.

Conforme o terreno foi descendo para a praia, o caminho foi ficando irregular e cheio de mato, e mais difícil de passar. Sempre que a roda sacolejava, um farfalhar de folhas secas ressoava debaixo do pano, e toda vez o pai sugava o ar por entre os dentes.

Na praia, o vento ficou mais frio e violento. O mar estava negro, exceto pelo quebrar das ondas, e tinha uma ou outra cicatriz de espuma branca. Os montes pareciam mais altos do que à luz do dia, como mordidas gigantescas dadas pelo céu.

Houve um jorro súbito de vento, e alguma fenda ou buraco de morro por ali soltou um resmungo gutural muito similar a uma voz humana. O pai de Faith ficou tenso e virou o rosto na direção de onde viera o som. Ele baixou o carrinho, deslizando uma das mãos para dentro do bolso enquanto prestava atenção. Logo foi relaxando.

Enquanto seguiam adiante, Faith deu uma olhada rápida para o bolso do pai, que estava um tanto inchado e parecia sacudir, mais pesado do que de costume. Era o bolso em que ele sempre carregava a pequena arma de bolso, quando saía para coletar exemplos de fauna. Era uma pistola de disparo único com um barril pequeno e gordo, mas fora poderosa o bastante para derrubar um gato-bravo escocês a pouco menos de dez metros de distância.

Portar uma lamparina encapuzada remetia a segredo. Trazer uma arma remetia a perigo. De que o pai tinha receio, afinal? Faith olhou ao redor de si, e sua imaginação colocou pessoas espiando nos topos dos morros e viu figuras furtivas toda vez que o contorno das árvores tremia. Pedras quicando na rebentação tornaram-se o ruído de passos na areia.

Com dificuldade, o pai foi manobrando o carrinho ao longo da praia, até a casa de barcos. Lá ele se agachou perante o barco a remo, que examinou com a luz da lamparina, dando soquinhos na madeira. Após um tempo, pareceu satisfeito.

Ele agarrou a corda do barco e começou a arrastá-lo pelo cascalho até a beira d'água. A embarcação moveu-se lentamente, com dificuldade.

– Vá para trás do barco e empurre – ele ordenou, erguendo a voz para competir com o vento.

O coração de Faith afundou, tendo ela confirmado sua pior suspeita. O pai realmente pretendia pôr o barco na água bem no meio da noite.

Com péssimos pressentimentos, Faith cambaleou para dentro da casa de barcos. Tirou as luvas e meteu-as no bolso, depois posicionou as mãos contra a madeira pegajosa e empurrou o barco o mais forte que pôde. Lutou para avançar, escutando o barulho agudo da proa esmagando o cascalho. Quando o pai a mandou parar, os braços dela doíam e havia água gelada à altura das botas dela, encharcando-lhe os pés. Faith sentiu o barco se mexer e vagar sob suas mãos conforme a água o ergueu.

Com visível esforço, o pai ergueu o precioso vaso de planta. Faith manteve o barco firme do jeito que pôde enquanto o vaso era pousado perto da popa.

– Pai – Faith aventurou-se –, como vamos enxergar as pedras?

Evitar pisar em armadilhas no mato era uma coisa, mas discernir rochas submersas numa noite escura era totalmente diferente. Ela se lembrou dos avisos da mãe sobre as correntes e dos rumores acerca de barcos afundados ao longo das costas.

– Você vai se sentar na proa com a lamparina. Fique de olho enquanto eu remo, e me avise se vir pedras.

Faith olhou para a massa negra ondulante que era o mar. Toda vez que uma crista de espuma emergia, ela imaginava que a água estava quebrando-se contra rochas escondidas. Mesmo assim, a menina ergueu as saias o máximo que pôde e subiu para o barco, enquanto o pai mantinha a pequena embarcação firme. O pai precisava dela, e não importava quais perigos haveria à frente – iam enfrentar juntos.

O peso da garota fez o barco tornar a pousar sobre o cascalho, mas o pai deu um último e forte empurrão que o colocou a flutuar, e depois avançou e subiu atrás da menina.

– Toma. – Ele entregou a Faith um mapa de Vane. – Tem que me guiar até as cavernas. – Ele se ajeitou de costas para Faith e para a proa e pegou os remos.

A garota girou no lugar e ficou sentada de lado, podendo ver à frente, além da proa, e para trás, para o pai e a praia. O mapa tremelicava nas mãos dela, ameaçando libertar-se. Ela o alisou no colo, prendendo-o no lugar com o peso da lamparina, enquanto o pai começava a remar.

No começo, cada onda fazia uma tentativa solícita de lançá-los de volta à praia. O pai de Faith trabalhou os remos com nervosa energia enquanto a ressaca sibilava ao redor dos dois. Quando o barco ganhou águas mais profundas, o caráter das ondas já era outro. Agora elas tombavam e sacudiam a pequena embarcação como grandes lobos pretos em clima de brincadeira.

As penínsulas distantes tornaram-se somente silhuetas. Não havia esperança de poder enxergar as sombras profundas das cavernas. Faith tentou lembrar-se de como eram à luz do dia, os morros e enseadas, as penínsulas irregulares, as nuvens pulverizadas de pássaros marinhos distantes.

As ondas foram ficando maiores e menos brincalhonas, rolando por debaixo do barco com perigosa indiferença. Sempre que o barco tombava, cada fibra do corpo de Faith se preparava para a capotagem, para o choque gelado da água. Nunca tinham lhe ensinado a nadar, mas seu senso comum informava que isso importava muito pouco. Se ela caísse do barco, as camadas de saias poderiam mantê-la boiando por alguns segundos, mas logo sugariam a água do mar, transformando-se em terrível peso morto, enroscando-se nas pernas dela e arrastando-a para o leito do oceano.

Conforme o barco avançava e as lâminas dos remos jorravam água para trás, Faith teve uma sensação inquieta de que, à sua esquerda, o contorno de morros mais baixo estava um pouco mais alto do que deveria, e que a praia logo atrás deslizava para a direita. Sempre que o pai deixava os remos soltos por um instante, os cabos desenhavam pequenos rastros na superfície da água.

– Tem uma corrente! – Faith olhou para os diversos contornos inexpressivos dos montes, tentando descobrir onde estava. – Está nos puxando para a esquerda! Digo, a bombordo!

Para os montes, ela tentou não dizer. *Para as rochas.*

O pai não disse nada, mas começou a brandir os remos com mais vigor. A cada remada o nariz do barco gingava mais para estibordo, mas logo tornava a voltar para bombordo.

Faith estava tão hipnotizada com tudo isso que quase não reparou num lampejo de espuma a uns dez metros deles. A água ergueu-se num jorro ereto, feito um ramo de trepadeira. Somente quando a espuma caiu a menina a viu derramando-se por cima de uma forma protuberante, desenhando, por um segundo, o seu contorno em branco...

– Uma pedra! – ela gritou, erguendo a lamparina para enxergar melhor. – Pedra bem à frente!

– A que distância?

Faith abriu a boca para responder, mas no mesmo instante a luz da lamparina captou uma trilha branca muito mais próxima. No vale lustroso aberto entre duas ondas, uma forma negra e pontuda rasgou a superfície por um segundo.

– Três metros! – Faith firmou-se na beirada do barco, depois prendeu a respiração ao ver outra pedra pontuda brotando feito um dente nascendo, ainda mais perto. As ondas ao redor dela encresparam-se e rodopiaram. – Estão em todo lugar!

Ouviram um rangido debaixo do barco, como garras enormes e cegas riscando as tábuas. De olho no turbilhão das águas, Faith inclinou-se por cima da beirada e mergulhou a mão na água gelada, ralando a pele nas cracas ásperas de uma rocha submersa. A menina empurrou o mais forte que pôde, quase perdendo o equilíbrio, depois caiu de costas de volta no barco com a manga ensopada e os dedos ardendo. A lamparina na outra mão balançou e tilintou, e a chama ali dentro encolheu para uma fagulha azul, antes de crescer e voltar a ficar amarela.

Atrás de si, Faith escutava o bater da água, uma cacofonia de madeira e metal, e os arquejos do pai, lutando pelo fôlego, enquanto batalhava com os remos. Não se ouvia mais o som de roçar debaixo do barco, contudo, e também não dava para ver um gotejar ou jorrar de um vazamento.

Mechas de cabelo salgado chicotearam a menina no rosto, fazendo seus olhos arderem. O tempo todo, o monte foi furtivamente ficando maior e maior, cortando ainda mais a visão do céu. Em sua base, ondas rugiam, trituraram, rasgavam umas às outras e sangravam branco.

Faith percebeu um barulho alto ritmado, um vaivém. Um pouco mais adiante, a menina viu uma onda atingir o monte. Quase toda ela detonou-se em espuma, mas parte pareceu desaparecer dentro da rocha. Deu para escutá-la ficando vazia, e após alguns momentos a água surgiu de novo, turbulenta e reluzente. Faith levou um instante para entender o que estava vendo.

– Pai, estou vendo uma caverna!

Conforme o barco foi chegando perto, o rugido ficou mais alto e ominoso. Logo Faith pôde divisar a boca da caverna, uma escuridão mais profunda que se abria como um bocejo de gato.

As ondas os dominaram, inutilizando os remos contra a batedeira da água branca. O vapor fazia arderem os olhos de Faith. Finalmente uma onda os tomou e lançou à frente, para dentro da caverna. O céu apagou como uma lâmpada, deixando apenas a irradiação da lamparina. O rugido de água e rocha foi sumindo, ecoando.

A barriga do barco roçou numa encosta reluzente de cascalho, reclamou e encalhou. O rugido cessou com um sibilo forte de água e um balbuciar das pedrinhas. À frente, Faith viu que o chão da caverna erguia-se, íngreme. Além dele, aberturas denteadas e outras câmaras tremeluziam sob a luz fraca e descolorida da lamparina.

Atrás de Faith, o reverendo ficou de pé, largando os remos.

– Fique onde está! – ele disse, ríspido, ao ver Faith ajeitar-se no assento. – Seu peso vai manter o barco no solo.

Ele tomou a lamparina da menina, saiu desajeitadamente do barco e foi avançando pela água que lhe subia até os tornozelos, até chegar à proa. Lá ele pegou a corda de amarração e escalou uma pedra mais elevada, onde subiu rapidamente para um pilar pesado de pedra.

A onda seguinte veio com velocidade aterrorizante, e o barco ergueu-se, para depois tornar a descer para o solo. O reverendo retornou, com a lamparina presa num dos braços, e cuidadosamente ergueu o enorme vaso do barco.

– Espere aqui.

O pai de Faith desapareceu dentro da garganta da caverna, carregando o vaso com a mesma ternura com que o faria a uma criança ferida. A luz diminuiu junto dele, deixando Faith na escuridão.

A caverna cheirava à água do mar, mas não era um cheiro gostoso de maresia. Era fedido, como se o mar fosse algo velho e maldoso. Esse mar lambia a carne solta dos naufrágios, deixando os ossos de madeira expostos nas escuras profundezas. Suas sereias tinham pele verde e olhos de lula com garras compridas, curvas nos dedos e barro de peixe velho.

Finalmente o pai de Faith retornou trazendo nada além da lamparina. Ele soltou a corda e saltou de volta para o barco sem uma palavra. Quando a onda seguinte veio erguê-los, ele usou os remos para afastá-los do chão com toda a força, de modo que estavam flutuando, livres, quando a onda retrocedeu. Ela os arrastou para fora da caverna; o céu voltou a aparecer, muito vívido depois da escuridão da caverna.

Sair da caverna não foi nada fácil, mas o reverendo remou e remou, incansável, e finalmente Faith viu o monte começar a recuar, as pedras, a diminuir, as ondas, a se acalmar.

O trajeto de volta à margem foi longo. Faith não podia mais ver a praia de onde tinham partido, mas felizmente lembrava-se de um álamo que brotava no topo de um morro. Ela manteve os olhos nessa ponta solitária no horizonte e navegou na direção dela.

A margem rendada de espuma apareceu, e finalmente a quilha encalhou na areia. Pai e filha saíram e manobraram o barco até a praia. Faith sentiu as pernas fracas e as mãos anestesiadas demais para segurar adequadamente. Os dois recostaram-se no barco por um tempo para se recuperar, soprando plumas de vapor no ar frio.

– Boa garota, Faith – disse o reverendo finalmente. – Boa garota.

Subitamente, Faith não sentia mais tanto frio.

Foram andando de volta à casa; dessa vez foi Faith quem levou o carrinho. Sentia-se zonza, mas felizmente, por impossível que parecesse, havia terra firme sob suas botas. Enfrentaram juntos o perigo e sobreviveram. Ela fora testada e passara.

Deixaram o carrinho junto à estufa. Quando chegaram mais perto da casa, contudo, o pai parou e estudou o relógio de bolso uma vez mais à luz da lamparina.

– Já é quase meia-noite – murmurou. – Estou quase sem tempo. Faith, entre e vá para a cama.

– Você não vai entrar? – As preocupações de Faith deram um pulo, alertas feito cães de guarda. – Tem algo errado? Devo ir com você?

– Não! – ele respondeu bruscamente. – Não, isso não será necessário. – Houve uma longa pausa. – Faith – ele começou a dizer, agora mais baixinho –, ninguém deve nunca ficar sabendo que saí de casa hoje à noite. Escute aqui. Se

algum dia te perguntarem, você tem que dizer que ficamos acordados conversando no meu escritório até bem depois da uma da manhã. Entendeu?

Faith fez que sim, embora estivesse mentindo. Não tinha entendido muito bem.

– Não vou muito longe, e logo eu volto. – O pai hesitou. – Faith, suas botas estão molhadas?

– Sim – Faith confessou, tocada pela preocupação dele. A caminhada de volta da praia fora lamacenta e desagradável.

– Certifique-se de que estejam secas de manhã, ou os empregados vão notar e fazer fofoca. Ninguém pode suspeitar do que fizemos nem de onde estivemos. Você tem que garantir que não vai deixar pistas nem evidências.

Ele deu um passo na direção oposta, mas hesitou. Olhou para trás, para Faith, mas a lamparina estava envolta em tecido mais uma vez, deixando perder-se nas sombras a expressão dele.

– Mostre-me quão esperta você é, Faith.

Esperta. Essa palavrinha foi aquecendo Faith ao longo dos degraus do jardim que davam para seu jardim secreto, e ela abriu suavemente a porta do quarto. A menina deslizou para dentro e removeu capa, vestido e anáguas às pressas.

Mostre-me quão esperta você é. Certamente isso significava que estava *permitido* ser esperta – que ele estava reconhecendo que ela *podia* ser esperta.

Faith pretendia superar-se. Não seria pega em flagrante nem trairia o segredo do pai.

Ela removeu a cobertura da lareira, cutucou vida na brasa adormecida com lenha e papel, depois usou um círio para acender a vela sobre a cornija. Sob essa luz, ela examinou o dano sofrido pelas roupas. A capa estava coberta de rebarbas e manchada de fuligem. As bainhas do vestido e as anáguas estavam encharcadas de água do mar, e as meias, ensopadas. Nem mesmo os saltos das botas as pouparam de encharcar-se, e havia o perigo de que o couro encharcado encolhesse e rachasse ao secar.

Contudo, essa não seria a primeira vez que Faith escondia provas de uma escapada secreta. Ela vestiu as roupas de dormir, saiu do quarto e foi lá para baixo, com as roupas estragadas numa trouxa embaixo do braço.

Como esperado, a copa estava escura e vazia. Furtivamente, a garota encheu uma pia de água, depois misturou ali lascas de sabão, fécula para engomar e um punhado de sal para impedir que a tinta escorresse. Então, muito cuidadosamente, enxaguou as meias, depois as bainhas molhadas das anáguas e do vestido. Seus nervos estavam quebradiços feito vidro, e ela pulava a cada ranger das venezianas.

Quando as roupas não mais cheiravam ao mar, ela as torceu, roubou um jarro de farelo da despensa e voltou para o andar de cima. Ela pendurou as roupas recém-lavadas por cima da tela de proteção da lareira para secar. Usando a abotoadeira, abriu os botõezinhos complicados das botas. Depois as encheu com o farelo, que ela sabia que absorveria toda a umidade dos calçados, abotoou-as bem apertadas para manterem a forma e as deixou perto do fogo.

O quarto continuava frio, então Faith entrou na cama. Queria poder pedir uma panela para aquecer a cama, e torceu para não pegar um resfriado. Com o cobertor em torno de si, ficou sentada, limpando a sujeira da capa e removendo rebarbas. O cheiro do farelo assando perto do fogo era, pelo menos, seco e confortante. Os pensamentos da menina estavam também mais quentes e confortantes.

O pai de Faith a chamara num momento de necessidade. Foi como se uma porta fechada por muito tempo tivesse sido aberta entre eles; pelo menos uma frestinha.

Ele não vai poder me pôr para fora de novo, sussurrava uma parte da mente dela. *Dessa vez, não. Já sei muita coisa.*

Contudo, quando essa ideia cruzou-lhe a mente, a escova vacilou na mão da menina. Desde que ela e o pai partiram para sua aventura noturna, ela sofria com uma sensação terrível, pungente, nas entranhas. Era um pensamento em que ela tentava não pensar, uma ideia da qual ela vinha se desviando como se fosse uma armadilha no gramado.

O pai, seu amado, idolatrado pai, ficara chocado com as atitudes escondidas e vergonhosas da filha. E, entretanto, ordenara que ela caminhasse na calada da noite com ele à luz de uma lamparina coberta, e que não contasse nada a ninguém. Rasgara-a ao meio por ter escondido as provas de suas façanhas secretas... e agora ela estava fazendo a mesma coisa, só que seguindo instruções dele.

Pai. O severo santo padroeiro da honestidade. A luz firme do julgamento. Ele pedira à filha que mentisse para proteger os segredos dele.

E agora saíra para a escuridão mais uma vez, com uma arma no bolso, e a pedira para dar-lhe um álibi.

11
A FERRADURA

Uma batida na porta acordou Faith com um susto.

Ela ficou deitada por mais alguns segundos em meio às lascas afiadas do sonho. Sonhara que estava sendo julgada numa doca que se enchia de água do mar. A corte estava irritada porque ela não queria entregar o nome do cúmplice. O juiz tinha o rosto do pai dela.

– Fa-a-aith! – Era, sem dúvida, a voz de Howard, petulante e descontente. – Não consigo fechar o colarinho!

Se Howard estava acordado, então devia estar perto da hora do café. Faith tinha dormido demais.

Ela saltou fora da cama, tentando ajeitar os pensamentos. Arrancou os vestidos e as anáguas da tela de proteção da lareira. Estavam secos – não imaculados, mas muito menos incriminadores do que estiveram. Faith colocou a tela de proteção de volta no lugar e rapidamente varreu todas as migalhas espalhadas de lama.

Quando abriu as janelas e as venezianas, descobriu que o mundo tinha sido engolido pela neblina. Ela chacoalhou fora o farelo das botas no pavilhão de pedras do jardim suspenso. Com satisfação, viu pardais e pombos voar até ali para alimentar-se das provas.

– Fa-a-a-aith!

Faith abriu a porta, e Howard tropeçou adentro, com o colarinho às avessas.

– Está machucando! – Ele puxou a peça. – Eu quero a Skordle!

Faith acalmou Howard, arrumou-lhe o casaco e o colarinho, depois cantou para ele enquanto fazia uma trança no cabelo e se vestia. Quando o café da manhã das crianças foi trazido pela Sra. Vellet, ambos estavam sentados no berçário, apenas ligeiramente desarrumados.

Howard não quis que Faith fosse embora depois do café. Estava entediado ao extremo, e desesperado para que ela ficasse, lesse para ele, brincasse com ele. Somente passada uma hora a menina conseguiu escapulir.

Lá embaixo, estava tudo quieto. Nenhum sinal dos pais, apenas tio Miles lendo na sala de desenho.

– Bom dia – cumprimentou ele, piscando para ela por cima do livro.

– Onde estão todos, tio Miles? – Faith perguntou.

– Sua mãe insiste que está com dor de cabeça, e tomou café da manhã no quarto. Seu pai ainda não se levantou, e ninguém está com pressa de bater na porta dele.

– Deve estar cansado. – Faith não fitou o tio nos olhos ao sentar-se. – A culpa é minha. Fiquei conversando com ele até tarde ontem... Não fomos para a cama antes da uma da manhã.

– Que tarde! Tem algo errado?

– Não – Faith sustentou depressa, o rosto ficando quente. – Eu... é que eu andava preocupada com a minha crisma.

– Bom Deus, era isso? – Tio Miles pareceu um pouco aturdido. – Bom, aprecio sua piedade. Não sei se eu fiquei preocupado com a minha crisma nem por uns dez minutos seguidos, quanto mais até a uma da manhã!

Estava feito. As palavras foram ditas. Para o bem ou para o mal, Faith dera ao pai um álibi. Sabia que tinha falado de modo convincente.

Sabia que devia sentir-se feliz e orgulhosa por sua voz ter soado timidamente natural. Contudo, em vez disso, ela teve apenas uma sensação confusa de culpa.

O que tinha feito? Tinha obedientemente aberto uma porta e pisado para dentro da escuridão, sem nem saber se havia piso do outro lado.

Você está cumprindo seu dever para com seu pai, ela disse a si mesma. *Não tem como isso estar errado. Você tem que confiar nele. É como Abraão. Deus mandou-o matar o próprio filho, então ele foi pegar uma faca. Fez a coisa certa, mesmo que parecesse ruim. Confiava que Deus entendia o bem e o mal melhor do que ele.*

Mas, sussurrou outra voz na mente dela, *talvez ele não devesse ter agido assim. E, de todo modo, papai não é Deus.*

Faith cerrou os dentes e tentou chegar a uma conclusão. Contudo, um pensamento astuto deslizou para dentro de sua mente, aterrorizante e empolgante.

Posso forçar o papai a me contar a verdade.

Ele precisa contar. Eu sei demais. Ele precisa me colocar em sua total confiança sobre tudo agora – a planta, o escândalo e aonde ele foi depois que voltamos ontem à noite. Não pode mais me deixar de fora.

– Tem certeza? – disse tio Miles.

Faith levou um susto, e logo percebeu que o tio não estava falando com ela. A Sra. Vellet estava discretamente parada ao lado da cadeira dele, murmurando-lhe ao ouvido.

– Sim, senhor. – A voz da governanta soava taticamente baixa, mas Faith conseguiu entender as palavras. – Todas as outras botas estavam lá fora hoje de manhã, menos as dele. Então fui olhar nos ganchos, e o casaco e o chapéu dele também não estavam.

O sangue de Faith ficou gelado.

– Mas que esquisito. – Tio Miles fez uma careta e levantou-se. – Quem sabe devíamos tentar bater de novo na porta dele.

Faith levantou-se, mas não acompanhou o tio quando este seguiu para o primeiro andar, parecendo muito intrigado. Somente a menina sabia que o pai tinha saído na calada da noite. E agora tudo indicava que ele não tinha retornado.

A mente dela estava cheia de imagens mais terríveis do que a cena do estereoscópio de Paul Clay. Imaginou o pai sangrando, preso à própria armadilha, ou ferido por algum inimigo, fraco demais para pedir ajuda.

Ela não podia ficar esperando enquanto os outros fizessem uma busca em vão pela casa. Faith rapidamente seguiu até a porta da frente e saiu da casa.

A neblina achatara toda a paisagem e sugara toda a cor. As árvores tornaram-se intricados enfeites de papel envoltos em fumaça. As casas eram contornos sem traços, feito um edredom cinza.

Faith foi nas pontas dos pés até onde ficavam as armadilhas, e não encontrou ninguém esparramado naqueles papos dentados. Não havia ninguém na estufa nem na torre. Ela chegou até a ir num pequeno vale à beira da mata e chamou por entre as árvores fantasmagóricas. Ninguém respondeu. Não havia sinal algum do pai na estrada que ia sumindo ao escalar o monte, penetrando a neblina.

Os sons ficavam assustadoramente reais nesse mundo de fantasmas. Faith podia ouvir o próprio respirar, e o clicar das pedras sob seus pés conforme ela pisoteava o caminho que ia dar na praia. Na bifurcação da trilha passou pelo carrinho de mão, deitado de lado, com um dos puxadores erguido como se apontasse para ela, acusando-a de ser um dos conspiradores.

O caminho irregular deu lugar à praia de seixos, e cada passo tornou-se um *xiii* agudo das pedrinhas raspando. Na noite anterior, os montes eram manchas imensas de tinta. Naquela manhã, eram como papel cinza. Dava para jogar uma pedra neles e rasgá-los.

A garota olhou para a praia, esperando encontrar a silhueta do pai. A ponta mais distante da praia derreteu em neblina, e com um susto ela percebeu que o barco a remo não estava por ali.

Faith desatou em desgrenhada correria, as saias erguidas. Não. *Não!* O barco tinha que estar lá! Ele não poderia tê-lo tirado dali uma segunda vez! Teria sido maluquice fazer isso sem Faith para segurar a lamparina! A ideia escravizou a imaginação dela. Era horrível demais para ser real.

Faith tropeçou, quase torceu o tornozelo... e então foi parando. Com calma inocência, a neblina afinou o bastante para que ela enxergasse uma forma branca meio transparente, com a curva familiar de uma proa. O barco estava lá, afinal. A neblina a enganara.

Faith cobriu a boca com as duas mãos, sem saber se chorava ou enjoava de alívio. Deu meia-volta para retornar à casa.

E foi então, claro, que ela viu.

A meio caminho do topo do morro mais próximo, pendurado numa árvore proeminente, havia uma figura escura. Parecia uma ferradura, com as pontas viradas para baixo para que a sorte drenasse.

Era uma silhueta e nada mais, mas Faith sabia o que era. Os humanos estão sempre procurando uns pelos outros, e os olhos dos humanos têm um talento para avistar uma forma humana. Com cruel clareza, a menina soube que estava vendo duas pernas penduradas soltas, dois braços balançando e a curva das costas.

Era um homem pendurado num galho da árvore. O ar frio foi entrando feito uma faca na garganta de Faith enquanto ela corria de volta para casa.

Dez minutos depois, Faith e Myrtle sentavam-se na *chaise longue* da sala de estar, o chá esfriando em suas xícaras. Tio Miles e o empregado Prythe tinham corrido para a praia com uma corda grossa.

Myrtle estava envolvida em diversas camisolas, por cima das quais drapeara um xale muito comprido de seda oriental amarela. Faith agarrava-se ao pires, barganhando com os segundos de silêncio.

Que seja outra pessoa, ou que ele esteja vivo, ela implorava ao Destino. *Que ele esteja a salvo; pode me tirar o pé esquerdo.* O relógio informava insensivelmente segundo atrás de segundo atrás de segundo atrás de segundo, e não chegava notícia. *Que ele esteja a salvo*, ela fez a oferta, *pode tirar minha perna esquerda inteira.* Tique, taque, tique, taque, e nada. *Que ele esteja a salvo; pode tirar minhas duas pernas.* O relógio não desistia.

Em algum lugar uma porta abriu-se e ouviram-se falas atribuladas no corredor. Então alguém bateu de leve, e tio Miles colocou a cabeça pela fresta da porta da sala de estar.

O coração de Faith batia tão forte que dava para sentir. Tio Miles encontrou o olhar desesperado da menina, e baixou rapidamente o dele.

– Myrtle – disse, bem baixinho. – Posso falar com você um instante?

E nesse segundo, Faith soube.

Teve muita ciência de si mesma, dos pulmões enchendo e esvaziando. Sentia o ponto em que a porcelana mordiscava seus dedos, e a forma que seus dentes deixavam na língua seca. Alguma coisa quente se derramava de seus olhos por sobre as bochechas. Subitamente a menina sentiu-se quente, insuportavelmente viva.

A sala continuava onde estivera. Myrtle levantava-se, o relógio ticava e o céu branco árido via tudo pela janela. Mas uma onda invisível desatara, e de repente tudo pareceu naufragado e abandonado. Faith viu suas mãos pousando na mesa a xícara e o pires.

Myrtle juntou-se ao tio Miles na porta, e ele murmurou e murmurou ao ouvido dela. Uma das mãos pairava protetora ao lado da mulher, não de todo tocando-lhe o ombro, mas pronto para dar apoio.

– Onde? – A voz de Myrtle soou falha e vulnerável. – Onde ele está?

– Colocamos na biblioteca.

Myrtle passou pelo irmão e saiu da sala. Tio Miles a seguiu, e mal pareceu notar Faith vindo logo atrás.

Na biblioteca, o empregado Prythe estava em pé junto à parede, chapéu numa das mãos, com uma cara triste de constrangimento. As cadeiras nas quais Faith e o pai se sentaram tinham sido deixadas frente a frente em muda conversação, mas foram então postas de lado para abrir espaço.

Havia um cobertor aberto no piso. Havia alguém sobre o cobertor. Faith olhou e olhou e não conseguiu desviar os olhos, mas seu cérebro preferiu não enxergar. Somente quando ela piscou os olhos viu a imagem impressa nos olhos da mente, a metade de uma máscara de sangue escuro, olhos abertos e pálidos, mãos soltas. Milhares de esperanças apagaram-se feito velas ao vento.

Faith ficou ali na porta, amparada pelo batente. O braço tremia.

Devia ter barganhado melhor, disse uma voz idiota, sem noção, na mente dela. *Deveria ter oferecido todos os meus braços e pernas desde o início.*

12
O TEMPO PARA

Myrtle fitava o corpo do marido deitado no cobertor, os olhos brilhantes, porém vazios. A cor e a expressão foram lentamente drenadas do rosto dela.

– Vamos chamar um médico – disse tio Miles, baixinho –, mas... colocamos um espelho em cima da boca dele e não houve sinal algum de respiração. Cutucamos com um alfinete, e não teve reação. – Ele olhou para a frente e pareceu consternado ao notar que Faith estava no local. Não disse nada, no entanto; era tarde demais para poupá-la.

Myrtle não parecia estar escutando o irmão. Ela se afastou dele e de Prythe, ambos parecendo preparados para pegá-la caso ela caísse, e veio parar perto de Faith, de frente para o espelho da parede.

Um de seus cachinhos dourados pendia ao lado da bochecha, e tremelicou com a brisa. Tinha uma pungência infantil, e Faith sentiu uma pontada de torturada ternura. Ela avançou para a mãe impulsivamente, mas seus dedos pararam ao tocar a seda fria do xale amarelo. Não conseguiria jogar os braços em volta da mãe, afinal. Se o fizesse, algo dentro dela se quebraria.

Myrtle apertou de leve a mão da filha, mas continuou fitando o espelho, os olhos fixos e distantes. Lentamente, ergueu as mãos nuas e começou a dar discretas ajustadas no cabelo, pondo para trás tranças soltas e apertando cachos ariscos de volta à forma. Esfregou com força o lábio superior e viu o sangue retornando às pressas para devolver-lhe um matiz rosado. Ela deitou olhos no xale oriental e franziu um pouco o rosto.

– Estou pálida demais para amarelo – murmurou baixinho. As palavras saíram muito baixas, mas Faith estava perto e entendeu.

– Myrtle... – tio Miles começou.

– Vocês o encontraram no vale – disse Myrtle, sem se virar.

– Não, querida... eu disse, ele estava na praia, num dos morros. Deve ter caído do topo...

– Quantas pessoas sabem disso? – Myrtle perguntou, dura.

Tio Miles pareceu assombrado.

– Somente nós quatro que estamos aqui nesta sala – ele respondeu, após pensar por um instante.

– Então você o encontrou no vale. – Myrtle virou-se para encontrar o olhar do irmão. – Miles, você mesmo disse, ali tem uma encosta íngreme onde qualquer um pode tropeçar e quebrar o pescoço.

– Mas...

– Miles, por favor! – Myrtle exclamou. – *Deve* ser feito assim. Pense em como vai soar se ele tiver caído do topo de um morro. Pense no que vai significar para *nós*.

Faith sentiu as palavras como socos. De que importava como as coisas iam *parecer*? Mas Myrtle já estava se dirigindo ao empregado.

– Prythe... minha família está em dívida com você pelo serviço que prestou ao meu marido nesta manhã. Deve nos permitir que mostremos nossa gratidão. Se pudermos contar com sua discrição com relação a essa questão, ficaremos ainda mais gratos.

Com isso ela foi à frente com rígida calma e baixou para sentar-se sobre os calcanhares ao lado da figura deitada no cobertor. Faith viu as mãos rosadas, cuidadosamente feitas da mãe abrirem o casaco e adentrarem os bolsos interiores, para retirar o livro de bolso e a carteira do pai. Myrtle levantou-se, virou-se para Prythe e colocou uma moeda na mão dele.

– Obrigada, Prythe. Podemos contar com você?

Prythe fitou o soberano pousado na palma da mão, e a cor sumiu do rosto dele.

– Madame. – O rapaz parecia chocado, quase aturdido, mas seus olhos brilharam quando ele fitou a moeda. – Posso segurar a língua de todo modo, mas... se o policial perguntar, não gostaria de enganá-lo. E se me pedirem para jurar pela Bíblia, não posso mentir.

Hesitando, e com óbvia relutância, o empregado ofereceu a moeda de volta.

– Eu não pediria uma coisa dessas a um homem honesto – disse Myrtle, não fazendo movimento algum para pegar a moeda. – Não haverá necessidade alguma de policiais e Bíblias. Tudo o que peço é o seu silêncio.

– Sim, madame – Prythe sussurrou.

Um som fraco chegou aos ouvidos de Faith, uma sola ligeira sobre o azulejo.

– Tem alguém lá fora – ela disse, por reflexo.

Tio Miles abriu uma fresta na porta e espiou o corredor.

– Alguém nos escutou? – Myrtle quis saber.

– Não tenho certeza – respondeu o irmão. – Cheguei a ver alguém passando para a escada dos empregados. Jeanne, acho.

– Jeanne. – Myrtle folheava com cuidado, absorta, os papéis de banco do livrinho. – Alguém tem que dizer à moça que resolvemos ficar com ela, no fim das contas.

Tio Miles saiu para falar com Jeanne e os demais empregados, e Prythe foi chamar o Dr. Jacklers.

Myrtle olhou ao redor da sala e correu para a mesa do marido, onde começou a fuçar apressada nos papéis. O estômago de Faith se contorceu ao ver os dedos rosados e delicados da mãe cuidadosamente manuseando os esboços e notas pelos quais o pai tinha tanto zelo.

– Que foi? – perguntou Faith, lutando contra a vontade de arrancar os papéis da mãe. – O que está tentando encontrar?

– Pode haver uma carta – disse Myrtle sem tirar os olhos da bagunça. – Uma... carta pessoal que não queremos que os outros vejam.

– Deixe-me ver – disse Faith, entredentes. A menina engoliu em seco e forçou calma na voz. – Deixe que eu faço.

Myrtle hesitou.

– Isso me daria chance de trocar de roupa – ela murmurou baixinho. – Muito bem. Mas seja rápida! Não temos muito tempo.

Faith fez que sim.

– Boa garota – Myrtle disse, às pressas. Antes de sair voando da sala, deu um tapinha na bochecha da filha. Faith retraiu-se ao ser tocada. As palavras queimavam.

Assim que a porta fechou-se após Myrtle passar, Faith correu para a mesa e fez uma pilha de papéis soltos, depois rapidamente pesquisou as gavetas da escrivaninha, a caixa de escrever e o cofre do canto. Havia uns envelopes guardados dentro de páginas de livros, então ela pegou estes também.

Tudo mais fora perdido, mas ela ainda podia proteger os segredos do pai. Suas mãos tremiam quando ela via a letra do pai entre seus dedos. Seu rosto ardia. Mas ela o estava ajudando do único jeito que podia. Poderia esconder os papéis dele onde ninguém mais encontraria.

Com o montinho de papéis enrolado na fronha de uma das cadeiras, Faith deixou a biblioteca.

Ao cruzar o hall e subir a escada, os ouvidos da menina captaram o som de uma conversa que ocorria na cozinha, onde parecia que estavam reunidos todos os empregados. Eram vozes sussurradas e um tanto histéricas, mas com algo de duro, empolgado e curioso. A julgar pelo cheiro, todo mundo estava sendo "fortificado" com cidra quente.

Perante o quarto do pai, a menina hesitou, depois girou a maçaneta e entrou. O quarto dele seria pesquisado muito em breve, então era melhor que ela o fizesse primeiro. A escuridão cheirava a umidade de livros, verniz e o tabaco dele. O blazer brilhava enegrecido de seu gancho atrás da porta.

Ela pegou umas cartas e um livro da mesa de cabeceira e retirou dois cadernos dos bolsos de um casaco. Então, por impulso, passou a mão debaixo da cama. Seus dedos rasparam num canto áspero, e ela retirou um livro fino de capa de couro.

Acrescentando este a seus achados, a menina passou para o próprio quarto, que estava iluminado apenas pela pálida luz do dia que entrava pela janela.

Quando Faith puxou o tecido da jaula da cobra, esta se recolheu, enrolada, depois ergueu a cabeça com curiosidade, a boca um pouco aberta para deixar sair a língua rosada. A menina pediu silêncio, agindo tão suavemente quanto o réptil, e deixou que este subisse no braço dela.

Faith retirou todos os panos que a cobra vinha usando como ninho. Dividiu o monte de papéis em duas pilhas e posicionou-as no fundo da jaula, depois cobriu com os panos para que não ficassem visíveis.

– Guarde-os para mim – sussurrou ela à cobra, que foi devolvida para dentro da jaula.

Quando Faith retornou à biblioteca, Myrtle estava de volta.

– Por onde andou? – perguntou ela sem preâmbulo, mas não esperou pela resposta. – Fique comigo. O médico logo estará aqui.

Myrtle usava vestido azul com gola alta e botões de pérola, mas alguns estavam abertos, mostrando sua garganta branca. O cabelo fora escovado até brilhar feito ouro, cuidadosamente arrumado, mas um cacho feminino estava solto na têmpora. Continuava pálida, mas o pó de arroz tornara a palidez homogênea e graciosa. Estava desgrenhada, aflita, vulnerável e muito bonita.

Havia um cheiro forte na sala, algo amadeirado e alcoólico. Olhando por cima da mesa do pai, Faith viu o jarro de vidro de xerez que geralmente ficava na sala de jantar. Uma cereja repousava no fundo de um copo grande. Esses itens estiveram ali antes? Faith não os notara, mas talvez fosse culpa da pressa.

Myrtle ficou tensa, erguendo a mão para que a filha ficasse quieta.

– É o Dr. Jacklers! Escuto sua carruagem.

Myrtle sacou a garrafinha de sais de cheiro de seu retículo. Tirou a tampa e levou o vidrinho ao nariz, retraindo-se um instante depois com uma careta e uma baforada. Depois de fazer isso uma segunda vez, seus olhos nadavam. Ela guardou a garrafinha, piscando muito. Quando o Dr. Jacklers foi introduzido à sala, uma lágrima traçava um caminho brilhante pela bochecha de Myrtle.

Por um bom tempo o Dr. Jacklers ficou avaliando o paciente. Myrtle pairava por perto, girando as mãos e respondendo às perguntas dele, enquanto lágrimas prateadas escorregavam, hipnóticas, sobre suas bochechas.

Faith foi sentar-se ali perto, os pensamentos em confusão. O pai na praia, o pai no vale. Por que a mãe estava tão determinada a mentir?

– Eu sinto muito, Sra. Sunderly – disse o médico finalmente. – Não posso aconselhar que tenha esperanças. O pescoço está quebrado...

Myrtle fez um barulhinho vulnerável, algo entre um arquejo e um soluço. Virou de costas e enterrou o rosto no lenço.

– Queria que nunca tivéssemos vindo para cá! – disse, a voz um tanto abafada. – Esses invasores... Ele estava convencido de que roubariam seus espécimes botânicos raros. Então colocou armadilhas, e ficava correndo para aquela torre horrorosa toda vez que escutava um barulho lá fora. Suponho que deve ter caído no escuro e bateu a cabeça em alguma coisa...

– Seu marido foi encontrado no vale? – O médico ergueu as sobrancelhas. – Madame, devo confessar que isso me surpreende, dada a natureza dos ferimentos. Sinto muito por lhe dar todos esses detalhes...

– Por favor – Myrtle virou-se para fitar o homem, a boca em trêmula resolução. – Não me poupe. Preciso saber.

– Bom... vejo que duas costelas estão quebradas, sugerindo uma queda maior do que a pessoa poderia sofrer no vale. O ferimento na testa é profundo, mas tem outro hematoma grande atrás da cabeça, sob o cabelo. A mim parece que a queda foi maior, que ele rolou um pouco. Sra. Sunderly, não tem jeito delicado de perguntar isso: é possível que ele tenha sido encontrado em outro lugar, e que seus amigos a enganaram para poupar seus sentimentos?

– Meu marido está morto – disse Myrtle suavemente. – Que sentimentos mais tenho para serem poupados?

Faith sentiu a cor retornar-lhe ao rosto. Podia limpar a mentira da mãe como uma teia de aranha. Mas quantas de suas próprias redes de inverdades ela destruiria com o mesmo gesto? Além disso, seu último experimento com a sinceridade a queimara até o cerne.

– Bom – o médico disse, baixinho –, talvez tenha caído de altura suficiente... se conseguiu jogar-se à frente com certa força. – Ele suspirou. – Perdoe a pergunta, mas seu marido parecia preocupado ontem? Fora de si?

Myrtle ficou tensa, de rosto pálido e choroso.

– Dr. Jacklers – disse ela com frágil desdém –, o que está querendo dizer?

Faith sabia exatamente o que o doutor estava querendo dizer. Num lampejo, ela compreendeu como a situação toda se lhe apresentava. O homem desgraçado saindo de casa à noite para mergulhar para a morte, em vez de enfrentar um escândalo terrível...

– Perdoe minha falta de jeito. – O médico parecia mortificado e desnorteado. – Estou apenas tentando entender...

– Talvez – Myrtle disse, com dignidade – este seja um assunto que devamos tratar em particular. – Ela se virou para a filha. – Faith, pode, por favor, ir ter com a Sra. Vellet... e mandar que pare os relógios?

Faith aceitou a deixa e saiu da sala, fingindo que se afastava pelo corredor. Depois, curvou-se na porta e colocou o ouvido no buraco da fechadura.

– ... um jarro inteiro antes de se deitar? – perguntava o Dr. Jacklers. – Isso é normal?

– Ultimamente, sim. – Suspirou. – Não foi a primeira vez que ele caiu. Foi somente a primeira que não conseguimos esconder.

Faith abafou uma exclamação de dolorosa indignação. Como a mãe ousava dizer isso? Como ousava pintar o reverendo como um bêbado disparatado que tropeça nos próprios pés? Então Faith se lembrou do pai sentado, torpe, olhos amarelados, a biblioteca tomada por aquele cheiro exótico e pegajoso. E se o pai realmente tivesse ainda mais segredos?

– Dr. Jacklers, não sei o que fazer. – A voz de Myrtle saiu grave e lamuriosa. – Estou tão habituada a esconder os... hábitos do meu marido... e gostaria de continuar escondendo, para proteger sua memória. Mas agora você me deixou assustada. Acha mesmo que meu marido jogou-se "à frente com certa força"? Será que todo mundo vai pensar assim também?

– Sra. Sunderly... – O médico parou abruptamente, com um ligeiro suspiro. Houve um silêncio curto.

Faith tirou o ouvido do buraco da fechadura e espiou.

A mãe estava muito perto do médico. Suas mãos desnudas envolviam as dele, implorantes, com chocante e estranha intimidade. O rosto do médico estava vermelho feito tijolo.

– Eu tenho *filhos* – disse Myrtle. – Estou desesperada. Por favor, diga-me o que fazer.

– Eu... – O médico tossiu e baixou os olhos. – Você tem a minha palavra de que farei tudo em meu poder para... poupar você e sua família de problemas. Tem minha promessa solene. Os ferimentos... tem diversos modos de, hã, dizer as coisas. Por favor, por favor, não se aflija, Sra. Sunderly.

O homem não tentava, Faith observou, de modo algum, liberar as mãos.

A menina afastou-se do buraco da fechadura, o rosto em chamas. Não aguentava mais ver nem ouvir nada. Uma raiva quente e vagarosa preenchia seus ossos feito trovão, e não tinha para onde escoar.

Ela foi então, nas pontas dos pés, para o hall, no canto, onde o relógio principal gingava seu pêndulo para cada monótono *tique*. Zombava dela, fingia que o tempo ainda importava, que ainda havia um dia a ser concluído, que o mundo continuava girando.

O tampo de vidro tocou gelado a pele da garota quando ela o abriu. O pêndulo desacelerou sob seu toque. Os ponteiros do relógio tremeram sob os dedos dela, então ela os segurou com força até que o tique-taque cessou. Sua mente acalmou-se ao imaginar a terra abandonando seu girar leviano para vagar solta pelo vazio.

Faith ficou ali um longo tempo com os dedos sobre os ponteiros imóveis. Sentia-se como a assassina do tempo.

13
IMAGEM FALSA

A casa tornou-se um mausoléu. Todas as cortinas foram fechadas. Tecido negro fora pendurado por cima de cada espelho, como uma pálpebra fechada por cima de cada olho.

O lugar estava pesado, tão pesado que Faith pensou que toda a casa fosse afundar no chão. Vozes sussurradas, frágeis, como mariposas voando. Os passos eram uma ofensa.

E, no entanto, toda a tarde vieram pessoas visitar, a pé e a cavalo, mesmo tendo desprezo pela residência dos Sunderlys. Pois havia morte na casa, e a morte era um negócio.

Um carrinho entrou cheio de buquês de flores. Um homem apareceu para mostrar uma carruagem preta e dois cavalos da mesma cor. A Sra. Vellet foi enviada para a cidade e retornou com uma costureira e baús lotados de tecido preto.

O funeral ocorreria no dia seguinte, Myrtle resolvera.

– Muito cedo, não? – protestou tio Miles. – Menina, tem outro barco saindo em poucos dias. Se ele fosse mantido no gelo, poderíamos levá-lo de volta conosco para Kent e colocá-lo no jazigo da família.

– Não. – Myrtle estava inexorável. – Vamos enterrá-lo aqui em Vane, o quanto antes. – Recusava-se a ser questionada mais.

A pressa parecia uma indecência, mas era apenas mais uma. Faith constatou que não suportava mais os vivos. Não suportava a curiosidade no olhar dos empregados, as banalidades e o dar de ombros do tio Miles. As perguntas de Howard a rasgavam ao meio. Acima de tudo, não suportava mais a mãe.

Alguém precisava ficar responsável pela "vigília" e sentar-se ao lado do pai dela. Faith estava muito disposta a se voluntariar.

O reverendo fora limpo, vestido nas melhores roupas e deitado em sua cama, no andar de cima. Dava para imaginar que fora ali que ele falecera, rodeado por entes queridos e com o bom livro na mão. Era uma mentira, mas confortava. Havia velas perfumadas por todo canto do quarto, e vasos de flores. Isso tudo conferia um ar sagrado ao quarto, ainda que Faith soubesse que estavam ali para mascarar o cheiro.

Não foi a primeira vez que Faith fora deixada sozinha com um morto, claro. Ela vira cinco irmãos mais novos declinarem, sentira a pressão confiante de suas mãos na dela. E mais tarde, a cada vez, ela fizera sua parte ao tomar conta do corpo durante a vigília. Era sempre necessário que alguém ficasse tomando conta dos que tinham acabado de morrer, apenas para o caso de que não estivessem mortos de fato. Era melhor descobrir esse tipo de coisa antes que a pessoa fosse enterrada de vez.

Não haveria movimento algum, contudo. A certeza corria pelas veias dela. Sabia por causa da quietude esmagadora que preenchia o cômodo. Os mortos sangravam silêncio.

Na mesa de cabeceira jazia a grande Bíblia de capa preta da família. Muitas vezes, Faith pesquisara os nascimentos da família, as mortes e casamentos anotados nas páginas em branco do final. Os irmãos estavam lá, com as datas de suas mortes. E agora Erasmus Sunderly seria acrescentado aos nomes, mais uma vida humana esmagada feito mosca entre aquelas páginas grandes.

Pelo menos sob a luz bruxuleante das velas o pai não parecia mais tão incapaz quanto parecera deitado no cobertor, na biblioteca. Seus traços pareciam gravados no mármore, imutáveis e incorruptíveis. Ali ele estava no próprio altar.

Faith não queria nunca mais deixar aquela quietude. Não queria nunca mais deixá-lo. Não sabia o que sentia. Suas emoções estavam tão ampliadas e esquisitas que pareciam vir de fora, como vastas nuvens desenhadas rolando e colidindo no alto, enquanto ela assistia.

Suicídio. O maior pecado mortal.

– Não acredito – ela disse ao pai. – Eu *sei* que você nunca faria isso.

Mas como poderia ter certeza de qualquer coisa agora? Quantos segredos o pai tivera? E se ele tivesse tomado seu misterioso opiáceo de novo e se jogado para o destino fatal num acesso de drogada melancolia?

Faith estava cansada demais para pensar, e cansada demais para não pensar. O tempo todo sua mente ficava avaliando o que ela sabia e o que não sabia, largando vagamente as peças enquanto não conseguia montá-las adequadamente.

Ela entendia então por que a mãe mentira com relação a onde o corpo fora encontrado. Um pescoço quebrado no vale parecia ter sido um acidente, um passo em falso no escuro. Afinal, por que alguém se jogaria numa encosta baixa cheia de árvores quando havia um morro por perto?

Mas ele nem precisava de um morro. Tinha uma arma.

Faith pressionou os pulsos contra as têmporas.

Ele tinha uma arma.

E lembrou-se do reflexo nervoso do pai de pegar a arma quando estavam na praia. Ele estivera preparado para o perigo. E agora estava morto.

Por que insistira tanto em estar de volta da missão noturna à meia-noite? E por que ficara tão desesperado para esconder a planta misteriosa?

Ao recordar-se da jornada furtiva com a planta levada no carrinho de mão, uma noção perturbadora de equívoco cutucou-lhe a mente. Mais uma vez ela viu a imagem nebulosa do carrinho como o encontrara de manhã, deitado de lado na encruzilhada de trilhas...

Mas... não era para ele estar lá. Eu e o papai o deixamos perto da estufa.

As esfumaçadas incertezas de sua mente começaram a se juntar, solidificando-se numa suspeita.

A névoa começava a sumir quando Faith foi caminhar pelo gramado mais uma vez, refazendo seus passos ao longo do trajeto. E, de fato, lá estava o carrinho na encruzilhada.

Talvez não signifique nada. Talvez Prythe tenha acordado cedo e tirado do lugar.

Mas ela continuou caminhando, dessa vez pelo caminho que levava ao topo do morro. Era uma subida difícil, irregular em alguns pontos. Dava a impressão que a trilha tornava-se um córrego sazonal na época das chuvas.

Ela chegou ao gramado do topo, e a brisa encheu-lhe a capa. Olhando para baixo, viu ondas baixas arrastando suas cristas espumantes feito dedos até a praia. Diretamente abaixo de si, a meio caminho na encosta, a árvore de casca escura que segurara o pai dela tremeu como se a estivesse chamando.

Ali, o caminho era uma trilha lamacenta pisoteada em meio à grama. Faith parou para olhar. Não muito longe da beirada, ela avistou um sulco gravado na lama. Podia ter sido traçado com um galho ou com a ponta de uma bota, mas era largo o bastante para indicar que fora deixado pela roda de um carrinho de mão.

Quando Faith entrou na sala de desenho, tio Miles ergueu os olhos do livro e sua expressão suavizou-se um pouco.

– Como vai indo, Faith?

Não havia nada de bom ou alegre que a menina pudesse dizer.

– Tio Miles... posso te perguntar uma coisa? Você disse que quando meu... quando meu pai foi recusado na escavação, alguém lhe deu uma carta.

– Oh. – Tio Miles ergueu as sobrancelhas, pesaroso, e fechou o livro. – Sim, o que o deixou chateado por demais. Suponho que jamais saberemos quem escreveu.

– Não estava assinada? – O interesse de Faith aguçou-se feito um espinho.

– Creio que não. Seu pai ficava perguntando quem tinha escrito. Subitamente todos eram seus inimigos, e ele não aceitaria o contrário. Crock a encontrara entre os papéis dele e a entregou, mas disse que não sabia de mais nada.

– O que dizia a carta?

– Seu pai não deixou ninguém ver. – Tio Miles sacudiu a cabeça. – Na volta para casa ele ficou insistindo que alguém o andara espionando, ou traindo, ou lendo seus artigos. E quando chegamos em casa... ele jogou a carta no fogo.

– Aí está você, Faith! – Myrtle entrou na sala de desenho com a costureira. – Tem um vestido preto de cambraia que talvez dê certo para você, se for descosturado e ajustado para o seu tamanho.

Faith fitou o vestido preto pendurado numa cadeira. O colarinho estava gasto, e as mangas, marcadas nos cotovelos. Aquele vestido já tinha chorado a morte de alguém.

– Mãe... posso falar com você?

– Claro – disse Myrtle, absorta, sem tirar os olhos do livro de amostras com mulheres elegantes em vestidos de crepe. – Este aqui, de corte mais moderno. Não posso simplesmente jogar fora minha meia crinolina. E tem certeza de que não podemos trabalhar com uma seda um pouco mais brilhante? Tudo tem que ser assim sem luz, sem graça? – Havia com certeza algo de morto no crepe. Era uma massa de fios finos, rugoso e áspero ao toque. Parecia sugar a luz.

A costureira garantiu que não havia o que fazer, e Myrtle aceitou com pobre graciosidade.

– E é tudo tão *caro* – Myrtle murmurou baixinho. – Mas temos que fazer as coisas direito. Sra. Vellet, com certeza tem alguém em Vane vendendo crepe antigo em promoção.

– Posso ir perguntar, madame... mas as pessoas não gostam de guardar na casa depois que acabou o velório. Dizem que dá azar. Além disso, madame, o crepe não dura muito. Rasga muito fácil, e fica com cara de velho, e vai se desfazendo se você lava ou toma chuva.

– Mãe, *por favor*, posso falar com você em particular? – Faith não conseguia conter a impaciência.

– Sim, Faith, sim. Assim que ela pegar as suas medidas.

Faith teve que ficar lá parada, dentes cerrados, sendo drapeada com bombazina, seda e laços pretos, medida com fita métrica. Foi forçada a escutar a mãe escolhendo, criticando e pechinchando, passando de uma obstinada extravagância a uma avareza de assustar. Sim, não havia dúvida de que ela precisava da sombrinha de chiffon preto. Mas não, bijuterias pretas certamente bastariam no lugar do âmbar-negro. Sim, com certeza ela precisaria do chapéu com laços a mais. Mas não, a família não precisaria de muito mais tecido preto, algumas peças deles poderiam ser tingidas para a ocasião.

Finalmente, a costureira deixou a sala.

– O que foi, Faith? – Myrtle parou um instante para estudar a filha. – Você está um pouco pálida! Vou pedir a Sra. Vellet que lhe traga um pouco de caldo.

– Quero falar com você sobre o papai... sobre o morro...

A expressão de preocupação distraída de Myrtle esvaiu-se num instante. Ela correu para a porta, abriu-a, depois fechou.

– Nem mais uma palavra – disse baixinho, mas firme.

– Mas...

– Não fale nada do morro. Nem para mim nem para ninguém.

– Encontrei uma marca no topo – Faith insistiu. – Acho que aconteceu algo terrível...

– Não importa! – Myrtle explodiu. Ela fechou os olhos e soltou o ar lentamente, depois prosseguiu num tom baixo, mas quase descontrolado.

– Sei que é difícil para você entender, mas *tudo* o que importa agora são as aparências. Temos nossa história. Foi *isso* que aconteceu.

Faith sentiu-se hirsuta de frustração e desgosto. Por que se dera ao trabalho de tentar falar com a mãe? Por que esperara que ela fosse se importar?

O que mais Faith poderia dizer, afinal? A arma, a pressa do pai em estar de volta para casa à meia-noite, o desespero para esconder a planta misteriosa... Não podia revelar nada disso sem trair a confiança do pai.

Quando saía da sala, a menina olhou para trás e viu Myrtle provando uma gargantilha preta com lacinho. Nesse momento, ela odiou a mãe.

No fim da tarde, Clay chegou com sua câmera, tripé e estojo de garrafinhas de produtos químicos. O filho Paul entrou logo atrás com dificuldade, trazendo uma coleção de suportes.

Era para ser uma fotografia para recordação, uma foto da família toda. Um pai amado no meio da família. Uma foto para mostrar aos amigos e parentes em casa, um cartão a ser enviado para os mais próximos.

Faith lembrou-se de Paul mostrando-lhe as fotografias dos mortos na loja, esperando pela reação da menina. Agora, ele não mostrava intenção alguma de olhá-la nos olhos, e ela também não procurou pelos dele.

O reverendo Erasmus Sunderly foi trazido até a sala de desenho para a fotografia, as roupas, esticadas, e o cabelo, artisticamente escovado para cobrir o ferimento na têmpora. Por tanto tempo ele fora o centro em torno do qual a casa girava. Faith quase teve náusea ao vê-lo sendo levado daqui para ali e posicionado feito uma boneca numa brincadeira de tomar chá. Pousaram o reverendo, estático, em sua grande poltrona, a mão descansando numa página aberta da Bíblia.

Myrtle foi docilmente alocada ao lado dele numa cadeira de estofado preto e costas retas. O traje completo de viúva ainda estava sendo ajustado para o tamanho dela, mas ela se vestira com o máximo de preto que conseguiu, em azuis-escuros e de xale preto. Estava muito bonita e chorosa, e Faith odiou a compostura dela. Howard ficou agachado aos pés deles, o leãozinho de madeira nas mãos para distraí-lo. Tudo o que Faith podia ver dele era a cabeça pendida e a curva vulnerável das costas tensas. A mandíbula do leão fazia um *claque-claque-claque* sem parar.

Faith ficou logo atrás da cadeira do pai. Deixou uma mão mais ao alto, de modo que encostava na manga do terno dele, e sentiu uma pontadinha de conforto e solidariedade ao tocá-lo.

– Pode, por favor, dar um passo para trás, senhorita?

Paul Clay estava logo atrás dela segurando um suporte esguio com base robusta e um apêndice no topo similar a um alicate.

A contragosto, Faith deu um passo para trás, perdendo o contato com o pai. Sentiu Paul botando a trança dela de lado, depois gentilmente ajeitou as presilhas do suporte de cada lado do pescoço dela.

Seus olhos arderam, e ela odiou Paul Clay, odiou sua voz polida, fria e átona. Ela levou a mão até a nuca, encontrou a dele e beliscou a pele o mais forte que pôde. Para provocá-lo, desafiá-lo a reclamar e difamá-la, mas ele não fez nada. Quando ela o soltou e deixou o braço voltar para baixo, o menino voltou para o pai, o rosto ilegível.

– O suporte vai te ajudar a manter a posição – Clay explicou.

Fique exatamente onde está e não se mexa, ou vai estragar a foto. Diga isso, e apenas isso, ou vai estragar a história.

A família Sunderly ficou imóvel, fitando o olho negro da câmera. Faith imaginou os químicos fervilhando, e sua imagem abrindo caminho feito fogo no negativo da câmera, indelével, imortal. Ela imaginou se ali dentro haveria olhos assustados, pensamentos girando presos por trás da lente feito morcegos numa torre.

– Pronto – disse Clay, tão gentilmente como se estivesse colocando uma criança no mundo. – Feito.

Depois que ele fixou o negativo, Myrtle o chamou para sussurrar com ele perto da lareira. Faith não queria escutar, mas não pôde evitar.

– ... sou tão sem amigos nessa ilha, não sei o que vou fazer se não puder contar com a sua ajuda. – Os olhos de Myrtle estavam escancarados feito os de uma garotinha. – Se você é esperto o bastante para pintar a fotografia e fazer os olhos parecerem abertos, com certeza pode mudar a foto de outros modos. O ferimento na têmpora continua aparecendo um pouco. Pode escondê-lo com tinta?

E então a fotografia, com sua mentira de família feliz, teria ainda mais mentiras pinceladas por cima, e mais e mais...

Faith não aguentava mais. Ela saiu rápida e silenciosamente da sala de desenho. O corredor estava mais confortável, frio e escuro. Finalmente ela ficou sozinha.

Mas então a porta abriu-se com um rangido atrás dela, e ela se virou e viu que Paul Clay a tinha seguido. Lá estava ele, sem falar nada, fitando-a do mesmo modo frio e mascarado de antes.

– Doeu quando eu te belisquei? – ela perguntou. Havia algo de errado com seus pulmões. Cada respirada os enchia de alfinetes e agulhas. – Diga que dói!

O menino respirou fundo e prendeu o ar por um ou dois segundos antes de falar.

– A foto vai ficar boa – disse finalmente. – Digna. Nem todos os nossos clientes... Digo, ele foi um bom...

– Um bom o quê? – O sangue de Faith parecia magma. – Um bom defunto?

– Por que está cuspindo fogo em mim? – Paul atacou de volta, erguendo a voz pela primeira vez. – Não é culpa minha ele estar assim!

– Não? Bom, é culpa de *alguém*.

As palavras saíram, e a respiração de Faith ficou mais rápida e fácil.

Ela não acreditava mais que o pai tinha se jogado de um morro num frenesi de drogas. Em vez disso, imaginava uma figura noturna escalando com dificuldade a trilha com um carrinho de mão carregado, parando no topo com o conteúdo na beirada. Um corpo caindo, quicando cruelmente sobre a encosta rochosa e pousando numa árvore. E então a figura afastando-se furtivamente para largar o carrinho de mão na encruzilhada de trilhas.

– Vocês todos o odiavam. Todo mundo nesta ilha suja, idiota e miserável. E *um de vocês o matou.*

A garota deu meia-volta e correu pela escada, porque preferia a morte a deixar que Paul Clay a visse chorar.

Não foi acidente. Nem suicídio. Foi assassinato.

14
O FUNERAL

O dia do funeral foi uma mancha cinza de exaustão e dormência. Homens vestidos de preto murmuravam enquanto manobravam o caixão escada abaixo. Suas botas deixaram lama no carpete. A porta da frente estava aberta, e o caixão foi carregado com "os pés na frente". Faith ouvira dizer que isso era feito para impedir que o morto olhasse para a casa e chamasse um dos vivos para ir com ele.

Quem dera eu pudesse ir, ela pensou.

Após uma viagem fria de charrete, os Sunderlys desmontaram e caminharam até a varanda da igreja. Howard e tio Miles foram andando atrás do caixão, como "os homens da família". As "mudas" foram ao lado deles com grandes mastros cobertos com crepe, feito asas de borboletas sinistras.

Quando a família entrou na igreja, demorou um pouco para que os olhos de Faith se acostumassem com a luz.

Ela achava que encontraria a igreja vazia, exceto pelo padre, que toda a preparação de vestidos feita por Myrtle fosse render performance para nenhuma plateia. Contudo, enganava-se.

Quase todos os bancos estavam lotados de pessoas, e todas viraram para acompanhar a entrada da família Sunderly. A maioria eram estranhos.

Os bancos exclusivos, por outro lado, estavam todos vazios. O Dr. Jacklers sentou-se na ponta de um deles, parecendo extremamente desconfortável. As famílias respeitáveis, os grandes e melhores de Vane, não estavam por ali.

Ao encaminharem-se a seu banco exclusivo, Faith sentia os olhares como uma gotinha de água gelada descendo pela nuca. Myrtle ergueu o queixo e flutuou como uma rainha negra, as velas reluzindo em sua bijuteria negra, o dourado do cabelo visível apenas por debaixo do pesado véu. O sussurrar foi cedendo conforme suas saias negras varreram as placas memoriais de mármore no piso. Faith sentiu, por um momento, a contragosto, certa admiração pela pose desafiadora da mãe. Era sempre um desafio para qualquer mulher comparecer a um funeral, mas Myrtle estava determinada a não se "esconder".

A família Sunderly acomodou-se em seu banco. Faith quis que as bordas de madeira que o circundavam tivessem dois metros de altura. Alguns dos comentários chegaram-lhe ao ouvido a caminho lá da frente.

– O que querem dizer com "a arapuca revidou"? – foi o que ela se perguntou baixinho.

– Isso significa – Myrtle murmurou por detrás do véu – que tem umas velhas invejosas nesta igreja. E que eu escolhi o vestido certo.

– Eu disse que seria um erro marcar para o domingo – murmurou tio Miles. – Todo mundo está livre. Tem tempo suficiente para vir meter o nariz.

Clay parecia muito frágil dentro de sua sobrepeliz, diminuído pelo púlpito grande demais para ele. Sua voz soou sincera, embora fraca, como se cansada de lutar contra as sombras que se penduravam do teto abobadado.

– Não trazemos nada para este mundo, e certamente não podemos levar nada dele. O Senhor deu, o Senhor tirou; abençoado seja o nome do Senhor...

Um farfalhar de livros de hinos. Um salmo familiar, cantando numa melodia desconhecida. E então Clay falou e falou de novo, sobre ascensão e queda e sono e redenção. Suas palavras eram como pedrinhas sem vida numa praia interminável, e Faith queria que tudo se acabasse, finalmente acabasse. Queria que o pai ficasse a salvo sob a terra, protegido dessa escuridão hostil e gelada e do estalar dos sussurros como gravetos na fogueira.

Finalmente a voz do pároco cessou e houve um trovejar de sapatos e ranger de bancos. Myrtle cutucou Faith, que percebeu com apaixonado alívio que o funeral tinha terminado. A menina levantou-se, e com o restante da família caminhou para a cinzenta luz do dia, para poderem acompanhar o caixão até a sepultura.

Houve um turbilhão de movimento na frente deles. Em vez de esperar para acompanhar a família, a congregação vazava dos bancos e passava pela porta de entrada.

A família Sunderly emergiu para a luz do dia, e Faith viu que a multidão não tinha, na verdade, ido embora com impolida pressa. O pátio da igreja estava cheio de gente em pé, sentada nos monumentos, todos assistindo ao caixão se aproximando.

Por um momento, Faith não pôde enxergar a sepultura que os aguardava. Então reparou num homem com uma pá balançando das mãos, o semblante carregado de conflito e incerteza. Aos pés dele havia a boca comprida e negra de um buraco, mas também quatro ou cinco pessoas em pé ali dentro, desafiadores, somente visíveis as cabeças, os cotovelos descansando na grama da beirada. Outros se ajeitaram aos montes perante a sepultura, braços cruzados, uma barreira humana de três fileiras.

– Mas o que é isso, afinal? – exclamou Clay.

– Não podem enterrá-lo aqui – disse um dos homens, no centro do grupo. Era alto e muito forte, de cabelos negros e rosto pugnaz. Faith reconheceu-o de imediato. Era Tom Parris, que a assustara sem querer na mata em Bull Cove. Tom Parris, cujo filho fora pego numa das armadilhas do reverendo.

– Do que está falando, Tom? – O pároco estava aturdido. – Por que não?

– Este solo é sagrado – Tom respondeu com grosseria. – Não aceita suicidas. Aquele Sunderly se jogou de um morro; não importa que digam o contrário. Sabemos onde ele foi encontrado.

Somente Faith flagrou Tom dando uma olhadela para um membro da multidão. Ela acompanhou o olhar do homem, que foi alojar-se numa figura conhecida. Jeanne Bissette, a empregada, humilde no vestido dominical e braçadeira preta, mas com audaz satisfação no olhar.

Ela contou-lhes onde papai foi encontrado. Ela contou a todos.

– Se quiserem enterrá-lo – Tom continuou, inexorável –, tem uma encruzilhada a duas milhas daqui, na estrada. Vamos até dar uma estaca afiada para conter o fantasma. Mas aqui não. Não perto das lápides das nossas famílias.

– Mas isso é cruel... cruel! – Myrtle tremia, emocionada, perdendo a pose por um instante. Faith mal reconhecera a voz da mãe.

Houve também uma sublevação de outras vozes. Tio Miles e o padre abriram caminho em meio à multidão, e Faith os viu em acalorado debate com Tom, o orador da multidão. Após certo tempo, ela viu tio Miles virar-se e fazer aquele seu resignado dar de ombros muito familiar. *Eu tentei*, era o que isso dizia. Howard gemeu baixinho, e Faith percebeu que estava apertando demais a mão dele.

Clay voltou-se para Myrtle e Faith.

– Nunca vi nosso povo assim tão determinado! – disse. – Mas eu prometo, ninguém vai enfiar uma estaca no seu marido nem enterrá-lo na encruzilhada!

– Oh, obrigada, obrigada! – Myrtle exclamou.

– Não, essa lei antiga foi abandonada na época do meu avô – continuou o pároco, carrancudo. – Mas eles têm razão quanto a um suicida não poder ser enterrado em solo sagrado. Sinto muito, Sra. Sunderly, mas visto que o modo como o reverendo morreu foi colocado em pauta, terei que levar toda a questão para o Sr. Lambent, como magistrado.

– Não podemos enterrá-lo?

Uma gorda e gelada gota de chuva pingou na bochecha de Faith.

– Não se preocupe – Clay respondeu rapidamente. – Com certeza isso é só um mal-entendido e tudo será facilmente resolvido.

– E se não for? – perguntou Myrtle.

– Bom... então... tem uma clareira não muito longe daqui onde enterram os bebês que nascem fora do casamento. Não é consagrado, mas fica às vistas da torre da igreja...

– Não! – Faith explodiu. Não suportava ver o pai eternamente expulso, envergonhado na morte e cortado fora da Igreja.

– Não, isso não! – Myrtle declarou, o brilho fervilhante em seus olhos visível somente através do pesado véu. – *Tem* que ser em solo sagrado. – Ela baixou a voz. – Essas pessoas... elas não vão ficar aqui o dia todo. Não podemos esperar e enterrar meu marido quando tiverem ido embora?

– Sra. Sunderly – o pároco respondeu, entristecido –, eu lhes prometi um inquérito. Se eu voltar atrás com minha palavra... bom, podemos até colocá-lo na terra, mas não acho que ele vai ficar lá.

Tio Miles permaneceu na igreja com o padre e o carro fúnebre, para falar com os revoltosos e ver "que diferença o bom senso e o dinheiro vão fazer". Não estava muito esperançoso, contudo. O caixão fora levado para a cripta da igreja, "por ora".

– Temos que resolver isso hoje mesmo! – Myrtle ficava dizendo, conforme a charrete seguia ao norte pela estrada costeira de baixo. – A recepção do funeral, a charrete e o carro fúnebre, os pranteadores contratados, tudo foi arranjado para hoje! Não podemos deixar que... – Sua voz foi sumindo e não completou a frase.

– Por que não podemos voltar para Kent e enterrar o papai lá? – perguntou Faith.

– Acha que as pessoas não fariam as mesmas perguntas lá? – Myrtle ralhou. – Uma morte súbita logo após o romper de um escândalo? Outros médicos seriam chamados para examiná-lo, e talvez não seriam tão... razoáveis quando o Dr. Jacklers. Não, quando retornarmos para lá, seu pai terá que estar já sepultado decentemente, com o relatório de um médico atestando que ele morreu de acidente, para ninguém poder contestar. O enterro vai ter que ser aqui, e vai ter que ser hoje!

Quando a charrete parou em frente à casa dos Sunderlys, Myrtle pareceu ter tomado uma decisão. Ela chamou a Sra. Vellet e passou Howard para os braços dela. Depois bateu no teto da charrete.

– Motorista, leve-nos à casa do magistrado!

O motorista protestou – não era taxista, e tinha sido contratado para um funeral, não para ficar "zanzando por aí". Myrtle conseguiu forçar sua vontade friamente empregando dinheiro.

Faith sentiu um desconforto pegajoso. As viúvas, quando em luto, não deviam ficar recebendo médicos em casa, disso ela sabia. Na verdade, seria um choque elas irem visitar alguém ou serem vistas em público. Mas o que mais Myrtle podia fazer?

– Eles terão que entender – ela anunciou, aparentemente respondendo ao pensamento não dito de Faith. – Terão que ver que se trata de uma emergência.

Sim, pensou Faith. *Terão*.

Com certa apreensão, ela viu a estrada ziguezagueando para As Pinturas, parecendo ainda mais afrontosa e sacudida pelo vento. A pequena charrete preta aportou, serenada pelo latir usual dos cachorros.

Faith e Myrtle desceram, e houve nova discussão com o motorista, que estava menos disposto ainda a ficar esperando. Outra moeda o persuadiu a ficar um pouco por ali, mas ele deixou claro que não pretendia "perder o domingo todo".

Parecia receoso. Faith supôs que o homem estava preocupado com a multidão na igreja. Talvez não quisesse ser visto deitando suas cores no mastro de um navio que afundava.

Mãe e filha subiram os degraus e sacudiram a grande aldrava. O empregado asmático que tinham conhecido anteriormente abriu a porta e pareceu surpreso ao reconhecê-las.

– Precisamos falar com o Sr. Lambent, e temos urgência – explicou Myrtle. – Tanto como amigo quanto como magistrado.

O empregado desculpou-se sinceramente. O Sr. Lambent não estava em casa e não retornaria antes de muitas horas. A Sra. Lambent estava em casa, contudo. Poderiam a Sra. e a Srta. Sunderly aguardar na sala de estar, por favor, enquanto ele ia averiguar se a Sra. Lambent poderia receber visitas?

A sala era pequena e cheirava a desuso. Myrtle ficou andando em círculos, varrendo e brandindo as longas saias pretas, e Faith apertou as mãos tão forte que doeram, tentando controlar a balbúrdia desregrada que eram seus pensamentos.

– Melhor do que nada – Myrtle murmurou baixinho. – Se pudemos convencê-la, talvez ela consiga trazer o marido para o nosso lado.

Ali os relógios não tinham sido parados, e o relógio carruagem rosa mostrava-lhes com demasiada clareza o arrastar-se do tempo. Um quarto de hora. Meia hora. Três quartos.

Quando já fazia quase uma hora que esperavam, o empregado trouxe-lhes uma carta recém-selada numa bandeja de prata, e a deixou com elas. Faith leu por cima do ombro de Myrtle.

Sra. Sunderly,

Peço que me desculpe por demorar tanto para responder, mas quando ouvi que você estava me esperando na sala de estar, não quis acreditar. Embora eu entenda que as coisas são feitas de modo diferente em Londres, não imaginava que a capital tinha perdido toda a noção de adequação, decência e bom gosto.

Confesso que já estava surpresa com a sua decisão de realizar o funeral do seu marido num domingo. Isso é bastante aceitável para fazendeiros e operárias, mas não há como desculpar uma família respeitável que opta por profanar o Sabbath dessa maneira.

Esta visita é toda uma outra questão. Quando enterrei meu primeiro marido, retirei-me para o luto como uma religiosa em sua cela. Ao longo do primeiro ano, nada me persuadiu a macular a memória de meu marido zanzando por aí, em público. Eu preferiria ter me juntado a ele na sepultura.

Doravante, com muito pesar, não posso, de modo algum, aceitar recebê-la.

Atenciosamente,

Agatha Lambent

Myrtle ficou parada por um instante fitando a carta. Seus ombros subiam e desciam como se ela estivesse tendo dificuldade de respirar, e então, sem dizer nada, ela saiu da sala. O empregado apressou-se em abrir as portas para elas, e logo Faith e Myrtle estavam no jardim mais uma vez.

A menina ficou doida de raiva, mortificada, miserável. Foram deixadas esperando de propósito e depois dispensadas com a maior crueldade.

– Aquela hipócrita venenosa, maldita! – Myrtle fervilhava. – Como ela ousa pregar daquele jeito? "Inválida", não? Bem que eu senti o cheiro do "remédio" dela, e sei que é gim quando sinto o cheiro!

Não havia sinal algum da charrete no jardim, nem em frente ao estábulo, nem na estrada. O motorista cumprira com as ameaças e fora embora.

– Oh, não vou suportar ter que implorar àquela mulher para usar a carruagem dela! – Myrtle exclamou. Mas não havia outra coisa a fazer, então ela retornou e bateu à porta mais uma vez.

Ninguém respondeu.

Bateram e bateram, mas ninguém respondeu. Faith olhou para uma janela do primeiro andar e viu um rosto espiando por entre as cortinas. Achou que parecia o rosto da Srta. Hunter.

– Estamos a que distância de casa? – Myrtle perguntou finalmente.

– Quatro quilômetros – disse Faith, lembrando-se do mapa.

– Então teremos que andar rápido – disse Myrtle numa vozinha baixa e tensa – se quisermos chegar antes da chuva.

Mas falharam. A chuva as pegou na metade do caminho. Primeiro ameaçou com um tamborilar de gotas imensas que deixaram manchas negras solitárias nas roupas delas. Depois o tamborilar passou para um batuque, em seguida para um trovejar que encheu os ouvidos delas e esbranquiçou o ar. A estrada tornou-se lama sob os pés delas, saltando e espumando como se fervilhasse.

A sombrinha de chiffon de Myrtle não dava conta do mau tempo. Logo ficou toda encharcada e mole, com a água forçando caminho através do tecido e fluindo pelo cabo. Os chapéus ficaram ensopados, cedendo sob o peso da umidade.

Com uma pena contrariada, Faith viu o lindo modelito de luto de Myrtle ser destruído pelo tempo. As saias pretas e as meias logo ficaram duras de lama. Pior ainda, o crepe do vestido começou a rasgar, conforme a cola que unia as fibras da seda ia derretendo.

Entre trancos e barrancos, Myrtle começou a chorar. Não com lágrimas bonitas, artificiais, salgadas, mas como uma criança, com soluços altos e torturantes. Mãe e filha pararam embaixo de uma árvore em busca de abrigo, mas esta ofereceu pouca defesa. Myrtle chorava e chorava, e cada soluço cortava uma linha irregular no coração de Faith.

– Estamos quase em casa – a menina ouviu-se dizendo, num tom que teria usado com Howard. – Estamos quase lá. Podia ser pior.

A menina saiu correndo embaixo da chuva, em busca de uma casinha ou choupana, qualquer lugar em que pudessem se proteger. No meio de uma plantação, ela pensou ter visto alguém e chamou, apenas para perceber que a silhueta distante era de um espantalho.

Myrtle mal olhou para a filha quando esta retornou com o casaco do espantalho. Faith colocou-o em torno dos ombros da mãe, cobrindo os piores buracos do vestido que desintegrava.

Foi uma longa caminhada de volta, e quando chegaram em casa estavam as duas tremendo violentamente. A Sra. Vellet pareceu tocada, e mandou que fervessem água para preparar um banho. Em algum canto, contudo, Faith escutou um chiado abafado de riso. Parecia o riso de Jeanne.

Mesmo quando ficou sozinha, Faith só conseguia pensar naquilo, só podia ouvir aquilo, aquele riso, aquele guincho de incrédula e satisfeita alegria. Ele a perfurou como uma faca.

Faith ficou sozinha no quarto, encharcada até os ossos, imaginando onde tinham ido parar suas lágrimas. Tinha sentido algumas antes; lembrava-se delas, quentes e desamparadas. Agora ela sentia como se todo o chorar tivesse sido arrancado dela.

Pensou de novo na risada. A risada de Jeanne. Então se lembrou da imagem do estereoscópio, da mulher assassinada, e imaginou-a com o rosto de Jeanne.

Imaginou a igreja em chamas com todas as pessoas dentro. Viu-se do lado de fora segurando uma tocha acesa, vendo a porta sacudindo e chacoalhando conforme as pessoas tentavam sair.

Havia um espelho comprido no quarto de Faith, decentemente coberto com crepe.

Quando tem morte na casa, os espelhos ficam com fome, dissera a babá há muito tempo. *Se não os cobrirmos, eles sugam a pobre alma morta e a prendem. E se uma pessoa viva olha para um deles, às vezes enxerga a pessoa que morreu olhando de volta, e acaba puxada também para a morte.*

Numa casa de morte, qualquer coisa pode estar esperando lá no espelho. Esperando para roubar a sua alma.

A menina estendeu a mão e tocou o crepe, sentindo sua aspereza. Com um puxão, tirou-o dali.

Sob a luz fraca do quarto, o espelho estava mais para um arco de batentes dourados. Do outro lado do portal Faith viu uma jovem bruxa de olhos vívidos feito estrelas. O cabelo serpenteava em madeixas soltas, lisas, pendendo sobre os ombros. A água da chuva brilhava nas bochechas. O vestido simples de gola alta estava tão preto que parecia um túnel faminto. Ela sugava a luz do quarto.

Era Faith, a boa garota?

A garota no espelho era capaz de qualquer coisa. E era qualquer coisa menos boa, isso podia ser visto numa primeira olhada.

Não sou boa. Alguma coisa na mente de Faith libertou-se, batendo asas pretas e ganhando o céu. *Uma pessoa boa não sentiria o que eu sinto. Sou má, e mentirosa e cheia de raiva. Não posso ser salva.*

Já não se sentia quente nem desamparada. Sentia-se como uma cobra a serpentear.

15
MENTIRAS E A ÁRVORE

– Shhhhh...

A cobra retraiu-se quando Faith abriu a jaula. O réptil encolheu-se num rolinho apertado, depois se acalmou ao sentir o cheiro da menina no ar. Eram conhecidas. A cobra deslizou sobre o braço da menina com a beleza preguiçosa de tinta florescendo na água. As escamas estavam secas, pareciam seda e couro, frias por conta do anoitecer. O chacoalhar da língua fez cócegas na bochecha dela.

Os dedos de Faith rastejaram embaixo da fronha e da roupa de cama e encontraram os papéis do pai. Em vez de uma sensação culposa de sacrilégio, ela sentiu somente excitação.

Sou tudo que lhe resta, pai. Sou sua única chance de justiça e vingança. E preciso que me dê respostas.

Ela ficou tensa ao ouvir passos rápidos lá fora e o ecoar fraco de água deitada sobre uma vasilha de metal. Mas era apenas um empregado pegando água para o banho da mãe. Ninguém ia incomodá-la.

Faith escapara da atenção da casa como uma moeda perdida no forro de um casaco. Isso costuma acontecer às pessoas caladas. E ninguém ficaria surpreso de saber que ela se retirara para o quarto. Depois das provações daquele dia, todo mundo acharia normal que a menina quisesse se deitar. A exaustão era a resposta mais natural e *feminina*.

Por hora, podiam pensar o que quisessem se isso lhe rendesse um pouco de privacidade.

Ela empurrou o baú de viagem contra a porta para não ser surpreendida. As roupas encharcadas, ela as tirou e pendurou. Depois alimentou e cutucou o fogo, e sentou-se numa cadeira com os papéis, tão perto do fogo que o calor afagou a pele de suas bochechas e mãos. Dava para ver as saias começando a soltar vapor. Isso a fez sentir-se como uma salamandra ou alguma monstra misteriosa da mitologia. O cabelo começava a secar em tentáculos firmes.

Perante a luz rósea da lareira, ela começou a examinar os papéis do pai.

Havia um grande número deles. Muitos eram cartas de outros cientistas, recheadas de elogios, comentários espirituosos em grego, reminiscências e apresentações. Havia convites para palestrar, discussões acerca da idade de certos dentes ou da melhor receita para dar o "banho" para preservar ossos. Alguns papéis pareciam ser recibos de vendas, contas ou notas fiscais. Havia até umas folhas amareladas e manchadas com ornamentos reais e caligrafia tortuosa num misto de inglês e francês. Faith supôs que estes deviam ser passaportes e vistos das viagens do reverendo.

Com o passar das horas, as roupas foram secando sobre o tampo da lareira, e Faith foi folheando esquemas delicados de plantas venenosas e pássaros tropicais, mapas de escavações e observações meticulosas. Em seguida vieram os esquemas rabiscados que ela vira antes, após o episódio estranho em que flagrara o pai com os olhos amarelados. Novamente ficou admirada com quão diferentes eram dos outros desenhos, mais febris e grosseiros.

Finalmente seus dedos pousaram no livro de capa de couro que ela encontrara debaixo do travesseiro dele. Ela o deixara por último porque parecia demais com um diário. Mas não podia mais permitir que escondesse seus segredos.

Ela o abriu e começou a ler as palavras cuidadosamente inscritas na letra precisa e elegante do pai.

UM ESTUDO DAS SUPOSTAS PROPRIEDADES DA ÁRVORE DO "EMBUSTE"

Ouvi falar pela primeira vez da famosa Árvore do Embuste numa visita ao sul da China em 1860. Minha visita provou-se inadequada, e visto que eu viajava pela região de Yunnan, ouvi rumores de conflitos recentes ocorridos entre as forças inglesas e chinesas. Sem saber se poderia me encontrar com hostis, procurei acomodação num vilarejo à beira do rio e fiquei esperando mais notícias.

Lá, por acaso, conheci um tal Sr. Hector Winterbourne, colega cientista natural. Era veterano, tinha participado de muitas escavações, e era um colecionador fanático, com paixão por monstruosidades e estranhezas de todo tipo. Feliz por ter a chance de conversar polidamente com um conterrâneo, falei com ele por boa parte da noite.

O homem estava fervoroso por conta da mais recente obsessão, uma planta que descobrira numa lenda obscura três anos antes. A árvore, dizia-se, assemelhava-se a uma trepadeira, mas teria frutos cítricos possuidores de extraordinárias propriedades. A planta gostava de sombra ou meia-luz, e somente daria flores e frutos se alimentada com mentiras.

Isso eu considerei apenas fantasia, e fiquei surpreso ao ver que meu companheiro não apreciou minha incredulidade. Quando perguntei como uma planta poderia "alimentar-se" de mentiras, ele disse que a falsidade tinha de ser sussurrada à Árvore, para então circular amplamente. Quando mais importante fosse a mentira, e maior o número de pessoas que nela acreditasse, maior seria o fruto.

Se alguém consumisse esse fruto, ganharia conhecimento do tipo mais secreto, e sobre questão de profundo interesse.

Faith ficou pasma. Seria aquilo um conto de fadas? Por que seu pai, homem famoso por ser tão racional, escrevera uma coisa daquelas? Ao mesmo tempo, seus pensamentos deslizaram para o vaso de planta coberto que o pai estivera tão desesperado para esconder.

Quando apontei o absurdo de tal ideia, Winterbourne me mostrou um pedaço de casca seca, similar à casca de um limão, e me garantiu que dois anos antes ele comprara um fruto de Embuste a preço alto e o consumiu. Ele não podia divulgar o "segredo" que lhe fora contado, mas garantiu-me sinistramente que não era pouca coisa.

Disse que comprara o fruto de um holandês chamado Kikkert, que se alojara na Índia como informante. Winterbourne acreditava que Kikkert estivera "alimentando" a Árvore passando informações falsas a alguns clientes, para poder vender o fruto a outros, ou aprender segredos que valessem um bom dinheiro. Era um jogo perigoso, e Kikkert fugiu da cidade antes que Winterbourne pudesse descobrir mais.

Ele acreditava que tinha conseguido rastrear os passos do holandês até a Pérsia, mas lá perdera o rastro. Winterbourne viera à China ajudar numa escavação, mas quando estava prestes a partir escutou relatos da morte súbita e suspeita de um holandês velho que batia, em descrição, com Kikkert. Agora Winterbourne pretende subir o rio para investigar e ver se consegue encontrar rastros da lendária planta.

Naquela noite, retirei-me cheio de convicção de que Kikkert era um charlatão e que meu novo amigo era meio maluco. Contudo, enquanto tentava dormir, percebi que a ideia da existência dessa planta tomara posse de minha imaginação. A honestidade dele, após o acontecido, me deixou impressionado. Todos que têm sede de conhecimento seriam tentados pela possibilidade de descobrir segredos com uma única mordida.

Levantei na manhã seguinte, interessado em falar com Winterbourne de novo, apenas para descobrir que ele tinha alugado um barco no amanhecer e partira rio acima com sua equipe. Quando ouvi que os ingleses tinham vencido, decidi abandonar meus planos anteriores. Resolvi seguir Winterbourne e aprender mais sobre sua misteriosa planta.

Quando finalmente cheguei à cidade que ele mencionara, fui investigar e descobri que...

Faith deu um pulo quando alguém bateu forte na porta dela, fazendo o baú dar uma sacudidela.

– Faith! – Era a voz do Howard, petulantemente rouca. – Fa-a-aith!

– Howard... estou dormindo! – Faith olhou ao redor de si e só viu papéis espalhados sobre o colo. – Estou doente! Estou deitada!

– Eu pisei numa sepultura – veio o choramingo. – Meu pé está sujo de lama. Posso entrar?

A voz de Howard comoveu Faith. Ele não queria ficar sozinho, ela sabia. O mundo dele acabara assim como o dela, e ele não entendia como nem por que e os fantasmas de sua mente berravam para ele de seus cantos escuros. Mas quando Faith pensou em abrir a porta, ficou horrorizada. Havia um fosso lá fora, cheio dos medos *dele*, a confusão *dele*, a tristeza *dele*, e se ela caísse lá dentro, continuaria caindo, caindo, caindo até que não houvesse mais Faith para resolver os mistérios, para consertar os erros. Ela perderia esse fogo selvagem e estranho, e no momento ela precisava dele.

– Não ligue para o seu pé! – ela gritou de volta o mais macio que conseguiu. – Só... seja um bom menino, e... copie um pouco da Escritura. – Foi tudo o que ela pensou em dizer, para fingir que era apenas mais um domingo comum. – Se você for bem bonzinho e ficar quietinho, e escrever suas linhas, tudo vai ficar melhor amanhã de manhã. Oh, e escreva com a mão direita, How!

Passos leves e agitados foram ouvidos conforme o menino foi embora pelo corredor. Um momento depois, Faith escutou a porta do berçário fechando-se baixinho e com doloroso cuidado. Sentiu uma dor chata ao ouvir o barulho. Pelo visto, não havia mais culpa dentro dela, apenas um machucado no local em que ela antes ficava.

Tudo ficou quieto de novo. Faith tornou a abrir o diário, e encontrou mais uma vez o seu lugar.

... e descobri que os Winterbournes tinham alugado quartos numa pousada mequetrefe. Quando a visitei, contudo, encontrei o estabelecimento em desordem. Hector Winterbourne fora descoberto invadindo a casa de um homem que pensavam ter sido assassinado, e fora preso, suspeito de estar envolvido no crime.

Consegui convencer as autoridades locais a deixar-me visitar Winterbourne, e encontrei-o em estado lamentável. Como muitos confinados naquelas celas nojentas, ele tinha contraído malária, algo comum naquelas partes. Prometi fazer tudo o que podia para garantir-lhe a liberdade, e ele confiou a mim suas últimas suspeitas acerca da localização da Árvore do Embuste, implorando-me que a encontrasse caso ele não pudesse.

Fui incapaz de salvá-lo. A febre o matou na cela antes que eu pudesse arranjar a soltura.

Seguindo as instruções dele, contudo, encontrei uma pequena cabana de pedra na floresta de bambu a alguns quilômetros da casa de Kikkert. Lá dentro, imersa em úmida escuridão, descobri uma trepadeira que parecia estar seca e ter soltado boa parte das folhas.

A extração do espécime de sua sombria clausura foi quase catastrófica, tanto para a planta quanto para mim. Embora eu tivesse notado os comentários de Winterbourne acerca da preferência da Árvore pela escuridão, não estava preparado para a violência de sua reação perante a luz do sol. Somente por cobrir a planta com meu casaco consegui evitar um desastre. Nunca mais seria tão descuidado.

Demorou muito para que o espécime se recobrasse do incidente. Por meio de cuidadosa experimentação eu descobri que ela ficava bem em ar úmido, no escuro, e se nutria melhor com água um pouco salobra. Em vez de depender dos raios solares, a planta sofria efeitos danosos se banhada por qualquer luz brilhante e especialmente pelos raios do sol. Cuidando dela sob essas condições corretas, acabei conseguindo induzi-la de volta a um estado mais saudável.

Em seguida apareceram diversos esquemas meticulosos de uma planta em muitos estágios de recuperação. Primeiro um pequeno entrelaçar de vinhas escurecidas, com jeito de mortas, nuas de folhagem. Depois desenhos de botõezinhos que lembravam arabescos, que gradualmente desenrolaram em folhas esguias e bifurcadas.

Devo me perguntar o porquê de devotar tanto tempo a esse projeto e negligenciar tantos outros. É possível que desde o início eu tenha sentido vontade de descobrir algo maravilhoso.

Vi o bastante para ver a morte da fantasia. Como muitos outros, dediquei minha vida a investigar as maravilhas e mistérios da criação, pelo menos para entender os desígnios de nosso Criador. Porém, nossas descobertas trouxeram dúvida e escuridão. Até este momento, vimos a luz dos Céus ser esmagada, e nossa posição sagrada no mundo tomada de nós. Fomos destronados e jogados entre as bestas.

Achávamos que éramos os reis das eras. Agora descobrimos que toda a nossa civilização não tem sido nada além de um pequeno berçário, mal-iluminado, no qual brincamos com coroas de papel e cetros de madeira. Atrás da porta estão as terras obscuras nas quais Leviatãs vêm lutando uns contra os outros há milênios. Somos um piscar de olhos, uma piada em meio à tragédia.

Todos esses pensamentos eram um tormento inenarrável para mim.

Faith jamais, jamais escutara palavras tão aflitas proferidas pelo pai, nem por ninguém que fosse. Às vezes ela sentia as grandes rachaduras de dúvida que as revelações científicas tinham aberto sob os pés das pessoas. Mas ninguém as mencionava, não diretamente. Pisavam nelas ou desviavam pelas laterais, mas não diziam nada.

Assim, comecei meus experimentos com a Árvore, o que, claro, necessitava do uso de falsidades. Não era hábito meu permitir-me enganar, mas na época isso agiu em meu favor. Visto que a mentira era reconhecidamente contrária à minha natureza, ninguém a esperava vindo de mim. Comecei com uma mentirinha, que logo sussurrei à planta, consciente de quão absurdo era o procedimento. Adotei uma doença falsa, e fingi que estava manco de uma das pernas por quase um mês inteiro.

Pela primeira vez desde que germinara, a planta florescera, produzindo uma florzinha branca similar à do limoeiro. As pétalas caíram, e dela brotou um pequeno fruto, um pouco menor que uma cereja comum, que rapidamente amadureceu para um verde-oliva com fios dourados.

Resolvi arrancar e comer o fruto, tomando todas as precauções razoáveis. A polpa era suportavelmente amarga. Quando ao efeito sobre as minhas faculdades, nunca ingeri ópio, então não posso comparar a experiência, mas suspeito que foi muito similar.

Nesse estado de deslumbramento, flagrei-me na pele de um viajante cruzando o país que era meu próprio corpo, minhas veias de um vermelho vivo e selvagem feito rios de lava; minha espinha era o cume de uma montanha, meus pulmões, catacumbas. Viajei até lá embaixo, ao promontório do meu dedão esquerdo, e lá descobri borbulhantes e nojentos lagos verdes que viraram meu estômago.

Não se passaram nem dois meses depois dessa visão, sofri com dor e inchaço nesse dedão pela primeira vez. Meu médico confirmou que era início de gota, condição de que venho sofrendo desde então. Minha visão, contudo, tinha me fornecido uma verdade que, à época, ninguém conhecia, muito menos eu. Contudo, não era uma verdade particularmente edificante, útil e impressionante.

Considerando a questão, contudo, tive um momento de insight. A mentira que eu contara pertencia à minha saúde pessoal, assim como o segredo que fora transmitido. Seria possível que a mentira e o segredo fossem ligados, e que a planta, ao alimentar-se de certa mentira, soltaria um segredo referente à questão conectada?

Meu primeiro experimento fora uma tentativa de descobrir se a Árvore realmente possuía as bizarras qualidades que Winterbourne alegara. Agora que a história parecia ser possível, ousei fazer-me outra pergunta. Que segredo desconhecido dos homens eu realmente gostaria de descobrir?

A resposta foi fácil. Havia uma coisa que eu queria, ou melhor, precisava saber.

Por um bom tempo eu vinha perdendo minha adesão à fé, conforme onda após onda de conhecimento me atingia cruelmente. Minhas certezas prévias tornaram-se apenas madeira quebrada na maré. Eu precisava saber, de uma vez por todas, de onde viera o homem. Tinha sido criado à imagem de Deus e ganhado o mundo, ou era o neto iludido de um símio gracejador? Se eu soubesse disso, então a turbulência de minha mente cessaria. Eu poderia recobrar a paz de espírito, ou resignar-me ao desespero.

Faith parou, fitando a página. Estava chocada, como se estivesse vendo o pai ter um colapso bem na frente dela. A fé do reverendo sempre lhe parecera imensa e invulnerável como a face de uma montanha. Ela jamais imaginaria essas dúvidas secretamente abrindo caminho até o coração da rocha. Era como descobrir que Deus deixara de acreditar em si mesmo.

Resolvi que arrancaria esse conhecimento da Árvore. Seria feito não somente para acalmar a minha mente, mas a todos os também atormentados e assombrados.

Se eu queria descobrir um segredo relativo à origem do homem, então minhas mentiras deveriam relacionar-se ao mesmo tema. Para receber segredo tão profundo, eu precisaria contar mentiras importantes, e fazer o máximo de pessoas possível acreditarem nelas. Meu grande projeto revelou-se à minha frente, e eu pude ver o que precisava ser feito. Eu era respeitado enquanto cientista natural, consultado, de confiança. Se eu fizesse alegações, as pessoas acreditariam. Se eu inventasse achados e fósseis, eles não seriam questionados. Eu poderia fabricar à vontade, e ninguém duvidaria.

Em prol da verdade, eu ia mentir. Ia enganar o mundo, depois trazer de volta o conhecimento que beneficiaria toda a humanidade e talvez salvasse a sua alma. Ia escurecer as águas por um tempo, para que no final elas pudessem correr verdadeiramente límpidas. Ia pegar empréstimo do Banco da Verdade, mas no final pagaria o valor total e sem juros.

– Não – Faith sussurrou. – Não. Não. Não.

Mas a página seguinte e a próxima estavam cheias dos detalhes meticulosos das mentiras dele. Havia desenhos complexos de fósseis, antes e depois das dolorosas alterações.

O maior dos desenhos mostrava seu mais famoso achado, o Nefilim de New Falton, como era antes de ele o montar. Não era um ombro humano alado, mas um traçado falso de penas fossilizadas coladas ao ombro de pedra de outra criatura, com uma precisão e uma maestria que eram quase belas.

Escolha uma mentira em que as pessoas queiram acreditar, era o que estava escrito logo abaixo. *Elas vão agarrar-se a ela, ainda que seja provado que é falsa perante os olhos delas. Se alguém tentar mostrar-lhes a verdade, as pessoas vão se virar contra este e lutar com unhas e dentes.*

E ele escolhera uma mentira *dessas*. Uma bela prova da verdade da história bíblica dos Nefilim. Faith lembrou-se do velho na casa dos Lambents, tão fervoroso em sua crença no fóssil, tão *devoto*. O "Nefilim" fora como uma tábua flutuando nos cruéis novos mares da dúvida. Claro que as pessoas agarraram-se a ele.

O escândalo, o clamor, as acusações de fraude... era tudo verdade. O pai dela *realmente* falsificara fósseis. Mentira *mesmo* sobre os achados. Enganara *de verdade* amigos, colegas, sua família e o mundo.

Nada além disso teria convencido Faith. Nada além dessa confissão escrita na letra distinta e precisa do pai. Ela não mais se sentia chocada nem surpresa, apenas percebia uma escuridão crescente. Uma porção de si, frágil, perdida, girava, desamparada, em meio a essa escuridão, como uma pomba num cofre escuro, choramingando. *Quem foi esse homem, afinal? A quem eu amei todos esses anos? Por acaso eu o conhecia pelo menos um pouco?*

Mas ela o amara. Amara-o forte demais e por tempo demais para abandoná-lo agora. Pregara sua alma e seu coração à imagem dele.

Faith envolveu com os braços o pequeno diário e abraçou-o bem junto ao peito, olhos fechados apertados. Imaginou-o desbravando o caminho em meio a uma floresta venenosa de engano, perigo e inimizade, corajoso, porém solitário. Como devia ter se sentido sozinho guardando esse segredo!

– Você ajudou sim a humanidade – Faith sussurrou. – Eles não o entendiam, mas eu *sim*.

Ela poderia perdoá-lo, ainda que ninguém o fizesse. Isso fazia dele mais humano, e o trazia mais para perto dela.

Ela passou com pressa as páginas com os desenhos dos fósseis falsos; não queria vê-los. Foram seguidos por relatos das visões dele. Estas eram em geral vagas e difíceis de compreender, fato que parecia enfurecê-lo.

A primeira mostrou-lhe uma floresta obscura na qual uma sombra bicuda flutuava lentamente descendo um declive, com flocos de luz reluzindo em seus olhos reptilianos e asas de penas azuis e vermelhas. A segunda mostrou ilhas borbulhando até parecerem bolhas inchadas numa panela de mingau, seus vulcões cuspindo fumaça branca. Outra revelou uma confusão, um bando de homenzinhos peludos vestindo trapos de couro enfrentando hominídeos maiores de pescoços grossos, com rostos inclinados e membros tão musculosos que nem pareciam reais.

A última visão foi a mais detalhada.

Eu estava no meu clube, e alguém pousou A origem das espécies *em minhas mãos. Tentei ler, mas as palavras agitavam-se e dançavam perante meus olhos. Quando ergui uma das mãos para esfregar os olhos, meus dedos pinicaram meu rosto. Estavam cobertos de pelos.*

Na face prateada da minha cigarreira, vi meu próprio rosto refletido. Acima do meu cachecol vi uma bocarra amarelada, parecida com a de um lobo, com longos e incisivos dentes caninos. Ergui rapidamente o livro em frente ao rosto para esconder minha desfiguração e olhei por cima dele para ver se mais alguém tinha reparado na minha transformação.

O clube estava uma baderna só. Os criados balançavam, pendurados nos lustres, tinham rosto de macaco e guinchavam. Um dos membros mostrava dentes de roedor num rosnado, lutando contra um rival com cara de sapo por um prato de ostras. Outro brandia os braços, destruindo louças, e mandava para a goela tudo que se encontrava ao alcance de seu bico de pelicano, com a garganta em forma de saco. Um cigarro derrubado ateou fogo a uma cortina, mas ninguém se mexeu para apagar. Em vez disso, a fumaça somente gerou mais urros, rugidos, sibilos e guinchos.

Tentei não perder a cabeça, e saí da sala. Estava procurando pelo velhinho que sabia que tocava o clube e morava no último andar. Ele me explicaria as coisas e colocaria tudo em ordem.

A cada degrau da escada que eu subia, contudo, a situação piorava. No primeiro andar, os membros tinham rasgado os casacos, rastejavam e saltavam em mangas de camisa. Seus rostos estavam desfigurados, lembravam os de feras que eu nunca tinha visto; alguns tinham sobrancelhas cobertas de escamas ou bigodes monstruosos. No segundo andar, estavam todos nus, deslizando e escorregando por cima de poças de vinho do Porto derramado, disparando línguas esguias de suas bocas de lagarto.

No terceiro andar, flagrei-me perante uma porta de painéis dourados, e soube que atrás dela eu encontraria o velhinho.

Quando estendi a mão para a porta, disseram meu nome. Minha filha, Faith, estava ao meu lado.

Senti terror e ódio ao vê-la. Ela não devia estar no clube, e eu não queria que ela me visse com presas e peludo. Horror maior ainda foi vê-la sucumbir à maldição daquele lugar. Perante meus olhos, a pele juvenil do rosto dela começou a rasgar, mostrando escamas logo abaixo.

Essa aparição deveu-se ao fato de que minha filha tinha invadido meu escritório e interrompido a visão. Creio que ela quase me retirou do devaneio, mas conforme minha mente foi começando a emergir, fiquei ciente o bastante para bani-la daqui.

Faith engoliu em seco. Pelo menos agora ela compreendia a estranha e serena selvageria da resposta do pai quando ela o acordou do torpor que o dominava. Mas que dano ela teria causado por interrompê-lo? Teria ela roubado a humanidade de uma verdade eterna?

Quando minha filha se foi, abri a última porta dourada.

Não havia quarto além dela. Em vez disso, uma terrível catarata espumosa me atingiu e envolveu. O quarto encheu-se de água num instante. Fui girado de lado, na vertical, depois jogado para baixo, bem abaixo. Não estava mais numa casa, mas num interminável mar de águas escuras. Meus pulmões aspiravam essa água, e eu soube com desespero que afundaria para uma escuridão ainda mais profunda por milênios multiplicados por milênios, e nunca me afogaria. Estava sozinho, a não ser por partículas douradas que nadavam, circulavam, caçando umas às outras.

E isso tudo foi o que vi. Foi essa toda a recompensa pelos meus esforços, sofrimentos e provações.

Eu tinha grandes expectativas para essa visão. Era o fruto resultante de minha fabricação do famoso Nefilim de New Falton, e o tinha deixado inchar e amadurar por mais tempo que todos os outros. Senti-me digno de esperar que pudesse justificar todos os sacrifícios que tinha feito. A porcaria do mundo se virava contra mim, mas pelo menos eu alcançaria meu objetivo.

Pelo contrário, esse último show de lanterna mágica me preencheu de ainda mais turbulência e receio. Não estou cego para a interpretação que pode ser posta sobre essas imagens: o volver incansável do relógio, a regressão do homem à besta, o retorno ao lodo primordial. Essa é a explicação mais fácil, mas aceitá-la é resignar-me ao desespero. Devo investigar mais. Minha dúvida não pode terminar assim.

Depois de tudo que fiz, encontro-me de mãos vazias, num beco sem saída. Devo coagir outro fruto da Árvore, mas não vejo como. Não importa quão geniosa seja uma mentira que eu venha a produzir, ninguém mais vai acreditar em mim. Se eu não puder resgatar a minha reputação, fiz tudo isso por nada.

Em seguida vinham umas duas dúzias de páginas com desenhos, notas e tabelas com figuras, mas a mente de Faith estava cheia demais para assimilá-los. Ela fechou o diário lentamente.

Não era de se admirar que ele protegesse tanto aquela planta, relutasse tanto em falar sobre ela e se esforçasse para deixá-la fora de vista. Não era de se admirar que ele arrancara os papéis da mão de Faith, e perdera a cabeça quando ela admitiu ter aberto o cofre.

Faith esperara alguma informação no diário que pudesse, de algum modo, ser usada para limpar o nome do pai. Essa esperança morrera. Não, ninguém mais poderia ler o diário! Se o conteúdo viesse a público, a fraude do pai seria comprovada, e ele provavelmente seria lembrado apenas como um maluco.

Poderia ser loucura? Teria essa obsessão e todas aquelas visões sido sintomas de uma mente doentia?

Talvez sim. Ou talvez, naquele momento, Faith fosse a única pessoa no mundo que sabia a localização da Árvore da Mentira, uma maravilha da terra, que podia revelar segredos guardados e desvelar inúmeros mistérios.

Faith tinha de saber se era uma coisa ou outra. Se a Árvore podia revelar segredos, então quem sabe revelaria para ela o mistério em torno da morte do pai.

16
ESPÍRITO IRRITADO

Por volta das oito horas, a governanta trouxe uma bandeja de comida para o quarto de Faith. A menina agradeceu, declarou que queria retirar-se mais cedo e recusou a panela para aquecer. A governanta partiu, e Faith foi deixada apenas consigo para passar a noite.

Engoliu rapidamente a comida, depois vestiu calmamente o restante das roupas danificadas do funeral. Todo mundo já as tinha visto molhadas e enlameadas, então provavelmente não notariam se estivessem ainda mais molhadas e enlameadas no dia seguinte. Acendeu uma lamparina para levar consigo, mas diminuiu a chama e cobriu-a com um pano, assim como o pai fizera.

Passou pela porta que dava acesso ao jardim do telhado, que ainda pingava e brilhava após a chuva recente. O céu acima ainda estava de um cinza sombrio. Ao passar pelo portão e descer os degraus, deu para ouvir o tilintar alvoroçado de panelas e vozes na copa. A menina tomou a rota lateral que cruzava o jardim, passando por trás dos edifícios exteriores; assim teria menos chances de ser vista.

Ela percorreu correndo o caminho que levava ao mar, torcendo para ter se lembrado corretamente da tabela de marés. Quando chegou à praia, ficou aliviada de ver que a maré estava baixa e o mar, calmo, conforme o esperado. Se ela estivesse certa, ele recuaria por mais uma hora, depois começaria a retornar. As águas estariam mais calmas, e as correntes, amigáveis.

Sentindo-se exposta, Faith percorreu com os olhos os topos dos montes, mas não viu sinal algum de possíveis espiões. Madeixas ainda um tanto úmidas de seus cabelos chicoteavam seu rosto.

Foi difícil arrastar o barco sozinha, mas ela finalmente conseguiu levá-lo à força para dentro da água. Ela subiu e usou um dos remos para afastar-se da margem.

Faith nunca tinha remado na vida, e logo descobriu que era muito mais difícil do que o pai fizera parecer. No começo ela tentou remar de frente, assim poderia ver onde estava indo, empurrando as lâminas na água, em vez de puxá-los para trás, mas os remos patinavam, muito fracos, e ficavam soltando dos soquetes. Ela conseguiu ganhar muito mais distância quando remou de costas, como fizera o pai. Em pouco tempo ficou sem fôlego, e os músculos dos braços e ombros doíam. Ficou também muito contente por ter soltado o corselete antes de sair.

Sempre que girava no lugar para enxergar lá na frente, parecia estar rumando diretamente para o mar ou prestes a atolar num penhasco submerso. Felizmente, era muito mais fácil de ver as rochas ao entardecer do que fora à noite.

E lá em meio à luz cinza estava a caverna marinha, como um arco gótico sombrio. A boca aberta engolia cada onda para depois vomitar espuma.

Manuseando furiosamente os remos, a menina levou o barco para perto da caverna. Mais uma vez uma onda varreu tudo para dentro da boca, mas com menos violência que da outra vez, e o barco foi encostar em terra muito mais perto da entrada da caverna.

Faith saiu, pisando na rocha escorregadia, meio surda pelos ecos da água, e prendeu o barco na mesma coluna de antes. Pegou a lamparina, ergueu as saias e subiu com dificuldade na plataforma de pedra acima do barco, depois passou pelo buraco triangular, adentrando uma caverna maior além. Ali a luz era mais fraca, visto que muito pouco entrava pela boca da caverna, atrás da menina. Lembrando-se do aviso do pai com relação à "reação violenta" da planta à luz, ela manteve a lamparina quase totalmente coberta, permitindo apenas uma lasquinha de radiação brincar nos arredores.

A caverna era coberta por uma abóbada irregular, cheia de rachaduras e estacas que desciam até as laterais, como se saltassem. Aqui e acolá a menina via fissuras escuras e aberturas que davam para outras cavernas.

Do outro lado da caverna, numa longa estante de pedra protuberante, encontrava-se a figura coberta em panos, o vaso de argila, quase invisível por baixo do tecido.

Havia algo de estranho nos ecos da caverna. O rugido do mar ali perto fora suavizado e alterado, de modo que o ar parecia povoado por suspiros. Faith não pôde deixar de olhar para trás, pensando que alguém tinha acabado de soltar o ar longamente, bem atrás dela. O cheiro frio era mais amargo ali, de arder os olhos.

Lentamente, Faith subiu até a plataforma de pedra. Quando chegou à estante de rocha, estendeu as mãos e cuidadosamente puxou o tecido. Sentiu resistência, espinhos que o seguravam, e então o pano soltou-se, revelando um emaranhado preto, indistinto, que se derramou por sobre as bordas do vaso, um rabiscado de sombra sobre sombra.

Os ruídos dentro da caverna ficaram mais altos, como se a respiração chegasse mais perto. Timidamente, Faith ergueu a lamparina, deixando um facho de luz trêmulo banhar a planta.

A luz reluziu sobre folhas esguias de um azul-escuro, espinhos compridos e pérolas douradas de seiva que brilhavam sobre os nós dos estames enegrecidos... e então, perante os olhos de Faith, a folhagem iluminada retraiu-se, encolheu e recuou, sibilando com a raiva de uma fera perturbada.

Apressadamente ela removeu a luz da lamparina, de modo que a planta voltou a ser um montinho preto e indistinto. Mesmo quando cessou o sibilar, Faith não ousou mais iluminar a planta. Em vez disso, levou as mãos e gentilmente passou os dedos pela folhagem, vendo-a pelo toque.

Para seu alívio, a luz não pareceu ter causado muito dano. As folhas estavam frias e um pouco pegajosas, e deixaram os dedos da menina cobertos com uma umidade grudenta, como do mel. Não havia fruto algum.

Formiguinhas imaginárias desfilaram pela espinha dela. O formato das folhas era indiscutível, bifurcadas e divididas em duas pontas estreitas. Ela percebera dolorosamente a semelhança com os desenhos que vira no diário do pai. Aquela era a Árvore da Mentira, o maior segredo dele, seu tesouro, sua ruína. Uma árvore que vivia de mentiras. Agora pertencia a Faith, e a jornada que ele nunca completara estendeu-se à frente dela.

Ela baixou o rosto até que a boca quase tocou as folhas. O cheiro foi como neve congelando as costas dos olhos, e fez doer as têmporas.

– O papai não pode mais vir até você – ela sussurrou. – Ele morreu, está na cripta da igreja. Quero descobrir quem o matou. Pode me ajudar?

Não teve resposta. Claro que não teria resposta.

– Quer uma mentira? – Faith perguntou, sentindo como se oferecesse um doce a um animal perigoso. Quase achou que ela fosse sibilar de novo, feito um lobo faminto.

Escolha uma mentira em que os outros queiram acreditar, escrevera o pai.

Faith lembrou-se da conversa perante o túmulo, e a sugestão de Tom de enfiar uma estaca no pai dela "para conter o fantasma". Pensou no medo supersticioso de Howard, nos relógios parados e nos espelhos cobertos.

– Tenho uma mentira para você. – Ela fechou os olhos e sussurrou: – O fantasma do meu pai vai sair por aí querendo vingar-se daqueles que foram injustos com ele.

Alguma coisa acariciou o rosto da menina muito gentilmente, e ela recuou, abrindo os olhos. Não havia sinal algum de movimento entre as folhas brilhantes da planta.

Conforme ela foi calmamente recuando da caverna central, contudo, seus ouvidos abafados tiveram a sensação de que os ecos possuíam novo timbre. Ela chegou a pensar que podia ouvir traços apagados de suas próprias palavras no ar, nadando e rolando.

Uma estaca no coração, na encruzilhada, para que o morto não possa achar o caminho de casa...

Entrando furtivamente para dentro da casa escura em seu vestido preto todo arruinado, a própria Faith sentiu-se um pouco como uma alma penada retornando. Parou para escutar, mas continuava tudo quieto. Todos tinham ido dormir. A casa era toda dela.

Então, o que fazer? Por onde começar?

Faith estreitou os olhos, depois sorriu, imersa nas sombras, ao ser tomada pela inspiração. Passou para a cozinha, onde tinha certeza de ter visto... isso.

A luz precavida da lamparina mostrou-lhe um quadro de sinos na parede, pouco acima da altura da cabeça. Havia sete sinos, cada um balançando embaixo de uma espiral retorcida de metal, que por sua vez ficava presa a sete fios que corriam, na horizontal, ao longo da parede. Cada sino tinha um rótulo diferente: Quarto Principal, Segundo Quarto, Terceiro Quarto, Sala de Desenho, Biblioteca, Berçário, Sala de Jantar. A cordinha do sino de cada um desses cômodos unia-se a um fio escondido, que ziguezagueava, invisível, pelos pisos e paredes e tocava o sino correspondente na cozinha.

Apertando os olhos para enxergar naquela luz fraca, Faith pôs-se a soltar os fios do Quarto Principal e do Terceiro Quarto, e os trocou.

A menina passou para a biblioteca e encontrou a caixa de tabaco do pai sobre a escrivaninha. Pegou um punhado de fumo e o colocou na chama de uma vela, e observou aquilo fervilhar e escurecer, desprendendo uma pluma azul perfumada de fumaça. Então, com o abridor de cartas, rasgou um buraco no tecido que cobria o espelho, deixando uma ferida prateada visível por detrás do pano, tal como um olho semiaberto.

Última parada. Subiu a escada nas pontas dos pés, parou para escutar possíveis sinais de movimento nos quartos, depois passou para o do pai e fechou a porta cuidadosamente antes de descobrir a lamparina.

O quarto continuava cheio de vasos e flores que murchavam. Havia um amarrotado comprido na cama, onde o corpo dele repousara, mas seus pertences tinham sido arrumados em caixas e baús. A Bíblia da família jazia fechada na mesa de cabeceira.

A mente de Faith encheu-se de mil ideias raivosas, mas ela se conteve. Muita coisa de uma vez a entregaria. Ela abriu a Bíblia e rapidamente folheou até encontrar Deuteronômio 32,35.

> *A mim pertence a vingança e a retribuição; no devido tempo os pés deles escorregarão; o dia da sua desgraça está chegando, e o seu próprio destino se apressa sobre eles...*

Ela deixou aberta nessa página, com uma única pétala de flor sob a citação de vingança.

O fio que puxava o sino ao lado da cama do pai era uma corda envolta em tecido vermelho com franjas na ponta. Faith subiu numa cadeira e usou a navalha dele para serrar a corda num ponto alto, para que ficasse prestes a partir. Somente então ela saiu do quarto.

Se é um fantasma que querem, é um fantasma que terão.

17
ARMA DE MATAR FANTASMA

Faith acordou de um sonho em que era enterrada sob cascalho e flagrou-se ainda fraca e dolorida. Por um tempo, ficou ali deitada, tentando entender por que suas costas, ombros e braços doíam tanto.

Então tudo lhe retornou numa onda negra e gelada. A perda, o funeral, o diário, o toque das folhas da Árvore da Mentira em seu rosto. Sua mente passou alguns momentos em queda livre, fria, desamparada, antes que a raiva abrisse os braços e a fizesse tornar a flutuar.

Faith forçou-se a sair da cama. Os braços estavam pesados feito chumbo, e manobrá-los para dentro das mangas das roupas de luto sobreviventes foi um processo doloroso. Esses músculos nunca tinham sido usados com tanto afinco e guinchavam em protesto.

O cabelo estava um emaranhado de madeixas, tricotados por vento e sal. Ela o atacou com a escova até que ele recobrou parte da suavidade e do brilho.

Faith abriu um pouco a cortina e espiou lá fora. Fazia mais um dia cinza, inquieto. O vento passava pelos canos das chaminés e amassava espirais brilhantes no gramado, e as árvores brandiam ao alto seus galhos como marinheiros naufragados.

Ela tinha um assassino a descobrir e uma ilha para assustar. Pessoas assustadas, às vezes, cometiam erros, e o dia estava perfeito para ser um fantasma.

Faith agarrou a corda de sino azul que balançava ao lado da cama e deu três puxões deliberadamente demorados.

Ela imaginou os empregados lá embaixo fitando, atônitos, o quadro de sinos, vendo o sino do quarto principal, vazio, impossivelmente sacudindo e tilintando. Minutos se passaram, e nada aconteceu. Então ela escutou passos inseguros subindo pelos degraus da escada dos empregados e andando pelo corredor. Faith agachou junto à porta do quarto e pressionou o olho no buraco da fechadura.

Jeanne pairava em frente ao quarto do reverendo, olhos escancarados, agitando as mãos unidas nervosamente. Perante o olhar de Faith, a moça pegou na maçaneta e entrou no quarto. Faith teve certeza de ter escutado uma exclamação abafada.

Rangido. Rangido. Passos cautelosos lá dentro do quarto. Então chegou um guincho curto de surpresa. Jeanne disparou para o corredor, toda atabalhoada, com a corda vermelha numa das mãos, e saiu correndo.

Faith sorriu ouvindo os passos da moça trovejando escada abaixo. Ela supôs que alguém daria à corda assombrada uma puxada experimental. Se ela tivesse deixado a corda sem serrar, o puxão teria feito o sino do quarto *dela* tocar, e talvez alguém deduzisse a verdade.

Pressionando o ouvido na parede, a menina escutou uma conversa abafada ocorrendo em algum degrau da escada dos empregados.

– Você *quebrou*? – Prythe perguntava, incrédulo.

– Só puxei devagarinho! – ouviu-se Jeanne exclamando, com a voz atrevida, mas trêmula. – Saiu na minha mão! Tem um monte de coisas fora do lugar naquele quarto...

Faith acariciou a corda do sino, sentindo sua aspereza entre os dedos, tentada a puxar de novo. Não, seria demais, muito rápido. As vítimas precisavam de tempo para ficar admiradas, para sussurrar, para contar histórias de terror umas às outras.

Uma hora depois, quando Jeanne trouxe a bandeja de café da manhã ao berçário para Faith e Howard, ela parecia ter perdido sua autoconfiança natural. As xícaras tilintaram quando ela baixou a bandeja, e ela mal olhou para Faith, fazendo distraidamente um aceno dos mais breves ao sair. Independente do que ela pensasse sobre o sino misterioso, evidentemente não suspeitava da afetada e tímida filha.

Faith quase não conseguiu se concentrar no café da manhã, sentada ali na mesinha de madeira com Howard.

O que ela sabia sobre o assassino? Quase todos os habitantes de Vane poderiam ter estado em Bull Cove naquela noite. Contudo, o pai falara como se tivesse um compromisso à meia-noite. Tinha de ser alguém que ele estava disposto a encontrar, mas não sem uma arma. Se ele sabia que estava em perigo, que tinha um inimigo, então por que o encontraria, ainda mais em segredo e sem companhia, na calada da noite?

Havia também o mistério da arma. Ele saíra armado, mas por algum motivo isso não o salvara. E quando encontraram o corpo largado dele, a arma não estava no bolso.

– A outra mão, How – disse ela, por reflexo, notando que o irmão tinha furtivamente trocado os talheres de novo.

– Não! – Howard gritou, num acesso súbito de rebeldia. O rosto brilhava, e ele arquejava, a cara fixa numa expressão de desgosto quase frenético. Faith via que ele tinha dormido mal, e mais uma vez sentiu um aperto na alma que não era bem culpa.

– Howard...

– Não, não, não, não! – Howard guinchou ainda mais alto, empurrando o prato, quase derrubando a comida de Faith no colo dela.

Ela tentou se acalmar, mas sentiu o pavio se encurtando. O menino arranhava por atenção, e dava quase para sentir aquelas unhas pequeninas e desastradas raspando a mente dela.

– Comporte-se! – ela ralhou, perdendo o controle. – Ou vou te fazer vestir o casaco azul!

Faith julgara mal a ameaça. Howard abriu o bocão e soltou o berreiro.

– Eu te ode-e-eio! – gritou ele, as palavras entrecortadas e engrossadas pelos soluços.

O casaco não devia ser usado como punição comum. Howard gostava de entender como as coisas funcionavam, e precisava saber que o mundo era justo. Infelizmente, o mundo *não* era justo, e toda vez que ele se deparava com esse fato, perdia totalmente o controle. Se Faith não fizesse nada, ele gritaria até o infinito.

Não, o mundo não era justo. Faith pulou da cadeira e andou pelo cômodo, procurando por algo para chutar.

Quando tornou a olhar para Howard, viu-o muito diminuído em sua cadeirinha de madeira. Nada daquilo era culpa dele. Ele tinha todo motivo para estar muito triste.

Compadecida, Faith sentou-se com um farfalhar de saias pretas. Ela levou as mãos para dentro do baú de brinquedos de Howard e tirou o teatrinho de fantoches.

Era uma caixa quadrada feita de papelão e cartolina pintados em vermelho, dourado e verde, com picos, firulas e anjos. A moldura frontal tinha cortinas pintadas, e dava para olhar através dela para o palco em si, que se afunilava e terminava num pano de fundo de céus azuis, morros e um castelo.

Faith retirou a paisagem de fundo. Havia outras três para escolher: uma mostrando o mesmo panorama à luz da lua, uma com uma cena interior com quadros e um lustre, e uma com uma cena na floresta, com muito verde. Com ar deliberado de interesse, Faith colocou ali a cena noturna.

Muito rapidamente Howard parou de gritar. Ele veio até ali e largou-se pesadamente, sentando-se ao lado dela com as pernas cruzadas. Howard era sempre cativado pelos "shows" da irmã.

– Quero o malabarista – disse ele. – E... o mago. E o demônio.

Os atores eram figurinhas de papel coladas a palitos para poderem ser movidos ao redor do palco. A maioria tinha sido criada por Faith, cuidadosamente desenhada, colorida e cortada.

Havia aberturas nas laterais do palco, para que Faith pudesse deslizar as figuras e as levasse de um lado a outro no palco. Não havia como movê-las para frente e para trás, contudo. Isso frustrava Howard, e diversos palitos tinham sido quebrados como resultado disso.

Nesse dia, como de costume, Howard queria lutas.

– O malabarista luta com o demônio! – ele pediu, dando tapinhas nos joelhos.

O bobo da corte verde e amarelo lutou contra o demônio de chifres vermelhos daqui para ali. Nesse dia Faith deixou que o demônio ganhasse, com muitos rugidos, e girou o malabarista e o deitou de costas para mostrar que estava "morto". Como sempre, isso fazia Howard rir, com uma violência que Faith pensava ser devido, um pouco, ao medo.

– Mago luta com o demônio!

O demônio lutou contra o mago, o cavaleiro e o marinheiro, um por um, e matou todos.

Howard ria, alto e agudo demais. Olhos escancarados e alarmados, fixados no demônio gracejador.

– Eles levantam de novo, todos eles, e matam o demônio!

– Mas Howard, eles morreram...

Faith conteve-se. Girou os pequenos corpos de papel e colocou-os de pé. Em bando, atacaram o demônio, que cedeu e caiu de costas, aos urros. Enfim, fez-se silêncio.

– Quero o sábio – Howard disse baixinho, como sempre fazia após a luta.

O sábio era um chinês com chapéu cônico e bigode comprido. Os olhos eram meio tortos, porque Faith o desenhara quando era bem mais nova e menos habilidosa com o lápis, mas era o favorito de Howard.

Ela pôs o personagem no palco.

– Ora, é o jovem mestre Howard! – ela guinchou numa voz aguda, rabugenta de velhinho.

Howard riu e abraçou os joelhos. Foi o mesmo riso assustado, exaltado, que ele soltava quando os personagens "morriam". Segundo antiga tradição, o sábio era o único fantoche esperto o bastante para enxergar além do palco e reparar que Howard estava assistindo.

– Tem uma pergunta para mim hoje? – Faith perguntou na voz do sábio.

Howard hesitou, descansando a língua no lábio inferior, coçando a sola do pé com a unha.

– Tenho – ele disse, muito baixinho. – O demônio morreu?

– Ah, sim, morreu sim – garantiu o sábio.

Por boa parte de seus seis anos de vida, Howard tivera Faith como seu oráculo, seu almanaque, a fonte de toda a verdade. Acreditara em tudo que ela lhe dizia. A maré estava virando, contudo. *As meninas não sabem nada de velejar*, dissera ele, subitamente. *As meninas não sabem nada da lua*. Nunca havia malícia nem despeito nessas falas; ele apenas repetia um pedacinho que pescava do fluxo confiável da conversação adulta. Havia coisas que as meninas não sabiam, e Faith era uma menina. Toda vez que ele dizia algo assim era um choque, e Faith sentia seu domínio de *expertise* rachando como uma placa de gelo.

Howard ainda consultava o sábio, contudo, sem envergonhar-se. O sábio não era uma menina, então sabia de tudo.

– O demônio vai voltar à noite? – Howard disse, os lábios tremendo. – Eu o ouvi no escuro. Entrou no quarto do papai. Ouvi os dentes dele.

Faith prendeu a respiração por um momento, a pele formigando. Achou que ninguém tinha notado que ela andou pela casa toda na calada da noite. Mas Howard escutara os passos dela. Ouvira-a serrando a corda e achou que fossem dentes rangendo.

O menino falava com todo mundo. Não tinha malícia. Contaria para todos que escutara passos, e o som de dentes. Como fazer para ele se calar?

Por outro lado, talvez ela não *precisasse* fazê-lo se calar.

– Como você sabia que era o demônio? – perguntou Faith-sábia. – Ele dava passos estranhos, que ecoavam?

Howard cutucou a sola do pé e franziu a testa. Então suas sobrancelhas relaxaram, e ele fez que sim.

– Ficou tudo mais frio quando ele passou? – insistiu Faith, a sábia.

Novamente Howard hesitou, depois deu uma tremelicada e fez que sim. Ele não estava de brincadeira, Faith o sabia. Passara a acreditar que escutara o eco do espectro e notara o frio misterioso.

– Oh, então deve ter sido apenas um fantasma! – comentou, alegre, o sábio.

Howard não pareceu muito convencido.

– Isso foi... porque... eu pisei numa sepultura?

– Não, não, ele não estava procurando por você, mestre Howard. Os fantasmas não vêm atrás de um menino bonzinho que faz suas orações e copia sua escritura com a mão direita. Eles só caçam pessoas *más*.

Faith não tinha intenção alguma de assustar o irmão.

Howard mordiscava o nó do dedo, deixando-o brilhante de baba. Pareceu ter ficado um pouco mais tranquilo.

– Mas... se eu for... mau, e o fantasma voltar – Howard insistiu –, posso dar um *tiro* nele?

A mente de Faith saltou de volta para a imagem do pai na praia, assustando-se com a própria sombra e levando a mão à arma escondida. O revólver não estava no bolso dele quando seu corpo foi trazido de volta. Talvez tivesse simplesmente caído quando ele foi puxado do morro... Mas se ela encontrasse a arma em outro lugar, talvez isso pudesse informar onde o pai fora atacado.

Outra ideia insinuou-se na mente de Faith. Ela imaginou o revólver do pai confortável em sua mão, aquecendo o marfim. Não conseguia imaginar o assassino do pai – em sua mente, o inimigo era um abismo em forma de gente, uma nuvem de tempestade estalando de malícia. Faith pensou em mirar o revólver na cabeça dessa forma escura e apertar o gatilho...

– Sim, mestre Howard – ela chiou em sua voz de sábio. – Mas você precisa de uma arma especial para fantasmas se quiser fazer isso, assim como precisa da arma certa para matar um elefante. – A figurinha de papel saltitou e sacudiu-se, conspirando. – Por que não pede àquela preguiçosa da sua irmã para te levar para dar uma volta e ver se encontra uma?

Dez minutos depois, quando Faith guiou Howard escada abaixo, este com novas roupas pretas de sair, encontrou a casa em silêncio. Tio Miles tinha saído cedo para visitar Lambent, e Myrtle ainda estava indisposta, no quarto.

– Adeus, Sra. Vellet – Howard disse, polidamente, conforme Faith cruzou com ele a entrada da sala de desenho. – Vou encontrar uma arma para matar o fantasma!

A Sra. Vellet, que estava aguando plantas, errou a mão e derramou água na toalha de mesa. Jeanne, ajoelhada perante a lareira, deixou cair a pá com um tinido, espalhando cinzas.

– Howard! – Faith protestou, lançando à governanta um olhar envergonhado, apologético. – Sinto muito, Sra. Vellet – acrescentou ela num sussurro alto. – Não sei de onde Howard tira essas ideias.

– Mas tem um fantasma, *sim*! – declarou Howard, com um tom muito vívido. – Eu o ouvi andando pela casa ontem à noite...

– Que tal a gente sair para dar uma volta, hein? – Faith interrompeu apressadamente, pegando o irmão pela mão e guiando-o porta afora. Ela conseguiu conter o riso quando sussurros fervilhantes desataram na casa, atrás dela.

A menina sabia que se quisesse que alguém acreditasse em alguma coisa, não havia por que forçar a ideia goela abaixo. Era muito melhor dar uma sugestão, um lampejo, um gostinho, depois arrancar da pessoa. Quanto mais rápido você corresse, mais eles correriam atrás, e mais chances haveria de que acreditassem na informação difícil de conseguir quando a conseguissem.

– Vamos descer e procurar na praia, que acha?

Conforme seguiram pela trilha, Faith ficou de olho para ver se captava um brilho de metal ou marfim em meio à grama alta, só para o caso de o revólver ter caído do bolso do pai enquanto ele estava sendo carregado para a casa. Não viu nada além da grama farfalhante e as cabeças púrpuras dos cardos.

Na praia, Howard saiu correndo por sobre cascalho e pedregulhos, rivalizando com as gaivotas em algazarra. Não foi exatamente a imagem ideal de luto, mas Faith achou compreensível. O menino tropicava por entre sentimentos que não entendia, e só sabia que queria correr e gritar.

Faith procurou entre as pedras, primeiro diretamente abaixo da árvore torta onde o pai fora largado, depois em círculos mais amplos, investigando entre fendas, tateando as pedrinhas com seus dedos. O revólver não podia ter quicado para tão longe.

– Não consigo encontrar! – disse Howard.

– Não – disse Faith, pensativa. – Acho que não está aqui.

Se o pai não tinha perdido o revólver na queda, então onde? Talvez quando fora atacado. A verdadeira cena do crime tinha de estar ali perto. Mesmo com o carrinho de mão, transportar um corpo podia ser difícil e cansativo.

Os dois colocaram-se de volta a caminho de casa, mas Faith escolheu um caminho que passava pelo vale entre as árvores. Volta e meia, pássaros invisíveis perturbavam aquela paz inquieta com um farfalhar de asas, ou soltavam suas perguntas tilintantes para o céu acinzentado. As samambaias acariciavam gentilmente as saias de Faith.

Depois de dez minutos de busca, ela desistiu. Uma dezena de revólveres podia estar escondida sob as folhagens, e ela nunca encontraria.

Quando estavam para ir embora, deram com uma clareira onde um musgo cor de esmeralda era grosso feito pelo de urso. Howard ficou fascinado e começou a pisar com força, rindo ao ver o material ceder aos pedaços, revelando uma terra preta.

– Faith, olha! – gritou ele, vendo o joelho esmagar e rasgar o verde. – Pisa aqui!

Alguma coisa chamou a atenção de Faith, uma faixa estreita e escura em meio ao verde. Ela chegou perto e curvou-se para enxergar.

– Faith! – Howard chamou, um pouco distante dali. – Faith, olha! Olha isso aqui! – Os impactos dos calcanhares do menino faziam baques e chiados, chegando cada vez mais perto. – Você não está olhando, Faith! Faith!

A fenda escura não era uma sombra. Era um entalhe. Faith estendeu a mão e tracejou com o dedo uma fissura estreita.

– Pisa! – O pezinho de Howard amassou a marca, obliterando-a e quase esmagando os dedos da menina.

– Howard! – Faith ficou de pé num pulo. Howard fitou-a, reluzente, e por um instante ela quis dar um tapa naquela carinha orgulhosa.

Vendo a expressão da irmã, o sorriso de Howard cedeu e passou depois para um biquinho frustrado.

– Eu estava falando com você! – ele retrucou. – Você não olhou quando eu mandei!

Faith afastou-se, mordendo o lábio com força, lutando para se recompor. O dano tinha sido feito, e de modo muito inocente.

– Deixa para lá – ela se forçou a dizer. – Não tem importância.

Os dois saíram do vale. Howard atacando as asas das samambaias, Faith lutando para se livrar da frustração.

Estava ali, ela viu! Um sulco estreito, do tamanho da marca que seria deixada por um carrinho de mão. Mas fora destruída.

A mãe de Faith estivera certa, afinal. O reverendo Erasmus Sunderly tinha encontrado seu fim no vale.

Quando retornaram à casa, Jeanne estava a postos para retirar o chapéu e a capa de Faith.

– Faith, quero ir procurar o fantasma! – Howard declarou.

– Oh, mestre Howard, assim você cansa a Srta. Faith! – Jeanne exclamou. – Senhorita, você parece mesmo cansada, e ainda não se recuperou. Por que não me deixa tomar conta do mestre Howard um pouquinho?

Apesar da polidez das palavras, o tom da moça foi deveras insistente, e ela já foi pegando o menino pela mão. Jeanne estava ultrapassando limites, e sabia disso muito bem, mas tinha a autoconfiança que lhe conferia sua personalidade forte ao confrontar uma mais fraca.

E Faith fez sua parte. Olhou, confusa e incomodada, mas tímida demais para protestar ao ver Jeanne levando Howard dali.

– Bom, me conta mais desse seu fantasma! – deu para ouvir a empregada sussurrando quando viraram no corredor.

Faith tentou controlar suas expressões. Tinha conseguido encher Howard de mentiras feito um pequeno Cavalo de Troia, e agora ele estava sendo conduzido ao campo inimigo.

À uma da tarde, um funileiro parou seu carrinho nos fundos da casa. Parecia ser conhecido de Jeanne e Prythe, que saíram para bater papo com ele.

Acocorada em seu jardim, Faith observava-os, sem ser vista, por entre a grade coberta de trepadeiras.

– Não se preocupe com a velha Vellet – Jeanne dizia. – Ela vai demorar para voltar da caminhada que faz à tarde. É o mesmo todo dia. Ela diz que vai inspecionar o terreno para ver se está tudo bem. Eu acho que ela vai a algum lugar tranquilo para fumar cachimbo.

Isso desatou uma onda de risos.

– Então... a corda rompeu?

– A Sra. Vellet diz que foram os ratos que ficam nas vigas, que mordem os fios – disse Prythe. – Ora, mas que rato forte esse! Se ficar um pouco maior, podemos colocá-lo para puxar um carrinho.

– E tem mais. – Jeanne empolgava-se com o tema. – Dá para sentir o *cheiro* dele na casa, como se tivesse acabado de passar por você. A casa anda fria feito uma tumba. E às vezes as coisas mudam de lugar, não?

– Tem um vaso faltando na estufa – concordou Prythe.

Faith estava aprendendo algo de interessante sobre os fantasmas. Eram como bolas de neve: bastava colocá-los para rolar que a lenda crescia sem precisar de ajuda.

– Não é de surpreender, digo eu. – Jeanne olhou preocupada para as janelas superiores da casa. – Ele se matou, pobre coitado. Não é de admirar que não possa descansar, com um pecado mortal na alma.

O funileiro disse mais alguma coisa, de que Faith só pescou as palavras "naquele casaco de espantalho". Ele cutucou Jeanne, que riu tão alto que teve que cobrir a boca.

Faith retirou-se para dentro de casa, fervilhando com ideias vingativas. Nesse momento, nenhum dos empregados estava dentro de casa. Talvez ela nunca mais tivesse uma oportunidade como essa.

Na biblioteca, ela fuçou nas caixas dos animais empalhados do pai. O urubu preto, o corvo reluzente e um periquito boquiaberto foram alinhados na escrivaninha, de modo que a pessoa que entrasse fosse confrontada pelos três bicos abertos, as línguas pretas e seis frios olhos de vidro.

Boa parte dos relógios tinha sido colocada para funcionar de novo. A menina foi parando um por um ao passar por eles. O morto deixara a casa, mas não tinha ido descansar. Ninguém teria o direito de sentir-se seguro, ou de deixar a vida recomeçar.

Na cornija da sala de jantar ela deixou um lagarto empalhado, enfiado atrás de uma vela e aninhado entre ondas da cortina.

Quando chegou à porta da escada dos empregados, a menina hesitou. Cada vez que aprontava alguma, havia um momento em que o selo era rompido, o limite era cruzado. Contudo, aquilo pareceu ser mais ainda. Estava prestes a adentrar um mundo proibido, um que ela geralmente tinha que fingir que não existia.

Faith abriu a porta. Os degraus além eram muito mais lisos, estreitos e íngremes do que os anteriores, e iluminados apenas por pequenas janelas. Não havia balaústre algum. Ela subiu o mais rápido que pôde, sabendo que a qualquer momento os empregados poderiam voltar para dentro.

No topo, a escada deu para uma sala comprida e escura, com uma parede alta à direita e um teto inclinado que descia até poucos centímetros acima do piso, à esquerda. Evidentemente, o sótão tinha sido dividido em dois quartos. Por uma porta à direita, Faith pôde enxergar o interior de outro quarto, que continha um pequeno dossel, um tapete verde e uma comodazinha bonita, mas gasta. Faith supôs tratar-se do quarto da governanta.

Perto da entrada do quarto mais próximo havia uma cama simples. Abaixo dela, duas botas pesadas, e Faith supôs que pertenciam a Prythe. Além disso, uma cortina grossa cortava a visão do restante do quarto, agindo como muro de decoro improvisado. Faith avançou para dentro do quarto e puxou a cortina. Atrás dela jazia outra cama simples, que só podia pertencer a Jeanne.

Havia algo naquele minimalismo que deixou Faith chocada. Ela foi até a cama de Jeanne e viu os pequenos tesouros guardados numa caixa embaixo e espalhados pela estante ao lado. Um pente de madeira, um ovo de cerzir, umas fitas enroladas e uma bolsa de musselina com "JB" bordado. Ela tocou a bolsa, e isso a fez sentir-se como uma ladra de um modo que jamais sentira ao manusear veludo ou cetim.

Faith estava preparada para ser cruel. Contudo, não esperava pela sensação de ser má.

Então se lembrou de Jeanne sorrindo quando negaram sepultamento ao pai, e rindo da humilhação e miséria de Myrtle. Do bolso, Faith sacou um objeto que tirara de uma das caixas do pai. Era de um amarelo claro, suave e gelado. Clicava feito agulhas de tricô ao ser virado e revirado.

Faith cuidadosamente enfiou o crânio de gato na cama de Jeanne, depois ajeitou o cobertor no lugar. Ao descer a escada, não parava de pensar no objeto fitando, com olhos vazios, a escuridão de sua pequena caverna de tecido.

18
DESAVENÇA ENTRE IRMÃOS

Quando tio Miles retornou da visita à casa do magistrado, eram três da tarde, e Myrtle concordou em recebê-lo em seu quarto. Entre cobertas, escorada por almofadas, ainda tinha um toque estranho de encerado nas bochechas, e uma vermelhidão em torno dos olhos e do nariz. Estava, contudo, bem o bastante para manter o verniz de costume e insistir na presença de Faith.

Ele entrou, e Myrtle ajeitou-se.

– Então? – ela perguntou. – Falou com o magistrado? O que ele disse?

Tio Miles olhou para trás, depois muito cuidadosamente fechou a porta. Sentou-se numa cadeira e soltou uma baforada comprida.

– Ele foi muito agradável. – Tio Miles fez uma careta, fitando as luvas ao removê-las. – Foi muito educado. E receio que foi bastante insistente quanto a um inquérito. Se membros da sociedade estão demandando que tenha um...

– Que absurdo! – exclamou Myrtle. – Ele é o magistrado! A decisão é dele!

– O que é um inquérito? – perguntou Faith, borbulhas de apreensão erguendo-se dentro dela. – O que vai acontecer?

– Sinto muito – explicou tio Miles –, mas significa que seu pai ainda não pode ser enterrado. Receio que não podemos nem levá-lo para ser enterrado em outro lugar até que isso seja resolvido. Tem que ter uma investigação, e depois... uma audiência. Um pequeno julgamento para concluir a causa da morte.

Faith ficou dividida. Por um lado, *queria* que a morte do pai fosse investigada, para que o assassino fosse pego. Por outra, todo mundo em Vane parecia estar convencido de que ele tinha se matado. Assim que ficasse claro que o reverendo realmente foi encontrado balançando em cima de uma árvore no morro, todos tomariam isso como prova do suicídio dele.

– Quando? – Faith perguntou. – Quando será esse julgamento? – Sua única esperança era encontrar provas suficientes do assassinato do pai antes dessa tal "audiência".

– Eles ainda não marcaram uma data, mas pode acontecer qualquer dia. – Tio Miles parecia profundamente incomodado. – Minhas queridas, é tudo muito jurídico e complicado, e não há por que ficarem se afligindo quanto aos detalhes...

– Por favor, tio Miles! – Faith interrompeu. – Eu quero *sim* saber dos detalhes!

Tio Miles ficou surpreso com o acesso da menina, mas deu de ombros, como se estivesse se entregando.

– Às vezes, quando tem uma morte assim de repente... e as coisas não parecem muito naturais... o magistrado dá ao policial da paróquia autorização para convocar um médico legista, que investiga. No inquérito, o legista conclui algo acerca da causa da morte, com a ajuda de um júri de 23 cidadãos locais. Nesse caso, o legista será o Dr. Jacklers.

– Então o Dr. Jacklers vai investigar, e será o juiz final – disse Myrtle, de olhos estreitos. – Sabe, Miles, acho que estou *bem* doente. Talvez eu precise chamar o doutor amanhã... quando estiver um pouco melhor.

– Pagar consulta? Além de tudo mais? – Tio Miles franziu a testa, esbaforido. – Não, Myrtle, querida. Precisamos pôr os pés no chão. Neste ritmo você vai torrar todo o nosso dinheiro.

– *Pôr os pés no chão?* – Myrtle interrompeu-o, seca. – *Nosso* dinheiro? O

dinheiro não é nosso, Miles. Como sempre, nenhum dinheiro *seu* foi gasto.

Tio Miles ficou vermelho.

– O que leva a outra coisa que quero conversar – disse.

Houve uma pausa muito pesada. Tio Miles olhou de canto de olho para Faith, e após um momento Myrtle fez o mesmo.

– Faith – disse ela –, você pode... – E nem terminou a frase, apenas fez um aceno displicente.

– Vou lá ler meu catecismo – disse Faith, suavemente, e saiu humildemente do quarto.

Ficar escutando atrás da porta num cruzamento no corredor sempre tem seus perigos. Qualquer um pode abri-la e aparecer. Alguém pode chegar de qualquer uma das duas escadas e descobrir você ali ajoelhada. Era difícil focar nos sons de detrás da porta e ficar alerta para os passos que se aproximavam ao mesmo tempo.

Vez por outra, valia a pena, contudo. Faith mordeu o lábio e gentilmente pressionou o ouvido contra o buraco da fechadura.

– Myrtle – dizia tio Miles –, você precisa pensar na sua posição. Sei o que você vem tentando fazer esse tempo todo, quão cuidadosamente lidou com as aparências... e foi um esforço válido, mas *não funcionou*. Está tudo muito na cara de todos. O que pretende dizer no inquérito se for chamada para testemunhar?

– Direi exatamente o que disse antes – respondeu Myrtle, firme. – Meu querido marido sofreu um acidente muito trágico.

– Sabe como pode ser complicado caso a verdade venha à tona? – Tio Miles pigarreou. – Se as coisas... piorarem, farei tudo o que puder por você... mas por ora você devia seguir minha sugestão.

– E o que você sugere, Miles? – Myrtle perguntou, desconfiada.

– Você deve me dar todo o dinheiro que ainda tem, e o máximo possível dos pertences de Erasmus. Fingiremos que era tudo meu o tempo todo, ou que ele os deu para mim.

– Entendo! – A voz de Myrtle saiu gélida. – Então é para este rumo que vai esta conversa!

Faith ficou irritada, mas admirada. Que "complicado" era esse de que o tio falava? Por que ele queria todos os pertences do pai dela?

– É a única saída razoável! – Tio Miles falava com cansaço, mas bondade. – Você tem que entender! Por mais que o Dr. Jacklers admire você, ele não pode ignorar as evidências. Prythe não vai mentir sob juramento, ele disse isso.

– Não – Myrtle disse lentamente –, mas *você* pode.

– Como?

– *Você* podia testemunhar. *Você* podia dizer que encontrou Erasmus no vale.

– Está pedindo que eu perjure?

– Você sabe o que está em jogo.

Houve uma longa pausa.

– Não, Myrtle – disse finalmente tio Miles. – A não ser que esteja disposta a fazer o que eu pedi... receio que não possa me forçar a fazer o que *você* está pedindo. – Ele soltou um suspiro de paciência infinitamente abusada. – Bom... pelo menos me deixe cuidar dos espécimes do seu marido para impedir que morram por negligência. Devia também dar uma olhada nos papéis dele. Eu pretendia examiná-los para você ontem, mas não os encontrei em lugar algum.

Faith ficou tensa, sentindo o rosto endurecer. Não! Ela não podia deixar que o tio tomasse conta da Árvore da Mentira nem da preciosa cobra! E o diário e os desenhos das visões não podiam ser vistos por ninguém além dela. Na verdade, chegava a doer pensar em entregar os papéis do pai. Eram como a lâmpada do gênio, continham os pensamentos, a voz e os segredos do pai, e eram todos dela. Ela era sua guardiã.

– Miles. – A voz de Myrtle estava afiada feito faca. – Por que está tão interessado, assim de repente, nos papéis e espécimes de Erasmus? Você não sabe lidar com responsabilidade; chega a ser alérgico. Quando ficou tão ávido por meter-se com papeladas e adotar um vombate incontinente?

– Ora... a flora e a fauna necessitam de tratamento adequado, e deve haver questões importantes entre os papéis que demandam ação imediata! Dívidas. Ações. Títulos. Obrigações. Compromissos ou... talvez até um testamento.

– Por acaso você virou dono de zoológico e advogado depois do café? – perguntou Myrtle.

– Myrtle, que infantilidade! – exclamou tio Miles num tom agitado que não era de seu feitio. – Você e eu sabemos muito bem que você não tem a menor chance de entender coisa alguma dos papéis de Erasmus! *Tem* que me deixar dar uma olhada neles!

– Onde esteve o dia todo? – A voz de Myrtle assumiu um tom afiado de desconfiança. – Não pode ter passado seis horas ouvindo um não do magistrado. Com quem mais você falou? O que ouviu? Miles, eu *conheço* você.

Houve uma pausa.

– Você... não está pensando direito, Myrtle. – Tio Miles parecia mais calmo, mas como se essa calmaria demandasse grande esforço. – É... é culpa minha. Eu não devia ter levantado essas questões com você com os nervos assim tão extenuados...

– Ah, não fale assim comigo! – Myrtle ralhou. – Eu *não* estou nervosa, Miles! *Não* estou extenuada! E *não* vou me entregar, não ainda! Vou ficar em Vane e lutar até que Erasmus seja enterrado com respeito...

– Como? – perguntou tio Miles, firmando mais a voz. – Como vai ficar aqui? Quanto dinheiro ainda tem aqui em Vane? Até quando terá dinheiro para pagar o aluguel e os empregados? Até quando terá dinheiro para pôr comida na casa?

Houve outra longa pausa.

– Foi o que eu pensei. – A cadeira do tio Miles rangeu quando ele levantou-se. – Pense em passar tudo que foi do Erasmus para mim, Myrtle. Sei que acabará, no fim, fazendo o que é mais sensato. Mas não demore demais.

Faith ouviu a cadeira do tio raspar o chão, e deixou seu posto perante a porta, correndo de volta ao quarto.

Por um momento ela desejou não ter ouvido a conversa. Não entendeu tudo muito bem, mas a coisa toda soou muito esquisita, feito um cochichar entre conspiradores. Ela cavara e encontrara mais um veio de segredos.

Faith mal tinha retornado ao quarto quando recebeu chamado para comparecer ao quarto da mãe.

– Faith, feche a porta e sente-se. Diga-me, os papéis do seu pai estão em local seguro?

Foi o frasear que desarmou Faith. Não "Você escondeu os papéis?", mas "Escondeu-os bem?".

Rapidamente ela pesou suas opções. Podia negar qualquer conhecimento do paradeiro dos papéis do pai, mas Myrtle sabia que eles tinham sumido enquanto a menina estava sozinha com eles. Se o quarto de Faith fosse pesquisado com afinco, os papéis poderiam ser encontrados na jaula da cobra.

– Sim – ela disse. – Pareceu o melhor...

– Sim, de fato. – Myrtle cortou-a, seca. – Boa garota. Pode ir buscá-los para mim, por favor?

Não. Jamais.

– Eu... – Faith lutou para manter o rosto plácido enquanto sua mente fervilhava. – Posso trazê-los para você, mas muitos estão em grego, ou escritos em códigos que o papai usava para fazer suas anotações. Posso traduzir, mas não é fácil...

– Oh, que coisa! Grego? – Myrtle soltou um gemido e estremeceu de desespero. – Então não adianta. Você vai ter que lê-los para mim. Conte-me o que descobrir. E não deixe ninguém saber que estão com você. Seu tio provavelmente vai perguntar por eles... Não conte nada a ele sem minha permissão.

– O que ele quer com eles? – Faith inquiriu, feliz por ter a chance de perguntar isso.

– Eu não sei – respondeu Myrtle –, mas conheço meu irmão. Ele tem qualidades excelentes, mas de seu modo gentil e querido, está *sempre* procurando lucrar o máximo que pode, com o menor esforço possível.

Faith parou por um momento e tentou alinhar essa descrição com o temperamento calmo e alegre do tio. Após a última sessão de espionagem, foi bem mais fácil do que teria sido antes.

– Viu algum papel que possa valer dinheiro? – Myrtle perguntou abruptamente. – Uma carta de crédito, um testamento, uma nota promissória ou algo assim?

– Não – Faith fitava a mãe, maravilhada com o afinco desta.

– Se seu tio está interessado, deve ter alguma coisa de valor. – Myrtle mordeu o lábio avidamente. Quando Faith saiu do quarto, Myrtle girava os anéis nos dedos e olhava, especulativa, para os pratos requintados que descansavam numa estante. Faith imaginou o que teria acontecido se Myrtle botasse a mão na papelada, e se ela já teria vendido a Árvore da Mentira para comprar mais vestidos.

Uma ideia venenosa insinuou-se por conta própria na mente de Faith. Uma esposa sempre tinha que implorar ao marido pelo dinheiro para bancar as despesas da residência, mas uma viúva podia gastar sua herança do modo que quisesse. A morte do reverendo deixara Myrtle em controle de dinheiro de verdade pela primeira vez na vida.

Deitada acordada naquela noite, Faith tentava juntar todas as peças. Tinha tão pouco tempo! Poderia ocorrer um inquérito a qualquer momento, e quando os bolsos da família se esvaziassem, os Sunderlys teriam que deixar Vane. Faith torcia para poder investigar sutilmente e esperar que o fruto da Árvore da Mentira amadurecesse e crescesse ao longo das semanas. Não era hora de planos compridos, nada de estratagemas demorados e seguros.

Um grito agudo vindo do alto arrancou a menina de seus pensamentos. Ela levou um instante para lembrar-se do crânio de gato que deixara na cama de Jeanne. Tábuas rangeram acima, e ela escutou alguém choramingando histericamente, depois ouviu outras vozes, mais graves e calmas.

Faith não se sentiu triunfante nem culpada. A escuridão era solitária, e o tempo se esvaía. Ela pensou na Árvore da Mentira em sua caverna sussurrante, e estranhamente isso a fez sentir-se um pouco menos sozinha.

Conforme o sono a acariciou, ela imaginou sua mentira espalhando-se silenciosamente feito fumaça verde-escura, preenchendo a atmosfera da casa como névoa, jorrando das bocas daqueles que sussurravam e questionavam e temiam. Ela a imaginou penetrando em vapor nas folhas, infiltrando-se feito seiva em gravetos esguios, nodosos, e forçando-se para fora num botãozinho branco e pontudo.

19
CAVALHEIROS VISITAM

O Dr. Jacklers foi chamado para vir ao meio-dia. Ele chegou às dez, botando a casa em confusão.

Quando a Sra. Vellet veio contar que ele chegara, Myrtle estava na sala de desenho, e a costureira tinha acabado de ajustar um vestido novo nela, para ver o tamanho. Ela não estava, de fato, pronta para bancar a inválida mordaz.

– Mas de todas as pessoas que não posso ofender! – Myrtle ficou exasperada além da conta. – Diga ao doutor que estou me aprontando e que estarei com ele muito em breve. Ponha-o na biblioteca. Lá tem crânios, ele vai gostar. Ofereça um chá.

– Peço desculpas, madame – respondeu cuidadosamente a Sra. Vellet –, mas ele disse que chegou mais cedo por motivos oficiais. Ele pede permissão para dar uma olhada no terreno, madame.

Myrtle ficou pálida e passou um momento hesitando, mordendo o lábio.

– Certamente que não podemos impedi-lo – ela disse, relutante. – Mande Prythe ficar à disposição do doutor.

– E o que devo fazer com o jovem mestre Clay? – perguntou, indiferente, a Sra. Vellet.

– Mestre Clay? – Myrtle escancarou os olhos. – Ele veio também?

– Sim, madame. Ele chegou ao mesmo tempo que a carruagem. Ele veio entregar uma fotografia, e... diversos buquês de flores, madame.

– Flores – sussurrou Myrtle. Seu semblante rosado e belo borboleteou entre satisfação, ansiedade e fria ponderação. – Também não podemos de modo algum ofender os Clay – ela murmurou. – Acomode-o com muito conforto na estufa, com uns bolinhos.

Faith mal escutava. O Dr. Jacklers tinha ido investigar a morte do reverendo. Talvez essa fosse a única chance de falar com ele e persuadi-lo de que seu pai fora morto.

Conversar com o Dr. Jacklers seria uma traição, claro. Estaria destruindo a história da família. Myrtle ficaria furiosa. Talvez ficasse ainda mais que furiosa.

Sabe como pode ser complicado caso a verdade venha à tona, tio Miles dissera.

Faith não entendia que complicação era essa, mas ao lembrar-se das palavras dele, sentiu uma náusea súbita. Talvez falar a verdade realmente colocaria a família em apuros. Mas como ela podia deixar uma oportunidade dessas escorrer por entre os dedos? Ela devia isso ao pai, tinha que tentar, pelo menos.

Faith encontrou o médico no gramado, andando na direção da trilha que dava no morro.

– Ah, sinto muito por você me pegar aqui nessas circunstâncias, Srta. Sunderly... Estou tocando meus afazeres, receio.

Ele sacou um papel dobrado do bolso interior do casaco, abriu e ergueu para mostrar o grande selo de cera vermelha.

... enquanto magistrado do condado de Vane requeiro e permito que o Doutor Noah Jacklers seja convocado para atuar como legista no inquérito do reverendo Erasmus Sunderly...

Tinha sido assinado no final por Lambent. A letra e a assinatura eram grandes, largas e caóticas, assim como o homem que as escrevera.

– Entende o que significa a palavra “legista”? – perguntou o Dr. Jacklers, e sorriu quando Faith fez que sim. – Que bom. Bem, geralmente o legista chama um médico especialista, mas, hã, já que *eu* sou o único médico especialista da ilha, devo chamar a mim mesmo.

Jacklers soltou uma risadinha. Faith pensou que devia ser muito relaxante ser o Dr. Jacklers, surdo aos estalos dos sentimentos dos outros sendo esmagados pelas botas bem-intencionadas dele.

– E então, entende, devo dar uma olhada no terreno.

– Por favor, deixe-me ir com você! – Faith disse rapidamente. – Quero falar com você. Tem algo que você precisa saber.

O médico levantou uma sobrancelha, confuso, mas em seguida fez uma curta reverência, assentindo.

Os dois foram se afastando da casa, Faith receando, o tempo todo, que Myrtle a notaria da janela e a chamaria de volta para dentro de casa.

A menina não pôde deixar de observar que o médico estava muito bem vestido. Usava sobretudo de veludo azul fechado com fita dourada, o bigode tinha sido cuidadosamente aparado e encerado, e tinha um pingente dourado preso na gola. Havia uma avidez autoconsciente nos trejeitos dele que a incomodavam.

Ela lembrou-se da mãe chegando muito perto do médico e tomando-o pela mão, e alguma coisa retorceu-se em suas entranhas, feito o pescoço de uma galinha ao ser dependurada. Ela podia até sentir pena do rapaz, não fosse pelo pai ainda deitado na cripta da igreja. Galantear uma viúva antes que ela concluísse o luto era inadequado. Começar o cortejo antes mesmo de o marido ter sido enterrado era de dar nojo.

– O que é que você queria dizer? – perguntou o médico.

– Eu estava caminhando no vale ontem. – Faith mergulhou fundo. – Doutor, tem um ponto em que o musgo foi pisoteado...

– Ah, entendo. – O médico fitou a menina com uma expressão que transbordava paciência e triste simpatia. – Tenho certeza que sim. Que mocinha mais leal e bondosa você é!

Faith demorou um instante para entender o que ele insinuava, e o sangue inundou seu rosto.

– Não, tem um lugar assim; não estou inventando! Por favor! Deixe-me mostrar!

Contudo, o médico apenas fitou-a com aquela expressão triste e bondosa, e continuou a andar na direção da trilha. Quando a menina o alcançou, ele estava parado na beirada, olhando para baixo como um galo convencido contemplando a encosta.

– Aquela árvore ali na metade, lascada, mostrando madeira branca – murmurou ele. – Faz pouco tempo que quebrou.

– Senhor, você viu essa marca de pneu? – Faith apontou para o que restava do sulco feito pelo carrinho de mão, agora suavizado pela chuva.

O Dr. Jacklers fitou-o muito brevemente.

– Oh, isso é uma marca deixada pela beirada de uma bota. Sem dúvida deve haver centenas delas, agora que todos andam vagueando por aqui.

Foi um ataque, mas Faith não escolheu ficar desencorajada.

– Diga-me, Dr. Jacklers, uma pessoa poderia sobreviver à queda caso a árvore lá embaixo a amparasse?

– Suponho que sim... sim. Contudo, seria muita sorte escapar sem um osso quebrado.

– Então... se o meu pai pulou, por que o fez logo acima da árvore? – Faith passou para perto da beirada, uns dois metros à esquerda do médico. – Eu teria pulado *aqui*.

– Srta. Sunderly, você está perto demais da beira!

– A queda aqui é livre, direto para as pedras – disse Faith. – Nada me ampararia se eu caísse.

Veio uma lufada súbita de vento, e o médico avançou para Faith, pegando-a pelo braço. Ela se retraiu, e por um instante ficou sem equilíbrio perante aquele vazio cinza voraz rugindo com a bocarra aberta quando ela se inclinou na direção dele. Logo suas botas escorregadias recobraram a firmeza. Ela deu um passo para trás, afastando-se do precipício. Não deu para entender muito bem se a pegada do médico a firmara ou desequilibrara.

Faith não sentiu medo, mas os olhos do médico transbordavam dele. Tinham cor de um bom café, e a pele era meio enrugada nos cantos de tanto ler. Ele os apertou, como se alguém tivesse apontado uma luz forte diretamente no rosto dele. E por um instante, apenas por um instante, foi como se ele a pudesse enxergar adequadamente.

Então ele piscou e soltou o pulso dela. Deu para ver os pensamentos automáticos dele voltando ao lugar como uma cortina se fechando.

– Viu só? É por isso que você precisa sempre tomar cuidado e prestar atenção – ele disse, meio brusco, mas não muito repreensivo. – Uma mocinha pequena como você poderia ser levada pelo vento, e então o que faríamos?

Sou feita de carne e osso, não sou uma fada. Eu me quebraria toda e sangraria tanto quanto você.

– Vejo que – continuou o médico, querendo provavelmente ser gentil – você não quer acreditar que seu pai acabou com a própria vida.

– Acho muito difícil acreditar que ele faria isso – Faith respondeu – e impossível acreditar que o faria de modo tão *desajeitado*.

– Então qual é a sua explicação?

– Você disse que encontrou inchaços na nuca e na garganta do meu pai. Ele pode ter sido atacado por trás e caído para a frente?

– Ah. Então é disso que se trata. – O médico suspirou e abriu um sorrisinho triste para ela. – Srta. Sunderly, sabe qual é o pior inimigo de um legista? Os romances. Você costuma ler muitos romances, não? Eu conheço essa carinha tímida, sonhadora.

Por um segundo Faith imaginou se seria benéfico à investigação do médico se ele vivenciasse pessoalmente uma queda morro abaixo.

– Eu até entendo o encanto – prosseguiu o médico, indulgente. – Para que sofrer com uma realidade tediosa quando se tem sequestros, assassinatos, segredos de família e passagens secretas aos montes, não é? E então vocês, meninas, vêm ao legista com a cabeça cheia de fantasias e fantasmas, ideias superaquecidas e suspeitas exageradas...

– Fico surpresa por tudo isso caber em nossos pequenos crânios de mulher – Faith respondeu, um pouco azeda. Ela viu o médico empalidecer, mas continuou com sinceridade. – Meu pai foi odiado em Vane desde o início. No dia em que morreu, uma carta...

– Escute, minha querida. Não tem um homem, mulher ou criança nesta ilha que eu não conheça há anos. Oh, nós temos exemplos da "classe criminosa"... mas nenhum assassino. Acredite. Eu os reconheceria pela curvatura da testa. – O médico afastou-se da encosta com ar de conclusão. – Pronto, pode pôr de lado suas suposições monstruosas. Consegui tranquilizar sua mente?

– Eu entendo – foi tudo o que Faith conseguiu dizer.

– Não mencionarei essas suas ideias a ninguém – comentou graciosamente o Dr. Jacklers. – E peço encarecidamente que não faça o mesmo.

Eu entendo. Não terei ajuda alguma da lei. Se quiser encontrar o assassino, terei eu mesma que fazê-lo.

De volta à casa, o médico foi recebido e levado à presença de Myrtle. Faith foi ao andar de cima, fervilhando de frustração. À porta ela encontrou um pote discreto, cujo conteúdo era um rato morto. Evidentemente, a Sra. Vellet estava disposta a fornecer roedores mortos assim que surgiam, mas preferia evitar falar do assunto.

Faith trouxe o recipiente para dentro do quarto. Ela sentiu parte dos nós de tensão em suas entranhas se afrouxar ao ver a cobra vazar feito óleo para fora da jaula. Sua mandíbula graciosamente ampliou-se e abocanhou o montinho de pelos, cabeça primeiro. O rato desapareceu dentro do corpo lacado da cobra, e Faith deixou que o réptil deslizasse pelo seu braço e em torno do pescoço.

Nesse mesmo instante, ela escutou um barulho no corredor. Alguém girava uma maçaneta cuidadosa e furtivamente. Tendo ela recentemente girado a mesma maçaneta, a menina reconheceu o padrão de delicados rangidos. Era a porta do quarto do pai.

Faith disparou quarto afora e parou no corredor. A cobra ficou tensa e angulosa, perturbada pelo movimento súbito.

Paul Clay estava parado em frente ao quarto do reverendo.

– O que está fazendo aqui? – perguntou Faith.

Paul fitou-a boquiaberto, e logo passou os olhos para a cobra em torno do pescoço da menina.

– Foi um desafio... – ele começou, dando um passo atrás para o corredor.

– Seu *ladrão*! – Faith sibilou. – O que você roubou?

– Nada! – Ele fitou a tesoura que tinha nas mãos. – Eu só queria... um pouco de cabelo. Eles me desafiaram a pegar um pouco de cabelo. Mas eu não queria arrombar o caixão, e além disso o Dr. Jacklers o levou para ver essas coisas de legista. Pensei que fosse ter um pouco no quarto dele...

– Como você *ousa*? – Faith ficou tão irada que não seria surpresa caso enormes asas negras brotassem de seus ombros. Uma mecha de cabelo era o mais pessoal dos presentes ou lembranças. Ninguém, além de um ente querido, deveria possuir tal tesouro, e certamente nenhum invasor estúpido portando uma tesoura. – Ele está morto, e não tem nem sepultura. Já não é o bastante? Vocês tem que tirar pedaços dele também?

Paul fez um esgar e fitou a escada com cara de pânico. Ao fazer isso, Faith escutou alguém subindo os degraus. Assim que a outra pessoa aparecesse, Paul seria descoberto, um invasor entre os quartos da família. Um leve grito selaria o destino dele e garantiria a inocência de Faith.

Contudo, a menina não gritou. Em vez disso, flagrou-se pegando Paul pela manga da camisa e puxando-o rapidamente pelo corredor até o próprio quarto. O menino soltou uma exclamação quando compreendeu que estavam no quarto dela, mas ela nem lhe deu tempo para falar, arrastando-o para a outra porta, para saírem no jardim.

Ela sentou-se depressa no banquinho de madeira.

– Sente-se – ela sibilou –, ou eles vão te ver lá de baixo!

Paul obedeceu, e foi sentar-se do outro lado do jardim, fitando-a com calma e prudente incredulidade.

Mas que absurdo! Faith estava sozinha com um estranho. Não um médico, parente ou amigo íntimo da família. Disseram-lhe repetidas vezes que uma mulher *era* a sua reputação. Era como uma bolha que podia estourar com a proximidade. No corredor, ela estivera mais para um pilar negro de poder e fúria. Ali fora, subitamente sentia-se terrivelmente frágil.

Ela reparou que as costas estavam pressionando a treliça, como se sua reputação pudesse ser salva se ela mantivesse o máximo de distância possível. Nos olhos de Paul ela enxergou o mesmo pânico rastejante. O menino tinha se prensado contra a parede oposta.

– Por que você fez isso? – ele sussurrou.

– Por que você me deixou fazer? – ela retrucou.

Houve um longo silêncio. Nenhum deles tinha respostas.

Faith estava intensamente ciente da alteridade de Paul, como se fossem guerreiros de tribos rivais deparando-se em áreas desconhecidas.

Entretanto, lá estava ela.

– Quem te desafiou? – Faith perguntou finalmente, com um quê de belicosidade na voz.

– Uns amigos. – A entonação do menino não o entregava, mas Faith estava aprendendo a enxergá-lo através disso. – As pessoas andam dizendo que o espírito do seu pai anda por aí...

– Quem? – Faith perguntou. – Quem disse isso?

– Todo mundo, na ilha toda.

Na ilha toda. A mentira de Faith tinha se espalhado mais rapidamente do que ela imaginara.

– Eles sabiam que eu ajudei a mexer no corpo dele para a fotografia – Paul prosseguiu –, mas eles apostaram que eu não voltaria e tocaria de novo, com o fantasma por perto, de olho. O cabelo era para ser a prova.

– E aquelas flores eram para provar o quê? – Faith perguntou, lembrando-se dos buquês abandonados no conservatório.

Paul passou um momento estudando os nós dos dedos, e Faith sentiu que o menino estava envergonhado.

– Meu pai que mandou – disse. – Acho que vocês precisariam... para refrescar a casa.

O gesto era quase razoável, Faith tinha que admitir. Contudo, Clay estava mandando flores para uma viúva recente, e os botões amarelos e vermelhos não tinham lá ares muito funerários. Ela imaginou se a esposa de Clay era do tipo ciumento.

– Não vi sua mãe no enterro – disse, seguindo essa linha de raciocínio.

– Ela parou de frequentar enterros depois do dela – Paul respondeu assim, simplesmente.

Faith não conseguiu dizer nada bondoso ou sonso para ele. Teria soado falso ou errado. Os dois estavam além dessas coisas. Preferiu não dizer nada.

– O que o doutor veio fazer aqui? – Paul perguntou, por sua vez.

– Ele é o legista. Veio investigar a morte do meu pai.

Paul permitiu-se expressar interesse.

– Você contou para ele o que tentou contar para mim? Contou que acha que alguém matou...

– Refere-se às minhas fantasias, meus fantasmas? – Faith retrucou. – Minhas ideias superaquecidas suscitadas por romances demais?

– Você contou para ele! – Os olhos de Paul ficaram escancarados, e Faith não soube dizer ao certo se ele tinha ficado impressionado ou incrédulo. – Você acredita mesmo.

– E você não – disse ela amargamente.

– Ninguém gostava dele, mas não a ponto de matar. – Paul estreitou os olhos. – Ele quase aleijou o meu amigo, e foi grosseiro com todo mundo, e depois acabou que era um falsário e um hipócrita. Mas ninguém *mata* um homem por causa disso.

Faith cerrou os dentes ao ouvir tal descrição do pai, mas ainda estava borbulhando de ódio da explicação que o médico recusara-se a escutar. Não aguentava mais segurar. Havia um prazer perigoso em conversar, mesmo com esse inimigo. Fazia Faith perceber como vivia presa na própria cabeça. Presa dentro de casa. Presa dentro da família Sunderly.

– Bom, alguém o matou por *algum* motivo – ela ralhou. – Na manhã antes da morte dele, alguém lhe enviou uma carta sem assinatura. Ele ficou perturbado. Não quis falar disso com ninguém. Queimou a carta. Depois, no meio da noite, saiu no escuro. Acho que ele foi se encontrar com alguém. Acho que a carta o forçou a isso. O revólver dele sumiu. Ele não atirou em si mesmo, então, se ele o levou quando saiu, foi para proteção.

– Se alguém o atacou, por que ele não atirou? – Paul perguntou. Ele tornara a encará-la com aquele olhar frio, cruel, especulativo que ela vira no rosto dele na primeira vez.

– Eu não sei – Faith admitiu, relutante. – Mas ele tinha ferimentos na nuca e na garganta. Acho que foi atacado por trás.

– Alguém escutou uma carruagem ou um cavalo chegando naquela noite? – Paul perguntou, pensativo.

– Não. – Faith procurou recordar. – Só que o vento estava barulhento.

– E a pessoa pode ter parado longe, depois andado. Ou talvez veio de barco ou a pé. – O menino estreitou os olhos. – Essa casa fica a quilômetros de qualquer coisa. Se alguém veio para cá, ficou fora de casa por uma ou duas horas no meio da noite. A não ser que já estivesse na sua casa, claro.

Faith concordou, levando em conta as palavras dele. O que foi mais chocante, contudo, foi escutar alguém respondendo como se as ideias dela não fossem absurdas. Apenas por um momento, ela desejou não odiar Paul Clay.

As palavras que disse em seguida a surpreenderam.

– Queria que me ajudasse.

– Ajudar *você*? – Paul soltou uma risada baforada. – Por que eu faria isso?

– Não podemos ir embora da ilha enquanto meu pai não for enterrado adequadamente – Faith declarou, fria. – Seu pai anda mandando flores para a minha mãe. Quanto mais tempo ficarmos, mais íntimos eles ficarão. Quer que eu seja sua irmã?

Paul disparava adagas pelos olhos, e por um momento Faith pensou que ele fosse ficar de pé num pulo e ir embora.

– Eu preferiria ser esfolado vivo.

– Então me ajude a encontrar o assassino do meu pai e não vai ter que me ver nunca mais. Você conhece a ilha. Pode falar com as pessoas. Pode descobrir se alguém saiu naquela noite sem ter motivo. Pode ir aonde quiser...

– Tenho que estudar! – Paul protestou. – Tenho que trabalhar, ajudar meu pai...

– Ninguém te prende numa sala com seu catecismo nem espera saber onde você está a todo momento do dia – insistiu Faith. – Você pode sair para caminhar sozinho e falar com as pessoas na rua. Comigo é diferente.

O olhar de Paul era tão difícil de ler que dava raiva. Era como a câmera do pai, Faith concluiu. Mal piscava, e assimilava cada detalhe sem piedade.

– O que eu ganho com isso? – perguntou ele após uma longa pausa.

Faith hesitou, depois sacou lentamente um medalhão. Um cacho do distinto cabelo castanho escuro do pai estava enrolado lá dentro, cortado durante a vigília. Doía profundamente a ideia de tirá-lo do lugar, mas ela precisava de um aliado.

– O que seus "amigos" farão se você voltar sem um pouco do cabelo do meu pai? Vão te provocar? Te chamar de covarde?

Paul ficou vermelho, e Faith soube que tinha acertado bem na ferida. Com cuidado, ela libertou a pequena trança, depois dividiu em duas. Metade ela devolveu ao medalhão. A outra ela prendeu entre dedo e dedão.

– Vem pegar – disse.

Paul fitou o cabelo, depois Faith, obviamente em conflito. A distância sagrada, inviolável, continuava estendida entre os dois. Então ele ficou de pé, nervoso, curvado para não ser visto lá de baixo. O movimento perturbou a cobra, que se retraiu num musculoso ziguezague soltando um sibilo baixinho. Paul fez cara de medo e deu um passo para trás, e ver isso fez Faith sentir a mesma malícia violenta que sentira durante a primeira conversa com ele.

– Se gosta tanto de desafios, Paul Clay – disse –, então venha. *Eu te desafio.*

Paul parecia hipnotizado pelo movimento demorado do corpo marfim e dourado da cobra.

– Não tenha medo – Faith sussurrou. – Essa espécie de cobra não pica. – Ela viu uma das mãos de Paul avançando, como se ele pensasse em estendê-la. – Ela só estrangula – acrescentou a menina com boa intenção, e viu satisfeita o menino recuar. – Você não se atreveria, não é?

Paul inclinou-se para a frente, avançou e arrancou o cabelo dos dedos da menina. Ao fazê-lo, ela o agarrou pela manga da camisa e segurou com força.

– Se contar a alguém os segredos que te contei hoje – ela sussurrou com muita fúria –, contarei a todos que você teve medo demais para cortar o cabelo você mesmo. Tenho a outra metade do cacho, e sei de que parte da cabeça foi cortado, e você não.

A cobra deslizou pelo pulso da menina e parou a cabeça bem acima das costas da mão de Paul. Ele se libertou com uma sacudida e afastou-se, esfregando uma mão na outra, claramente mortificado e bravo.

– Você gosta de desafios? – ele retrucou. – Vamos matar ratos na cabana de vigilância na estrada da costa toda segunda à noite. Venha me ver lá... Podemos falar do seu querido assassino.

Faith já tinha ouvido falar de matar ratos, um "esporte" conduzido em tavernas. Cachorros eram colocados num fosso de ratos e mandados para matá-los o mais rápido possível. Paul sabia que ela não podia ser vista num negócio desses. Estava aumentando as apostas de novo.

– Vejo você lá, então? – ele perguntou, com um sorriso muito trivial. – Não? Imaginei.

Uma lufada de vento sacudiu as folhas, fazendo ambos pularem de susto.

– Tenho que ir – disse Paul num tom mais baixo, menos belicoso. Ele acenou para o terreno. – A costa está livre?

Faith virou-se para olhar por entre a mistura de folhas e treliça. Não tinha ninguém à vista. Ela voltou-se para o menino e fez que sim.

Paul trotou até o portão coberto de vinhas e pulou facilmente por cima, desaparecendo de vista. Faith escutou o barulho baixinho dele descendo os degraus.

Ficou ali sentada, escutando. Não ouviu nada. Ele não foi descoberto. *Eles* não foram descobertos.

Ela mal podia acreditar que tinha tido uma conversa clandestina sozinha com um rapaz. Paul tinha mais ou menos a mesma idade que ela, mas já era idade suficiente para gerar escândalo. Faith sentia-se escaldada, nauseada e suja. As roupas pareciam grudar no corpo. Se olhasse no espelho, receava ver algo quebrado e usado.

Por que fizera isso? O que tinha Paul Clay que a forçava a fazer e dizer coisas estranhas, selvagens?

Ao mesmo tempo, ela se sentiu dolorosamente vívida, como se um peso lhe tivesse sido retirado das costas. Jogara seus dados loucamente, mas talvez tivesse ganhado um aliado. Não um amigo, mas já era alguma coisa.

Faith ficava recordando Paul flutuando facilmente por sobre o portão. Fez parecer tão fácil. Fez parecer que voava. Ela imaginou qual seria a sensação.

Somente depois lhe ocorreu que Paul confiara muito rapidamente quando ela dissera que a costa estava livre. Afinal, ela poderia tê-lo enviado direto para os braços do inimigo, voado para o quarto e fingido ignorar a invasão do menino. Por mais estranho que fosse, essa possibilidade não lhe ocorreu em momento algum.

20
UM SORRISO NA FLORESTA

Paul Clay não era um amigo. Concedera, contudo, a Faith uma informação preciosa com relação ao restante da ilha, e um fato importante. A mentira estava se espalhando.

Todo mundo em Vane falava do fantasma do reverendo. Será que bastava? Será que tinha um fruto crescendo na Árvore da Mentira? Faith precisava visitar novamente a caverna marinha. Precisava ver a árvore, saber se era tudo perda de tempo.

Dessa vez, contudo, ela se prepararia melhor.

Retirou-se para o quarto dizendo que estava cansada e retornou às anotações do pai para estudá-las com mais detalhe. Quando recordou seu primeiro encontro com a planta, ficou um pouco envergonhada.

Aproximara-se dela como de um altar e sussurra-lhe feito beata. Suas atitudes foram absurdamente desprovidas de método científico.

Ela era um *cientista*, teve que se lembrar. Cientistas não se rendem à admiração e à superstição. Cientistas fazem perguntas e as respondem por meio de observação e lógica.

A planta não tinha ouvidos. Como poderia saber quando alguém lhe contava uma mentira? Não tinha cérebro. Como poderia saber os segredos do mundo? Viera de um local de clima exótico, então como poderia entender o inglês da Rainha? Como podiam os segredos ser contidos dentro de um fruto, e como podia o conhecimento ser comido?

Se o pai estivera errado com relação à Árvore da Mentira, ela precisava saber. Se estivera certo, então essas perguntas demandavam respostas. "Magia" não era uma resposta; era desculpa para evitar procurar por uma.

Faith folheou as grudentas páginas do diário, decifrando as notas e comentários do pai.

Um grande mistério – a habilidade da planta de viver, crescer e purificar o ar sem a luz benigna do sol. A energia deve ser adquirida de outra fonte no intuito de incitar seus processos químicos necessários.

Calor absorvido do ar? Improvável, visto que a planta parece ir bem em ambientes frios e úmidos. Insetívora como a drósera? Se a planta mora em cavernas, um perfume invernal poderoso pode convencer criaturas perdidas de que existe uma abertura por perto. Não observamos presa alguma, embora esta possa ser pequena demais a olho nu e trazida pelas correntes de ar. Talvez uma seiva gelatinosa as aprisione.

Faith lembrou-se da umidade pegajosa que cobrira seus dedos quando ela tocou a planta e sentiu uma vontade súbita de lavar as mãos.

Uma nova teoria: a planta pode ser um simbionte. Permanece dormente até que estabelece conexão física com um membro inteligente de outra espécie, após o que se torna capaz de sustentar-se por meio do fluir de energias invisíveis similares às descritas nas agora abandonadas teorias do magnetismo animal. Talvez as mentiras transmitam nutrição por meio de ondas no fluido magnético. O consumo do fruto talvez reforce a conexão, ativando uma crise e gerando uma incidência de visão desobstruída.

Faith recordou-se vagamente de ter lido sobre o "magnetismo animal" na biblioteca do pai, na reitoria. Era uma teoria antiga de que tudo e todos existiam numa espécie de caldo espiritual invisível, com correntes passando por todos os animais e pessoas. Bloqueios nesse fluxo deixavam a pessoa doente. Se ela aprendesse a canalizar e direcionar, podia afetar outros seres, às vezes curá-los. Se todos os bloqueios eram destruídos, a pessoa entrava num transe chamado "crise", no qual se dizia que às vezes dava para ver através de objetos sólidos. Faith nunca ouvira falar de plantas que gerassem "magnetismo animal", mas a Árvore não era uma planta comum.

Pode ser que eu procure em vão por explicações racionais. Tenho pensado se a Árvore não data dos Dias Antigos, e se suas folhas leves, flores inúteis e frutos sem sementes seriam suvenires de uma era mais afortunada, ora perdida.

As últimas palavras deixaram Faith desconfortável. Elas sugeriam o inexplicável e trouxeram de volta a lembrança da caverna sussurrante. Ela sentiu um receio insinuante de que seu caminho científico pudesse falhar-lhe e dar subitamente num abismo perante o qual haveria apenas águas escuras e misteriosas...

Faith não pretendia sucumbir à superstição. Seria governada por sua mente, não por seus medos.

Ela foi nas pontas dos pés até o quarto do pai, bastante confiante de que teria pouquíssima chance de ser interrompida no quarto "assombrado". Lá ela encontrou uma maleta com o kit de campo do pai. Ele continha o pequeno microscópio de metal, jarros tampados para aprisionar insetos, uma caixinha de latão, ou vásculo, para receber amostras de plantas, garrafinhas com diversos ácidos para testar rochas, um pequeno clinômetro, um goniômetro e compassos. Outra caixa exibia o local onde devia estar o revólver, algumas balas de chumbo, um saquinho de espoletas de cobre, chave para desmontar e um frasquinho de pólvora. A menina pegou também uma pequena régua de metal, um relógio de bolso batido e uma faca retrátil.

A maré baixa ocorreria uma hora mais tarde do que ocorrera dois dias antes. Ela fez seu acordo com a luz e a maré, saindo um pouco mais tarde do que da outra vez, mas não uma hora inteira, pois não ousava fazer a jornada em escuridão total.

Foi naquele entardecer mais escuro que ela saiu de casa nas roupas destruídas do funeral, contornou as casinhas adjacentes e apressou-se pela trilha que dava na praia.

A corrente estava mais forte do que estivera na viagem anterior, mas, até aquele momento, estavam ajudando. Os músculos feridos ficaram gratos ao brandir os remos.

O estrondo bizarro das ondas ecoando dentro do morro foi como um canto de boas-vindas para Faith, como o latido gutural de um cão de guarda que a conhecia. Dessa vez, a onda que a engoliu e levou o barco para dentro da caverna preencheu-a de efervescente empolgação, em vez de medo.

Ela amarrou o barco e subiu até a caverna da Árvore da Mentira, tomando cuidado para não bater com a lamparina na maleta com o kit. As costuras desfeitas nos ombros a deixavam mover os braços mais livremente, facilitando a subida.

Antes de entrar na caverna da Árvore, ela parou para envolver a lamparina com o xale. Luminosidade demais machucaria a planta, mas o pai conseguira desenhá-la, então ela devia aguentar um pouquinho de luz. A lamparina passou a desprender um brilho muito mais diminuto, mas o bastante para iluminar o caminho.

Ao entrar na caverna, Faith pensou ter ouvido uma onda de suspiros dando boas-vindas, um sussurrar de reconhecimento. Dava para distinguir somente o contorno da árvore, uma mancha escura que parecia maior do que antes.

– Voltei – Faith sussurrou para ela, mas se conteve. Estava mais uma vez conversando com um espécime botânico.

Ao aproximar-se, os olhos ajustando-se ao escuro, ela não pôde mais se iludir. Não era um truque das sombras. A planta tinha *mesmo* crescido.

Estendendo a mão, ela pôde sentir que as eriçadas vinhas de trepadeira transbordavam pelas bordas do vaso. Ela seguiu as ramificações, tocando--as, espalhadas que estavam por sobre a estante de pedra feito tentáculos de polvo, algumas pendendo pelas beiradas até o chão da caverna. Por baixo das folhas, a vinha ondulante era grossa e lenhosa, como se estivesse crescendo há algum tempo.

– Isso é *impossível* – Faith sussurrou. Nunca vira uma planta crescer tão rápido, muito menos sem luz solar. – Isso... isso vai *contra as regras*.

Sua voz soou absurda até para ela. Por acaso esperava que a planta pedisse desculpas e virasse um ser obediente e racional?

Engolindo em seco, a menina sacou a faca retrátil do pai.

– Sinto muito por isso – sussurrou –, mas vim aqui te estudar.

Enquanto a cacofonia suave de ondas e suspiros flutuava perto de seus ouvidos, Faith começou a examinar a planta. Havia pouquíssima luz para que ela tirasse medidas com a régua e o compasso, mas ela conseguiu colher amostras das veias das folhas usando lápis e papel. Cortou amostras de folhas bifurcadas, espinhos e pedaços de casca, depois limpou uma bolha de seiva que emanava, para então colocar cada espécime num jarro distinto. A tarefa era muito irritante; Faith teve a sensação de estar aparando as unhas dos pés de um dragão. Chegou até a brandir a bússola em torno da Árvore, apertando os olhos para enxergar os dígitos e ver se detectava campos magnéticos.

O tempo todo, enquanto passava os dedos pelas folhas, manteve-se alerta para encontrar uma flor, um botão, qualquer coisa. Nos desenhos do pai, as flores eram tão brancas que a menina torcia para que elas aparecessem mesmo no escuro. Ela fitou a planta por todos os lados, primeiro lenta e metodicamente, depois com crescente desespero.

Não havia nada. Talvez nunca houvesse nada. Talvez a Árvore da Mentira fosse, ela mesma, uma mentira.

Faith ficou arrasada, sentindo-se uma boba. Somente então percebeu quão certa estivera de que a planta não a trairia, e que encontraria alguma coisa.

Então, ao dar uma última e desesperada afagada na planta, algo pequeno e redondo caiu de uma das vinhas. A bola quicou na borda do vaso, pousou na saia da menina e rolou tecido abaixo.

Faith soltou um gritinho de pânico. Ela avançou para aquilo e foi rápida o bastante para pegá-lo entre dois nós dos dedos. Aliviada, soltou um suspiro demorado. Se tivesse quicado para a escuridão, talvez ela nunca mais o encontrasse.

A Árvore não a deixara na mão, afinal. O frutinho tinha pouco mais de um centímetro de diâmetro, envolvido por finos farrapos cor de creme, similares aos restos ressecados de uma flor. Era perfeitamente redondo e a casca tinha a textura da do limão. Dava para ver os traços pálidos por cima da pele escura.

Faith podia apenas torcer para que estivesse maduro. Seria muito difícil fixá-lo de volta à Árvore.

Ela hesitou. Era tentador levar o fruto de volta ao quarto, onde poderia comer em relativa segurança. Em Bull Cove, contudo, ela correria o risco de ser encontrada semiconsciente, com olhos amarelados. Ali, pelo menos, ela tinha privacidade.

Decisão tomada. Ela comeria o fruto ali mesmo, na caverna.

Tudo tinha de ser observado apropriada e metodicamente, inclusive as reações dela.

Faith encontrou um “assento” na caverna de entrada, onde o barco estava amarrado. Ali poderia sentar-se com as costas descansadas num pilar de pedra onde uma estalagmite e uma estalactite tinham se amalgamado numa coisa só. Ela removeu a cobertura da lamparina para ter mais iluminação. O espelhinho de mão ela apoiou numa beirada, para poder ver o próprio rosto refletido. Usando o relógio de bolso batido ela contou a própria pulsação. Estava acelerada; Faith se deu conta de que estava com medo.

Ela se sentou e amarrou ao pilar de pedra usando um pedaço da corda que amarrava o barco. Não sabia dar nó de marinheiro, mas torceu para que o que dera bastasse para impedir que ela vagueasse para o mar em intoxicada vertigem.

Faith anotou as horas. Deitou caderno e canetas numa pedra ao lado. Então pegou a faca e cuidadosamente cortou o fruto da Mentira ao meio.

Nesse instante, aquele cheiro frio ficou tão intenso que ela até fez careta. Piscando os olhos, que ardiam, ela ergueu o fruto para examiná-lo mais de perto. A polpa parecia ser feito de dezenas de gominhos cheios de suco, como os de um limão, mas de um vermelho rico e profundo.

Uma gota do suco correu pela mão de Faith até o pulso, e por reflexo ela levou a mão à boca e lambeu. O gosto era azedo de arder, e tinha um toque de sumo de minhoca e nozes podres. A língua ficou dormente. Agulhas e alfinetes pinicaram toda a pele da boca.

Faith não deu à vontade chance de vacilar. Com a unha do dedão, libertou a polpa vermelha da casca. Ela se soltou deixando uma trilha de fiozinhos brancos como teia de aranha. Preparando-se para o pior, a menina enfiou a polpa vermelha dentro da boca.

O gosto era de gelo amargo, e a garganta trancou. Somente cobrindo a boca com as duas mãos ela se impediu de tossir e cuspir fora o fruto. Batalhou para engolir, e por pouco tempo a polpa foi uma massa azeda pendurada na base da língua dela. Então ela a forçou para baixo, estremecendo e fazendo mais careta.

Estava feito. Comera o fruto. Era tarde demais para desistir. Quase imediatamente o medo a dominou.

A menina sentiu o rastejar gelado da polpa da fruta descendo pela garganta, então um formigamento suave começou a espalhar-se pelo peito dela. Faith foi respirando, cada vez mais rápido, e cada golfada de ar era mais difícil que a anterior. Era como se alguém fosse furtivamente apertando os laços de seu corselete, um por vez, cortando-lhe o ar.

Havia um som nos ouvidos dela que ela mal reconhecia como o bater do próprio coração, um *tum*, *tum*, *tum* como se alguém batesse num carpete. A língua e a garganta ficaram secas feito papel. Perante seus olhos, as cores ficaram mais escuras e borraram em movimento. Ocorreu-lhe que o mundo era um grande tapete, e ela o via sendo devorado por besouros negros.

Estava num túnel, correndo para a escuridão, enquanto grandes rodas negras giravam e zumbiam de cada lado dela, e o mundo sacudiu com um terremoto quando um coração bateu...

Faith lutava, lutava contra a escuridão, contra o batuque, contra a queda desamparada, e lutar era terrível. Lutou para manter a luz, as ideias, o controle, e gritou por dentro ao sentir todas essas coisas sendo puxadas dela feito pétalas...

... e então tudo se fora, e não havia mais pânico. Somente um medo profundo e silencioso desenrolando feito um trovão surdo, estranho e forte demais para que ela o sentisse de verdade.

Faith caminhava por uma floresta escura. As árvores eram de um branco puro, e mais altas que ela; o cume desaparecia numa escuridão azul-marinha. Não tinha vento e, entretanto, as folhas brancas de neve tremiam e sussurravam.

A menina ergueu a mão para afastar a folhagem dependurada, e sentiu as pontas dos dedos roçando em papel. As árvores eram chatas e pálidas. As folhas irregulares das samambaias acariciavam a pele das mãos dela, cortando feito papel, um tanto cruéis.

Ela não estava sozinha.

Ao seu lado caminhava alguém querido, familiar. Ela ouvia o estalo da folhagem sendo esmagada por botas pesadas. Então a figura exalou ar, e a menina reconheceu quem era.

– Tio Miles – disse, pensando alto. – Tio Miles, onde estamos?

– É para o bem de todos – veio a resposta. – Apenas para o bem.

Falava de um jeito esquisito. Com uma voz abafada e mole feito a de um sonâmbulo.

– Eu conheço esse lugar! – Faith teve uma sensação torturante de familiaridade, mas ela trouxe ansiedade, não segurança. – Não devíamos estar aqui! Por que nos trouxe para cá?

Do canto dos olhos a menina enxergava o tecido cor de ameixa do casaco do tio. O luar os banhava de modo desigual, revelando o tio com intermitência.

– Eles me prometeram... – tio Miles murmurou.

– Quem? O que te prometeram?

Faith virou-se para encarar o tio, e constatou que mal dava para vê-lo. Estava achatado, totalmente achatado, e de lado ela via somente uma beirada fina de folha de papel.

– O pessoal da Academia Real ri de mim – choramingou a figura chata. – Eu os escuto. Nos clubes. O velho Miles... nunca põe o nome num jornal, nunca dá uma palestra, nunca nomeia uma espécie. Segue o cunhado que nem cachorro. Eu *tinha* que trazê-lo aqui. *Eles* me pediram...

– Do que está falando?

Tomada pela apreensão, Faith agarrou o tio pelo braço e o virou para encará-la.

Os olhos dele eram manchas grosseiras de tinta preta; a boca, um sorriso torto. O luar entrecortado reluzia sobre suas atabalhoadas mãos gordas feito linguiça e as espirais grossas que cobriam o casaco. Dos pés à cabeça ele era um desenho infantil, mas um que estreitou os olhos manchados e inclinou-se para enxergar a menina mais de perto.

– Eles queriam Erasmus – disse a boca de tinta, flexionando e ondulando. – Todos só querem o Erasmus...

– Quem? Como assim?

Faith apertou ainda mais o braço do tio, e para seu horror, ele amassou entre seus dedos. Ela o soltou e recuou um passo, mas o tio pôs-se a soltar um grunhido agudo. Aqueles braços compridos de papel avançaram sobre a menina, um deles deformado e amarrotado.

– Conte-me!

Faith atacou com uma raiva nascida do horror. O golpe atingiu o tio no braço e o arrancou do ombro. A grande cabeça de papel avançou contra ela, que atacou, abrindo um rasgo ali, por cima de um dos olhos, descendo até a bochecha.

– Sempre Erasmus – ele sibilou. – Então eu o trouxe para eles.

E o tio ficou tão horrendo, tão deformado, gingando ali na frente dela, que Faith atacou de novo e de novo, rasgando e cortando e arrancando. Fragmentos do tio Miles flutuavam pelo ar feito flocos de neve e bandeirolas. Finalmente, tudo o que restou foi uma boca de papel, farfalhando feito borboleta, ainda formulando palavras molengas, lúgubres. A menina a pegou entre os dedos, apertou-a com crueldade e esticou até quase rasgar.

– O que você fez? – perguntou ela.

– Eles me prometeram que eu podia participar da escavação – gemeu a boca. – Meu nome apareceria no jornal. Reconhecimento, finalmente! Mas somente se eu pudesse persuadir Erasmus a vir também. Ele já os tinha recusado. Foi difícil convencê-lo... mas então houve o escândalo. Eu vi minha chance. *Vane é a minha chance.*

– Você nos usou! – Faith exclamou. – Nos trouxe aqui para o seu benefício! Só queria participar da escavação! Por que queriam o papai? Por quê?

Mas ela puxou com força demais a boca careteira, que rasgou.

Olhando desesperadamente ao redor, Faith viu outra figura familiar a distância. A visão a preencheu de uma tristeza cálida e profunda, embora, nesse instante, ela não conseguisse lembrar-se por quê.

– Pai! – ela chamou, e correu pela floresta de papel atrás da figura que se distanciava.

A pessoa se afastava mais rapidamente do que Faith podia correr. Parecia flutuar, e a menina tinha a fantasmagórica sensação de que as pernas da pessoa não se mexiam.

– Pai, espere por mim! Tem alguma coisa errada! Não devíamos estar aqui!

Talvez ele fosse parar. Talvez ele fosse voltar. Nada disso aconteceu. Houve apenas uma perturbação na folhagem acima, um farfalhar de folhas de papel, e então uma sombra imensa em forma de mão apareceu entre as árvores.

Faith gritou para avisar. O som do grito foi rolando, rolando, continuando até mesmo quando ela não tinha mais fôlego. A cabeça do pai foi esmagada entre o dedão e o indicador. Por um momento ela o viu cambaleando, metade da cabeça amassada. Então a mão o envolveu com os dedos e o levou para o alto, tirando-o de vista.

– Não! – Faith saiu correndo para lá. – Traga ele de volta! – Então, quando ouviu o barulho de algo sendo rasgado, gritou: – Vou te matar! Vou te *matar*!

Houve uma pausa. Olhando para o alto, Faith pôde apenas divisar uma enorme massa escura em meio à copa de uma das árvores, uma silhueta contra o céu estrelado. Acima dela, a folhagem balançava, os galhos rangiam e se debatiam. Folhas brancas secas caíam sobre seu rosto. A mão tornava a descer.

Então, e somente então, aquele horror negro consumiu Faith. Ela olhou para baixo, e pela primeira vez viu o próprio corpo de verdade, um contorno de vestido de menina riscado de rabiscos pretos. Também era feita de papel. Podia ser facilmente rasgada ao meio. Tinha cometido um erro terrível.

Ela se jogou no chão escuro e se contorceu sob as samambaias brancas, sofrendo ao sentir-se amassar e rasgar. Ficou deitada ali, imóvel, enquanto a imensa mão negra abria caminho às cegas por entre a floresta. Procurando por quem gritara. Procurando por Faith.

Os segundos se arrastaram até quase partir. O coração de Faith parecia desacelerar junto, mas ficando mais alto, enviando vibrações pelo chão. O conjunto de árvores tremia e se apagava, as sombras iam tomando tudo. Então, lá no alto, a lua derreteu e apagou, e ficou tudo escuro.

21
COMBUSTÃO ESPONTÂNEA

Vai e volta. Vai e volta. Faith não sabia onde estava, exceto que era um lugar de frio e dor, que sentia grudar nos membros e pescoço.

Ela abriu um pouco os olhos e piscou ao ver uma massa borrada de pedras escuras. Depois que voltou a piscar mais um par de vezes, as manchas tornaram-se estalagmites, e os borrões escuros, aberturas que davam para outras cavernas. Faith continuava encostada no pilar, a corda afundando em sua cintura.

A menina tremia. Tudo doía. A boca estava seca e tinha gosto de limão e bile. Até os olhos pareciam secos, e as pálpebras coçavam de um jeito esquisito quando ela piscava. Contudo, sobrevivera.

O sonho era ainda uma sombra em sua mente. Ela piscou mais algumas vezes, enquanto pensamentos confusos tentavam desembaraçar a realidade dos fios da fantasia.

Faith lembrou-se de rasgar o tio Miles em pedacinhos... mas isso não aconteceu de verdade, o que ela assimilou com inenarrável alívio. Não estava mais numa floresta de papel, e uma mão gigante não estava à sua procura. Também não vira o pai morrer. Então se lembrou de que ele estava *mesmo* morto, contudo, e teve uma sensação torturante de perda.

Pressionando os pulsos nas têmporas, tentou arrancar os pensamentos de seu cérebro anestesiado. Uma mão imensa invadindo uma floresta branca que nem osso... Havia algo de familiar nessa imagem. Fora ainda mais bizarra porque deveria ter sido confortante, inocente, cômica...

– O teatrinho do Howard – ela sussurrou quando compreendeu. – Eu estava na floresta do teatrinho de brinquedo do Howard.

A lamparina de Faith tinha se apagado, mas ela ainda podia enxergar os arredores. Uma luz pálida infiltrava-se pela abertura da caverna. Ela tateou à procura do relógio de bolso. Horrorizada, descobriu que já eram cinco da manhã.

Tinha que sair dali! Se não voltasse logo, sentiriam sua falta e fariam mil perguntas para as quais não haveria boas respostas. Então ela se lembrou da Árvore. Não podia sair enquanto não lhe fornecesse outra mentira.

Com mãos trêmulas, bobas, a menina conseguiu desatar os nós da corda e libertar-se. Quando ficou de pé, a caverna girou por um momento. Firmando-se com a mão na parede, Faith tropicou até a entrada da caverna maior e fitou a escuridão. Enxergou somente o contorno negro da Árvore.

O que poderia contar? A visão não identificara o assassino do pai. O que tinha aprendido, afinal?

Até o momento, ela supusera que o assassino devia ser alguém que o pai irritara desde sua chegada a Vane – um valentão frustrado, um amigo ou parente do menino que foi pego pela armadilha, ou mesmo alguém enraivecido com o modo com que Jeanne fora tratada. Se a visão mostrara a verdade, contudo, alguém tinha planejado matar o pai dela muito antes de a família Sunderly chegar à ilha. Fosse quem fosse, tinha persuadido Miles a trazer o cunhado a Vane para uma armadilha. Tinham se beneficiado da ambição do tio Miles, e o homem mordera a isca.

Se fosse verdade, então uma coisa era certa. O assassino tinha de ser alguém envolvido com a escavação. Quem mais teria podido subornar tio Miles oferecendo-lhe um convite? Talvez o incidente do mau funcionamento do cesto não tivesse sido acidente coisa nenhuma. Afinal, quem poderia imaginar que seriam Faith e Howard que iriam usar primeiro o aparato, em vez de seu estimado pai?

Havia três perspicazes cientistas envolvidos com a escavação: Lambent, Clay e o Dr. Jacklers.

Faith pesou cada um em seus pensamentos. Lambent parecia tempestuoso e descontrolado demais para um assassinato a sangue frio. Então ela se lembrou da precisão acurada do curioso gabinete do homem, os rótulos imaculados, a evidência prístina de uma mente ordenada. Havia mais nele do que se via logo de cara. Os modos tempestivos poderiam ser a bainha de uma perigosa faca.

O Dr. Jacklers parecia honesto ao ponto da indelicadeza, mas era um caldeirão de amargura. Era do tipo que colecionava mágoas, suspeitava Faith, e as criava com ternura. E se fosse ele o assassino, que papel melhor haveria além de legista e médico especialista a cargo de investigar e descobrir circunstâncias suspeitas?

Clay sempre pareceu ser gentil, dócil e perplexo. Não, não sempre. Faith lembrou-se do assomo de paixão que o dominara quando ele falou com tanta firmeza sobre a Bíblia, calamidades e uma jovem Terra. Como teria reagido se descobrisse as maravilhosas falsificações do reverendo? O zelo é como o gás, mais perigoso quando não se pode ver. A fagulha errada pode inflamá-lo a qualquer momento.

Nenhum deles tinha motivo óbvio para matar o pai dela. Mas as fraudes do reverendo e os trâmites com a Árvore poderiam ter-lhe criado muitos inimigos. Uma das mentiras poderia ter causado danos graves a alguém. Cientistas naturais que atestaram os fósseis dele fariam papel de bobo, teriam sua reputação rasgada. Talvez uma das visões dele tivesse mostrado um segredo de outra pessoa, que foi impelida a encontrar um modo de silenciá-lo.

Era preciso descobrir mais sobre esses três homens. A Árvore da Mentira poderia contar-lhe alguma coisa, se ela pudesse inventar a mentira certa. Uma mentira sobre líderes de escavação. Uma mentira em que os habitantes da ilha iam querer acreditar. Ela pensou nos contos antigos de ouro roubado.

Faith inclinou-se para as sombras.

– A escavação não serve para procurar ossos antigos e poeirentos – ela sussurrou. – Os líderes estão mentindo para todo mundo. Estão à procura de tesouros, e querem ficar com tudo para eles.

A caverna ecoou o barulho das ondas com um rugido rouco, como se a Árvore tivesse assimilado as palavras de Faith numa só tragada.

A maré entrara enquanto a menina estivera inconsciente, e quando ela encontrou o barco ele estava boiando, puxando a corda com impaciência. Ao remar sem jeito para fora da caverna, a luz da manhã fatiou seu cérebro, e ela piscou e franziu o rosto.

Quando tornou a abrir os olhos, notou que estava pegando fogo.

Um floquinho de algum material preso à manga do vestido soltou um chiado volumoso quando a luz do sol o tocou, depois secou. O tecido abaixo acendeu, e uma chama começou a abrir um buraco no tecido. Os fios brilhavam, avermelhados, ao pegar fogo.

Faith ficou só olhando, feito boba, até que uma dor no braço convenceu seu preguiçoso cérebro de que o fogo era real. Ela soltou os remos, pescou água com a mão e espirrou nas chamas. Ao mesmo tempo, ela reparou que outros quatro pontinhos nas roupas estavam soltando fumaça e brilhando num tom avermelhado, um no corpete e três nas saias.

Por um instante Faith pôde apenas supor que estava entrando em combustão espontânea. Ouvira falar de algo assim. Homens e mulheres cuidando da própria vida que subitamente pegavam fogo de dentro para fora e queimavam até as cinzas em questão de segundos, às vezes deixando as roupas intactas.

Em pânico, a menina jogou água no rosto, nas saias, nas mangas e no corpete. E continuou jogando água em si mesma até mesmo depois que os pedaços que queimavam já tinham sido reduzidos a buracos chamuscados. Somente quando ela teve certeza de que não estava mais pegando fogo seu coração parou de galopar. Não dava para entender o que acontecera, mas pelo menos tinha parado.

Foram árduas remadas até a margem, e Faith teve que se curvar sobre a beirada do barco diversas vezes para vomitar. Quando passou furtivamente pelo gramado, o dia já tinha amanhecido, firme e forte. O verde iluminado de sol da grama ardia nos olhos dela enquanto ela trotava pesadamente em direção à casa, dando seu melhor para não ser vista. Chamuscada, meio cega, estupefata e encharcada de água salgada, a menina subiu os degraus, passou pela porta do jardim e adentrou a abençoada e bondosa escuridão do quarto.

Faith largou-se numa cadeira e bebeu água direto de um jarro, estremecendo a cada gole. Depois abriu uma fenda nas venezianas e cortinas, deixando entrar um filete de luz, apenas o bastante para poder desfazer os botões e laços. Tinha acabado de despir-se do modelito renegado do funeral e deslizado para dentro da camisola quando uma batida polida na porta a fez pular de susto.

– Espere um momento, por favor!

O quarto estava assolado por provas incriminadoras da escapada noturna. Enquanto pegava as roupas descartadas às pressas, Faith chutou por acidente o kit de campo do pai, que estava aberto no chão. Uma das jarras de amostra tombou para fora e rolou até o raio esguio de luz solar.

Lá dentro, havia algumas folhas cortadas da Árvore. Quando a luz matinal as tocou, elas enegreceram e murcharam, depois acenderam numa chama branca. Houve um *vuuush*. O vidro da jarra ficou preto, depois rachou com um estalo agudo.

– Srta. Sunderly? – Os tons sóbrios e aveludados da Sra. Vellet saíram com um toque de preocupação. – Tem algo errado?

– Não! – Faith gritou, tentando apressadamente pegar a jarra quente, mas falhou e deixou cair. A peça quebrou-se em duas. A menina as chutou para debaixo da cômoda e abriu a janela, e ficou tentando freneticamente afugentar a fumaça cítrica de arder os olhos. – Eu... eu vou sair num instante!

Assim que todas as provas foram escondidas, Faith abriu a porta, sem nem querer pensar em quantos estalidos, rangidos e baques deviam ter sido ouvidos.

– Sinto muitíssimo por ter de incomodá-la, Srta. Sunderly. – A Sra. Vellet estava mais tensa do que nunca, mas tinha uma expressão de condolência. Faith imaginou por que a governanta tinha acordado tão cedo, e por que viera ao quarto da menina em pessoa. A pausa alongou-se. – Pensei em vir perguntar se você ia querer tomar café no horário de sempre, ou se planejava acordar um pouco mais tarde. Caso não tivesse... dormido bem, senhorita.

Faith encarou a governanta, tentando decifrar os traços do rosto dela.

A governanta sabia de alguma coisa. Talvez houvesse visto algo. Até que Faith tivesse certeza de quanto a Sra. Vellet sabia, não podia inventar uma mentira para acobertar-se. Sabia que ela mesma devia estar toda descabelada e com olheiras.

– Obrigada – disse, devagar. – Gostaria de tomar café mais tarde, por favor. – Não foi possível resistir à chance de dormir um pouco.

– Muito bem, senhorita. – Alguns instantes se passaram, e a governanta continuou por ali. – Srta. Sunderly – começou ela, de novo, e para a surpresa de Faith passou para um tom de voz monótono e cheio de sinceridade –, se me permite dizer... seu pai não gostaria de vê-la passando por isso.

Faith sentiu o rosto endurecer e o estômago cerrar-se feito um punho.

– Se você precisa ir até lá à noite – continuou a Sra. Vellet –, tem uma capa no hall que poderia aquecê-la melhor. Mas a caminhada é longa até a igreja, e a vigília termina quando o morto deixa a casa. Seu pai te amava... Se você morresse de gripe, seria muita falta de gratidão pelo cuidado que ele teve em lhe criar.

Faith demorou um momento para desembaraçar as palavras da Sra. Vellet e compreender o significado. A governanta não sabia onde Faith tinha estado, mas ouvira e vira o bastante para saber que tinha ido a algum lugar. Desse modo, pulara à conclusão de que a menina continuava cumprindo sua vigília particular, indo até a igreja para sentar-se ao lado do caixão do pai feito um cão visitando a sepultura do dono.

Transbordando de alívio, Faith olhou para baixo, para que o rosto não pudesse ser lido, e fez que sim, como se concordasse. De debaixo dos cílios ela viu a governanta fazer quase o mesmo movimento, e depois se retirar. Faith fechou a porta, depois os olhos.

Ficara tão perto de ser descoberta! Ainda assim, a Sra. Vellet podia relatar a escapada noturna, mas Faith não achava que ela o faria. Não, se o plano inicial tivesse sido esse, a Sra. Vellet teria ido direto a Myrtle, em vez de abordar Faith para conversar baixinho.

Podia ser bondade pura. Faith sentiu-se vazia ao pensar nisso. Precisara de bondade anteriormente, e não recebera nenhuma. Agora era tarde demais, e ela não sabia o que fazer com ela.

Quando acordou novamente, Faith ficou pasma ao descobrir que dormira a tarde toda. Ao sair ainda grogue do quarto, contudo, a ansiedade deu lugar a uma descoberta mais mortificante. Ninguém tinha dado falta dela.

Myrtle estava ocupada provando véu e xale novos. Ambos eram recém-chegados "gestos de simpatia", o primeiro do Dr. Jacklers, o último de Clay. Evidentemente, a rivalidade progredia rapidamente. Faith ficou chateada ao ver o xale de seda de boa qualidade. Suspeitava que teria sido um gasto doloroso para o pároco, que não ganhava bem. E flagrou-se imaginando o que Paul teria pensado disso, e ficou ainda mais incomodada ao lembrar-se do estranho confronto que tivera com ele e do desafio impossível.

Enfim, Clay também tinha enviado a primeira cópia da fotografia da família. A mão de Faith tremeu ao segurar o quadradinho de papel. Lá estava o reverendo Erasmus Sunderly, repousando dignamente em sua cadeira, com Faith um passo atrás. Tinha um ar sombrio e imaculado; os olhos, pintados, transmitiam dúvida e frieza.

– Posso ficar com esta cópia? – Faith puxou a foto, por reflexo, para perto do peito. – Por favor!

Myrtle suspirou.

– Ah, que seja.

Faith precisaria arranjar um jeito de infiltrar-se na escavação caso quisesse espalhar a nova mentira e continuar sua investigação. No momento, estava presa em Bull Cove, e os líderes da escavação, pesarosamente, fora de alcance.

Tio Miles, contudo, não estava.

Após o jantar, Faith caçou-o e encontrou-o na biblioteca, lendo uma cópia do *Prehistoric Times*. Ela levou um susto ao entrar, vendo-o sentado na cadeira que fora recentemente usada pelo pai.

Lá estava ele, o rosto redondo e amigável, sentado com o cachimbo perto do fogo. Tio Miles, que sempre estivera na retaguarda, uma presença cálida e inocente, como um gatinho enrolado no parapeito da janela.

Tio Miles, que trouxera a família a Vane por motivos pessoais, um joguete nas mãos do assassino. Faith não conseguia esquecer-se da visão nem de como o rosto grotesco e emplastrado do tio rasgara-se sob os dedos dela.

– Boa noite – ela disse, conseguindo fazer a voz soar natural.

– Aí está você, Faith. – Tio Miles dobrou o jornal, depois fitou a menina com um sorriso sério. – Que bom ver um rosto sóbrio e sensato!

– Por que, todo mundo anda bêbado e bobo? – Faith empoleirou-se no braço de uma cadeira.

– Está virando moda. – Tio Miles soltou um suspiro de exasperada alegria. – Todo mundo parece estar bêbado e vendo fantasmas! São fantasmas terrivelmente convenientes, por sinal. Sempre que algo se quebra ou parte, foram os fantasmas. Sempre que some alguma coisa, a culpa é dos fantasmas.

Faith, a ventríloqua do fantasma local, juntou as mãos calmamente.

– Tem muita coisa sumindo? – perguntou, imaginando quantos de seus "empréstimos" tinham sido notados.

– Receio que sim. – Tio Miles pôs-se a cantar uma lista bastante longa de itens desaparecidos. Alguns eram, de fato, coisas que Faith pegara emprestado, como os instrumentos de campo do pai e o relógio de reserva. Contudo, a residência dera falta também de algumas plantas, umas gravatas de seda, um jarro de tabaco e outras frivolidades. Obviamente, Faith não era a única pessoa que tirava vantagem da confusão para adquirir coisas que queria. – A verdade é que precisamos fazer um inventário adequado dos pertences do seu pai.

Faith não disse nada, mas eriçou-se por dentro. Compilar um "inventário adequado" provavelmente envolveria fazer uma busca na casa.

Tio Miles tamborilava os dedos no jornal.

– Faith, você... bem, você agora é uma mocinha. Posso falar com você como com uma jovem senhora?

Faith fez que sim. Curiosamente, as palavras dele fizeram-na sentir como se estivesse sendo tratada ao menos como adulta.

– Bem, acho que preciso da sua ajuda. Sua mãe... não anda, enfim, não anda muito bem...

– Extenuada? – sugeriu Faith, mantendo uma expressão límpida.

– Exato. E então algumas coisas importantes saíram dos trilhos. Faith, tenho certeza de que quer ajudar a sua mãe. Faz alguma ideia de onde ela pode ter guardado os papéis particulares do seu pai?

– Não – Faith vacilou, ainda com cara de inocente –, mas creio que eu possa ajudar a procurá-los.

Faith observava o tio com fascinação. Como era calculista! Como é que ela nunca notara esse lado dele antes? Só que ela também era calculista, e no momento seus cálculos diziam-lhe que essa era a chance de fazer perguntas, visto que o tio a queria como aliada.

– Acha que talvez o papai tenha levado os papéis consigo quando foi dar aquela palestra na sociedade local? – perguntou. – Talvez devêssemos perguntar a alguém na escavação. Eles devem saber.

– Não, eu, hã... bem, na verdade, eu *tenho* falado com eles. – Tio Miles tossiu, parecendo um pouco embaraçado. – Voltei à escavação algumas vezes. Achei... tentei criar vínculo com meus colegas cientistas, deixá-los mais tranquilos... Não são pessoas assim tão terríveis, sabe?

– Eles fizeram o papai cruzar o mar inteiro para depois virar-se contra ele. – Cada palavra dita foi cuidadosamente pensada, mas Faith não pôde impedir que um sentimento muito verdadeiro rastejasse com sua voz.

Tio Miles pareceu alarmado com tal demonstração de emoção. Faith baixou os olhos depressa.

– Eu sei – disse ela, usando um tom mais neutro. – Entendo por que fizeram isso. Sei dos rumores, e do *Intelligencer*.

– Sinto muito por você ter tido que ouvir falar disso – suspirou tio Miles. – Tente enxergar pelo ponto de vista desses cavalheiros! Se eles tivessem continuado associados ao seu pai, com um escândalo desses estourando, todos os achados deles seriam colocados em dúvida! Ninguém levaria as descobertas a sério!

– Sim – disse Faith –, eu entendo. Isso seria terrível. – Sem saber como, a menina conseguiu velar seu sarcasmo. – De todo modo, a culpa não é *sua*, tio Miles. Você só quis nos ajudar. – De debaixo dos cílios ela viu o tio relaxar um pouco a postura. – De quem foi a ideia de convidar o papai, afinal? Suponho que tenha sido do Sr. Lambent.

– Parece que ninguém se lembra. – Tio Miles falava gentilmente, mas com cuidado. – Pelo visto foi sugerido num jantar, certa noite, e todo mundo aceitou a ideia. Agora, claro, ninguém quer admitir que teve a ideia.

Quem estava nesse jantar? Faith não podia perguntar isso. Soaria estranho demais, e tio Miles não devia saber a resposta.

– Creio que tenha razão, tio Miles. – Faith largou os ombros. – Temos que criar vínculos. Posso ajudar? Quando for de novo à escavação, pode me levar junto?

– À escavação? – Tio Miles pareceu preocupado. – Bom, não faço objeção, mas... teríamos de pedir permissão aos cavalheiros que tocam os trabalhos. O sobrenome Sunderly pode ser um problema, entende? E não sei bem se sua mãe aprovaria...

Estava muito difícil para a menina olhar para tio Miles agora que o entendia melhor. Quase dava para ver os pensamentos nadando por trás daquele rosto plácido, feito minhocas no pão. Estava avaliando a sobrinha, imaginando se a presença dela poderia prejudicar sua tão batalhada permissão para frequentar a escavação.

O assassino usara a ambição do tio Miles, e talvez Faith pudesse fazer o mesmo. Melhor ainda: Faith estava descobrindo aos poucos que os líderes da escavação não eram unidos. Sob a superfície jovial, espreitavam a rivalidade, a desconfiança e o ressentimento – rachaduras apenas esperando para que ela fincasse o punhal.

– Tio Miles – ela disse –, se você for encontrar o Dr. Jacklers, pode mandar uma carta por mim? Eu... queria agradecê-lo por ter ajudado o papai.

– Uma carta? Claro, não vejo por que não.

Faith evitou retrair-se quando o tio deu-lhe um tapinha na mão. Lembrou-se da cara de papel, e sentiu cócegas nos dedos.

22
O PUNHAL NA RACHADURA

Querido Dr. Jacklers,

Sinto muito por ter sido tão tola, incomodando-o com minhas bobagens. Obrigado por tirar as preocupações da minha cabeça. Se visitar nossa casa novamente, gostaria muito de desculpar-me pessoalmente.

Faith estreitou os olhos, fitando a carta, depois acrescentou um pós-escrito.

PS.: Quem sabe você gostaria de medir minha cabeça nessa oportunidade. Gostaria muito de ajudá-lo a servir à Causa da Ciência.

A carta foi entregue na manhã seguinte, e o Dr. Jacklers apareceu mais tarde, no mesmo dia. Passou uma hora conversando com Myrtle, depois se juntou, muito contente, a Faith, para tomar chá na sala de desenho.

– Srta. Sunderly, que ideia excelente! – O olhar do médico não parava de mirar o topo da cabeça da menina, presumivelmente avaliando seu crânio. – É sempre uma alegria medir uma cabeça *adequadamente*! Tão poucas pessoas enfrentam meus instrumentos! E seu caso, Srta. Sunderly, é especial. A genialidade, dizem, é passada para as gerações seguintes, e seu pai possuía uma mente notável.

Faith notou que ele tinha trazido consigo diversas caixas e maletas com alças pesadas. Ela esperava ver uma fita métrica, e a menção dos "instrumentos" foi um tanto preocupante.

– Ora, não fique preocupada – disse o médico em tom brilhante ao baixar-se para uma das maletas, da qual retirou bizarros aparatos. – Estes aqui são apenas aparelhos para medir, e não machucam nada. Tem minha palavra! Tenho tão poucas chances de usá-los!

O primeiro era um par reluzente de compassos com pinças grandes o bastante para segurar um melão. O segundo era uma estrutura de madeira de quatro lados, com tarraxas ajustáveis, obviamente projetado para caber na cabeça.

Enquanto o médico tirava as coisas das caixas, Faith conseguiu ver uma pequena pintura lá dentro. Mostrava a cabeça e os ombros de uma mulher de cabelos pretos e rosto bonito, num vestido amarelo claro. Curiosamente, alguém parecia ter rabiscado por cima da pintura com tinta, marcando o "comparativo" do crânio, o ângulo do rosto, e assim por diante.

– Aquela se parece com a Srta. Hunter – disse Faith, por reflexo.

– Não é ninguém – respondeu o médico, imediatamente, e meio azedo. – É uma foto antiga de uma dama desconhecida. Embora... como a Srta. Hunter, ela também tenha crânio pequeno. São muitos os traços negativos que se pode encontrar num crânio pequeno. Superficialidade. Inabilidade de entender o que pode ser melhor para si mesmo.

Isso tudo era veneno demais para direcionar contra a pobre anônima da pintura. Pela primeira vez, Faith começou a suspeitar que a Srta. Hunter devia ter ingrata, desorientada e superficialmente se recusado a tornar-se a Sra. Jacklers.

– Onde gostaria que eu me sentasse? – perguntou Faith, ávida por mudar de assunto.

– Hmm? Oh, não importa, contanto que não fique alta demais.

Faith sentou-se numa cadeira de madeira, e no instante seguinte sentiu os compassos agarrando-a; uma das pinças encostou na nuca, a outra lhe pressionou a base da testa, pouco acima do nariz.

– Crânio dolicocéfalo, como seu pai – murmurou o médico, recobrando discretamente o temperamento.

Suas palavras não foram surpresa alguma para Faith, nem passaram por ela incompreendidas. Já tinha lhe passado pela cabeça que, enquanto engajado em suas tarefas de legista, o médico devia ter aproveitado a oportunidade de medir a cabeça do pai dela. Faith cerrou os dentes e manteve a expressão límpida feito cal.

Os compassos recuaram, e a estrutura de madeira foi baixada sobre a cabeça da menina, de modo que a peça do meio pousou no topo do crânio dela. O aparato tinha quatro braços verticais pendentes, e o Dr. Jacklers ajustou as tarraxas até que os braços encostaram na frente, atrás e nas laterais da cabeça dela.

– Minha mãe ficou muito contente com o véu – disse a menina, timidamente. – E com o lindo xale!

– Xale? – O médico parou. – Não tinha xale algum.

– Oh! – Faith hesitou. – Eu sinto muito! Agora que me lembrei: o xale foi o Sr. Clay quem mandou.

– O Sr. Clay deu um xale à sua mãe? – perguntou o médico em tons de ultraje e suspeita.

Faith sabia que talvez estivesse fornecendo um inimigo ao Sr. Clay, mas não podia dar-se o luxo de ser sentimental. Além disso, qualquer homem de batina atrás de uma mulher recém-enviuvada merecia de tudo um pouco.

– Sim – disse a menina, vacilante. – Chegou ontem.

Houve uma longa pausa.

– Parece que é grande demais – murmurou o médico, finalmente. – Está contraindo os músculos do rosto? Por favor, tente não tensionar a testa.

As tarraxas foram apertadas até que Faith não teve mais certeza se ele estava medindo sua cabeça ou tentando esmagá-la para caber no tamanho certo.

– Está me apertando demais, Dr. Jacklers! – Faith exclamou quando a pressão chegou a doer. Passou-lhe pela cabeça que podia ter sido imprudência colocar seu crânio à mercê do homem. Ele era, afinal, um dos suspeitos.

– Estou tentando conseguir uma leitura crível – rosnou o médico com graciosidade um tanto maldosa. – Claro, o melhor modo de ter certeza do volume do seu crânio seria enchendo-o de sementes, como faço com crânios vazios, mas você não ia querer me agradecer por isso!

Justamente quando ela imaginava se sairia da experiência com a cabeça quadrada, as tarraxas foram soltas, e a estrutura, removida. Enquanto Faith tocava timidamente a testa e as têmporas, o Dr. Jacklers escreveu uns números num caderno. Olhando por cima, Faith viu que as colunas tinham os títulos “ângulo facial”, “índice craniano”, “largura”, “circunferência” e “comprimento”.

– Como me saí? – ela quis saber.

– Sua cabeça é maior do que eu esperava – admitiu o médico. – Sem dúvida, presente do seu falecido pai.

O rapaz olhou carrancudo de novo para os números, e Faith o viu arredondando alguns.

– Dr. Jacklers – disse ela, timidamente –, posso pedir um conselho? – Ela pegou seu caderno de desenhos e colocou nas vistas do médico, folheando página atrás de página. – Queria te agradecer, ajudar você e os outros cavalheiros, e sei que o desenhista do Sr. Lambent quebrou o pulso. Acha que eu poderia substituí-lo?

O médico foi vendo Faith folhear rascunhos de pássaros e esquemas de chifres de veado, depois ergueu a mão para que ela parasse. A página mostrava a secção de um morro detalhadamente fatiado por linhas em camadas, com rótulos como "cerâmica medieval quebrada", "fragmento de parede romana", "solo argiloso" e "ossos de hipopótamo pigmeu e auroque".

– Isso é um desenho de um setor de escavação?

– Sim, meu pai me ensinou a desenhá-los. – Era mentira. Faith já tinha visto esse tipo de diagrama, e entendia um pouco deles, mas tinha cuidadosamente copiado essa imagem de um dos livros do pai pela manhã. – Isso ajuda?

O médico ficou tentado, ela podia ver isso. Mas então ele a fitou, e ela se viu refletida no olhar dele, uma garotinha perdida entre pedras e ossos. Ele começou a fazer que não.

– Eu não causaria nenhum problema – Faith declarou suavemente. Depois fechou o caderno. – Sei que tem o Sr. Clay, que pode tirar fotografias, e que provavelmente precisa do dinheiro. Eu odiaria tomar as comissões dele e criar dificuldades.

Uma pequena vela de malícia acendeu-se nos olhos do Dr. Jacklers. Faith pôde até adivinhar o que ele estava pensando. Se ela fizesse os esboços, a escavação não precisaria de tantas fotografias de Clay. Ele perderia a importância no sítio e teria menos dinheiro para comprar presentes para belas viúvas.

– Srta. Sunderly, não se preocupe. A ideia é excelente! Tem certeza de que sua mãe não precisa de você por aqui?

– Creio que não – Faith respondeu, um pouco incerta. – Para falar a verdade, acho que tenho ficado muito no pé de todo mundo. Você acha que o Sr. Lambent e o Sr. Clay vão se importar? – Era seu papel ser insegura, hesitante e acabar sendo persuadida.

– Deixe comigo – disse o médico, muito sombrio.

Aguardando pelo veredicto dos líderes da escavação, Faith ocupou-se em seu quarto com investigação científica.

Recordando-se do modo como suas roupas pegaram fogo, e a estranha ocorrência com o jarro de amostras, a menina resolveu executar alguns experimentos cautelosos, dessa vez com um jarro de água à mão.

Primeiro ela prendeu um pedacinho de folha da Árvore da Mentira na ponta da faca e colocou-o sob um feixe estreito de luz do sol. Pegou fogo na hora; uma chama branca lambeu o material, consumindo-o num segundo com um sibilo. Um punhadinho de cinza flutuou para o chão. O mesmo aconteceu quando ela repetiu o experimento com espinhos, bolhas de seiva e fragmentos de casca.

Era verdade, então. Os fragmentos da Árvore da Mentira pegavam fogo ao toque da luz. Devia haver fragmentos muito pequenos de folhagem no vestido dela naquela manhã, e foram incendiados quando ela saiu da caverna.

Após chamuscar a própria pele um par de vezes e ligeiramente tostar o parapeito da janela, a menina aprendeu um pouco mais. A luz fraca de velas e lamparinas somente fazia a folha crepitar e murchar. Luz solar refletida diretamente de um espelho acionou combustão instantânea, assim como a luz direta. Luz indireta parecia não ter efeito algum, contanto que fosse baixa e difusa o bastante. Luz da lamparina abafada por muitas camadas de tecido também parecia ser inofensiva ao espécime.

– Papai devia estar certo – Faith murmurou consigo. – A Árvore deve mesmo viver numa caverna, num local onde o sol nunca chega. Mas por que ela queima? Produtos químicos, suponho... óleos, voláteis. Talvez por isso o cheiro seja tão forte. Mas por que ela se deixa queimar?

Como pegar fogo poderia ser vantajoso? Como uma árvore como essa *evoluiria?*

– Talvez seja defesa – disse a menina, pensando alto. Imaginou animais herbívoros aventurando-se dentro das cavernas, mastigando as folhas lisas da Árvore. Ao saírem com os focinhos cheios de seiva, teriam a cara subitamente chamuscada e cauterizada. Isso os ensinaria a evitar o cheiro forte e gelado.

– Mas isso não responde a nada – murmurou ela, arquivando os pensamentos. – Óleos voláteis são energia estocada. De onde a Árvore retira energia?

O pai teorizara que a Árvore alimentava-se de uma "conexão física" com um "membro inteligente de outra espécie". A menina parou a caneta no papel. Se a Árvore da Mentira estivesse "conectada" a alguém naquele momento, só podia ser Faith. E a planta estava crescendo. Mesmo assim, a menina não sentia que algo a estava drenando. Ao olhar para as anotações, sentia-se energizada, viva.

Se Faith conseguisse entender a planta, talvez pudesse entender algo sobre a luz do dia, o reino vegetal, a verdade ou até mesmo a alma humana. A admiração que nutria pela planta estava dando lugar a uma curiosidade faminta.

Um pouco antes do jantar, uma carta chegou para Myrtle, enviada pelo Dr. Jacklers, perguntando se ela poderia emprestar Faith pelos dias seguintes para o trabalho de desenhista.

Myrtle ficou bem pouco mais contente do que teria ficado se Faith tivesse sugerido jogar-se no fosso da escavação. Enviar uma garotinha para um sítio arqueológico cheio de operários era pouquíssimo apropriado. Arrancá-la do seio familiar logo após a perda não seria adequado. Deixar que ela ajudasse na escavação depois do pai ter sido tão terrivelmente esnobado seria bastante peculiar.

Contudo, quem pedia era o Dr. Jacklers, então Myrtle passou todo o jantar confabulando.

– Tio Miles vai estar com você, então não é *totalmente* inapropriado – ela admitiu. – E talvez o convite seja como um pedido de desculpas pelo modo como nossa família foi tratada. Faith, os Lambents nos contrariaram horrivelmente, mas, por favor, seja o mais civilizada com eles que puder. Se eles puderem, ao menos, ser persuadidos a agirem de maneira mais razoável, então todos poderão esquecer esse inquérito ridículo.

Jeanne serviu a comida feito sonâmbula. Havia sombras negras sob os olhos da moça, e ela ficava se esquecendo do que fazia com a concha na mão. Pegou cada guardanapo com receio, como se esperasse encontrar horrores à espreita por baixo deles. Em certo ponto, um sino tocou na cozinha, e ela quase pulou de susto para fora do próprio corpo.

A escavação não serve para procurar ossos antigos e poeirentos. Os líderes estão mentindo para todo mundo. Estão à procura de tesouros, e querem ficar com tudo para eles.

Era essa a mentira que Faith precisava costurar nas mentes dos habitantes da ilha. De volta ao quarto, a menina pôs-se a criar a primeira semente.

Tinha tomado emprestado uma folha das que o pai usava para escrever e uma das canetas dele. Cuidadosamente, começou a escrever, olhando o diário do pai vez por outra para poder copiar a letra dele e deixar mais parecida possível.

17 de maio de 1865
Lucros da 2ª caverna a serem divididos conforme segue:
Sr. A. Lambent 763
(mais 100 adicionais por ser proprietário do terreno)
Rev. T. Clay 763
Rev. E. Sunderly 763
Todos os achados futuros serão divididos igualmente

Ela examinou o papel com verdadeiro orgulho. Parecia borrado e escrito às pressas, assim como planejado. Melhor ainda, não estava claro. Não havia nada que mostrasse o que significavam os números. Podiam ser libras, guinéus, dobrões ou dentes de mamute. Tudo o que dava para entender da leitura era que *algo* fora encontrado em grandes quantidades e dividido entre três homens... e que o Dr. Jacklers não tinha sido incluído.

Faith ia aprendendo que era preciso fornecer apenas parte da mentira. Dava para contar com a imaginação das outras pessoas para preencher as lacunas.

Ela mordiscou o lábio, pensando em onde deixaria a nota. Tinha que ser encontrada, mas não podia parecer que tinha sido deixada para ser encontrada. A descoberta devia parecer um excitante acidente.

Seus olhos pousaram no vaso sobre a cornija. É claro! Havia um vaso similar em cada cornija, cheio de papéis grudentos enroladinhos que as pessoas usavam para, depois de acendê-los no fogo, acender cachimbos ou velas. Cuidadosamente, Faith enrolou seu papel até que ficou parecido com aqueles do vaso. Depois desenrolou a pontinha de novo, para que a voltinha de papel ficasse solta e a primeira linha escrita ficasse visível.

Ela foi até a biblioteca de fininho e colocou a nota falsa entre os outros papeizinhos no vaso de cobre sobre a cornija. Qualquer um que a encontrasse pensaria que ela estivesse ali parada havia dias e apenas começara a se desfazer. Faith fitou-a, aninhada entre os outros papéis, e sentiu-se uma verdadeira artista.

Quando ela checou a biblioteca de novo algumas horas depois, a nota tinha sumido.

23
INFILTRAÇÃO

Na manhã seguinte, Faith flagrou-se saindo da carruagem do Dr. Jacklers perante o sítio arqueológico, acompanhada do tio Miles. Finalmente fazia um dia bonito de céu limpo e sol brilhante, mas Faith sentia apenas uma turbulência nos nervos, agarrada ao caderno tão forte que a beirada cavava seus dedos. Ela não fazia ideia se o médico tinha persuadido todos a aceitarem sua presença, ou se ela acabaria virando alvo de contenda e levaria mordidas de todos os lados.

– Talvez seja melhor pedirmos ao motorista que espere alguns minutos, por via das dúvidas – disse tio Miles. Evidentemente, estava seguindo o mesmo raciocínio.

Faith ficou aliviada quando a primeira pessoa que a abordou foi Ben

Crock, e ainda mais aliviada ao descobrir que ele esperava por ela. Como antes, tinha modos atenciosos e polidos. Não mostrava sinal algum de que iria expulsá-la do sítio.

– Estou certo de que os cavalheiros vão querer cumprimentá-la adequadamente, Srta. Sunderly, mas estão ocupados preparando-se para fotografar, nesse momento.

Enquanto acompanhava o imediato e o tio pela trilha em ziguezague que levava à pequena goela, Faith ficou contente por saber que não tinha roubado Clay de toda a sua comissão de fotógrafo.

Perto do túnel, uma figura radiante de cabeça arredondada imediatamente chamou a atenção dela. Lambent usava o conjunto mais peculiar de vestimentas. Um reluzente chapéu branco de explorador estava empoleirado na cabeça dele. Usava também a metade superior de um brilhante terno branco de linho, mas com pantalonas estilo turco na cor púrpura, reunidas nos joelhos, enfiadas em botas altas. Parecia carregar um espanta-moscas, e agitava a plumagem de crina de cavalo contra moscas imaginárias.

Faith não sabia muito bem se o homem tinha se vestido assim de propósito, ou se os itens de sua coleção tinham simplesmente caído por cima dele.

O tripé da câmera de Clay fora posicionado bem em frente à entrada do túnel. A tenda beduína de tecido drapeado fora movida, junto de toda a sua requintada mobília, de modo que se encontrava ligeiramente deslocada para um dos lados da entrada do túnel. No divã, reclinava-se uma figura solitária num vestido verde-escuro.

O Dr. Jacklers estava ajoelhado em frente à entrada do túnel, e arrastava-se de um lado para outro, de joelhos, obedecendo às instruções de Clay. Quando ele viu Faith e tio Miles, contudo, ficou de pé num pulo e veio cumprimentá-los.

– Melhor arranjar um lugar para você na sombra... – Ele olhou para trás, para a "tenda". – Lambent... que tal colocarmos a Srta. Sunderly sentada ao lado da sua esposa? Se uma senhora empresta gentileza ao desenho, por que não duplicar o efeito?

Lambent ficou imóvel e pareceu notar Faith pela primeira vez. O sorriso foi-se, e o homem desviou o olhar, como se profundamente incomodado. Faith imaginou que talvez ele tivesse tentado evitar notá-la.

– Sim – disse ele, após uma pausa um pouco longa demais. – Por que não?

O tom doído com que dissera isso contou a Faith tudo que ela precisava saber. Tinha permissão para estar no sítio, mas não era bem-vinda. Tivesse o médico feito a sugestão na ausência dela, Faith suspeitava que Lambent teria dado resposta muito diferente. Em vez disso, o magistrado fora colocado numa situação na qual não poderia dizer não sem ser incrivelmente rude.

Com profunda apreensão, Faith foi andando até a "tenda". Conforme foi chegando mais perto, pôde ver que era mesmo Agatha Lambent quem estava sentada na sombra, usando vestido verde e chapéu, envolta por echarpes e xales de renda a ponto de sufocar. Na mesa ao lado dela reluzia um aparelho de chá prateado, e um vaso infeliz de lírios que ameaçavam tombar para fora a cada sopro de ar.

– Boa tarde, Sra. Lambent – murmurou Faith ao sentar-se, mantendo a polidez da voz com certa dificuldade. Lembrava-se do dia do funeral com bastante clareza.

A mulher não a fitou, apenas continuou aninhando um copinho de líquido claro nas mãos, que tremiam dentro de luvas de renda. Um capricho do vento deixou Faith a favor da brisa que vinha da Sra. Lambent por um instante, e um cheiro forte fez arder suas narinas. Myrtle estava certa, Faith pensou. O "remédio" da Sra. Lambent era, de fato, bebida alcoólica forte.

– Devíamos aparecer descobrindo alguma coisa! – declarou Lambent, recuperando a compostura. – Onde está o chifre de auroque?

Os quatro cavalheiros apressaram-se para as tendas, discutindo a questão.

Agatha Lambent mexeu-se na cadeira e inclinou-se para a frente, no divã, de modo que emergiu parcialmente da sombra. Faith percebeu que a mulher fazia aquilo para ficar mais visível na foto; a menina fez o mesmo movimento, mas foi repelida por uma tossida aguda da outra.

– Srta. Sunderly. – A Sra. Lambent falava lentamente, quase sem mexer a boca. – Se tem o mínimo de senso de consideração e decência, vai manter seu rosto na sombra. Essa fotografia é para ser um *carte de visite*, para circular entre nossos conhecidos, talvez até para publicação. Seu nome não estará entre os que serão escritos abaixo dela. Não podemos ter o nome Sunderly ligado a essa empreitada.

Faith sentiu o calor subindo do pequeno caldeirão de raiva que guardava no cerne de seu ser.

– Sei que você não pediu para aparecer nesta fotografia – Agatha Lambent concedeu. – O Dr. Jacklers e o meu marido nos colocaram ambas numa posição impossível. Pela parte de meu marido nisso, peço desculpas.

Faith percebeu que tremia dos pés à cabeça. Subitamente, ficar quieta e tímida ficou impossível.

– Se quer pedir desculpas, Sra. Lambent – disse ela baixinho –, pode pedir desculpas por ter nos expulsado da sua casa no dia do enterro do meu pai, e por fazer minha mãe andar quilômetros embaixo de chuva.

Agatha Lambent estreitou os olhos e fungou.

– Vejo que tem os modos da sua mãe – murmurou, fria.

– *Você* não pode me ensinar nada sobre modos – Faith respondeu, igualmente gélida. – Não se preocupe. Ficarei na sombra. Não desejo ser vista ao seu lado tanto quanto a senhora não deseja ser vista ao meu.

Antes que pudesse acrescentar algo, os cavalheiros retornaram. Clay posicionou-se atrás da câmera, e o Dr. Jacklers e Lambent ajoelharam-se em frente à entrada do túnel. Lambent segurava um chifre torcido, descolorido e melado de banho e verniz. Ambos fitavam-no com forçada solenidade.

– Onde devo ficar? – perguntou tio Miles. Seguiu-se um silêncio incômodo.

– Hã... – O Dr. Jacklers pigarreou. – Na verdade, Cattistock, você ajudaria bastante se pudesse ficar *atrás* da tenda das senhoras, segurando o tecido para impedir que se agite e estrague a fotografia.

Com expressão bastante pétrea no rosto redondo e agradável, tio Miles passou pela tenda, presumivelmente para posicionar-se atrás dela.

Clay fuçou na câmera, ajustando os "foles" de acordeão de modo que o frontal pendeu para a frente.

– Fiquem parados! – disse ele, e removeu a tampa das lentes.

Os segundos se arrastaram. Faith cerrou os dentes. Estava contente por estar nas sombras, foi o que disse consigo. Estava contente de não ter que ficar sentada com o sol nos olhos por mais de um minuto.

Após o que pareceram ter sido cinco minutos, Clay tornou a cobrir as lentes com a tampa.

– Obrigado, agora podem se mexer!

– De volta ao trabalho, pessoal! – gritou Lambent, afastando mosquitos imaginários com o abanador. Os operários pararam de assistir, e Dr. Jacklers, tio Miles e Lambent voltaram às tendas. A cabeça e os ombros de Clay desapareceram por baixo do "capuz", o tecido negro acoplado à traseira da câmera. Lá de dentro dava para ouvir o clicar fraco de garrafas.

– Obrigada, Srta. Sunderly – murmurou Agatha Lambent, sem olhar para a menina.

Faith agarrou-se com mais força ainda ao leque, ouvindo suas tiras de sândalo crepitar sob o aperto. Não queria que essa mulher lhe agradecesse por nada, principalmente em tom tão grave e sincero.

– Acredite você ou não – continuou a esposa do magistrado –, costumo ser muito boa. Contudo, sou uma boa esposa, antes de mais nada. Meu marido pretende alcançar o Parlamento, e sua reputação deve ser protegida a qualquer custo.

– Então teria sido uma boa ideia a senhora não deixá-lo usar essas pantalonas – Faith murmurou, levantando-se da cadeira.

– Uma esposa não pode sempre restringir os impulsos do marido – respondeu gravemente a Sra. Lambent –, mas deve sempre se esforçar para protegê-lo das consequências.

Faith afastou-se sem olhar para trás. Fora insultada, mas pelo menos não a expulsaram do sítio.

Ela enfiou uma das mãos no bolso e envolveu uma moedinha antiga. Era algo que a lembrava de que era possível se vingar sim, mesmo no campo inimigo.

A chegada da filha dos Sunderlys não passara despercebida, e Faith sentia o peso de olhares duros, questionadores. Ficou aliviada quando Crock aproximou-se dela mais uma vez.

– Senhorita, estava pensando se você não prefere esperar que os homens parem para almoçar para então fazer alguns esboços dentro do túnel. Até lá, se puder fazer uns desenhos dos melhores achados, posso colocar uma cadeira dentro daquela tenda para você. – Ele acenou para a tenda onde Faith vira a antiga agulha de osso.

– Sim, obrigada, Sr. Crock! – Ainda que Faith se sentisse como uma impostora, era muito revigorante ser tratada como um membro útil da equipe em vez de uma espécie de pote de sorvete que precisava ser protegido por uma sombra.

Ela seguiu o rapaz, que carregou uma cadeira retrátil até a tenda, arrumou-a e tirou o pó para a menina.

– Sinto muito pela sua perda – Crock acrescentou, numa voz baixinha.

Faith encarou-o, sentindo como se alguém lhe tivesse puxado o chão de debaixo dos pés. Era, percebera, a coisa mais natural a se dizer na situação dela. Contudo, ninguém tinha dito.

– Obrigada – ela respondeu.

– Como vai a sua família? – perguntou o rapaz.

Faith pensou nos soluços ensopados na estrada, nas gavetas saqueadas, na busca desesperada por armas para matar fantasmas. Todas as respostas educadas morreram em sua língua. Ela balançou a cabeça, em silêncio.

– Então... você precisava ficar um pouco fora de casa. – Crock foi, aos poucos, entendendo. – E vindo aqui, sente-se mais perto do pai. – Os olhos do rapaz eram muito honestos e muitos azuis. Tinha olhos do dia, Faith definiu, que refletiam a luz de incontáveis céus.

A compaixão dele rasgou Faith ao meio, fazendo-a pensar nos muitos motivos que a levavam ali. Ao mesmo tempo, ela percebeu que ele tinha razão, em parte. O estranho cenário de poeira, terra rachada e cascos de cavalo cozidos realmente a fazia sentir que respirava o ar do mundo do pai.

– Sr. Crock, alguém chegou a averiguar por que a corrente do cesto que descia ao fosso se partiu?

– Não encontramos o ponto que se partiu ainda – respondeu o imediato, com uma expressão sombria. – Deve ter caído no fosso depois que se partiu e entrado numa rachadura. Quando encontrarmos, saberemos.

Enquanto isso, estamos mantendo presas as cordas de apoio, e descemos somente um homem por vez.

– Será que foi um invasor que entrou aqui à noite e mexeu na corrente? – Faith perguntou.

– Só se tinha pés de gato. – Crock acenou para os operários. – Temos três serventes aqui no sítio, e eles dormem nas tendas. Eu teria pena de qualquer invasor que atrapalhasse o sono desses aí.

A curiosidade de Faith foi atiçada pelo pedaço sumido de corrente. Talvez Crock tivesse razão, e o pedaço tivesse mesmo entrado numa rachadura. A menina imaginava, porém, que talvez uma mão furtiva o tivesse escondido. Talvez a corrente não tivesse se partido por ferrugem ou desgaste. Talvez tivesse sido serrada.

Quando os operários pararam para almoçar, Faith foi levada ao túnel e recebeu uma cadeira, um cavalete e uma mesinha retrátil. A luz amarelada de uma lamparina mostrava-lhe os suportes de madeira do túnel e suas paredes rugosas de terra e rocha.

Faith estava de boca seca. Para sustentar o disfarce, teria que dar um jeito de criar algo que se passasse por um desenho perito de estrato de rocha. Alguém abrira sulcos nas paredes com uma espátula para tornar o extrato mais claro para ela, mas ela mal podia entender a diferença entre as camadas. Podia apenas torcer par que os demais soubessem ainda menos que ela sobre como desenhar secções.

Para o caso de haver alguém de olho, Faith fez todo um espetáculo, estendendo o lápis à frente, calculando a inclinação do estrato, depois marcou pontos, com aparente confiança, e pequenas cruzes no papel.

Em certo ponto, ficou muito nervosa ao perceber que Crock olhava por cima dos ombros dela para o caderno que ela trouxera, os olhos brilhando à luz da lamparina. Embora fosse bondoso, o imediato podia muito bem enxergar a realidade entre as firulas e pontinhos. A menina arriscou, então, um par de linhas débeis, copiando as curvas dos sulcos feitos à espátula.

Ouviu-se um farfalhar. Alguns papéis foram postos na mesa ao lado dela.

– O desenhista do Sr. Lambent fez alguns esboços rápidos, antes de quebrar o punho – disse Crock. – Pensei que você talvez pudesse usá-los. – O rapaz se foi antes que Faith pudesse agradecer.

Os desenhos estavam incompletos, mas o desenhista conseguira capturar o formato do morro. Melhor ainda, os desenhos tinham rótulos rabiscados em cada estrato, como "terra preta de caverna", "sílex", "xisto" e por aí vai.

Grata, Faith corrigiu suas linhas e rotulou as camadas do modo que o outro indicara. Por certo tempo ela desejara com carinho que toda a ilha de Vane afundasse sob um mar cinza e turbulento. Agora ela admitia para si que, caso ocorresse tal calamidade, ela não acharia ruim se Ben Crock conseguisse subir num barco a tempo de salvar-se.

A gratidão de Faith para com o imediato não bastou, contudo, para que ela reconsiderasse os planos. Estava ali, afinal, para causar confusão e conflito.

Ficara discretamente observando os operários. Eram divididos em dois grupos, percebera. Três homens muito fortes e robustos de sotaque irlandês cuidavam da atividade de cavar propriamente dita dentro da caverna e emergiam com carrinhos de pedregulho. Dois locais ficavam disponíveis para buscar coisas, transportar, varrer cascalho do chão e levar carrinhos de pedra para uma pilha próxima. Os dois grupos pareciam não dizer quase nada um para o outro.

Somente os habitantes locais interessavam. Se ela quisesse infectar Vane com uma ideia, precisava implantar primeiro na cabeça deles.

A chance veio no meio da tarde, pouco antes da hora em que tio Miles deveria levar a menina para casa. Os dois homens tinham se afastado para descansar um pouco e aproveitar a porção de cerveja que lhes era de direito. O carrinho cheio de pedregulho fora posto de lado. Do bolso, a menina tirou a moeda e soltou entre as pedras quebradas, de modo que ficou bem aparente. Era um antigo *peso de ocho* espanhol que o pai trouxera de uma de suas viagens. O embaçado negro nas bordas conferia ao objeto um ar misterioso.

Um pouco mais tarde, Faith viu os operários retornarem ao carrinho. Um deles curvou-se para olhar a moeda mais de perto, intensamente, depois meteu o cotovelo nas costelas do colega. Ambos sussurraram e olharam para os lados furtivamente, depois um deles arrancou algo das pedras e enfiou depressa no bolso.

No dia seguinte, Faith atraiu menos olhares no sítio arqueológico. Não fora precisamente aceita, mas já não era mais tão interessante. Os desenhos estavam melhorando também, graças a algumas consultas noturnas feitas aos livros do pai, e todo mundo parecia feliz de deixar a menina trabalhar.

Isso lhe dava chance de fazer suas observações. Logo ela descobriu que, sob o disfarce de desenhista, ela podia levar a cadeira retrátil e o cavalete para onde quisesse e espionar à vontade, assistindo às cenas por debaixo dos cílios.

Muito em breve, com seu lápis ligeiro, ela teria desenhado um mapa das camaradagens e atritos que permeavam a escavação.

O Dr. Jacklers estava mais contente do que nunca. Tinha tomado conta de uma pequena tenda na qual alojara diversos papéis da Sociedade de Antiquários e sua preciosa cópia do *Reliquiae Aquitaniae*, o mais recente e empolgante livro sobre artefatos arqueológicos. Corria o tempo todo até o livro para consultá-lo, e ficava extremamente irascível se alguém ousava aproximar-se dele. Faith ficou surpresa pelo homem não ter acorrentado a preciosidade à mesa feito uma Bíblia medieval.

Possuindo essa fonte de conhecimento sobre escavações, o médico reinava supremo no túnel. Metia cavilhas no chão da caverna e esticava linhas tesas entre elas, dividindo a área em quadrados para que fosse escavado um metro quadrado por vez. Crock assentia cordialmente, concordava com tudo o que lhe sugeria o outro, depois alterava ligeiramente as ordens do médico quando as passava para seus homens.

Lambent perambulava pelo sítio e metia-se em tudo. Examinava itens recém-escavados, ficava empolgado com eles, corria para a casa com eles, voltava com livros tirados da biblioteca e devolvia os artefatos na caixa errada. Crock seguia-o, calado, nesses rompantes, ajeitando tudo que o outro bagunçava pelo caminho.

Apesar de sua famigerada falta de saúde, Agatha Lambent compareceu mais uma vez. Passou a visita toda sentada feito uma rainha inválida em seu abrigo ondulante, apreciando tudo com régio distanciamento. Ben Crock podia ser visto parando frequentemente perante o trono fazendo perguntas solícitas, de chapéu nas mãos. Talvez receasse que, sem atenção regular, a mulher fosse cair com o vento e se quebrar.

Para surpresa de Faith, a Srta. Hunter também fez uma visita. Não mostrou interesse algum na escavação em si, mas ficou contente de tomar chá com a Sra. Lambent. A chegada dela surtiu efeito mágico sobre Dr. Jacklers e Lambent. O primeiro disparou para o canto mais distante do sítio e ficou analisando um dente de mamute, todo rabugento. O outro pareceu perder todo o interesse no trabalho e juntou-se à bebericação de chá na "tenda beduína".

Como Faith suspeitara, Crock era a cola que mantinha tudo grudado. Mantinha o sítio sob controle, sem erguer a voz nem atrair atenção para si. Parecia ter olhos e ouvidos em todo lugar, e uma habilidade fabulosa de detectar problemas logo que surgiam e resolvê-los na hora. Resumindo, Faith logo deduziu que se quisesse espionar, roubar, conspirar ou fazer qualquer coisa por baixo do pano, Crock muito provavelmente seria seu maior empecilho.

Os dois operários nativos, por outro lado, mudaram de comportamento desde o incidente com a moeda. Pareciam estar mais alertas e ávidos, e ficaram dados a conversar em confidência, animados, pelos cantos. Diversas vezes Faith notou-os sub-repticiamente procurando alguma coisa entre as pedras que carregavam no carrinho e perambulando por partes do sítio nas quais não costumavam trabalhar.

– Talvez tenha alguma coisa aí, afinal – ela escutou um deles dizer, sem reparar que a menina estava dentro da tenda mais próxima. – Vai ver o velho Sunderly não estava contente com a parte dele.

– Ou quem sabe os outros queriam uma parte *maior*, e ele sabia demais – sugeriu o outro. – Deixaram o médico de fora, não?

Faith até sentia dor na mandíbula de tanta força que fazia para não sorrir. A pessoa que encontrara a nota que ela enrolara e deixara no vaso da cornija, fosse quem fosse, com certeza já tinha lido e partilhado o conteúdo com outros. Se a palavra alcançara esses homens, já devia estar sendo fofocada por toda a ilha. O plano estava funcionando.

Apesar de tudo, havia verdadeiro prazer em pensar na mentira espalhando tremores por Vane, desequilibrando seus inimigos tão autoconfiantes e fazendo-os lutar entre si feito gatos. Faith encheu-se de orgulho e sensação de poder. Era *boa* nisso... e estava melhorando.

24
TREMORES

No domingo, claro, ninguém trabalhava na escavação, nem tinha como Faith visitar o sítio. Por insistência de Myrtle, toda a família Sunderly, vestida com seus melhores tons de preto, criou coragem e foi à igreja.

Quando entraram, toda a conversação morreu entre a congregação que aguardava. Faith sentiu enjoo. Foi similar demais ao funeral do pai, uma semana antes. Conforme a família foi seguindo pelo corredor, contudo, os sussurros soavam nervosos, não venenosos. Quando chegaram à área reservada que tinham alugado, os que já estavam sentados ali se levantaram sem dizer nada, esforçando-se ao máximo para evitar passar muito perto deles.

Clay, que parecera tão perdido e ineficaz durante o funeral, apresentou-se no púlpito com propósito. O sermão falou dos mortos, de respeitar os mortos, de ter bondade para com os que ficaram para trás. Que tipo de pessoas eram eles se zombavam dos mortos? Queriam, por acaso, incitar vingança por parte de poderes invisíveis?

Na metade desse sermão, alguém soltou um grasnido abafado na porção central da igreja, ao que se seguiram exclamações de preocupação.

– ... desmaiou! – alguém avisou.

Presa em sua área reservada, Faith não conseguiu olhar ao redor. Pelos barulhos que escutava atrás de si, entendeu que alguém estava sendo carregado para fora. Após uma pausa, o sermão continuou.

Após o serviço, conforme a família Sunderly saía para o pátio, Clay correu atrás deles, o rosto franzido de preocupação.

– Sra. Sunderly, Sr. Cattistock, sinto muito de dizer-lhes isto, mas receio que sua empregada Jeanne Bissette passou mal durante o serviço. Está se recuperando agora... mas recusa-se a deixar a igreja.

– Por quê? – Myrtle perguntou.

– Creio que uma ideia das mais grotescas tomou posse da imaginação dela. Tentarei dissuadi-la disso, mas ela acredita que foi amaldiçoada. Recusa-se absolutamente a deixar o solo sagrado.

O rosto de Myrtle estava invisível por debaixo do véu, mas ela ficou em silêncio por um momento, quando pareceu estar assimilando as palavras do homem.

– Ouvi uns rumores – disse suavemente. – Quantas pessoas acreditam nessas histórias? Será que todos os nossos empregados vão usá-la como desculpa para nos abandonar?

Clay abriu a boca, depois fechou de novo, com cara de pesar.

– Sinto muito, Sra. Sunderly. Receio que as histórias sejam consideradas fato. Todos os dias as pessoas visitam o presbitério querendo saber por que eu ainda não fiz nada "com relação ao fantasma".

– Então... se você lhes dissesse que ao enterrar meu marido, o fantasma iria junto... – sugeriu Myrtle.

– Quem sou eu? A decisão acerca do local em que ele será enterrado já não está mais em minhas mãos nem nas deles. A lei terá que decidir. – Clay parecia incomodado. – E... eu não poderia encorajar conscientemente as superstições deles, que já estão impregnadas demais. Alguns alegam ter *visto* o fantasma andando pelos morros perto da sua casa. Ontem mesmo, uma doação polpuda foi deixada no altar da igreja, com um bilhete sem assinatura me pedindo para fazer orações para o, hã, espírito inquieto. Quanto a Jeanne Bissette, o medo dela parece ser bastante genuíno. De fato, a moça parece encontrar-se em estado perigosamente nervoso.

Foi somente no fim da tarde que um dos comentários aleatórios de Clay chamou mais atenção de Faith. Alguém havia anonimamente pago uma quantia "polpuda" por orações para acalmar o fantasma. Também tinha deixado um bilhete sem assinatura, como o que atraíra o pai dela para a morte.

Alguém lá fora estava com um medo desesperado do espectro do reverendo, e igualmente desesperado para esconder a identidade. Talvez o "fantasma" de Faith tivesse feito mais do que apenas alimentar a Árvore da Mentira. Talvez tivesse botado medo no assassino.

25
DOMANDO A FERA

A mentira é como uma fogueira, Faith estava aprendendo. Primeiro precisa ser nutrida e alimentada, mas com cuidado e gentileza. Um sopro delicado atiçaria as chamas recém-nascidas, mas uma baforada vigorosa demais as apagaria. Algumas mentiras ganham corpo e se espalham, crepitando de empolgação, e não precisam mais ser alimentadas. Mas então estas não são mais as *suas* mentiras. Têm vida e forma próprias, e não há como controlá-las.

Algumas ideias pegam mais facilmente que outras, claro, e não há faísca como a promessa de um tesouro.

Durante o trajeto feito junto ao tio na carruagem do médico, na terceira manhã, Faith não pôde deixar de notar que ao longo da solitária estrada que levava à escavação havia então não poucos tipos à toa, encostados no paredão com as mãos nos bolsos, ou jogando conversa fora sob a sombra do morro. Havia neles algo de preguiçoso, mas intencional, como gaivotas com instinto afiado para restos reunindo-se acima do rastro de um barco.

Ao aproximarem-se do sítio, a carruagem passou pela pilha de pedregulhos quebradas tiradas da escavação. Três das crianças locais fuçavam entre as pedras quebradas com faminto zelo.

No sítio em si havia um ar de tensão. Ao avistar Lambent em franca conversação com o Dr. Jacklers e Ben Crock, Faith ajeitou o cavalete a uma distância em que podia espionar discretamente.

– Alguma abelha voou para dentro dos chapéus deles – dizia o médico –, e a não ser que saibamos de que espécie de abelha se trata e onde foi sentar-se no chapéu, não poderemos afugentá-la.

– Eu perguntei o que queriam dizer com aquilo – disse Crock. Como sempre, estava ligeiramente curvado, de modo que não rivalizasse com a altura de Lambert. – Fizeram cara feia para mim, e foram embora sem responder direito. Um deles me chamou de “cachorro na manjedoura” e disse que achava que eu ia receber a minha “parte”.

– Sua *parte*? – O rosto do médico escureceu. – O que, esses homens estão virando cientistas? Que interesse esses imbecis podem ter em fósseis e ossos? A não ser que... Será que alguém andou oferecendo-lhes dinheiro em troca de espécimes?

– E tem mais, senhor – interveio Crock. – Os serventes me disseram que botaram dois invasores para correr do sítio ontem à noite.

– Andarilhos? – sugeriu o Dr. Jacklers.

– Andarilhos iriam para o túnel em busca de abrigo – disse Crock –, ou às tendas, para roubar coisa miúda. Esses sujeitos estavam no topo do fosso, içando o cesto de minerar.

– Museus! – Lambent socou a palma da mão. – Sabia que isso ia acontecer! Algum museu deve ter ouvido falar das nossas descobertas. Sabe como eles são, sempre prontos para roubar a glória e os espécimes dos cientistas! Devem ter agentes em Vane! Ladrões de fósseis! Ladrões de mamutes!

– Os serventes reconheceram um dos homens – Crock prosseguiu. – Dizem que era Stoke.

Peter Stoke era um dos habitantes locais que trabalhava no sítio.

– Stoke! – Lambent fitou o homem em questão. – Eles têm certeza? Acredita neles?

– Parecem estar muito certos, senhor, e não posso imaginar por que mentiriam.

– Podem me dar licença, senhores? – disse Lambent, que ficara inchando de irritação ao longo de toda a explicação de Crock. – Pelo visto, terei que dar uma palavrinha em particular com Stoke.

Lambent marchou para os dois homens de Vane, que estavam enchendo o carrinho de pedras, na intenção de dar sua "palavrinha em particular". Acabou que sua "palavrinha" não foi em particular nem foi uma só. Foram muitas palavras, e algumas ecoaram até o fosso.

– ... criminosos... botar os dois na cadeia se não saírem da minha frente agora mesmo!

Os dois homens partiram, lançando olhares alarmados e ressentidos para trás ao fazê-lo.

Lambent retornou e juntou-se aos amigos.

– Crock, penso que precisaremos contratar mais dois dos seus amigos nativos – foi tudo que ele disse.

E não foi assim que a história acabou. Outro problema esperou pela sua vez e deu ar da graça no comecinho da tarde. Faith examinava um dos esboços quando por sorte olhou para cima, fora do fosso, para o alto da elevação mais próxima.

– Quem é aquele? – perguntou-se por reflexo.

Eram apenas a cabeça e os ombros de uma pessoa, uma silhueta contra o sol, olhando para o fosso abaixo.

Crock, que estava perto o bastante para escutar, olhou para cima e bem a tempo de ver a silhueta antes de esta escapar das vistas dele. O rapaz nada disse, mas pôs-se a correr e começou a escalar a lateral do fosso, ignorando o caminho em ziguezague.

Ouviu-se um barulho seco. Para Faith, parecia que uma rocha a uns dez metros dali subitamente saltou no ar, depois pousou e saiu rolando de lado. Olhando melhor, ela viu que a pedra tinha rachado em duas. E não tinha "saltado"; tinha sido jogada para baixo, do alto.

Faith ficou de pé num pulo e correu para o túnel. As tendas de lona poderiam segurar uma pedra arremessada, mas ela ficaria mais segura no túnel.

Na elevação acima, ela escutou um monte de gritos confusos. Uma das vozes pertencia a Crock. Depois se seguiram sons de um breve tumulto, mais gritos, e enfim silêncio.

Após um tempinho, tio Miles apareceu na entrada do túnel.

– Faith, receio que teremos que encerrar mais cedo hoje. Houve uns problemas, e talvez haja mais. Um punhado de habitantes da ilha anda causando tumulto, reclamando que os serventes estão tirando o emprego dos locais... e um papo confuso sobre ouro também. Lambent nos aconselhou a partir caso eles retornem.

– Alguém foi ferido? – Faith perguntou.

– Ninguém do nosso lado – respondeu o tio. – Por falar nisso, lembre-me de nunca comprar briga com Ben Crock. Prefiro sair no tapa com uma locomotiva.

Bastava. Tinha que bastar. Havia pessoas em Vane acreditando na história do ouro o suficiente para infiltrar-se no sítio, fuçar nas pedras e arremessar pedras vingativas. Era hora de Faith visitar de novo a Árvore da Mentira e descobrir se seus esforços tinham dado fruto.

Quando escureceu, a menina passou pelo jardim do telhado, novamente usando as roupas do funeral. Dessa vez vestiu o manto que a Sra. Vellet recomendara. A governanta tinha razão: ele realmente esquentava muito mais.

Remar pareceu mais fácil dessa vez. Os músculos das costas estavam ficando acostumados ao esforço, e a mente dela estava ocupada demais para entrar em pânico por conta do empuxo das ondas. A caverna marinha sugou-a para dentro, e ela atracou na caverna permeada de gritos e rugidos.

Faith criou coragem, tapou a lamparina, depois escalou até chegar à caverna da Árvore da Mentira.

À primeira vista a menina já viu que a massa negra que era a Árvore tinha crescido ainda mais. O vaso já não estava mais visível, perdido no monte de folhagens pretas. As vinhas que pendiam para a estante de pedra quase o escondiam, trilhando um caminho por cima das laterais de pedra pálida. Ao chegar mais perto, Faith prendeu o pé em alguma coisa. Olhou para baixo, e viu que havia vinhas escuras e entrelaçadas avançando para todos os lados, como se uma aranha gigante de muitas pernas tivesse sido esmagada no chão.

Faith continuou a aproximação, pisando com cuidado nos espaços livres entre as vinhas, ansiosa por evitar esmagar um fruto por acidente. Novamente ela escutou a cacofonia de sussurros no ar ao redor, palavras derretidas, sons dispersos.

– Por que você cresce desse jeito com as *minhas* mentiras? – a menina perguntou, pensando alto. – As do meu pai eram mais importantes, e muito mais pessoas acreditavam.

Talvez seja porque ela gosta de mim. Foi uma ideia idiota, e, entretanto, Faith não conseguiu pô-la de lado. *Ou talvez seja porque eu gosto dela.*

A menina encontrou o fruto com sua coroa de pétalas mortas aninhado no conjunto maior de folhas no centro da planta. Era maior que o anterior, quase três centímetros em diâmetro. Dessa vez, ela trouxera um tapete para pôr embaixo de si, um travesseiro para sustentar a cabeça e o pescoço enquanto estivesse inconsciente e um frasco d'água.

Sei que vai ser desagradável, ela disse a si mesma ao abrir o fruto, *mas sei que provavelmente não vai me matar.*

A menina enfiou rapidamente a polpa da fruta na boca, engasgou, franziu o rosto e botou tudo para baixo com água. A escuridão veio até ela e batucou-a feito percussão até que toda a luz se foi.

Faith sabia, parada ali no gramado, que estava entrando numa memória antiga como um pé no sapato.

Tinha nove anos de idade, e a família toda estava em visita a Londres, e para fazer um agrado às crianças, resolveram ir ver o Palácio de Cristal. Faith encantara-se com a vastidão vítrea do palácio e tivera um pouco de medo no Grande Labirinto.

E então, claro, foram ver os dinossauros.

As grandes feras tinham ganhado paisagem só para eles. Ela os fazia parecer estar em casa, vivos, embora a pessoa que os descobrira os encontrara num momento aleatório de imobilidade. Tinham sido pegos aquecendo-se em pequenas ilhas, caminhando por entre as árvores e regozijando-se em seus lagos particulares.

Alguns estavam agachados como sapos, com suas bocas reptilianas tão abertas que pareciam sorrir. Pescoços esguios de plesiossauro emergiam da água feito cobras. Ictiossauros jaziam semiatracados na praia, erguendo as cabeças ao ar para mostrar os focinhos afunilados cheios de dentes e os olhos sinistramente segmentados como gomos de laranja. O imenso e corcunda megalossauro parecia prestes a girar seu vasto e robusto corpo de réptil para fugir por entre as árvores.

Faith andava de mãos dadas com a babá, e How dormia em seu carrinho verde. Mamãe estava linda sob a sombra azulada da sombrinha. Papai, que sabia de tudo, falava de como eram feitos os modelos, e sobre os cientistas que deram um jantar dentro de um dos iguanodontes. O sol brilhava, e havia nuvens brancas, fofas como pluma de ganso. A multidão caminhante falava alto e ria, e todas as damas eram belas.

E então o megalossauro piscou lentamente seu olho fosco e tristonho, moveu seu corpanzil vagaroso e começou a mover-se.

Subitamente, Faith não estava mais de mãos dadas com ninguém. Não tinha mais nove anos. A babá, papai, mamãe e Howard tinham sumido. O céu estava cinza, e os dinossauros avançavam, rastejavam e nadavam na direção da multidão.

Não dava para acreditar, então todo mundo saiu correndo. Um ictiossauro agarrou uma senhora pela cintura fina e arrastou-a para a água. Os dois grandes e inchados iguanodontes arrancavam cabeças às mordidas sem malícia nem paixão. Crocodilos de focinho fino deslizavam pelo gramado em altíssima velocidade, avançando contra as crianças.

Nenhum deles atacava Faith. Espreitavam e lançavam-se, passando por ela, por todos os lados. Ela estendeu a mão e sentiu escamas de couro, de réptil, deslizando pelas pontas dos dedos. Quando o grande megalossauro parou na frente dela e deitou-se no chão, a menina escalou o pé dele, depois o ombro, para sentar-se de lado na sela de seu lombo rugoso.

O megalossauro ficou de pé de novo, e a menina ficou no alto, alto o bastante para ver todo o parque e também outro dinossauro dos grandes, com espinhos ao longo das costas e um passageiro solitário empoleirado na cabeça. Perante os olhos dela, esse outro dinossauro disparou para fora do parque, derrubando cercas tão facilmente quanto tocos de críquete.

Ao ver o outro passageiro, ela teve a estranha sensação de que o reconhecera, como um lampejo de movimento num espelho há muito avistado.

Aí está você.

Ela não se lembrava de quem era o passageiro, mas sabia que era alguém como ela. Sabia também que era seu inimigo. Tirara algo precioso dela, e ela estava ali para persegui-lo.

Captando as vontades dela, o megalossauro pôs-se em perseguição, deslizando pelo buraco aberto na cerca, ganhando a via pública, seguido por um alvoroço de outros dinossauros. Faith mantinha-se de olho no outro passageiro enquanto o iguanodonte tombava diligências e devorava cavalos. Carroças estalavam e implodiam sob os pés largos do megalossauro. Ele rugia, com cabos de sombrinha enfiados entre os dentes.

Faith ia ganhando vantagem na perseguição. Em breve conseguiria ver o rosto do outro passageiro. Logo seu corcel estaria perto o bastante para lançar-se sobre os calcanhares do dele.

Um guincho metálico rasgou o ar acima dela. Faith olhou para o alto bem a tempo de ver uma forma alada mergulhar do céu na direção dela, com uma silhueta visível nas costas. Um bico dentado abriu-se. Então foi uma escuridão só, e o clique indolor, de enlouquecer a alma, de seu pescoço se quebrando.

26
DENTES

Foi bom sentir a grama sob as mãos, sob a cabeça. Faith respirou fundo. Não estava morta, então. Saber disso foi muito prazeroso. Ela abriu os olhos e viu o céu noturno. Estava tão límpido que ela discernia as cores das estrelas mais brilhantes e o fulgor fraco, fumacento de conglomerados impossivelmente distantes.

Estou viva, disse a si mesma. *O pterodátilo não quebrou meu pescoço. Os dinossauros de mentira do Palácio de Cristal não ganharam vida nem devoraram Londres.*

Ficou, então, um pouco mais desconfiada.

Estou fora da caverna.

Faith sentou-se num pulo, depois teve que apoiar as mãos no chão quando o mundo girou e tombou ao seu redor. Era isso mesmo. Não estava mais na caverna.

Ela olhou ao redor e descobriu que estava sentada numa península coberta de grama. Suas pernas balançavam-se, soltas, num buraco, semiescondidas por um entrelaçado grosso de arbustos baixos. Ao espiar lá dentro do buraco, ela divisou um brilho fraco de luz amarelada.

– Deve ser a minha lamparina – falou alto. E pensando melhor, achou que se lembrava de ter desatado as cordas. As unhas estavam lascadas e partidas. Virou as mãos para cima e viu sujeira e arranhões. Sim, andara escalando. Apertando e se apoiando. Tinha escavado a rede de cavernas e encontrara outra saída.

– Acordei muito mais cedo desta vez – sussurrou para si mesma. Levantou-se e gingou. – E minha cabeça está mais clara – acrescentou, sob as estrelas, que pulsavam e formigavam.

Faith olhou ao redor, tentando reconhecer as formas da península e fazê-las caber no mapa que tinha na mente. Chegou bem perto do precipício e olhou para baixo, sentindo um tremor atrás dos joelhos.

Sabia onde estava! Não estava muito longe da "estrada alta" que ia de Bull Cove à cidade, perto da cabana de vigilância onde fora abandonada em favor da caixa de "cortes diversos" no dia em que a família chegou a Vane.

Vamos matar ratos na cabana de vigilância na estrada da costa toda segunda à noite, dissera Paul Clay. *Venha me ver lá... Podemos falar do seu querido assassino.*

Era segunda à noite, e ela estava perto da cabana. Comparecer à matança de ratos parecera-lhe impensável anteriormente, mas ali Faith nem pôde se lembrar por quê. Queria falar com Paul Clay.

O menino a desafiara a ir. Foi um desafio que ele não esperava que ela aceitasse, um jeito de dar-lhe um tapa na cara com o que ela mesma tinha de fastidioso e incapaz. Naquele momento, porém, ela não se sentia nem enfadonha nem incapaz. Ainda se lembrava da textura das escamas do dinossauro roçando-lhe a pele.

Um vento paciente e insistente puxava as roupas dela conforme Faith ia caminhando ao longo da estrada. As estrelas reluziam com fria paciência. Árvores baixas palpitavam e se escondiam.

Finalmente, ela reconheceu a bifurcação na estrada na qual fora descarregada da carruagem dos Lambents. Encontrou o caminho serpenteante que tomara antes, até que viu a silhueta protuberante da cabana brotando da encosta rochosa. Dessa vez o contorno desta estava desfigurado por um bando pequeno de figuras, e dava para ouvir vozes. Um brilho alaranjado jorrava pela porta aberta.

Eram homens, todos homens. *O que está fazendo?*, gritou parte da mente dela. *Por que veio aqui?* O pânico bateu suas asas em algum lugar da mente dela, mas por ora foi abafado. Ela puxou o capuz do manto para a frente, como se fosse esconder o rosto. Esperou parada logo abaixo da beirada de uma auréola de luz de lamparina.

Havia três garotos conversando perto da porta. À frente dela, o mais jovem virou a cabeça e a viu. Ao fazer isso, a luz do corredor caiu sobre o rosto dele. Era Paul Clay.

Ele ficou encarando, e os demais que estavam junto viraram-se para olhar na direção de Faith. Paul sussurrou algo apressadamente aos companheiros, depois correu para a menina.

– O que está fazendo aqui? – perguntou, incrédulo.

– Você me desafiou, lembra? – Subitamente, ocorreu a Faith imaginar como estava sua aparência, de manto e roupas pretas, espreitando entre sombras e tojos. – Pensei que era para eu ficar com medo, e não você.

– Não pensei que você viesse! – sibilou ele. – Ficou maluca? Quer que as pessoas a vejam aqui?

– Você disse quem eu sou?

– Acha que está disfarçada? – Paul entortou os olhos. – Deve ter uns doze da nossa idade na ilha toda. Qualquer um que te ver *vai saber* quem é você. – O menino olhou para trás. – Agora mesmo, tive que dizer aos meus amigos que você está fora de si. Atacada no cérebro de sofrimento. Inofensiva, mas dada a vagar por aí. De que outro jeito eu poderia explicar você aparecendo aqui do nada?

Faith olhou para além da cabana e percebeu que estavam atraindo olhares sub-reptícios.

– De que outro jeito eu conseguiria falar com você? – ela sussurrou. – Você nunca vem me ver!

– O que você queria? – Paul estreitou os olhos. – Você roubou nossas comissões com fotografia lá naquele sítio! Por quê? Isso é mais um desses seus joguinhos rancorosos?

Faith lutou contra uma tentação insana de dizer que sim, só para ver se conseguia enraivecer o garoto.

– Não – admitiu, contudo. – Eu precisava ter acesso ao sítio, para investigar. Seu pai te contou sobre a corrente que quebrou no cesto de minerar?

Paul fez que sim.

– Você estava no cesto com o seu irmão, ele disse. Mas não foi perigoso, foi? As cordas de apoio impediram que o cesto caísse.

– Deixar que nós entrássemos no cesto só foi resolvido no último minuto – Faith sussurrou. – Isso mudou tudo, porque nós somos *crianças*. Tudo foi checado e arrumado de novo... e foi então que as cordas de apoio foram amarradas. Se um adulto tivesse entrado no nosso lugar, ou talvez dois adultos, como meu pai e o imediato...

– Não teriam checado – disse Paul, pensativo. – Nem colocado cordas de apoio.

– Exatamente.

– Acha que a intenção era matar o seu pai – disse Paul, sem se importar em frasear como pergunta.

– Acho que alguém enfraqueceu uma parte da corrente – Faith concordou –, e deve ter sido alguém que tem acesso ao sítio.

Ela não quis mencionar a Árvore da Mentira, as visões nem o fato de que o próprio pai de Paul era um dos três suspeitos principais.

Paul ponderou com sua usual inescrutabilidade de pedra, e deu uma pendida na cabeça que devia ser prima de primeiro grau de um aceno de concordância.

– Faz sentido – murmurou baixinho. – Conversei com as pessoas... Descobri pessoas na cidade que podem ter desejado que o seu pai morresse, como a família do meu amigo Toby, que ficou preso na armadilha. Estavam todos em casa naquela noite. A escavação, então. – Ele levantou as sobrancelhas com preocupação. – Sr. Lambent. Dr. Jacklers. O imediato, Crock. Stoke e Carrol. Os serventes. – Ele abriu um sorrisinho sombrio para Faith. – Meu pai e eu.

– Tio Miles – Faith acrescentou. – Sra. Lambent. Srta. Hunter.

– Nem todos esses teriam força suficiente – Paul disse, pensativo.

– Talvez não importasse – disse Faith. – Acho que sei por que meu pai não atirou no assassino com o revólver. – Faith lembrou-se da visão recente, o dinossauro espinhento sumindo na distância, e a emboscada súbita de quem pilotava o pterodáctilo. Era essa a mensagem da visão, ela entendeu. Não um inimigo, apenas, mas uma dupla. – Acho que foram *dois* assassinos. Um que foi encontrar-se com ele, o outro que o atacou pelas costas. Um revólver não bastaria; ele precisaria ter olhos na nuca.

Paul pensou um pouco nisso, depois fez que sim.

– Corpos são pesados – disse, com a confiança da experiência. – Até você ter movido alguns, não faz ideia de quão pesados são. Se ele foi colocado no carrinho e levado até o topo do morro, isso seria muito mais fácil em dois.

– Paul!

Quando olhou, Faith viu que a maioria das figuras dispersas tinha desaparecido, entrado na cabana. Somente um garoto ruivo de uns dezesseis anos permanecia olhando para fora, pela porta.

– Estão prontos para o próximo cachorro! – ele disse a Paul. – Anda logo! – Ele fitou Faith com um olhar breve e inquisidor. – E já que está aí, seja um cavalheiro e tire sua amiga desse frio!

Um "não" teria sido a resposta mais fácil e correta, mas não foi a que Faith deu.

A cabana era mal-iluminada e parecia maior agora que estava cheia de gente. A proximidade dos corpos, corpos de homens, transmitia hostilidade e estranheza. As botas pesadas deles faziam Faith sentir-se frágil e deslocada. A maioria olhava para o centro do cômodo e não notou quando ela entrou junto de Paul e do garoto ruivo.

Quando ela entrou debaixo da luz, Paul a fitou com mais atenção, depois ficou como que carrancudo.

– Que tem de errado com os seus olhos? – sussurrou.

– Nada – disse Faith, desviando o olhar.

Os outros amigos de Paul tinham se aproximado também, e a observavam com desconfiada ansiedade. Ocasionalmente, disparavam olhares impressionados para Paul. Não era de se surpreender, Faith pensou. Eles o tinham enviado em busca de um mero cacho do cabelo do reverendo, e ele retornara com toda a filha louca do homem. Felizmente, ninguém mais na cabana parecia ter atenção livre para dar-lhe.

Mesmo de onde estava, à porta, Faith podia ver que, no centro da cabana, tábuas de madeira tinham sido ajeitadas encostadas para fazer um curral retangular, de cerca de dois metros por três.

– Bessie! – anunciou alguém do outro lado do curral. A gritaria de todos os lados transmitia paixão.

Ao lado do curral, um homem segurava um cachorro. Era um Jack Russell terrier de olhos brilhantes, e Faith ficou admirada com sua aparência, tão pequeno e banal. Por algum motivo, ela esperara ver uma monstruosidade de cara enrugada e queixo mole, com mais de um metro de altura.

– Quanto ela pesa? – gritou um homem da multidão, com um relógio na mão.

– Seis quilos e trezentos – gritou o dono.

Homens manuseavam sacos que inchavam e se contorciam, e os esvaziavam no curral. A multidão contou até catorze em uníssono, e agora havia ratos no curral, escondendo-se e fugindo, encontrando cantos e tentando escalar, borbulhando e tropeçando uns sobre os outros na tentativa de escapar. Os gritos de Bessie cresceram para um rugido de empolgação.

– Agora! – gritou o homem com o relógio, e o dono de Bessie a soltou no curral.

Como era rápida aquela cadelinha de rosto eriçado! Foi uma diversão só. Ela disparava e encurralava um rato, mordia-o no corpo mole, sacudia e passava para o seguinte. Atacou. Agarrou. Sacudiu. Lá se foi mais uma bolinha marrom sobre a poeira feito um saquinho de farinha.

Os olhos de Faith ficaram amortecidos, mas ela continuou assistindo. Foi o mesmo que aconteceu naquela noite horrenda, quando ela não conseguiu tirar os olhos do corpo estendido sobre o tapete.

Queria que tivesse mais sangue e arranhões. Queria que cada morte detonasse perante seus olhos como um pequeno fogo de artifício negro. Queria que importasse.

Havia uma gritaria ao seu redor, mas a matança em si era suave, quieta e prática. Da vida para a morte, da vida para a morte, sem mais drama do que o virar de uma coberta.

– Faltam trinta segundos! – veio o grito.

Que fofura de terrier! Quanta eficiência! Mas Faith só conseguia ver os dentes, agora. A cachorra era só dentes.

– Só dentes – disse ela, e riu.

O som perdeu-se na cacofonia ao redor dela. Todo mundo gritava, exclamava. Berrava a carne, ria a carne. Carne com apenas um cintilar breve e diminuto de vida. E o que era a vida? Dentes. Dentes, um estômago e um impulso cego e idiota por detrás dos olhos, mandando a carne matar e comer a outra carne.

E os ossos caíam no chão, e outros ossos caíam por cima destes, e ainda mais ossos, até que havia morros e montes inteiros feitos deles. Morte em cima de morte em cima de morte em cima de morte. E animais de duas pernas cavavam os ossos velhos e ficavam maravilhados com eles. E depois morriam também e jaziam ali, como o rato na poeira, esperando para tornar-se ossos velhos.

– Catorze! Acabou!

Bessie foi apanhada, e agora os homens curvavam-se sobre as barricadas de madeira, cutucando os ratos mortos com gravetos para ver se havia algum tremor de vida.

Alguma coisa puxou a manga do vestido de Faith. Ela escutou uma voz no ouvido.

– Vamos embora.

Era Paul. Paul Clay.

– Não – disse Faith. – Quero ver. Está divertido. Deixe-me ver.

Faith sentiu a cabeça leve. Pensou na visão, e no megalossauro mordendo e mordendo, e os corpos decapitados, bem-vestidos, tombando no chão.

Paul Clay a puxava pelo braço, agora, e ela se deixou levar para fora da cabana... mas de que isso adiantaria? Ela continuava vendo, continuava assistindo, aquilo continuava acontecendo no escuro quando fechava os olhos.

Foi libertador pensar que nada importava. Foi uma sensação de espaço, como se o céu tivesse sido erguido e ela tivesse descoberto que a terra e o mar eram feitos de fumaça. Só fumaça. Ela era fumaça. Seu corpo ficou quente, leve e aerado.

– Sente-se – disse Paul.

– Não há necessidade – disse Faith. Se quisesse, podia voar.

– Sente aí – disse Paul. E ela obedeceu, porque caso contrário ele ficaria repetindo e repetindo, e que mais importava? – Se for passar mal...

– Passar mal? Não estou com enjoo!

– Está pálida feito papel, e tem alguma coisa errada com os seus olhos.

– Tenho os olhos do meu pai – disse Faith.

Foi difícil não rir. Paul Clay não sabia quanto estava engraçado, e isso fazia ficar mais engraçado ainda.

– Por que você veio aqui? – Paul tornou a perguntar, a voz afiada pela frustração e uma pontada de desespero.

– Preciso que faça uma coisa para mim – Faith admitiu. – Seu pai alterou uma fotografia colando a cabeça de um garotinho numa foto sua. Você sabe fazer algo assim?

– E fazer parecer natural? – Paul mordeu os lábios preocupado, fitando-a com desconfiança. – Só se as pessoas tiverem o mesmo tamanho e estiverem olhando para a mesma direção.

Faith apanhou o caderno e tirou dele a única e preciosa foto que tinha do pai. Fitou-a com uma pontada de dor, depois estendeu para Paul.

– Corte a cabeça do meu pai – disse. – Cole no corpo de alguém numa das fotos da escavação. Faça parecer como se o meu pai estivesse ali no sítio... assombrando todos eles.

– Por quê?

– Quero assustar o assassino.

– Não – Paul disse, seco.

– Por que não?

– Ficou maluca? As fotografias podem ser brincadeira para você, mas precisamos do dinheiro! Meu pai finge que não, mas precisamos. Se ganharmos reputação de fazer montagens com rostos de clientes mortos, quem vai nos procurar?

– Você aceitou o desafio de cortar o cabelo do meu pai! – Faith atacou. – Bom, agora eu o desafio a cortar fora o rosto dele!

– Ah, que tal me desafiar a me jogar de um morro? – Paul retrucou. – Tem desafios que *você* não aceitaria.

– É mesmo? – Faith ficou de pé de novo. – Me desafie. Me desafie a fazer qualquer coisa. E se eu fizer, você vai ter que fazer a fotografia.

Os dois se encararam, e novamente Faith sentiu que a conversa tombava para um precipício de loucura e imprudência, como sempre acontecia.

– Tire um rato dali, de mãos nuas – disse Paul, apontando para um saco no chão amarrado bem forte. Perante os olhos de Faith, o saco se mexia; três formas arredondadas se debatiam e andavam lá dentro. Assim que as palavras foram ditas, Paul pareceu ficar com medo.

– Espere! – disse ele quando Faith agachou ao lado do saco e soltou um pouco a corda que o envolvia. Ela fez contato visual com ele de novo, e mergulhou a mão lá dentro.

Faith sentiu pelos grossos contra os dedos, e um espasmo de movimento que a fez retrair-se. Um roçar furtivo de bigodes, uma arranhada de garras. Ela avançou na direção do movimento e fechou os dedos em torno de uma coisinha redonda e peluda. Era macia e frenética, debatia-se na mão dela, enquanto ela lutava contra todos os instintos e não soltava jamais.

Sentiu uma dor aguda na base do dedão, quando dentes que não via cravaram-se em sua pele. Faith sacudiu o braço, mas manteve o punho firme. Não pôde evitar sorrir ao ver a expressão de Paul, misto de terror e fascinação.

– Pare!

Paul ficou de joelhos ao lado dela e arrancou a mão dela do saco. O rato escapou dos dedos dela, correndo para o escuro do matagal. Os colegas prisioneiros fizeram o mesmo quando o saco caiu, aberto.

– Por que você me parou? – Faith estava furiosa. – Eu tinha pegado o rato! Você não vai poder dizer que eu fracassei!

– Ele te mordeu? – Paul virou a mão dela. Havia duas profundas marcas avermelhadas de dentes na base do dedão.

– Que diferença faz? – Faith gritou. – Você queria que eu sofresse, ou não teria me desafiado a fazer isso!

– Eu queria ver você recuar! – Paul explodiu. – Pelo menos uma vez!

– Me arranje outro saco de ratos! – Faith mandou.

– Não! – Paul amassou os próprios cabelos, fechou os olhos por um instante e soltou o ar lentamente. – Você venceu. Vou fazer a fotografia. Só... chega de ratos. – O garoto olhou com desespero para o saco vazio no chão. – Melhor a gente ir – disse, em algo similar ao seu tom de sempre –, antes que o apanhador de ratos volte e veja que a mercadoria toda se foi.

Ele acompanhou Faith até a estrada, onde ela o fez parar. Não queria que ele visse a abertura que dava na rede de cavernas onde se escondia a Árvore da Mentira.

– Eu não queria... – ele começou, mas não terminou, só balançou a cabeça. – Lave esse ferimento – disse, então. – Tem gente que morre por mordida de rato.

Faith saiu andando, sem olhar para trás. Não podia explicar-se para ele. A mordida do rato doera, mas não a incomodara. De um modo estranho, a dor fora um alívio, tanto quanto conversar com esse garoto que a odiava.

27
SILÊNCIO CORTANTE COMO UMA FACA

Depois que andara por uns cinco minutos, Faith escutou o cascalho sendo esmagado por alguém que caminhava um pouco longe, atrás dela. Primeiro ocorreu-lhe que Paul a tinha seguido. Quando ela olhou para trás, viu duas figuras, mas nenhuma era Paul. Eram os amigos dele, os dois garotos mais velhos que ela vira na entrada da cabana.

– Espere aí! – disse o mais alto, o garoto ruivo. – Não tenha medo!

Havia algo em ouvir alguém dizendo que ela não tivesse medo, naquele cenário deserto, à luz do luar, que fez Faith querer fugir. Os meninos seriam mais rápidos, contudo, visto que não tinham saias para enroscar-se nas pernas.

A dupla a alcançou, e ficou caminhando junto, cada um de um lado dela, a cerca de dois metros de distância.

– Você não devia ficar andando aqui sozinha – disse o ruivo. – Que tal a gente acompanhar você, levá-la para casa? Somos amigos de Paul. Vai ficar segura conosco.

Era uma oferta bastante natural, e talvez até de intenção caridosa. O menino ruivo sorria um sorriso amplo, mas havia uma curiosidade fria em seu olhar. Faith sabia que ele não tinha boas intenções antes mesmo de flagrá-lo lançando um olhar conspiratório ao amigo.

Ela tentou andar mais depressa, mas os meninos aceleraram e a alcançaram facilmente, e após um tempo ela retornou ao ritmo normal.

– Não podemos deixá-la ir sozinha, senhorita – insistiu o outro menino, um jovem de cabelo seboso com nariz largo e olhar vigilante. – O cavalheirismo não permite.

– Só queremos conversar com você – disse o ruivo.

Faith deslizou a mão para dentro do bolso e secretamente abriu a faca retrátil do pai. Era um ratinho entre dois cães, mas também sabia morder. *Estão em maior número*, pensou ela, com estranha tranquilidade, *e sem dúvida são maiores e mais fortes. Mas se eu esfaqueasse um deles, o outro ficaria muito assustado.*

– Pode nos contar coisas – prosseguiu o ruivo –, coisas que contaria ao nosso amigo Paul. Somos todos amigos, não é?

Faith hesitou, depois fez que sim, mantendo a expressão lívida e estupefata. Paul contara aos amigos que ela andava "fora de si", e era esse o papel que ela iria representar. Se parecesse dopada, qualquer movimento súbito de sua parte os pegaria de surpresa.

– Todos nós ficamos muito tristes quando soubemos do seu pai – comentou o ruivo, sem se importar de parar de sorrir –, e ficamos imaginando...

– ... o que ele fez com a parte dele do tesouro – terminou o seboso.

O ruivo soltou um assobio curto e reprovador, e Faith flagrou-o dando uma olhada feia para o outro.

– Ignore o meu amigo – ele apressou-se em dizer. – Deu com a roda do carrinho na cabeça ontem, ainda está de coco mole. A gente estava pensando... se o tesouro está em algum lugar seguro. Ou... se precisa que a gente o leve para um lugar melhor.

– Não deram tesouro para ele – disse Faith, numa voz onírica e infantilizada. Ela se voltou para o ruivo e olhou fixamente para a orelha esquerda dele. – Será que era por isso que ele vivia zangado?

– Seu pai vivia zangado? – O ruivo parecia nervoso, mas tentado, e Faith entendeu que ele pescaria qualquer migalha que ela lhe jogasse.

– Eu... acho que sim – disse ela. – Eu... não lembro direito.

– Então o que aconteceu com o tesouro? – perguntou o seboso, que parecia ter uma noção muito superficial da sutileza. – Você esteve na escavação... aquele buraco imenso na terra. Viu alguém com moedas? Talvez uma sacola?

– Não – Faith murmurou. – Só a caixa. – Ela viu o rosto dos dois meninos avivarem-se de interesse. Estava quase começando a se divertir com a situação. – Não sei nada sobre essa caixa! – acrescentou, por precaução, fazendo que não com a cabeça vigorosamente. – Nunca vi... não vi nada! Não o vi dando a caixa a ninguém.

– Quem? Quem não deu a caixa a ninguém? – perguntou o ruivo.

– O Sr. Lambent? – sugeriu o seboso num tom grave, um pouco exaltado.

Faith olhou para a bainha das saias e não negou. Via sua mentira crescendo, nutrida por nada além de insinuações e silêncios, tomando nova forma perante seus olhos. O próprio silêncio podia ser usado tão habilidosa e cruelmente como uma faca.

– Já sabemos sobre a caixa do Sr. Lambent – garantiu o ruivo, num tom suave e nada convincente. – Pode nos contar tudo sobre ela. Para quem ele deu? – O garoto observava as expressões de Faith com muita atenção. – O Sr. Clay? O Sr. Crock? – Houve uma pausa, e os olhos dele brilharam, inspirados. – Ou foi a uma dama? Uma dama de cabelos pretos?

– Está falando da Srta. Hunter? – Faith perguntou, pega de surpresa. Não podia pensar em mais ninguém que coubesse nessa descrição.

– Sabemos que ela frequenta a escavação – disse o seboso, e riu baixinho –, e sabemos por quê.

– Por quê? – Faith ficou genuinamente curiosa. A visita da Srta. Hunter à escavação a tinha deixado perplexa. A moça do correio era amiga da Sra. Lambent, mas teria sido muito mais confortável tê-la visitado nas Pinturas.

– Bom, não devíamos falar desse tipo de coisa perto de uma moça de respeito, como você – declarou o ruivo. – A não ser que... você queira fazer uma troca. Nós contamos sobre a Srta. Hunter, você nos fala da caixa. Que tal?

Faith fez que sim lentamente.

– É um segredo que todo mundo sabe – disse o ruivo, com malicioso deleite. – A Srta. Hunter tem uma paixão secreta. Ela não come violetas cristalizadas, mas pede para trazerem em todo barco comercial. Sai sozinha com a carruagem a qualquer hora do dia e da noite, e pega a estrada para o norte, na direção oposta à cidade. A estrada não leva a muitos lugares.

Verdade. Levava apenas a Bull Cove, à escavação e às Pinturas.

– E às vezes – disse o seboso, com malícia – dá para ver um sinal na torre do telégrafo. Um lampejo de luz do sol. – Ele ergueu um objeto imaginário e virou em pleno ar. – Um espelho.

– Dizem que a Sra. Lambent vai à escavação porque sabe que a Srta. Hunter aparece lá – acrescentou o ruivo com uma piscadela. – Fica de olho no galinheiro caso a raposa consiga entrar.

– A Srta. Hunter recusou o Dr. Jacklers uma dúzia de vezes – acrescentou o seboso. – Estava de olho num negócio de mais valor. A Sra. Lambent não vai durar muito, dizem.

Faith lembrou-se de Lambent, que não ficava parado nem por um segundo, abrindo mão do perambular e da paleontologia para sentar-se e tomar chá quando a Srta. Hunter visitava. Era difícil imaginar alguém tendo um caso apaixonado com uma mulher roliça, falsa, que lembrava uma galinha d'água como aquela, mas fazia sentido considerando as visitas da Srta. Hunter e da Sra. Lambent.

A visão de Faith indicara haver dois assassinos. Pensando bem agora, podiam ser mais do que aliados. Podiam ser amantes. Por detrás dos impulsos tempestuosos de Lambent, poderia haver um par de mãos habilidosas e roliças de mulher mexendo os pauzinhos.

Ao mesmo tempo, Faith reparava em algo novo. A esperta e arisca Srta. Hunter era uma força a ser reconhecida na ilha, mas ninguém gostava dela. Estava evidente a malícia saborosa na voz dos meninos. A Srta. Hunter envenenara a mente dos habitantes da ilha contra a família Sunderly. Agora Faith tinha a chance de retribuir o favor.

– Eu não queria ter visto nada – ela disse no mesmo tom anestesiado. – Era só uma caixa velha. E depois a Srta. Hunter foi embora, às pressas, na carruagem.

Os meninos trocaram olhares empolgados.

O solo começou a ficar mais irregular, e pontuado por pequenos arbustos. Não muito longe, Faith reconheceu o arbusto que escondia a entrada da caverna. Foi diminuindo o passo, diminuindo, até que parou, deu meia-volta e ficou olhando, com cara de tonta, para a estrada.

– Quem é aquele nos seguindo? – perguntou, erguendo o braço para apontar.

Os dois meninos pularam de susto e olharam para trás, para a escuridão. Nesse momento, um coágulo nebuloso de nuvens passou em frente à lua, escurecendo brevemente a península.

Faith saiu correndo.

Tinha passado pelo montinho mais próximo e se escondera entre os arbustos baixos antes de começar a gritaria. Escutou pés pisoteando a turfa daqui para lá. Ouviu gritos e súplicas. Finalmente os passos pararam, e ela escutou duas pessoas ofegando.

– Acho que ela pulou do morro!

– Devemos ir lá olhar?

– De que adianta? Se ela pulou, não vamos poder juntar os pedaços! Temos que ir!

Depois que os meninos se foram, Faith emergiu, caminhou por sobre o gramado tremulante e afastou os arbustos que velavam a abertura que levava de volta à rede de cavernas. A luz da lamparina ainda brilhava lá embaixo. Guiada por seu irradiar, a menina deslizou por inclinações e apertou-se por entre fendas até encontrar-se novamente dentro da grande caverna da Árvore.

A Árvore da Mentira esperava por ela.

Tinha crescido ainda mais desde poucas horas antes, quando a menina a visitara – Faith teve certeza disso. Sentia-se exausta, mas como se estivesse em casa.

Uma porção de vinhas enroladas a lembraram de um balanço florido que ela vira numa pintura. Pareceu-lhe a coisa mais natural do mundo sentar-se ali. As vinhas rangeram, mas aceitaram o peso da menina. Ela estendeu as mãos para os dois lados, roçando as costas das mãos contra a folhagem fria e escura, depois se recostou no emaranhado de vinhas e fechou os olhos.

Os ecos do mar estavam de ensurdecer. Dava para ouvir muitos sons misturados a eles: o rugido do megalossauro do sonho, a gritaria dentro da cabana e o sussurrar hostil na igreja. Às vezes ela pensava estar ouvindo o próprio nome, balbuciado e mutilado, como se uma língua iniciante praticasse sua pronúncia.

Já tinha escolhido uma mentira.

– O tesouro não está mais no sítio arqueológico – ela disse à planta. – O Sr. Lambent o deu à sua amante, a Srta. Hunter.

As pessoas são como os animais, e os animais não passam de dentes. Você morde uma vez, e passa a morder sempre. Não tem outro jeito de sobreviver.

28
OLHOS BRANCOS E PELE ARREPIADA

Faith acordou na cama. Por cima dela, melhor dizendo. Continuava vestida com as roupas do funeral, e mais uma vez sentia-se enjoada e exausta. Grogue, lembrava-se de ter remado de volta da caverna, de subir a escada no escuro e capotar na cama.

A lembrança das aventuras noturnas lentamente desenrolou-se, como uma tapeçaria macabra. Era tudo muito fantasmagórico. Dominar dinossauros, ser atacada por um pterodáctilo, participar de uma matança de ratos, mergulhar a mão num saco cheio deles...

Sua atenção foi atraída por uma dor que sentiu na mão. Na base do dedão, encontrou dois furinhos profundos e rosados; a pele ao redor deles exibia uma coloração branco-amarelada. Ao fitá-los, a menina lembrou-se da dor que sentiu quando o rato a mordeu e da ferroada ao lavar a ferida em água salgada.

Faith tinha ido *mesmo* à matança de ratos. Fora vista lá, a única menina entre aquele monte de homens. Sentira-se tão segura e lívida sob as estrelas, mas agora o estômago se revirava ao pensar nos riscos que ela correra. A fofoca devia estar certamente se espalhando. Sua invisibilidade se desfaria em farrapos. Mais uma vez a mente de Faith disparava para todo lado como uma rata, procurando por cantos e rotas de fuga. Teria que negar tudo ou dizer que fora dar uma volta e se perdera.

Estava morta de sede. Acabava de drenar toda a água da garrafa quando uma ideia terrível ocorreu-lhe. Não conseguia se lembrar de quando fora a última vez que enchera a tigela de água da cobra.

Às pressas, a menina removeu o pano da jaula. A cobra estava enrolada entre os farrapos, como de costume, mas os frisos dourados e brancos de suas escamas de ébano pareciam sebosos e apagados.

– Não! – Faith abriu a porta da jaula, pôs água avidamente na tigelinha e acariciou gentilmente o corpo enrolado da cobra. Para seu alívio, ela se mexeu. Quando a cabeça emergiu, contudo, a menina viu que os olhos do bicho estavam cobertos por uma crosta nebulosa, translúcida. – Não morra! Não me deixe! Eu sinto tanto! – Quando a cobra deslizou braço acima de Faith para reclinar-se por cima dos ombros, as escamas roçaram na pele dela feito papel.

Alguém bateu de leve na porta.

– Desculpe, senhorita – veio a voz baixa da Sra. Vellet. – Gostaria de juntar-se ao seu irmão para tomar café da manhã no berçário...?

– Sra. Vellet! – Com um impulso nascido do pânico, Faith abriu com tudo a porta. – O rato que você deu à cobra alguns dias atrás... como ele morreu? Será que engoliu veneno?

A Sra. Vellet ficou um pouco aturdida com a aparição súbita de Faith à porta, cobra enrolada no pescoço e tudo, mas logo se recobrou.

– O rato foi pego numa armadilha. – A governanta lançou um olhar duvidoso à cobra. – Não me parece provável que tenha sido envenenado... mas suponho que seja possível.

– Tem alguma coisa errada com ela... olha! – Faith ergueu a última volta do corpo da cobra para que a governanta visse aqueles olhos leitosos. – Tem alguma coisa no armário de remédios que possa fazê-la vomitar?

A Sra. Vellet apertou os olhos, pensativa.

– Senhorita, o que aconteceu com a sua mão?

Em meio à preocupação com a cobra, Faith esquecera-se completamente de esconder a mordida.

– Tinha um rato atrás do celeiro! – explicou às pressas. – Mas... mas agora não importa!

– Essa ferida precisa de mais cuidado do que o seu animal de estimação – disse a Sra. Vellet, com surpreendente firmeza.

– Mas...

– Sua cobra está trocando de pele, senhorita – disse pacientemente a governanta. – Só isso.

Faith ficou boquiaberta. Sentiu-se como uma idiota. Claro que sabia que as cobras trocam de pele. Contudo, isso nem lhe tinha passado pela cabeça como explicação. Só conseguia pensar que a cobra estava morrendo e a abandonaria. Faith quase teve enjoo de tanto alívio. Não tinha matado a cobra.

Quinze minutos depois, sem cobra e vestida nas roupas do dia a dia, Faith encontrava-se sentada na sala de estar, enquanto a Sra. Vellet destrancava o armário de remédios.

A governanta segurou a mão de Faith com firmeza, mas gentilmente, e cutucou a ferida com um pano embebido em algo que ardia. Um cheiro acre de álcool encheu o ar. Faith tentou não fazer careta e desviou os olhos da mordida para o armário, que parecia ainda mais cheio de garrafas.

– Parece até uma adega – disse, pensando alto.

– Era assim que as senhoras inválidas gostavam de vê-lo. – A Sra. Vellet olhou para trás, para as garrafas. – Você ficaria surpresa com as curas que elas tiravam dali. Xerez para estimular o coração. Licor de cereja contra a fadiga. Ah, e qualquer coisa misturada com água tônica é remédio contra a malária, diziam.

– Tem muita gente com malária aqui? – Faith perguntou, duvidosa.

– Nunca ouvi falar, senhorita, mas tenho certeza de que as senhoras inválidas sabiam das coisas. – O rosto da governanta era uma folha em branco, mas havia um quê de insinuante no tom de voz.

Então ela fez cara de preocupada. Olhava para além de Faith, para fora da janela.

– Que os céus nos protejam – murmurou. – O que é isso?

Quando se virou para olhar, Faith viu somente uma mancha marrom--acinzentada no céu, um pouco distante, ao sul.

– Parece fumaça! – disse.

Estava perto demais para vir da cidade. Apenas poucas coisas ficavam nessa direção – a igreja, o presbitério, a torre do telégrafo, o correio e a casa da Srta. Hunter. Uma suspeita sinistra começou a mordiscar a mente da menina.

A Sra. Vellet observava a fumaça, semblante carregado, aparentemente fazendo os mesmos cálculos.

– Volte para a cama, Srta. Sunderly – disse ela finalmente, sem olhar para Faith. – Precisa dormir, ou vai ficar doente. Prythe vai levar cartas ao correio agora de manhã; vai descobrir se tem alguma coisa errada lá.

Cedendo à exaustão e à insistência da governanta, Faith voltou cambaleando para a cama. Tinha certeza de que não conseguiria dormir, mas caiu no sono quase imediatamente. Sonhou que estava numa saleta tomando chá, e tentando esconder as vinhas que escapavam dos punhos do vestido e da gola. A Srta. Hunter estava sentada em frente a ela numa cadeira de balanço, a pele feito papel, os olhos assustados por detrás das conchas brancas cheias de crosta que os protegiam.

Faith foi despertada pelo som de murmúrios, que soaram tão perto que pareciam estar dentro do quarto, junto dela. A menina levou alguns segundos para compreender que a conversa abafada desenrolava-se na escada dos empregados. Com dificuldade, ela saiu da cama e cambaleou adiante para grudar o ouvido na parede.

– ... presas na mente de um homem. – Parecia a voz de Prythe, escolhendo com cuidado as palavras, com mais solenidade do que de costume. – Você acha que existe uma maldição?

– Acho que tem tantas maldições nesta casa quanto unicórnios – respondeu, muito seca, a Sra. Vellet.

– Jeanne acha que foi amaldiçoada.

Houve uma longa pausa.

– Como ela está? – perguntou a governanta.

– Doente, ficando pior ainda, mesmo dentro da igreja. Não consegue comer nem dormir. Tem pesadelos, e sente um frio de gelar os ossos. Tem gente dizendo que ela vai morrer.

– Tem gente que fala um monte de bobagens, e espero que não digam isso perto da menina. Não quero ver essa ideia a dominando...

As vozes se afastaram.

Jeanne não ia morrer, Faith disse a si mesma. Claro que não. Não havia maldição alguma. Era apenas a própria mente dela pregando-lhe peças. Nada além dos efeitos de medo contínuo, falta de repouso e de apetite e dormir numa igreja gelada noite após noite...

Uma sensação rastejou por debaixo da pele de Faith. Apenas por um momento ela quis poder trocar de pele feito uma cobra, e deslizar fora para tornar-se outra pessoa.

Era o meio da tarde. Faith perdera o almoço, mas uma bandeja tinha sido posta em frente à porta do quarto dela, presumivelmente pela Sra. Vellet.

Quando desceu, encontrou Myrtle andando pelo corredor, lamuriosa e intolerante com tudo.

– Faith! Onde diabos você se meteu? – Nem aguardou pela resposta, o que era de se esperar. – Você tem que cuidar do seu irmão. Ele acordou todo alvoroçado hoje!

– Mas eu preciso ir à escavação com tio Miles e fazer esboços! – Faith exclamou.

– Aquele lugar medonho onde correntes se partem e as pessoas jogam pedras? Não, Faith, eu não devia ter permitido que você fosse lá, para começo de conversa. Além disso, seu tio foi para lá assim que acordou, hoje de manhã. Pelo visto, eles estão prestes a penetrar naquela câmara inferior, e ele não queria perder nada.

Isso foi um golpe. Agora, mais do que nunca, Faith queria estar observando os membros da escavação.

– Além do mais, preciso de você aqui para ficar de olho no Howard. Ele anda escrevendo, tem tinta espalhada pelo berçário todo, e não tem usado o casaco azul! Você sabe que ele tem que usar sempre que escreve! Ele vai começar a escola daqui uns anos... – Myrtle fez uma pausa e levou a mão à testa. – Escola – murmurou, como se doesse só de pensar nisso.

– Sinto muito – Faith começou –, mas na última vez que coloquei o casaco nele, ele chorou tanto...

– Deixe-o chorar! – Myrtle explodiu. – É para o bem dele! Será muito pior para ele se o permitirmos nessa fase! Ele vai ser importunado na escola, e vão bater nas costas da mão dele. E fará diferença também quando ele for alguém na vida... Ninguém vai convidá-lo para nada se ele segurar os talheres com as mãos erradas! É o futuro de Howard que está em jogo! O futuro dele... – Myrtle foi parando de falar, distraindo-se.

Faith mordeu o lábio.

– E se não for uma fase? – perguntou.

– Faith, seu irmão não é canhoto – Myrtle disse com firmeza, como se Faith tivesse feito uma acusação injusta. – O que tem de errado com você hoje? – Ela observou a filha mais demoradamente. – Você está uma bagunça! Quando foi a última vez que penteou o cabelo direito? E por que está cheirando a limão? – Ela olhou ao redor. – Está tudo uma bagunça! E o Dr. Jacklers vai chegar a qualquer momento. – Ela fitou o relógio. – Onde ele está? Duas horas atrasado e não diz nada... Tem alguma coisa errada, posso sentir.

Assim que ela disse isso, o barulho de cascos de cavalo foi ouvido vindo lá de fora.

Myrtle soltou o ar.

– Até que enfim!

Acabou que não era o Dr. Jacklers. Era um pedido de desculpas dele escrito em papel. Ele ficara detido atendendo à Srta. Hunter.

Aparentemente, no meio da noite, a Srta. Hunter notara um bando de homens zanzando não muito longe de sua casa. Embora morasse apenas com uma velha dama de companhia, a Srta. Hunter não se sentiu ameaçada, visto que não era incomum ver bandos de gentalha indo para casa vagarosamente após uma matança de ratos, ou sentados, bebendo, nos topos dos morros.

Após retirar-se, contudo, foi acordada por um baque, e um grito de "fogo!". Acordou a empregada e levou-a para baixo, onde descobriram uma névoa de fumaça amarronzada flutuando dos fundos da casa. A Srta. Hunter mandou a empregada pedir ajuda do senhor Clay no presbitério, e enquanto isso ficou removendo itens de valor para fora da casa e do correio vizinho, a começar pelas preciosas correspondências sob seus cuidados.

Inesperadamente, a moça viu-se ajudada por um grupo de homens que por ali passavam e que correram para remover os móveis e itens de valor, com panos em volta do rosto para se protegerem da fumaça. Foi somente então que ela os viu colocando alguns de seus baús e móveis em carrinhos, ou carregando-os nas próprias costas, e ficou claro que não eram Bons Samaritanos. A moça pôs-se a gritar com eles, e até tentou arrancar, à força, a caixa de joias das mãos de um dos "ajudantes". O homem a lançou longe brutalmente, derrubando-a de costas no chão. A moça bateu forte a cabeça no canto da parede, forte o bastante para deixá-la desacordada.

– Estamos tentando nos certificar de que não há fratura nem sangramento dentro do crânio – dizia a carta do Dr. Jacklers. Nela não havia nada do entusiasmo costumeiro por crânios nem desdém pelos das mulheres.

Faith pensou nas insinuações que dispersara no topo do morro. A ela pareceram tão frágeis e frívolas. Mas os dois garotos deviam ter corrido direto para a cabana dos ratos, espalhado o rumor entre uma gangue de homens já alvoroçados e embriagados, e isso tudo a menos de um quilômetro da casa da Srta. Hunter. As outras mentiras de Faith acenderam um pavio lento. Essa mentira tinha jogado uma faísca direto numa pilha de pólvora.

A última parte da carta do médico, Myrtle não leu em voz alta. Em vez disso ficou ali parada, tremendo dentro do vestido lindamente costurado; uma vermelhidão subiu-lhe pelo pescoço, ultrapassando o colarinho de veludo.

Faith observava a mãe com receio, imaginando se seu próprio nome fora mencionado no texto. *Acredita-se que o ataque ocorreu por causa de rumores indecentes espalhados pela sua filha espevitada num antro de esportes sangrentos...*

Contudo, quando Myrtle tirou os olhos da carta, olhou para além de Faith, não para ela, com expressão anuviada e absorta.

– O doutor nos agradece por ajudá-lo com suas investigações – ela disse abruptamente – e pede desculpas por nos incomodar durante essa fase dolorosa. Ele procurará evitar abusar ainda mais da nossa paciência.

– O que isso significa? – Faith perguntou.

– Significa que não veremos mais o Dr. Jacklers – Myrtle respondeu, num tom irreverente, mas cheio de amargura. – Ele está salvando a Srta. Hunter dos dentes da morte, e sem dúvida acredita que isso vai aumentar suas chances com ela. Se ela retornar ao mundo feito uma idiota, talvez ele até esteja certo.

Faith sentiu que havia algo na carta que não lhe fora dito. Pelo visto, o cortejo discreto do médico sofrera brusca parada, e ela quis se sentir aliviada com isso. Contudo, alguma coisa na expressão da mãe a encheu de receio. Myrtle não ficou beligerante nem vociferante, como poderia ter ficado caso a vaidade tivesse sido cutucada. Em vez disso, o rosto ficou pétreo e profundamente cansado, e por um momento ela demonstrou a idade que tinha.

Howard estava quase enlouquecendo de tédio, então Faith levou-o para o jardim com o antigo conjunto de croqué da família e enfiou arcos no solo teimoso. A grama estava alta demais, e as bolas quicavam para onde queriam. Howard riu quando Faith perdeu a conta dos pontos, e quando as bolas se escondiam em tufos ou mergulhavam em buracos. Após um par de horas, a Sra. Vellet trouxe o jantar para eles comerem na grama, como num piquenique.

Enquanto brincavam, Faith andava junto a Howard feito sonâmbula, imaginando fraturas no crânio da Srta. Hunter, por baixo do belo cabelo negro. Imaginou a carteira debatendo-se em delírio, ou reduzida a um pateta babão.

Era isso que você queria, disse uma voz na mente da menina. Eram seus próprios pensamentos, mas ela quase podia escutá-los falando com a voz dela. *Queria vingar-se dela, e conseguiu*. Entretanto, a vitória não trouxe a Faith alegria alguma.

– Talvez ela seja uma assassina – Faith disse baixinho.

Ela apertou as mãos contra as laterais da cabeça e forçou-se a pensar. Se tinha entendido corretamente a visão, havia dois assassinos. Diziam os rumores que a Srta. Hunter estava tendo um caso com Lambent. Ela saía de carruagem a qualquer momento do dia e da noite. Lambent alegava que tinha problemas para dormir, o que lhe dava uma ótima desculpa para sair nas horas mais inadequadas. Os dois podiam estar se encontrando em segredo. Podiam estar envolvidos numa intriga.

Faith não sabia muito bem por que os dois iam querer matar o pai dela, mas Lambent escrevera ao tio Miles convidando o reverendo para ir a Vane, e a Srta. Hunter fora inimiga da família desde o começo.

Você tem que ser implacável, disse a voz na mente dela. *Já foi longe demais para voltar.*

– Vamos brincar de novo? – Howard perguntou pela vigésima vez, aparecendo ao lado da irmã.

– Você já deve estar cansado a uma hora dessas! – Faith exclamou, embora visse no rosto do menino que ele não estava. Teve inveja dele. Quisera ela poder brincar da mesma brincadeira sem parar, sem que perdesse a graça, sem se preocupar com mais nada. Talvez essa fosse uma habilidade que ela perdera, ou algo que nunca tivera.

Faith olhou ao redor de si, notando o escurecer do céu e a auréola cor de pêssego que se dissipava no oeste. Os antigos arcos de madeira estavam ficando mais difíceis de ver em meio ao gramado.

– Está começando a escurecer – ela disse, meio pensando alto. Nem reparou que o fez. – Essa vai ser a última partida, How. Estou falando sério!

– Você está cansada? – Howard perguntou, depois pendeu a cabeça de lado. – Que foi? Você está biliosa?

A babá dele, Srta. Caudle, vivia biliosa, então Howard adotara a palavra.

– Não – Faith forçou-se a sorrir –, mas... estou com dor de cabeça.

– O fantasma está te fazendo ficar doente?

Havia um brilho de preocupação nos olhos do menino, e Faith pensou nas muitas conversas sobre Jeanne que ele devia ter escutado.

– Não, claro que não! – Faith forçou outro sorriso. – Mantenha esse fantasma longe de você, lembra? Basta ser um bom menino e copiar a escritura direitinho.

Howard baixou os olhos e torceu as mãos nervosamente.

– Não consegui mandar ele embora – sussurrou. – Ele voltou.

– Não, How...

– Eu *vi*. Ontem à noite.

Faith parou e olhou bem para os olhos redondos e honestos do irmão. Foi tomada pela forte sensação de que, se olhasse ao redor de repente, veria o pai observando-a em silêncio. A ideia devia tê-la confortado. Em vez disso, teve receio. Por mais que tentasse, em sua mente ela não conseguia enxergar a expressão dele bondosa ou compreensiva.

– Onde? Onde você o viu, How?

Howard virou-se e apontou para a estufa.

– Ele acendeu uma luz – sussurrou o menino. – Eu vi da minha janela.

De mãos dadas com o menino, Faith aproximou-se lentamente da estufa. Tinha chovido durante a noite, e a grama ainda estava úmida o bastante para molhar a bainha das saias dela. Os vitrais da estufa estavam anuviados de água. Ela ergueu o trinco e entrou.

Muitos dos vasos de planta tinham sido tirados do lugar. Montinhos de terra preta fresca estavam espalhados aqui e ali. No centro do piso, Faith encontrou uma pequena bolha grudenta de cera de vela amarela.

O medo supersticioso de Faith foi se dissipando, apenas para dar lugar a um receio muito mais pragmático. Fantasmas não eram as únicas entidades que andavam por aí.

– Como ele era, How? – ela perguntou gentilmente. – O que você viu?

– Parecia um homem. De casaco preto grande.

– Você viu o rosto dele?

Howard fez que não, numa expressão muito obstinada.

– Ele olhava para todo lado. Acho que ficou me procurando, mas não sabia que eu estava lá em cima, na janela. E então ele deu a volta na casa.

Faith levou Howard para fora da estufa na direção em que ele apontara. Passaram por uma cama de flores e foram dar com os degraus que levavam ao jardim do telhado.

Havia uma enorme pegada marcada com terra num dos degraus.

– Fique aqui, How.

Faith subiu a escadaria. No jardim, encontrou mais duas pegadas vagas na laje de pedra. Ali dois dos vasos tinham sido ligeiramente deslocados, e as criancinhas de pedra apontavam para novas direções, como se tivessem se posto a conferenciar. Alguém estivera ali, no refúgio secreto da menina. Talvez os passos ligeiros do invasor tivessem deixado suas marcas na laje enquanto ela dormia a poucos metros dali. Alguém andava procurando, e sua busca o trouxera à porta de Faith.

Mas a pessoa não estava procurando por mim.

Isso lhe ocorreu enquanto ela descia lentamente os degraus. O "fantasma" investigara a estufa, as flores e o jardim do telhado. Estava à procura de uma planta.

Finalmente ela entendeu por que havia uma planta faltando na estufa. Alguém carregara a planta errada na pressa, no escuro. A determinação do tio Miles de tomar posse dos papéis e espécimes do pai dela também ganhou significado mais profundo.

Alguém sabia da Árvore. Alguém desejava ter a Árvore. O pai dela tinha feito bem em escondê-la, feito bem em recear que alguém viria atrás

dela. Alguém tentara roubá-la, pedira ao tio Miles para adquiri-la, não pararia por nada até botar as mãos nela.

Uma árvore que podia contar segredos que ninguém mais possuía e descascar os mistérios do mundo. Uma árvore que podia mostrar aos governantes os segredos de seus inimigos, aos cientistas os segredos das eras, aos jornalistas os vícios dos poderosos. Não era apenas cientificamente fascinante. Era muito valorosa. Poderosa. Inestimável.

Alguns seriam capazes de matar por uma planta dessas.

O rosto de Faith formigou quando ela acessou novamente os fios do mistério, olhando tudo por um novo prisma. O convite a Vane trouxera o reverendo à ilha, mas trouxera também a Árvore da Mentira. Ele não podia confiá-la a ninguém mais, e talvez os assassinos tivessem contado com isso. O tempo todo, Faith debruçara-se sobre a vida do pai, tentando entender quem teria tido inveja, raiva, ciúme ou quisesse vingar-se tanto dele a ponto de matá-lo. Mas talvez ele tivesse morrido simplesmente porque possuía uma planta que outra pessoa queria ter.

E agora... a planta estava em posse *dela*.

Faith parou no final da escadaria. Outra ideia ocorreu-lhe, fazendo-a olhar rapidamente ao redor.

Se os assassinos estavam à procura da Árvore, então provavelmente conheciam sua dieta de falsidades. Talvez estivessem até em busca de mentiras estranhas que se espalhavam feito incêndio. Histórias de fantasmas, por exemplo, ou rumores sobre um curioso e ilusório tesouro. E se tentassem rastrear a fofoca mais recente sobre a Srta. Hunter, cedo ou tarde acabariam conversando com alguém que se lembrava de dois meninos mencionando um diálogo que tiveram com uma tal de Faith Sunderly...

Faith lembrou-se da visão, lembrou-se de ser amassada no chão, aterrorizada. Não era uma ventríloqua todo-poderosa. Não era nada além de uma menina feita de papel, e podia ser rasgada ao meio, se descoberta.

– O fantasma *deve* estar morto – Howard disse, esperançoso, envolvendo a mão da irmã na sua. – Eu atirei nele com a minha arma.

– Oh. – Faith pensou na arminha de madeira dele e tentou parecer mais segura. – É mesmo?

– Sim! – Howard balançou o braço dela para frente e para trás. – *Bangue!* Só que... ela não fez bangue. Fez um clique. Mas o fantasma foi embora, então acho que acertei.

Clique.

A arminha de madeira de Howard não fazia barulho algum.

– Howard – Faith disse lentamente –, que arma você usou para atirar no fantasma?

– A arma de matar fantasma – Howard respondeu prontamente. – A que eu achei na mata.

– A que nós... – Faith baixou o rosto nas mãos. Os dois tinham investigado o vale juntos, em busca de armas para matar fantasmas, mas ela ficara ocupada demais analisando os sulcos de roda para prestar atenção nele.

Faith, olha! Olha isso aqui! Ele encontrara algo e gritara para ela, mas ela nem olhou.

– A arma é grande assim? – ela perguntou, mal ousando respirar. – Feita de metal, com punho meio cor de creme? – Quando Howard fez que sim, Faith agachou até nivelar seus olhos com os dele. – Howard, escute. Essa arma é de *verdade*. Uma arma perigosa. Você tem que dar para mim!

– Não! – Howard soltou a mão da irmã e recuou alguns passos. – Eu preciso dela! Preciso para matar o fantasma!

Faith foi pegar a mão do menino, mas ele se virou e correu de volta à casa. Ela o seguiu, mas não o encontrou no berçário.

– O mestre Howard está pronto para tomar o leite dele? – perguntou a Sra. Vellet quando passou por Faith na escada.

– Quase pronto. Estamos só brincando de esconde-esconde antes de dormir – Faith disse às pressas. Se explicasse a história toda, haveria uma busca minuciosa por Howard, e a arma seria encontrada e confiscada. Agora, mais do que nunca, Faith precisava dela.

– Bom, vai fazer bem para ele se cansar um pouco – disse a Sra. Vellet. A governanta parecia especialmente cansada de tanta preocupação.

Faith já tinha mapeado todos os possíveis esconderijos da casa, mas Howard era pequeno e podia se enfiar em diversos cantos. Ademais, estava escurecendo, e havia mais sombras nas quais esconder aquela silhueta teimosa e diminuta.

– Howard – a menina sibilou, procurando –, por favor, apareça!

Finalmente, quando passava pelo corredor, Faith escutou um ruído abafado de movimento vindo da biblioteca. Ela chegou perto de fininho e colocou o olho no buraco da fechadura.

No início, não viu nada de incomum, somente um panorama estreito da estante, iluminada por uma gentil luz de velas. Contudo, podia ouvir o roçar furtivo de gavetas sendo puxadas, um som fraco como o de tecido rasgando, e vez por outra um rangido grave.

Então escutou passos, e uma sombra apareceu em frente à estante. Apareceu um homem. Foi puxando livros da estante, um por um, sacudindo-os como se procurasse por papéis soltos, e largando conforme não encontrava.

Ele levou a mão além dos livros e deu soquinhos no fundo da estante, talvez testando para ver se achava um espaço oco. Ao fazê-lo, virou o rosto para a porta.

Era tio Miles.

29

MYRTLE

A raiva por ver os livros do pai profanados sobrepujou o medo que Faith sentia. Ela se levantou, girou a maçaneta e abriu a porta com tudo.

– Tio Miles! O que está fazendo?

O tio deu um pulo de susto, com a luz de uma única vela banhando seu rosto.

– Um inventário adequado... dos pertences do seu pai... Já devia ter feito. Com todos esses roubos...

Faith olhou ao redor da sala. As almofadas tinham sido rasgadas, e seu conteúdo, retirado. Todas as gavetas estavam no chão. Algumas tábuas tinham sido levantadas.

– A mamãe sabe que você está fazendo isso?

– Faith! – Tio Miles baixou a voz para um sussurro. – Você e eu concordamos: sua mãe está angustiada; melhor não incomodá-la com essas coisas!

Faith olhou para as capas de couro e papéis espalhados aos pés do tio, os preciosos livros do pai, agora estragados.

– Mãe! – ela gritou.

Ficou encarando o tio, ouvindo tábuas rangendo acima. Ouviram também os passos de alguém descendo a escada, e então Myrtle apareceu metida em babados de crepe.

– Minha nossa, que grito foi aquele? Howard se machucou? – Ela se juntou a Faith à porta, e viu tudo. – Miles! – Myrtle olhou feio para o irmão, chocada.

– Eu tive que resolver as coisas com as próprias mãos – disse tio Miles, ficando vermelho.

– Coisas? – Myrtle avançou para dentro da sala. – Essas coisas não são *suas* para resolver, Miles! Você não tem esse direito! Essas coisas pertencem ao meu marido! À minha família! A mim!

– Chegou a hora de isso mudar – disse tio Miles. Ele recuou um passo, mas apenas um passo. – Myrtle, conversei com Lambent na escavação. Ele me disse que o inquérito foi marcado para amanhã à tarde. Não temos mais tempo.

Myrtle baixou os ombros um pouquinho, e mais uma vez pareceu ser mais velha e estar mais cansada que de costume.

– É verdade? – Faith virou-se para a mãe. – A carta do Dr. Jacklers dizia isso?

A mãe hesitou, depois fez que sim.

– E você acha que o bom doutor está tão apaixonado que vai defender a sua história? – Tio Miles deu uma risadinha tristonha, encarando a irmã. – Acho que com tempo suficiente você poderia tê-lo levado a isso, mas o tempo acabou.

– Não tenha tanta certeza disso. – A provocação de Myrtle ecoou, vazia. – Ele gosta muito de mim.

– Ouso dizer que você está pedindo muito do rapaz! Quer que ele perjure, ou quase isso. E não se esqueça de que Lambent, como magistrado, decide se o legista vai ser pago ou não, e provavelmente não pagará se a decisão dele for suspeita. Não, minha querida; acho que um profissional sensato e equilibrado como o Dr. Jacklers vai preferir dois guinéus na mão a uma viúva bonita, mas imprevisível.

– Se eu mesma tiver que testemunhar... – Myrtle endireitou as costas.

– Se você testemunhar, vai ganhar fofoca em troca, e nada mais. – Tio Miles já não agia mais como um criminoso capturado em flagrante. – Todo mundo já anda falando do modo como você continua a receber visitas depois que o marido morreu. Acha que o júri vai olhar com bondade para você se você for lá dar sua palavra, atrevida feito marinheiro? E quais outras testemunhas você tem? Sei que Prythe não vai mentir por você... eu estava lá quando o rapaz o disse.

– Mãe, deixe-me testemunhar! – Faith implorou. O Dr. Jacklers não lhe dera atenção quando ela falou do assassinato, mas talvez um júri desse. A chance era boa demais para perder.

– Não! – Myrtle ralhou. Ficou brava e horrorizada. – Você nem fez a crisma ainda. Tem uma alma limpa e jovem, Faith; não a desperdice!

– Então me deixe falar a verdade! – Faith exclamou, dominada pela frustração. – Ninguém acredita na nossa história porque é mentira! Devíamos ter contado a verdade desde o início!

– Faith, vá para o seu quarto! – Myrtle ordenou, ruborizando.

– Não – Faith retrucou.

Os dois adultos a fitaram, admirados. Pela primeira vez, Faith sentiu que na verdade havia três adultos nessa conversa.

– Não podíamos falar a verdade, e ainda não podemos! – Myrtle soltou. Respirava pesadamente, lutando contra o corselete para sorver o ar. Os olhos estavam escancarados, luminosos e perigosos. – A verdade é que seu pai nos abandonou; deixou-nos sem pensar nem uma vez em como isso nos afetaria, ou como sobreviveríamos depois. Ele fez o que sempre fazia. Seguiu seu caminho sozinho, e deixou todo mundo à própria sorte!

Faith fechou as mãos em punhos e sentiu os olhos ardendo, e desejou a mãe morta, morta, morta.

– E vocês *vão* ficar à própria sorte – tio Miles cortou antes que Faith pudesse responder –, a não ser que me escutem. Myrtle, de agora em diante, tudo será revertido. *Você* precisa de *mim*. Se eu for cuidar de todos, você precisa deixar que eu comande. A única coisa que estou pedindo...

– ... é tudo. – Myrtle completou, amarga. – Você quer tudo que temos...

– Encontrei um jeito de fazermos um ótimo negócio, ganhar um bom dinheiro – disse tio Miles, encobrindo a voz da irmã. – Tem uma pessoa de respeito, aqui mesmo na ilha, que pagará generosamente pelos papéis e espécimes vivos do seu marido que foram trazidos para cá. Se eu for ter que sustentar a sua família, precisarei de fundos!

– Quem? – Faith perguntou. – Quem é essa "pessoa de respeito"?

No mesmo instante, o tio pareceu incomodado, como se calculasse a fala. Não ia adiantar, Faith deduziu. A identidade do comprador era um dos trunfos de Miles. Ele não ia querer Myrtle saindo às pressas para vender os itens por conta própria.

– Vocês não tem chance alguma – insistiu gentilmente tio Miles, e Faith viu Myrtle murchar um pouco.

– Mãe, nós temos chance sim! – protestou Faith. Era preciso achar um jeito de persuadir a mãe a impedir que tio Miles partisse a casa ao meio. – Temos dinheiro guardado na casa, e no banco; lembro de ouvir o papai dizendo isso! Tem dinheiro separado para a escola e a faculdade do Howard, e um dote para mim! Eu nunca vou me casar, então podemos viver com o dote!

Myrtle encarou a filha escancarando seus olhos azuis. Uma única lágrima deslizou pela bochecha, e uma das mãos limpou rapidamente por reflexo, secando a pálpebra inferior. Ela baixou o rosto e os ombros ainda mais, rendendo-se.

– Faith – disse –, vá pegar os papéis do seu pai.

– Estavam com *você* o tempo todo? – tio Miles olhou feio para Faith.

– Deixe a menina em paz – Myrtle disse, cansada. – Eu mandei que escondesse e não contasse a ninguém. Você venceu, Miles. Já não está contente?

– Não – disse Faith. Não foi uma declaração tão desafiadora quanto sua recusa em sair da sala. Foi um barulhinho frio, e ficou deitado ali no silêncio feito uma pedrinha.

– Faith... – Havia um tom de ameaça na voz de Myrtle.

– Não.

Faith recuou alguns passos, fazendo que não. Tinha brevemente considerado concordar, correr lá para cima e descer com todos os papéis do pai, exceto os esboços da visão e o diário. Mas o tio provavelmente a seguiria. Além do mais, ela tinha dado uma olhada muito rápida nos outros papéis e não sabia dizer se eles não continham segredos cruciais acerca da Árvore.

– Faith, faça o que a sua mãe mandou! – avançou tio Miles, o rosto redondo não mais bondoso nem confortante.

– Mãe, ele tem que nos contar quem ofereceu o dinheiro! – Faith declarou. – O tio Miles mentiu para nós; ele nos trouxe aqui porque queria entrar para a escavação de Vane! Disseram-lhe que ele só poderia entrar se persuadisse o papai a vir. Foi um suborno...

Faith não pôde prosseguir porque o tio a agarrara pelo braço. Doeu, e ela ficou chocada ao perceber que a intenção era mesmo que doesse.

– Fique quieta! – Tio Miles estava mais alto do que jamais fora. – Onde estão os papéis? – Ele chacoalhou Faith com força, apertando-lhe o pescoço. A menina tentou soltar os dedos dele, mas ele apertou ainda mais forte e a arrastou para fora da sala. – Mostre-me!

– Miles, pare com isso! – Myrtle vinha logo atrás.

Faith não era forte, e ninguém tinha tirado vantagem disso antes alguma vez. Contudo, ali ela soube que o perigo estivera sempre por perto, espreitando por detrás de cada sorriso, cada reverência, cada concessão feita por ela ser mulher. Um véu se rasgara, e lá estava a verdade, em toda a sua feiura. Os sapatos da menina foram deslizando pelo piso. Na base da escada, ela tropeçou na bainha e caiu dolorosamente sobre os degraus.

Sem hesitar, tio Miles puxou-a e a pôs de pé, e Faith virou-se e bateu nele o mais forte que pôde. A expressão do homem alterou-se; a raiva formou inchaços horrendos feito bolhas no mingau. Ela teve certeza de que ele ia bater de volta. Quebraria o rosto dela feito merengue.

– Solte a minha filha!

Houve um som seco, e tio Miles gritou, levando a mão livre ao pescoço e olhando para trás. Por detrás dele, Faith viu Myrtle com um atiçador de lareira na mão, pronta para atacar de novo.

– Myrtle, você enlouqueceu?

– Solte-a agora, Miles, ou juro por Deus que vou dar-lhe uma surra e mandar os empregados te botarem para fora! – A voz de Myrtle foi ficando mais alta conforme ela falava, e no final a frase ecoou por todo o corredor.

Tio Miles olhou ao redor, nervoso, como se esperasse que Prythe viesse correndo de um dos cômodos adjacentes e o dominasse. Ele engoliu em seco. Houve uma longa pausa.

– Essa é a sua decisão? – ele perguntou.

Myrtle não disse nada, mas manteve a pose, segurando o atiçador à frente como se fossa um florete de esgrimista.

– Então vou lavar as minhas mãos para essa agradável bagunça que é a sua família – disse tio Miles, muito azedo, soltando Faith. Ele deu um passo para a escada, mas Myrtle sacudiu o atiçador, então ele disparou pelo corredor e pegou o casaco e o chapéu do gancho. O homem abriu a porta da frente e desapareceu noite adentro, deixando a porta aberta atrás de si.

Myrtle soltou o braço que segurava o atiçador. Foi até a porta da frente, fechou-a, depois retornou calmamente à sala de desenho. Faith a seguiu, ainda chocada e trêmula.

A mãe largou o atiçador entre os demais metais da lareira. Ela parou de costas para Faith e enterrou o rosto nas mãos. Os ombros começaram a chacoalhar. Faith encontrou um lenço e se aproximou, e tocou com hesitação o cotovelo da mãe.

– Mãe...

Myrtle retraiu-se ao ser tocada, virou e deu um tapa no rosto da filha. Não foi forte, mas ardeu.

– Por que você não lhe deu os papéis? – gritou ela, a voz vacilando. – Precisávamos dele! Agora... não sei o que podemos fazer.

– Ele traiu o papai. – A dor e o choque deram lugar novamente à raiva. – E não precisamos dele. Temos...

– Não temos nada, Faith! – Myrtle gritou. – Nada! Nada! Nossa casa era a reitoria, para uso do *reitor*. Com seu pai morto, o próximo reitor vai assumir o posto e a casa. Não temos onde morar, e não tem mais dinheiro entrando. – Myrtle respirou fundo e soltou um suspiro trêmulo. – Você disse que podíamos viver do seu dote – disse ela, com um sorriso pesaroso. – Não haverá dote, Faith, nem dinheiro para a educação de Howard, nem mesmo dinheiro para comer. Se ele tivesse morrido de morte natural, teríamos as economias dele... mas o suicídio é um crime. No instante em que o inquérito proclamar seu pai culpado de se matar, tudo que ele possui será confiscado pela Coroa.

Faith fitava a mãe, boquiaberta. Finalmente compreendia a determinação desta em mentir sobre o local onde o corpo fora encontrado, e os comentários críticos do tio sobre tomar controle dos pertences do reverendo para que não fossem perdidos.

– Mas... por que *nós* devemos ser punidos? Isso é cruel, não faz sentido algum!

– O mundo é cruel e não faz sentido algum – Myrtle respondeu amargamente. – Todo suicida é tratado assim, exceto por maníacos. Acho que é tarde demais para eu mudar a história e alegar que seu pai era louco. Além disso, atrapalharia o futuro de vocês as pessoas pensarem que sangue louco corre em suas veias.

– Você nunca me contou nada disso. – Faith sentiu a dor na bochecha. A

verdade tinha lhe sido escondida, e ela levou um tapa por não saber de nada.

– Havia já muito para eu suportar sem ter que lhe contar o que seu querido pai nos aprontou.

– Como ousa falar dele desse jeito? – Faith sentiu o próprio temperamento faiscar. – Ele não nos abandonou! Ele foi derrubado! Foi assassinado!

– Do que você está falando? – Myrtle disse, seca, muito cansada.

– Tentei te contar, mas você não me escutou! Eles o mataram no vale. Atacaram pelas costas. Levaram-no num carrinho de mão até o morro e o jogaram da beirada.

– O quê? Quem? – Myrtle franziu o cenho, ainda incrédula.

– E você se importa? – Faith gritou. Tinha ido longe demais e agora só podia seguir adiante. – O papai *morreu*, e você só se importa com seus vestidos, e suas joias, e em *paquerar*! Nem esperou que o enterrassem! Eu vi você! Eu vi você com o Dr. Jacklers, com o papai deitado aqui no carpete!

– Como você ousa? – Myrtle já não falava mais de modo infantil. Falava a plenos pulmões, arisca como uma gata brava. – Acha que foi por vaidade? Eu só estava lutando pela sobrevivência da minha família, e minha beleza era a única arma que eu tinha! Eu *precisava* que o Dr. Jacklers dissesse que a morte do seu pai foi um acidente. Eu *precisava* que o Sr. Clay alterasse a foto, a fim de que a usássemos para dissipar os rumores na Inglaterra. Então eu banquei a viúva rica e bela que contava com eles, e poderia ficar grata o bastante a ponto de me casar com um deles algum dia. A vida é um campo de batalha, Faith! As mulheres estão no campo de batalha tanto quanto os homens. Não recebemos arma alguma, e não podemos ser vistas lutando. Mas devemos lutar, ou vamos perecer.

O rosto de Faith estava em chamas. Escutava a verdadeira voz da mãe pela primeira vez, despida da timidez forçada. Era dura, feia e forte.

– Você me dá nojo – disse a menina. A voz falhou. Queria que suas palavras refletissem a verdade, mas não.

Por um segundo, o rosto de Myrtle transmitiu dor e infantilidade, mas logo a raiva retomou seu lugar ali.

– E eu mal reconheço você! – A mãe de Faith a fitava como se ela estivesse pegando fogo. – De onde veio toda essa raiva? Eu tentei tanto com você, Faith, mas você nunca me fez companhia. Era como falar com uma sonâmbula...

– Eu estava sempre acordada! – Faith interrompeu. – Eu estava sempre com raiva!

– Você me excluía! – O lábio inferior de Myrtle tremia, e não era só de raiva. – Você é igualzinha ao seu pai...

– Sou! – Faith gritou. – Sou! Sou igual a ele, e nada igual a você! Sou só dele, e nada em mim é seu!

E com isso a menina virou e fugiu da sala, querendo poder deixar para trás a lembrança das coisas que a mãe dissera.

30

UMA SINGELA MORTE

Você me dá nojo.

Faith tapou as orelhas com as mãos ao correr para o andar de cima, querendo não escutar as próprias palavras em sua mente. Dissera com toda a intenção, disse a si mesma. Myrtle merecia. Mas sem parar, lembrava-se da expressão ferida de Myrtle. A dor nos olhos da mãe lembrou Faith de como ela se sentira quando o pai a rasgara em pedaços na biblioteca.

Myrtle vinha enfrentando uma guerra suja, mas lutava em prol da sobrevivência da família. Como Faith podia almejar o posto mais alto na escala da moralidade? Até onde ela sabia, suas atitudes já tinham custado vidas.

Os ouvidos da menina pinicavam. Ela escutou sons fracos vindo da direção do berçário de Howard, roçados e arranhares.

Ela emergiu no corredor, mas ao girar a maçaneta do berçário, escutou barulho de tumulto. Quando entrou, o berçário estava aparentemente vazio. O caderno de Howard estava embaixo da mesa, fechando-se lentamente. Um lápis abandonado rolava pelo piso de madeira.

– Howard? – Faith chamou. Houve apenas silêncio. Ela não quis aventurar-se ao quarto de dormir, para o caso de o menino disparar de algum esconderijo e trombar com ela à porta. – Saia daí, How!

Silêncio.

– Howard, vou pegar seu teatrinho! – ela disse, num momento de inspiração. Ajeitou-se no chão e retirou o teatro de papel da caixa de brinquedos.

As tábuas rangeram baixinho, e logo uma pequena figura apareceu na porta do quarto do berçário. Howard estava encardido e parecia que andara chorando.

– Ah, aí está você, How.

Faith sentiu-se inundada por exausto alívio.

Howard adentrou mais a sala; parecia assustado e evidentemente esperava levar uma bronca.

– Por que todo mundo estava gritando? – perguntou.

– Deixa pra lá, Howard. – A voz de Faith soou amortecida, até para ela mesma. Quando Howard veio e ajoelhou-se ao lado dela, descansando o peso na coxa dela, ela o envolveu com o braço. – How – disse ela gentilmente –, precisamos falar sobre aquele revólver.

Howard enterrou o rosto no braço da irmã e fez que não.

– Nããão! – veio a resposta abafada. – Não-não-não-não! Eu *preciso* dele! – O rosto dele tornou a emergir, olhos brilhantes e desesperados. – Faz um show, Faith!

Faith fitou o pequeno palco, e seus ânimos subitamente a deixaram na mão. Ela tinha toda a intenção de recompensar Howard, mas quando viu a floresta de papel branco, tudo o que fez foi pensar na grande sombra em forma de mão procurando por ela enquanto ela se escondia. A lua pintada a hipnotizou com seu olho de peixe morto. Faith sentiu um assomo de inesperado medo.

– How – ela sussurrou –, eu... não dá. Agora não dá.

– Por favor!

Howard fez aquela carinha, com os olhos pidões e bochechas brilhantes. Estava assustado. Queria que ela tivesse, mais uma vez, todas as respostas. O menino sentia-se muito indefeso, Faith refletiu. Talvez por isso gostasse de saber que existia um mundo pequenino que ele podia estudar e controlar.

Faith pegou o graveto do bobo da corte e girou, vendo este dar uma pirueta. Pensou em suas mentiras, que faziam as pessoas virarem de ponta-cabeça, e às vezes dar com a cara na terra e rachar a cabeça.

Com a língua seca e a voz trêmula, Faith fez os fantoches dançarem em meio à floresta descolorida, deixando que brigassem, provocassem, girassem e morressem. Assistiu a tudo com fascinação, até os dedos ficarem dormentes. Estava mesmo controlando os personagens? Sua mão pareceu formigar quando ela manuseou o diabo. Ele a fitava, com as presas à mostra como num sorriso malicioso.

– Quero o sábio – disse Howard.

Faith manobrou o pequenino sábio de rosto borrado até o palco. Pelo menos parecia que o show estava quase para acabar.

– Mestre Howard! – chiou Faith, o sábio. – O que posso fazer por você hoje? Tem uma pergunta para mim?

Howard abraçou os joelhos junto ao peito e ficou assistindo por cima deles. Por alguns momentos, apenas roçou o nariz contra eles.

– A culpa é minha de ter o fantasma? – ele perguntou bem baixinho. – É culpa minha porque eu não consegui, não consegui fazê-lo ir embora? E foi ele que fez a Jeanne ficar doente e é por isso que ela foi embora e vai morrer? E é culpa minha? – A voz do menino foi ficando mais alta e rouca, e no final havia lágrimas jorrando pelos olhos dele.

– Ah, não! – Faith mal conseguiu fazer a voz do sábio. – Não, mestre Howard, você é um *bom* menino...

– Mas eu não consegui! – Howard berrou, rouco de tristeza. – Eu... eu tentei! Eu tentei! Mas eu... – Ele puxou o caderno e abriu às pressas, virando as páginas sem cuidado algum.

As letras estavam quase legíveis no começo, embora algumas estivessem de trás para frente ou esparramadas no ângulo errado. Conforme passavam as páginas, os rabiscos e marcas a lápis iam ficando mais selvagens, desesperados, menos parecidos com letras. Alguns fizeram sulcos fortes, irregulares, no papel. Muitas páginas de rabiscos. Páginas e páginas.

Com o coração afundando terrivelmente dentro do peito, Faith compreendeu o que estava vendo. Escritura.

Os fantasmas não vêm atrás de um menino bonzinho que faz suas orações e copia sua escritura com a mão direita. Eles só caçam pessoas más.

Com terrível remorso, Faith imaginou Howard rabiscando essas marcas com pânico cada vez maior a cada dia, e deitado acordado toda noite, escutando os passos do fantasma...

– A culpa é minha? – ele perguntou de novo, trêmulo.

– Não! – Faith engoliu em seco, e não pôde impedir que a voz tremesse. – Não, nada disso é culpa sua, mestre Howard! Nadinha! O fantasma não veio aqui atrás de você!

– Então por que ele veio? – Howard agarrou-se às pontas dos sapatos. – Por que está deixando a Faith doente? Ele veio atrás dela?

Faith pensou nos assassinos em busca da Árvore da Mentira, e sua boca fez um *sim* quase silencioso.

– Por quê? – Howard perguntou. – Por que ele quer machucar a Faith?

– Porque ela é uma menina burra e má! – Faith explodiu, incapaz de aguentar mais. – Ela estraga tudo, e espalha veneno por onde passa. E ela vai acabar indo para o inferno!

Faith empurrou o teatrinho do colo, levantou-se com dificuldade e saiu da sala. Quando chegou ao corredor, caiu em prantos. Os soluços pareciam maiores do que ela, e por um tempo ela chegou a perder-se neles.

A menina foi retirada de sua angústia por um tumulto esquisito que ouviu ocorrendo no berçário, atrás de si. Ouviu baques, estalos, rasgos e deslizes. Ela deu meia-volta e foi olhar pela porta.

Howard socava o teatro de brinquedo, com lágrimas descendo dos olhos e o nariz escorrendo. O arco do proscênio lindamente pintado tinha cedido e afundado, e o teatro ficou todo irregular e deformado. Ali perto jazia um graveto partido, e um homenzinho de papel com a cabeça arrancada. A cabecinha usava um chapéu chinês.

– Oh, How! – Faith correu lá dentro, ficou de joelhos e pegou o que restava do sábio. – Que foi que você fez?

O oráculo fora destruído. Ela teve uma sensação terrível de perda.

Howard veio para a irmã, os olhos brilhando de lágrimas.

– Eu o matei – disse numa vozinha miúda. – Matei o sábio. Ele... ele disse que você vai para o inferno! Mas... mas agora ele morreu... e não pode te fazer ir! Não quero que você vá para o inferno!

– Oh, Howard! – Faith agachou e abriu os braços, e o menino cambaleou para eles, fungando. Ela o apertou com força.

– Ele não pode te machucar, né? – choramingou Howard no ouvido dela.

– Shhh – disse Faith. – Não... eu... não. Ele morreu. Não pode me machucar. Você... me salvou, How.

Howard soluçou por um tempo, enquanto Faith tentava acalmá-lo e lhe acariciava a cabeça. Quando finalmente as lágrimas foram parando, ela limpou o rosto dele com um lenço.

– Vem – disse ela, e levou-o ao berçário. Ele escancarou os olhos quando ela pegou o casaco azul dele e abriu a faca retrátil. Primeiro ela arrancou as costuras que prendiam a manga esquerda, depois abriu grandes rasgos por todo o tecido, repetidas vezes.

– Esse casaco é estúpido e feio – disse, a respiração trepidando –, e você nunca mais vai ter que usar de novo. Pode escrever sua escritura agora, How, e pode usar sua mão esquerda o quanto quiser.

Faith estava sem fôlego quando parou. Os irmãos admiraram a vestimenta destruída como dois conspiradores. Estava definitivamente morta. Morta como o sábio.

– Está com medo do fantasma? – Howard perguntou.

– Estou, How – Faith disse baixinho.

O menino desapareceu debaixo da cama, fuçou em alguma coisa, depois reemergiu. Um pouco relutante, colocou um objeto gelado na mão da irmã.

– Você tem que me devolver depois que atirar no fantasma – declarou ele.

Na mão de Faith jazia um pequeno revólver de bolso de barril robusto. Era a arma do pai.

O revólver parecia estar carregado ainda, embora a percussão, pelo visto, tivesse caído. Segundo os cálculos acurados de Faith, a arma passara uma noite lá fora, mas pelo menos não tinha chovido nessa noite, então havia esperança de que a pólvora não estivesse úmida. Em todo caso, ela não quis se arriscar a recarregá-la. Tinha visto o pai fazê-lo, mas fora um processo complicado envolvendo pinos e a remoção do barril, e ela não se lembrava muito bem da sequência.

Em vez disso, ela ergueu a pistola e colocou um tampo novo no lugar, depois escondeu a arma num retículo e enfiou no bolso.

– Você pode ficar no berçário comigo – disse Howard, esperançoso. – Posso ficar de vigia. Você pode atirar no fantasma pela minha janela.

Faith hesitou. Era tentadora a ideia de ficar na segurança da casa, mas o inquérito estava marcado para o dia seguinte. A menos que ela pudesse encontrar provas do assassinato até lá, o pai acabaria numa cova para suicidas em solo não consagrado, e sua família seria largada nas ruas.

– Fique de vigia – disse a menina. – Se vir alguém no jardim, corra procurar a mamãe, ou a Sra. Vellet, ou Prythe, e conte para eles. Eu... tenho que partir para uma missão secreta. Você não vai contar a ninguém, vai, How?

Não fazia muito tempo que a menina alimentara a Árvore com a mentira acerca da Srta. Hunter, mas a mentira recebera crédito suficiente para suscitar incêndio, roubo e violência. Era possível que a Árvore já tivesse dado fruto. Se tivesse, então pelo menos as terríveis consequências do rumor não teriam ocorrido em vão.

A Árvore da Mentira cutucava os pensamentos de Faith. Ela sentia como se as vinhas tivessem crescido para dentro de sua mente, e que ficavam atraindo-a para voltar.

Faith pensou em usar a rota mais segura para a entrada secreta da caverna, mas calculou que seria mais rápida indo de barco, e mais difícil de ser notada. Enquanto remava para a caverna marinha mais uma vez, ela podia sentir o vento frio infiltrar-se por cada buraco e rasgo das roupas do funeral, já muito castigadas. A lua estava cheia e brilhante, pintando um rio leitoso sobre o intumescimento acinzentado.

A empolgação da menina para ver a Árvore da Mentira azedara. Agora estava com um presságio aninhado no estômago. Era preciso lembrar-se de que a Árvore em si não tinha prejudicado ninguém – foram apenas as mentiras que o fizeram. Ainda assim, a planta parecia retirar da menina o que ela tinha de pior. Se desistisse de tudo agora, contudo, então todos os danos que causara teriam sido um desperdício. Era tarde demais para render-se. Por um momento ela pensou se o pai chegara a sentir-se do mesmo jeito, e mergulhou junto de suas fraudes até a beira da destruição, em vez de admitir que tudo que fizera fora um erro terrível. Os dois eram como apostadores que tinham perdido demais para parar de apostar.

Ela deixou que as ondas arrastassem o barco para dentro da caverna, sentiu que ele atracou, e saltou fora para amarrar a corda. Era hora de testar os frutos de seus experimentos. Cuidadosamente, ela retirou o tecido que cobria sua lamparina e suavemente trocou-o por outro, um monte de camadas de gaze que abafaram sua luz feito teia de aranha, mas deixaram um brilho fraco passar. Se Faith estava certa, essa quantia não teria brilho suficiente para ferir a planta.

Com a lamparina embrulhada em mãos, a menina escalou até a caverna principal, depois congelou.

O caminho à frente estava coberto de vinhas negras, como se alguém tivesse rabiscado a abertura com um naco grosso de carvão. Faith avançou um pouco, e o cheiro frio cauterizou-lhe a garganta e a pele no interior do nariz. Em sua ausência, a Árvore preenchera toda a caverna.

Aquilo era coisa de contos de fadas. Faith lembrou-se de uma história antiga de crianças que escaparam da casa de uma bruxa, e jogaram atrás de si um pente mágico do qual brotou uma floresta grossa e gigantesca.

Receosa, Faith estendeu a mão e tocou as vinhas; a maioria parecia estar pendurada no teto. Eram esguias e elásticas, e cederam quando ela as pôs de lado. Lentamente, a menina abriu caminho em meio à estranha e nova floresta, sentindo as folhas grudentas no rosto.

As vinhas iam se fechando atrás dela. Sem luz além da que vinha, espectral, da lamparina, foi difícil saber onde ficava o quê. Ela checou rapidamente o clinômetro da bússola do pai e anotou a direção e a inclinação do chão, caso ficasse perdida.

O fruto anterior fora encontrado perto do coração da planta. Era preciso torcer para que ocorresse o mesmo agora, ou ela jamais o encontraria.

Foi mais fácil avançar do que ela esperava, apesar do chão tomado por videiras. A menina teve que desviar de alguns brotos grossos, espiralados, mas boa parte das vinhas dispersas parecia contente em drapear-se e deslizar pelos ombros da visitante tão calmamente quanto a serpente dela. Irracionalmente, Faith sentia que a Árvore ficava confortável com a presença dela.

As vinhas fortes e bifurcadas que cobriam o solo feito veias foram seu guia. Todas partiam do coração da Árvore, e então a menina foi seguindo-as lentamente. Ao fazê-lo, as vozes misturadas ao ronronar da caverna pareceram ficar mais altas, mas não mais fáceis de entender. Às vezes os ouvidos formigavam, como se alguém tivesse colocado a boca perto dali, prestes a sussurrar.

A mesa de pedra apareceu em frente à menina, agora acasulada por tendões negros. O monte escuro e emaranhado em cima dela soltou um brilho fraco sob a luz baixa e amarelada da lamparina. A menina passou os dedos pelas folhas aqui, ali e em todo canto, até que finalmente eles sentiram um objeto pequeno, redondo e firme pendurado embaixo de um broto, feito uma bola de Natal. Saiu na mão dela, um fruto perfeito.

Assim que Faith acabara de guardá-lo no bolso, viu algo se mover pelo canto do olho.

Ela girou, lamparina erguida, e olhou de cá para lá. Por todos os lados, seus olhos não enxergavam nada além do emaranhado e do entrecruzar das vinhas. A lamparina fazia pouco mais que dourar a escuridão. Não deu para discernir nenhum farfalhar em meio ao rugir e zumbir do mar, ao gemer e murmurar das vozes no eco.

Faith levou a mão ao retículo dentro do bolso e tirou dali o revólver do pai, depois puxou o cão da arma para deixá-la pronta para atirar. Ela soltou uma baforada comprida e esforçou-se para manter a lamparina firme na outra mão.

A uns três metros dali, em meio às vinhas entrelaçadas, a folhagem tremelicou de novo. Dessa vez, a menina soube que não era impressão dela, e entre o emaranhado de filamentos divisou uma mancha negra. Era mais alta que ela, e tinha o formato de uma pessoa.

Não havia para onde fugir. Parada ali, com a lamparina, ela estava muito evidente. Fosse quem fosse, a pessoa a vira, e se resolvesse se mover novamente, a menina a perderia de vista.

Faith apontou o revólver diretamente para a mancha, com o coração martelando feito asa de colibri.

– Eu estou vendo você! E sei que você pode me ver! Venha para a frente... lentamente... ou eu atiro!

Faith não fazia a menor ideia se teria coragem de puxar o gatilho, mesmo que a pessoa pulasse nela, mas de algum jeito conseguiu tirar o medo da voz.

A mancha negra se mexeu, vacilou um pouco. Por um momento pareceu que fosse se esconder de novo nas sombras e perder-se de vez. Então ela começou a se aproximar, um braço erguido para tirar as vinhas do caminho. Finalmente ela chegou perto o bastante para que a luz dourada e fraca lhe caísse no rosto.

O intruso era Paul Clay.

31
WINTERBOURNE

Paul Clay, o aliado e inimigo de Faith. Ela foi tomada por medo, confusão e desconfiança. O menino descobrira o local sagrado, e visto mais do que ela podia permitir que alguém visse.

– O que você está fazendo aqui? – perguntou, ainda apontando o revólver.

– Não aponta isso para mim! – ele protestou, piscando perante a luz fraca da lamparina. – O que *você* está fazendo aqui? Por que está tudo... – Ele olhou ao redor, para aquela floresta escura.

– Como nos encontrou?

– *Nos*? – Paul parecia muito confuso.

– Eu... e a planta.

– Ela é sua? – Ele fitou as vinhas. – O que é? De onde veio? E vai baixar

essa arma ou não vai?

Faith não disse nada nem mexeu a mão que segurava o revólver.

– Então fique aí com essa sua videira da morte – rosnou o menino, recuando um passo para trás. – Desejo às duas uma ótima noite juntas.

– Não posso deixar você ir.

Faith sabia que o braço estava tremendo, apesar da leveza da arma.

– Quê? – A expressão raivosa de Paul deu lugar à de alarme.

– Alguém está à procura dessa planta – disse Faith. – E está disposto a matar quem está com ela. E esse assassino pode ser você.

– Isso é piada? – Paul ficou estupefato. – Você me pediu ajuda!

– Eu tinha que confiar em alguém! – Faith via que o menino estava com um dos braços curvado, como se segurasse alguma coisa pesada. – Talvez eu tenha escolhido a pessoa errada. São dois assassinos. Podem ser amantes ou cúmplices... ou podem ser pai e filho.

– Ei! – Paul gritou. – Meu pai nunca machucou ninguém na vida!

– Como é que eu vou saber? O que sei de todos vocês? Seu pai tem acesso à escavação... Pode ter sabotado a corrente do cesto de mineração. – Enquanto falava, Faith lembrou-se de mais uma coisa. – E no dia em que chegamos, ele veio nos encontrar. A carruagem estava pesada demais, então ele sugeriu deixar a caixa com essa planta para trás... e ofereceu-se para ficar com ela, vigiando. Teria ficado sozinho com a caixa que tinha essa planta se o meu pai não tivesse recusado a proposta. Alguém anda rondando nossa estufa e o jardim, procurando pela planta. A pessoa foi vista, mas acharam que era um fantasma. E eu *sei* que você andou zanzando pela minha casa, eu te peguei em flagrante! Você disse que queria pegar uma mecha de cabelo, mas como vou saber se não estava mentindo? E agora... aqui está você. Exatamente onde o assassino ia querer estar.

Houve uma pausa.

– Eu estava na península – Paul disse por fim – e vi você no barco, remando...

– O que estava fazendo lá a essa hora da noite? – Faith interrompeu.

– Tirando fotos.

O menino virou timidamente e mostrou que o objeto amparado pela curva do braço era uma máquina fotográfica.

– À noite? – Faith retrucou. – Não dá para fazer isso!

– Eu estava tirando uma foto da lua! – Paul soltou. – Ouvi dizer que dá para tirar... fotos tão claras que dá para ver as sombras e os montes. Sempre que tem lua cheia e noite clara... eu saio e tento a sorte. – Ele parecia irritado, e Faith observou que estava embaraçado também. – Quando vi o barco, imaginei que fosse você. Depois que os meus amigos me contaram que você "sumiu" na península ontem à noite, pensei que tinha entrado em uma das cavernas. Quando vi você desaparecer dentro do morro, soube qual era.

Faith mordeu o lábio com força. Curiosamente, o jeito de o menino falar convencia mais do que a câmera.

– Então foi assim que você me achou – ela disse, mais baixinho. – Mas por quê? Por que me seguiu até aqui dentro da caverna?

Por que você teve que vir aqui e ver tudo isso? Como posso deixá-lo ir embora agora?

– Fiquei curioso – Paul respondeu prontamente. Houve uma longa pausa, durante a qual ele baixou os olhos e fechou a cara. – Não – disse. – Eu... não sei por que desci num buraco atrás de uma garota maluca. Não faz sentido algum. Toda vez que falo com você, você me deixa louco também. Tudo ficou uma bagunça depois que você e a sua família chegaram aqui. Vane nunca teve protesto nem gente botando fogo em casa! E bem no centro de tudo está você, vindo até mim sem motivo com as suas histórias loucas de assassinos e carrinhos de mão e cestos de mineração... e eu não consigo não escutar. Você é uma doida varrida, mas por algum motivo eu continuo acreditando no que diz.

– Não quero que você acredite! – A escuridão pousou sobre Faith mais uma vez. – Você não me conhece! Eu... eu sou venenosa. Toda mentira de Vane fui em quem inventou.

– Você mentiu para mim?

Faith percebeu que não tinha. Engoliu em seco e nada disse.

– Então seu pai foi assassinado – Paul disse bruscamente. – E nenhuma fotografia vai te fazer sentir melhor. E se você não encontrar o assassino, vai ter um fantasma na cabeça para sempre. Eu sei como se sente. Minha mãe se afogou... Não teve corpo, não teve enterro, não tem lápide no cemitério. A única foto que temos dela é uma que está escondida. Você viu essa foto. É a que fica na estante. O garotinho na foto sou eu. Meu pai... ele é bom para mim, mas sorri para mim como se eu fosse uma fotografia dela. Às vezes eu tenho a sensação de que ele está esperando que eu saia da sala para que ele possa continuar conversando com ela na cabeça dele.

Faith vacilou. Teve a sensação de que tentáculos de simpatia estendiam-se para ela. Queria afugentá-los, atirar neles, atear-lhes fogo.

– Quer que eu chore por você? – ela perguntou o mais fria que pôde.

– Quero que você se decida! – Paul exclamou. – Você quer a minha ajuda, quer que eu morra numa vala, me conta segredos, me esconde as coisas, me procura, foge, me pede favores, aponta um revólver para a minha cabeça... – Ele balançou a cabeça, incrédulo. – Decida! Confie ou não em mim, mas decida! De uma vez por todas!

Atire nele. Esse era o consenso murmurado pelas vozes flutuantes. Paul sabia demais. Paul queria coisas demais. Paul abrira caminho para dentro da mente dela e a impedia de pensar direito.

Baixar o revólver foi doloroso para Faith. Ao destravar o cão da arma, ela pensou ter ouvido a Árvore sibilar e sentiu como se estivesse traindo o pai e os segredos dele. Paul soltou o ar e deixou os ombros relaxarem um pouco.

– Bem... é tarde demais para impedir que você veja a Árvore – disse Faith, tentando não soar muito trêmula. – No momento, eu suponho que devo confiar ou atirar em você... e seria um incômodo ter que recarregar o revólver.

Faith teve a desconfortável sensação de que, mesmo dito dessa maneira, a fala soou como um pedido de desculpas.

Paul deu alguns passos tímidos à frente.

– Pensei que fosse embora – Faith disse laconicamente.

– Eu vou se você for. – Paul olhou ao redor, e rebateu vinhas que lhe tocavam o rosto com ares de desconfiança. – Esse lugar não é bom. Nada cresce assim tão rápido. Nada que estava numa caixa duas semanas atrás devia estar desse tamanho. E fico ouvindo... – Ele não completou, apenas balançou a cabeça. – Tem alguma coisa muito errada com essa planta.

– Eu mesma ainda não a entendo completamente – Faith admitiu, sentindo-se defensiva ao fazê-lo. – Entendo de onde ela tira umidade, e talvez consiga minerais e nutrientes a partir da rocha da caverna, mas a energia... – Ela deu de ombros. – Talvez seja carnívora.

– Ela come gente? – Paul não parecia muito tranquilo.

– Não exatamente. – Faith estendeu a mão e acariciou a vinha mais próxima. Sentia-se ciumenta e possessiva com relação à *sua* Árvore, aos segredos do *seu* pai. Mas tinha tomado uma decisão irrevogável quando baixou a arma. Aceitara confiar nele, e abrira um rasgo enorme e feio na própria armadura. – Ela se alimenta de mentiras – disse. – Mentiras que os homens contam e são acreditadas. É um simbionte, uma espécie que sobrevive cooperando com outra espécie. O homem lhe dá mentiras, e em retorno ela dá um fruto que oferece visões de verdades secretas. Pelo menos era nisso que meu pai acreditava.

– Ele estava certo? – Paul perguntou bruscamente.

Claro que estava certo!, Faith quis gritar. *Meu pai era um gênio, claro que sabia o que estava fazendo, claro que não teria destruído a carreira e a fortuna da família sem ter um bom motivo!* Em vez disso, ela flagrou-se cutucando as evidências com escrúpulo frio e analítico. Será que o inchaço do fruto era coincidência? O que ela tinha aprendido de fato com as visões?

– Ainda não tenho certeza – ela confessou, relutante. – O fruto *parece* abrir um sentido extra, e me mostra coisas que eu não sabia... mas eu ainda não posso dizer se são verdades mesmo. – A menina estreitou os olhos. – Saberei melhor se encontrarmos o assassino.

– Você comeu o fruto que sai dessa coisa? – A ideia pareceu aterrorizar Paul mais do que o revólver.

– Sim, e vim aqui comer de novo. – Faith o encarava. – Eu preciso! Se não gostar da ideia, pode ir embora. Ou então, pode me ajudar. O fruto vai me colocar num transe. Tentei me amarrar para não ficar vagando por aí, mas... isso... não deu muito certo. Seria bom ter alguém para ficar de olho. E você pode fazer observações ao mesmo tempo.

Paul aproximou-se, fitando a corda enrolada no ombro da menina. Ele não parecia muito contente com a sugestão.

– Cinco minutos atrás você não confiava em mim para dar um passo à frente. Agora confia em mim para ficar tomando conta enquanto você está inconsciente?

– Você me mandou decidir – Faith disse, azeda.

O fruto estava mais amargo do que os anteriores, e botou-a a descer por uma estrada escura e curvilínea, ao som do ecoar das batidas de seu coração.

Logo ficou escuro demais para enxergar, mas ela sabia que estava abrindo caminho floresta adentro. Não havia rocha sob os pés. Com dificuldade, ela foi subindo, passando por emaranhados de vinhas pendurados como pontes suspensas e por galhos grossos de videiras entrançadas, compondo amplas espirais de madeira, como se fossem escadarias. O tempo todo o ar murmurava suavemente as suas mentiras.

Eram mentiras bondosas. *Você ainda está linda. Eu te amo. Eu te perdoo.*

Havia as mentiras do medo. *Alguém deve ter pegado. Claro que sou anglicano. Eu nunca vi esse bebê na vida.*

Havia as mentiras predatórias. *Compre este tônico se quiser que seu filho melhore. Vou tomar conta de você. Seu segredo está salvo comigo.*

Meias mentiras, e os tensos silêncios que as separavam ficavam onde deveria estar a verdade. Mentiras cortantes como facas; mentiras calmantes como pomada. As listras do tigre, as manchas escuras do fauno. E por todo lado, em todo lugar, as mentiras que as pessoas contavam a si mesmas. Sonhos flutuando feito flores cortadas, sem raízes para nutri-las. Fagulhas de luzes para fazê-las sentirem-se menos sozinhas no escuro. Resoluções vazias e desculpas esfarrapadas.

Faith não dava ouvidos a nenhuma, apenas subia, subia, porque podia sentir o cheiro do cachimbo do pai.

Ela encontrou um grande nó de vinhas, três metros de largura, pendurado, suspenso feito um casulo de aranha. Uma fumaça azul-escura vazava por rachaduras e sulcos, e o coração dela doeu ao reparar na familiaridade do aroma. Ela rasgou as vinhas com os dedos, rasgando, fazendo uma abertura, depois forçou caminho buraco adentro.

Flagrou-se dentro de um celeiro quente e escuro. As manchas de mosquitos esmagados podiam ser vistas prensadas nas paredes brancas. Havia uma janelinha alta mostrando um turbulento céu púrpura acinzentado e deixando entrar um rugido de chuva e um cheiro de lama quente.

Um homem jazia no piso sujo de terra, com uma corrente de ferro presa à perna totalmente avessa às roupas finas. Bigode e barbas marrons foram antes lindamente aparados, mas a negligência os permitira ultrapassar seus limites, inundando queixo e bochechas de pelos. O cabelo estava úmido e escuro de suor e sujeira, e tinha olheiras escuras feito hematomas.

– Você tem que me ajudar – disse ele. – Tem que falar com eles, Sunderly. Diga-lhes quem sou, por que vim. Você tem os papéis do cônsul... eles vão te escutar. Você pode me defender.

No começo Faith pensou que o homem dirigia-se a ela. Então outro jorro leve de fumaça azul sublevou-se ao lado dela. Ela virou o rosto e viu, ao lado, seu pai, o reverendo Erasmus Sunderly, brilhante de calor, mas mesmo assim imaculado.

Faith quis jogar seus braços ao redor dele, mas a visão a restringiu. Ela tinha se esquecido de quão inacessível ele podia ser. Com o olhar frio e misterioso, sua presença era quase tão distante quanto sua ausência.

– Senhor Winterbourne – disse ele em sua entonação de costume, distante –, está me pedindo que testemunhe a seu favor... dar minha palavra de cavalheiro. Eu mal te conheço. A primeira vez em que nos vimos foi há menos de duas semanas. Só sei o que você e seu pessoal me contaram, e achei fantástico e incrível.

– Por favor! – Winterbourne estava desesperado. – Considere que não estou sozinho aqui... Não sou a única pessoa que vai sofrer! Tenha compaixão!

– Se puder me dar provas da sua história – disse o reverendo –, vai me convencer, e me dará meios para convencer as autoridades. Diga-me onde posso encontrar essa Árvore da Mentira. Se ela bater com a sua descrição, depositarei minha fé em você.

O homem acorrentado parecia aturdido, depois bravo e obstinado. Winterbourne encarou o reverendo nos olhos por alguns segundos, depois murchou, o rosto desolado.

– Não tenho escolha senão confiar em você – disse, amargamente. – Antes de ser preso, encontrei umas anotações do Kikkert. Se eu entendi bem o mapa, tem uma casa três quilômetros ao norte desta, na beira de um rio que corre para dentro da floresta de bambu. Acredito que é lá que a planta está escondida. Mas corra, Sunderly!

O reverendo fez um aceno curto e formal com o rosto, deu meia-volta e foi até a porta, que abriu com um movimento firme. Ele passou, e antes de sair olhou de novo para dentro do cômodo. Por um instante, pareceu olhar direto para os olhos de Faith. Eram olhos frios, como se fossem de ardósia. Então ele fechou a porta.

Faith correu para ela, sentiu a aspereza das fibras nas mãos e ouviu o baque de uma barra pesada sendo posta para prender a porta, do outro lado. Ela encostou o ouvido contra a madeira e ouviu muito mal a voz do pai.

– Não. – Ele falava com a frieza e a precisão de um escalpelo. – Se o cavalheiro acredita que me conhece, está enganado ou delirando. Nunca vi o rosto dele na vida.

A chuva tornou-se um aplauso ensurdecedor. A escuridão fechou-se feito um punho. Faith acordou, sentindo-se fria por dentro e por fora. Nunca sentira tanto frio.

Lembrou-se do que o pai relatara com relação à conversa que tivera com Winterbourne.

Prometi fazer tudo o que podia para garantir-lhe a liberdade, e ele confiou em mim suas últimas suspeitas acerca da localização da Árvore da Mentira, implorando-me que a encontrasse caso ele não pudesse.

Fui incapaz de salvá-lo. A febre o matou na cela antes que eu pudesse arranjar a soltura.

Agora ela se perguntava se tinha sentido algo de falso naquelas palavras, um brilho em águas profundas. Winterbourne não tinha feito de tudo para divulgar a localização da preciosa planta de Kikkert; o pai de Faith a arrancara à força. E o reverendo não batalhara para libertar Winterbourne. Mentira para mantê-lo em sua cela infestada de malária, e aproveitou a chance para encontrar a Árvore.

E Winterbourne, então, morreu.

Faith mexeu-se um pouco. Dessa vez, a corda envolta no tronco estava presa ainda. Ao abrir os olhos, ela viu Paul sentado a certa distância, de costas para ela. A óbvia indiferença do garoto a fez sentir-se ainda mais sozinha, até que ela olhou para baixo e viu um lenço desconhecido enrolado no braço.

A menina ergueu a mão e descobriu que as bochechas estavam úmidas. Tinha chorado, e não sabia dizer por quanto tempo. Ela secou o rosto apressadamente, esperou um ou dois minutos para se acalmar, depois pigarreou para indicar a Paul que ele podia olhar. O menino virou-se imediatamente e voltou para ela, e colocou a garrafa de água na mão dela. Como sempre, a expressão dele estava meticulosamente lívida.

– Quanto tempo passou? – ela perguntou, com a voz rachando como se saísse de foles velhos.

– Uma hora, talvez – disse Paul. – Consegue me ver agora?

Faith fez que sim.

– A visão acabou. Como estão meus olhos?

Paul ergueu a lamparina e olhou bem, então recuou como se tivesse doído.

– Parece manteiga derretida na panela – disse. – Nunca vi nada igual. O que isso quer dizer?

– Quer dizer que ainda estou sendo afetada pela fruta. – Faith cutucou as cordas, meio atordoada. – Eu... não sinto como se estivesse, mas da última vez também não senti. Não me deixe pegar em nenhum rato.

Paul fez que sim, evidentemente juntando as peças.

– Descobriu o que queria dessa vez?

– Acho que sim. – Com dificuldade, Faith conseguiu libertar-se da corda e levantou-se, meio trêmula. – Mas preciso ver o registro da paróquia para ter certeza. Onde fica guardado?

– Na sacristia. Mas não é melhor você descansar?

– Não. – Faith fez que não e firmou-se, apoiada no pilar. – O inquérito é amanhã. Preciso de um plano até o amanhecer. *Tenho* que ver esses registros agora mesmo.

– Você pede cada coisa, sabia? – disse Paul, sisudo. Um tanto para a surpresa de Faith, contudo, ele não se recusou.

32
UM EXORCISMO

Ao caminharem, Faith notou que Paul mantinha-se entre ela e o abismo, talvez por receio de que ela saísse dançando para a beirada num acesso de loucura induzida pelo fruto. Os dois mal se falaram até chegarem perto do dedo esguio e negro que era a torre da igreja.

– Não podemos fazer barulho algum – Paul sussurrou conforme se aproximaram das portas de moldura de bronze da igreja. – Jeanne Bissette vai estar dormindo em um dos bancos. Espere aqui... Preciso ir pegar as chaves do baú da sacristia.

O menino desapareceu na direção do presbitério.

Faith ficou sozinha no cemitério da igreja, ainda dolorida por conta daquele frio que vinha de dentro para fora. O luar brilhante conferia às pequenas janelas o reluzir das escamas de um lagarto.

A um lado ela viu a sepultura que tinha sido cavada para o pai. A terra continuava empilhada num dos lados, mas com admirável pragmatismo sacos de alguma coisa tinham sido depositados num montinho dentro do buraco, presumivelmente para impedir que alguém caísse ali dentro.

Não fosse a fofoca vingativa de Jeanne, o pai de Faith estaria deitado, seguro, no fundo daquela cova, por debaixo de um cobertor de terra, em vez de jazer na cripta da igreja, esperando por um destino desconhecido.

Faith estendeu a mão e pegou o grande anel de metal grudado à porta da igreja. Ele girou, e um pouco para a surpresa dela, a porta se abriu. Após um instante de reflexão, ela supôs que Clay provavelmente não quis deixar uma mulher indefesa trancada no edifício.

Ela entrou. A igreja parecia muito maior sem gente e iluminação. A lua brilhava através da janela de vidro pintado, jorrando cores aguadas sobre o banco mais próximo. Estava frio lá dentro, e Faith soltou vapor ao respirar.

Ela encontrou Jeanne Bissette perto da frente do altar, aninhada num dos bancos com um cobertor por cima. Dormia e respirava com um chiado preocupante. A pele estava pálida e cerosa, lembrando Faith das escamas duras e foscas de sua cobra.

Não posso fazer nada para ajudá-la agora, Faith disse a si mesma. *Mais um dia, é tudo de que preciso. Depois não vai mais importar como minhas histórias se desenrolam.*

Mas as olheiras no rosto de Jeanne estavam negras feito ameixa seca, e fizeram Faith se lembrar do Winterbourne de sua visão. Talvez o pai tivesse pensado a mesma coisa. *Tudo de que preciso é mais um dia, para procurar pela Árvore. Winterbourne pode sobreviver um pouco mais nessa prisão. Assim que eu tiver a planta, dou um jeito de libertá-lo.*

Faith imaginou o que as pessoas fariam caso encontrassem Jeanne Bissette fria e azul deitada num banco, alguma manhã. Talvez retirassem os sacos do buraco lá de fora e colocassem a moça nele. Havia algo de poesia medonha nessa ideia. Novamente, Faith tremia à beira do impossível, assim como fizera quando parou em frente à porta da biblioteca do pai, criando coragem para bater e confessar.

– Oh, por que eu tenho que fazer tudo por *você*? – ela sibilou baixinho. – Eu nem gosto de você!

As palavras sibiladas ecoaram surpreendentemente altas naquela calmaria toda. Jeanne piscou um pouco, e acordou. Ela levou um susto violento ao ver uma figura de capa preta parada em cima dela, mas piscou e seus olhos pareceram ganhar foco.

– Srta. Sunderly? – ela perguntou num tom de incredulidade.

– Você tem outro lugar aonde ir? – Faith perguntou, num sussurro.

– Outro lugar? – Jeanne içou-se para ficar sentada, com o cabelo pendendo, desgrenhado, sobre metade do rosto. – Não posso! Não posso sair daqui!

– Mas... e se pudesse? Tem família ou amigos na ilha?

– Um tio... – A moça estava obviamente grogue, ainda, e tentava entender se Faith era sonho ou aparição. – Mas...

– Não tem fantasma nenhum! – Faith soltou rapidamente, como um insulto ou acusação.

Jeanne chacoalhou a cabeça, muda, o rosto pingando tristeza e exaustão.

– Não tem fantasma nenhum – Faith repetiu. – Tem só... eu. Eu sou o fantasma. Eu troquei os fios dos sinos dos empregados. Eu parei os relógios, e queimei o tabaco do meu pai na biblioteca, e mexi nas coisas pela casa. Eu coloquei o crânio na sua cama.

Conforme Faith falava, o atordoamento de Jeanne foi passando. No final, a moça estava totalmente alerta, os olhos abrindo, ficando sérios e mais perigosos.

– *Você?* Por quê?

– Eu odiava você – Faith respondeu assim, simplesmente. – Foi você quem disse a todo mundo que meu pai se suicidou. Deixou-o sem sepultura.

Jeanne levantou-se com dificuldade, fitando Faith como se cobras brotassem da boca dela. De cara fechada, a moça começou a respirar mais rápido, enervando-se. Lágrimas de mortificação e raiva brilharam em seus olhos.

– Sua... sua *bruxa!* – Jeanne soltou, falhando a voz. – Tomara que enfiem mesmo uma estaca no coração do seu querido pai! Tomara que façam isso na sua frente! Tomara que toda a sua família acabe num hospício!

Era mais alta e mais forte que Faith, e poderia facilmente tê-la derrotado numa briga justa. Mas claro que a briga nunca seria justa. Jeanne Bissette sempre sofreria as consequências por ter atacado Faith Sunderly, além de qualquer coisa que Faith Sunderly viesse a sofrer por ter atacado Jeanne Bissette. Vingar-se do alto era bem mais fácil do que fazê-lo de baixo, e Faith sentiu uma pontada de vergonha ao pensar nisso.

– Vou contar para todo mundo! Todo mundo! Quando eu terminar, você não vai poder botar a cara na rua!

Jeanne virou-se e pôs-se a correr, cambaleando, e desapareceu pelas portas da igreja, para o luar.

Alguns instantes depois, Paul apareceu na porta com um molho de chaves nas mãos. Ele olhou direto para o cemitério, depois de volta para Faith com cara de dúvida.

– Ela foi embora – disse Faith.

– O que você veio fazer aqui dentro? – perguntou ele.

– Arruinar todos os meus planos sem um bom motivo. – Algo muito importante andava em falta dentro de Faith fazia um tempo, ela constatou, e agora ela conseguira um pedacinho de volta. Fê-la sentir-se pior, não melhor, mas ela agarrou-se a ele mesmo assim. – Logo, logo você vai ouvir falar. Todo mundo vai.

– Do que está falando, arruinar seus planos? – Paul perguntou, ávido. – Não vá me dizer que não precisa mais daquela fotografia!

– Preciso, sim! – Faith respondeu depressa. – Você fez para mim? Está pronta?

Paul enfiou a mão no bolso e sacou um pequeno cartão, para o qual olhou taciturno, como se tentasse fazer ajustes de último minuto só com a força da mente.

– Não foi fácil – murmurou, e passou-o para a menina, ainda carrancudo. – Isso foi o melhor que eu pude fazer.

Quando viu a foto, Faith sentiu um frisson de choque. Ele usara a foto da escavação que fora tirada no primeiro dia da menina como desenhista. Lá estavam o Dr. Jacklers e Lambent no primeiro plano, olhando intensamente para o chifre de auroque. Atrás deles, um pouco para o lado, estavam a Sra. Lambent e Faith, esta obscurecida pela sombra e aparecendo cortada ao meio. E abrindo caminho pela lateral da "tenda beduína" estava uma meia figura com traços aquilinos muito familiares, sobrancelhas curvas e olhos frios e distantes...

Por um momento Faith não pôde entender como o pai fora transportado inteiro para dentro da cena. Ela demorou um pouco para lembrar-se do tio Miles. Claro, disseram ao tio de Faith que ficasse atrás da tenda e controlasse o ondular do tecido. Em se tratando do tio Miles, porém, ele deu um jeito de passar para o lado e aparecer na fotografia. Paul cortara o rosto do reverendo muito precisamente e colado por cima do cunhado. O efeito era extremamente fabuloso.

– Ficou... – Faith mordeu a língua. Elogios não constavam das regras de envolvimento durante as conversas que tinha com Paul, mas nesse caso não houve como evitar. – Que trabalho mais bem feito! – ela admitiu, ríspida. E enfiou a foto cuidadosamente entre as páginas do caderno, que guardou.

Não tinha ousado muito torcer para que Paul respondesse ao desafio insano dela e lhe fizesse a fotografia. Diplomacia arriscada sob impulso era uma coisa, mas a foto tinha envolvido tempo, esforço e precisão de sangue frio.

De lamparina na mão, Paul levou a menina pela igreja até a pequena sacristia, onde se curvou e virou as chaves nas três fechaduras de um gasto e antiquado baú. Abriu a tampa e tirou dali um livro enorme de capa de couro.

Ele passou o livro a Faith, que começou a folhear, focando-se nos registros de casamento. Quando chegou à página que listava os casamentos do "Ano de Mil Oitocentos e Sessenta", ela parou.

– Aqui – sussurrou a menina. Ela levou a mão ali e apontou um dos nomes cuidadosamente escritos.

– Esse nome te diz alguma coisa? – perguntou Paul, olhando por cima do ombro dela.

Faith fez que sim.

– Agora sei quem são os assassinos, e como sabiam da Árvore, e por que deviam odiar o meu pai – ela sussurrou.

O diário do pai dela tivera a chave do mistério em suas linhas o tempo todo, mas Faith não tinha enxergado. Seus olhos passaram por cima de uma única e singela frase que podia tê-la contado tudo o que ela precisava saber.

... e descobri que os Winterbournes tinham alugado quartos numa pousada mequetrefe.

Não "Winterbourne", mas os "Winterbournes". Hector Winterbourne viajara pela China com a esposa. O reverendo não vira motivo para mencioná-la. A existência dela não lhe parecera relevante ou importante.

À luz da lamparina, Faith podia ler as placas penduradas nas paredes. Ela prestou atenção a todos os nomes de mulheres.

Anne, amada mãe de...
Em memória de sua querida irmã, Elizabeth...
E aqui também jaz Amelia, sua amada esposa...

Quem teriam sido todas essas mães e irmãs e esposas? O que seriam agora? Luas, brancas e sem expressão, reluzindo luz emprestada, cada uma girando lealmente em torno de uma esfera maior.

– Invisíveis – disse Faith baixinho. Mulheres e meninas eram sempre tão despercebidas, esquecidas, meros detalhes. A própria Faith usara isso de modo efetivo, escondendo-se a plenas vistas e vivendo vida dupla. Mas tinha sido cegada pela mesma invisibilidade de ideias, e só agora reparava.

O registro da paróquia tinha registrado o casamento de Anthony Lambent com a Sra. Agatha Winterbourne (Viúva).

33
A PÓLVORA E A FAÍSCA

O dia seguinte amanheceu friamente limpo e cruelmente ensolarado. Os pássaros cantavam alto demais, estilhaçando o sono de Faith. Mais uma vez ela acordou na própria cama com uma dor no fundo dos olhos e a sensação de que suas entranhas tinham sido amassadas com um rolo compressor. Enquanto bebia água vorazmente, a menina lembrou-se das aventuras da noite anterior. A visita à Árvore da Mentira, o encontro com Paul, a jornada até a igreja, a conversa com Jeanne, as revelações do registro da paróquia... e depois disso, as estratégias criadas com Paul, o retorno à caverna marinha e depois à praia, no barco a remo.

Seria preciso agir rapidamente, antes que Jeanne expusesse as verdadeiras cores escuras de Faith para todos na ilha. A exposição já não aterrorizava Faith mais. Sentia apenas uma anestesiada resignação quando pensava nisso. Na verdade, ela apenas torcia que pudesse ter a chance de dar suas últimas cartadas antes que os homens da escavação descobrissem tudo sobre ela.

Não haveria carruagem para buscá-la nesse dia, claro, então ela se vestiu, pegou o caderno e pôs-se a caminho, a pé, na estrada.

– Srta. Sunderly! – Ben Crock ficou atônito quando Faith apareceu no sítio um pouco depois, com as saias sujas e o rosto brilhando do calor do sol. Ele deu uma olhada na estrada atrás dela. – Veio andando o caminho todo, senhorita?

– O inquérito do meu pai ocorrerá nesta tarde – Faith respondeu, um pouco sem fôlego graças a todas as subidas e descidas da estrada. – Depois disso, não sei se minha família vai ficar em Vane. Talvez esta seja a minha última chance de visitar o sítio. – Ela pensou em Myrtle, e fez aquela expressão vulnerável e insegura. – Acha que os cavalheiros vão me recusar?

Crock pareceu duvidoso por um momento, como se ponderasse se ele mesmo não devia mandá-la para casa. Não havia carruagem à mão para tanto, contudo. Faith contava com a relutância do rapaz em forçá-la a voltar a pé pela estrada.

– Não acho que será um problema, senhorita – disse ele, fitando a escavação. – Os cavalheiros estão distraídos hoje. Ontem abriram uma abertura no túnel que deu no fosso. Estivemos removendo as pedras para olhar mais de perto.

– Encontraram alguma coisa? – Faith perguntou, num tom polido e curioso. Na verdade, ela sabia tanto quanto ele. Paul tinha lhe contado as últimas notícias da escavação.

– Parte do cascalho está descendo pelas rachaduras... Tem outra caverna abaixo da base do fosso, como pensávamos. Só que tem uma camada grossa de brecha, então usaremos um barril de pólvora para abrir caminho.

– Imagino que todos os cavalheiros estarão lá para ver a explosão.

– Com certeza estarão, senhorita. – Crock curvou os lábios, quase sorrindo. – Não creio que algum deles vai querer perder.

Faith pensou o mesmo. Se havia uma chance de adentrar numa empolgante caverna nova, todos os cientistas iam querer estar a postos para "cair em cima". Certamente eles desconfiavam que os demais começariam

a roubar ossos para suas coleções, ou a nomear fósseis como seus com extrema parcialidade. Todos que tinham valor na escavação estariam ali naquele dia. Ela contava com isso.

Ao entrar no pequeno sítio, ganhou um par de olhares curiosos como no primeiro dia, mas estavam todos ocupados demais para questionar a presença dela.

Tio Miles, que andava feito um garotinho pelo túnel, deitou olhos na sobrinha e empalideceu. Faith deu-lhe um sorrisinho insípido de peixe morto. Ainda sentia a dor dos dedos dele nos braços dela. O homem encontrou uma centena de outros pontos para os quais olhar, que não ela.

Faith passou pelo Dr. Jacklers, que pareceu incomodado, mas teve a educação de cumprimentar.

– Bom dia, Dr. Jacklers – Faith disse suavemente. – Como vai a Srta. Hunter?

– Bem o bastante para não levar muito a sério a recomendação do médico. – O doutor franziu a testa, contrariado. Evidentemente, o fato tocava-lhe um nervo.

Faith ficou aliviada com a notícia. Se a Srta. Hunter tinha voltado a espezinhar o Dr. Jacklers, havia esperança de que fosse se recuperar.

Lá na fenda, Lambent andava a passos largos com o abanador de mosquitos. Clay e Paul estavam presentes, o último carregando o tripé da câmera e uma maleta. Havia mais serventes do que antes, e ocupavam-se de empilhar sacos de areia e cascalho ao redor da boca do túnel, criando uma parede baixa em forma de ferradura.

A "tenda beduína" fora tirada do lugar, ao lado do túnel, mas olhando para o alto, Faith divisou seu teto ondulante. Evidentemente, tinha sido realocada para pertc da manivela do cesto de minerar.

Faith sentou-se numa pedra, num canto, e abriu o caderno. Pouco depois, Paul aproximou-se e colocou o tripé no solo irregular. Nenhum dos dois se olhou. Nenhum dos presentes teria adivinhado a conspiração arranjada entre o taciturno filho do pároco e a tímida e desajeitada filha do reitor.

– Ela está aqui? – Faith murmurou, tentando não mover demais os lábios.

– Sim – Paul balbuciou, fitando intensamente os pés do tripé. – Passaram a tenda dela mais para o alto a fim de que ela fique longe da explosão, mas bem de frente para poder ver as pessoas descendo pelo cesto. Tem certeza de que o truque do fantasma vai funcionar com ela?

Se Faith estava certa, estava lidando com dois assassinos de diferentes temperamentos. Um tinha distraído seu pai, outro tinha desferido o golpe fatal. Um morria de medo do suposto fantasma, o outro gostava de andar pela área "assombrada" e ser confundido, ele mesmo, com um fantasma. Um seguidor, portanto, e um líder. Um mais fraco, um mais forte.

– Não, mas aposto que sim. – Faith pensou em todos os *memento mori* na sala de recepção da Sra. Lambent. – Ela acha que está à beira da morte, então passa boa parte da vida espiando-a, no escuro. Está até o pescoço com livros de orações e grinaldas de boa sorte.

– Logo, logo vamos descobrir. Quando apertarmos o cerco. – Paul uniu ação às palavras e deu umas torcidas rápidas no parafuso do tripé. – E o que acha dele?

Faith conseguiu não olhar para a figura esguia de Anthony Lambent.

– Agatha é uma esposa fiel – disse baixinho.

Uma esposa não pode sempre restringir os impulsos do marido, dissera Agatha Lambent, *mas deve sempre se esforçar para protegê-lo das consequências.*

– Ela tinha motivo para odiar o meu pai, mas não para querer a Árvore – continuou a menina. – *Ele* tem. É um colecionador, um cientista nato... e almeja o Parlamento. Ninguém sabe espalhar mentiras tão bem quanto um político.

– Então precisamos tirá-lo do caminho.

O plano de Faith envolvia tensionar o "mais fraco" até que rompesse. Não havia como fazer isso com o "mais forte" presente.

– Quando tiverem aberto um buraco para a nova caverna, todos os cavalheiros vão querer entrar lá primeiro. – Faith estreitou os olhos. – Temos que garantir que o Sr. Lambent seja esse primeiro.

Finalmente a barricada de sacos de areia ficou firme o bastante. Um barril de pólvora foi rolado cuidadosamente para dentro do túnel, e então todos emergiram da escuridão, exceto Crock. Os cavaleiros e operários ficaram agachados numa trincheira atrás da barricada, todos atentos para a boca do túnel.

Por ser uma moça, Faith foi colocada em segurança atrás de uma rocha, e como curador da preciosa câmera, Paul retirou-se para detrás de outra. Nenhum dos dois permaneceu em seu posto.

Encontraram-se atrás do conjunto de tendas. Faith retirou ligeiramente um saco gordo de seu esconderijo, entre duas pedras, e passou-o para seu cúmplice. Paul pegou-o sem dizer nada e saiu andando na direção da estrada.

Espiando com cautela no canto da tenda mais próxima, Faith flagrou Crock saindo às pressas do túnel. Ela o viu selando a barricada de sacos de areia e jogando-se ao chão, do outro lado.

– Acendi! – gritou ele. – Todo mundo se abaixe!

Faith recuou. Houve um baque de estremecer que a aturdiu, apesar de estar preparada. Uma brisa seca sacudiu e chacoalhou a lona da tenda. Tinha gosto de areia.

Quando Faith arriscou outro olhar, a boca da caverna estava invisível por detrás de uma ampla nuvem espessa feito tecido de fumaça e poeira. Os que estavam agachados atrás da barricada tinham lenços cobrindo a boca e tossiam vigorosamente. A distração e a bruma dispersante permitiram que Faith retornasse furtivamente a seu "posto de segurança", para então reemergir mais decente e obviamente.

Os serventes entraram no túnel para remover as pedras soltas. Alguns barris de pedregulhos depois, Crock relatou que o buraco recém-explodido revelara, de fato, outra câmara abaixo.

– Acho que o buraco é amplo o bastante para passar o cesto de mineração, senhor – disse ele a Lambent. – Podemos baixá-lo da manivela lá no alto, passando pelo fosso, para dentro da nova caverna.

– Que ótima notícia! – Lambent esfregou as mãos. – Crock, prepare o cesto. Você e eu temos que mergulhar nas profundezas e ver que tesouros seu explosivo liberou para nós!

– Ah... – Clay pigarreou, e ergueu a mão, hesitante, para meter o bedelho na conversação. – Imagino se não seria melhor Crock ficar lá no alto, supervisionando o mecanismo? Eu ficaria contente em juntar-me a você na descida, Sr. Lambent.

– Posso ir também – tio Miles adiantou-se em sugerir.

– Senhor. – Crock protegia os olhos, fitando a estrada.

Com um cloque-cloque irregular de cascos, um solitário cavalo vagueava pela encosta. Arrastando as rédeas.

– Aquele é o meu cavalo? – Lambent avaliou. – Como foi se soltar?

O cavalo sacudiu sua crina pálida e continuou sua despropositada, embora inexorável caminhada ao longo da serra em direção à "tenda beduína". Faith não podia ver a Sra. Lambent, não podia supor como ela reagia. Crock subiu depressa para interceptar o cavalo, e após alguns resmungos e sacudidas nervosos, o bicho deixou que ele se aproximasse e lhe tomasse as rédeas.

– Tem botas nos estribos! – gritou o imediato. – Presas de trás para a frente!

Crock retirou uma delas e examinou de perto, depois ficou tenso. Ele olhou para Faith, mas com uma expressão preocupada, não desconfiada. Depois retornou e mostrou a bota a Lambent, sussurrando no ouvido dele. Faith sabia que os dois estavam meditando acerca do monograma.

E.J.S.

– Um cavalo sem cavaleiro com botas de trás para frente nos estribos? – disse Clay bem baixinho. – Ouvi falar de algo assim em funerais de militares.

Lambent ficou fitando a bota, imóvel, por alguns segundos. Depois marchou até tio Miles e estendeu a bota a centímetros do rosto dele.

– O que quer com isso, Cattistock? – perguntou, arisco.

– Desculpe, como? – A confusão fez o rosto do tio Miles parecer ainda mais redondo.

– Que espécie de piada é essa? – Lambent apoiou-se num dos pés e pareceu ficar mais alto e largo, inchando de sentimentos suprimidos. E sacudiu a bota. – Isso aqui, senhor, é uma bota. Um objeto, senhor, feito de couro e tachas. É um objeto tão sólido quanto você e eu, e ouso dizer que se eu resolvesse dar com ele na sua cara, deixaria uma marca.

Tio Miles recuou apressadamente um passo para trás.

– Não estou te entendendo, Lambent! – protestou.

– É uma bota – continuou o Sr. Lambent, a voz perigosamente baixa e provocante – que fez uma jornada espectral, acredito eu, da residência da *sua* família.

Faith nunca tinha visto Lambent bravo assim. Após o incidente com o cesto, ele ficara indignado e perdera severamente a compostura, mas o acesso não fora suscitado por raiva do mesmo teor. Agora que o homem cerrava os punhos com muita força, Faith reparou em como eram grandes. Por um instante ela sentiu uma força, uma força quase não contida, como um rio espumando contra a comporta, sacudindo-se contra as próprias margens.

Como faz boa parte das criaturas quando encurraladas, tio Miles olhou ao redor em busca de apoio ou aliados e não encontrou nenhum. Finalmente seus olhos pousaram em Faith, e algo se moveu, rastejando, no fundo dos olhos dele, talvez a suposição de que, na verdade, talvez fosse a menina quem levara as botas do reverendo até o sítio...

– Saia daqui! – rosnou Lambent.

– Mas me prometeram...

– Não, não quero escutar mais nada! Vá embora!

Com uma última olhada desconfiada para Faith, tio Miles partiu com o máximo de dignidade que pôde conjurar.

– Já perdemos tempo demais. – Lambent soltou da garganta um rosnado grosseiro como o de um leão frustrado. – Crock, prepare o cesto. Descerei com Clay.

– Espere, por favor! – O médico, aparentemente tornado intrépido pelo mau temperamento do magistrado, continuava nutrindo certo ressentimento amargo, ainda que diminuto, todo seu. – Ainda não discutimos quem deveria descer primeiro. Você não está respeitando os outros, Lambent!

– Respeitar os outros? Doutor, essa escavação encontra-se nas *minhas* terras, e foi paga com dinheiro do *meu* bolso.

– E você já tem sido bem recompensando por isso! – o médico respondeu, entredentes.

– O que disse? – Lambent proferiu num tom grave e frio.

– Só estou dizendo, senhor, que um monte de passarinhos me contou que nem *todos* os nossos achados vão parar na mesa de avaliação, e nem *todos* os nossos achados retornam da sua casa depois que são envernizados.

O médico falava com o tom comedido e frio de alguém que julga estar sendo tático. Faith não soube dizer quais dos rumores inventados por ela o médico ouvira, nem de que maneira.

– Como você ousa? – trovejou o magistrado.

Faith compreendeu que a qualquer momento o Dr. Jacklers muito provavelmente seria expulso do sítio, seguindo o rastro deixado pelo tio Miles. Isso não batia com as suas intenções.

A menina deixou os joelhos se curvarem e desabou para o solo feito um saco de batatas.

– A Srta. Sunderly desmaiou!

Muitos pés levantaram poeira na direção dela.

Faith foi colocada sentada e lhe ofereceram água. O médico esqueceu-se da raiva e tateou o pulso dela.

A menina apontou vagamente para a "tenda beduína".

– Sombra – sussurrou, lamentosa.

Ajudaram-na a subir a encosta e levaram-na até uma cadeira ao lado da Sra. Lambent. A esposa do magistrado não deu atenção à menina. Como sempre, estava encapotada até o pescoço, mas nesse dia os olhos que espiavam por cima dos xales pareciam estranhamente brilhantes e apreensivos. Suas mãos brincavam, absortas, à frente dela, com cartas, feito uma vidente cega lendo tarô.

Contudo, não eram cartas de tarô. Eram cenas em miniatura, impressões das fotografias tiradas ao longo da escavação, entregues a ela naquela manhã por Paul Clay. Ondulavam e sacudiam ligeiramente ao toque da brisa.

– Sra. Lambent. – Paul aparecera em frente à esposa do magistrado. Ele fez uma ligeira reverência, com solenidade digna de um funeral. – Meu pai me mandou voltar ao presbitério para buscar mais produtos químicos e queria saber se a senhora gostaria que eu trouxesse alguma coisa da cidade.

– Não, obrigada, mestre Clay.

Paul curvou-se mais uma vez, virou-se para partir, mas agachou e se levantou com uma fotografia na mão, que acrescentou à pilha, virada para baixo, sem nem olhar direito para ela. O gesto foi tão hábil e natural que qualquer pessoa diria que apenas reparou na foto caída no chão.

O menino fez um breve contato visual com Faith. Ninguém sorriu, mas a menina fechou os olhos lentamente, um sorriso de gato. *Obrigada*.

O guincho foi preparado, e o pároco e o magistrado, lentamente baixados escuridão adentro. O médico os fitava, vez por outra, ressentido, mas não abandonava a paciente. Ali por perto, o cavalo do magistrado mordiscava a grama com calma notável, preso à estrutura do guincho com uma corda amarrada.

Após certo tempo, Crock veio e levou as costas da mão à testa.

– Já desceram, e foi tudo bem, madame – disse. – Dizem que tem uma caverna grande lá embaixo. Vão divertir-se por pelo menos uma meia hora.

– Ele não devia ter descido – disse a Sra. Lambent muito baixinho. – Que dia mais errado, mais infeliz...

Por um instante de distração, o olhar da mulher passou pelas fotografias que tinha em mãos. O rosto congelou e o queixo caiu. Ela fez uma exclamação demorada, rouca, de raspar os pulmões, feito um suspiro de morte ao contrário.

– Sra. Lambent!

O Dr. Jacklers ficou de pé num pulo, e Crock veio correndo também.

A esposa do magistrado fitava a fotografia de cima, puxando ar com muita dificuldade.

– Essa pessoa... tateando a tenda!

– Não, não – o médico garantiu –, eu vi uma cópia dessa fotografia; é apenas Miles Cattistock segurando a lona.

– Não! – A Sra. Lambent endireitou-se na cadeira e ergueu a fotografia para que o médico a visse. – Olhe para ele! Olhe para o rosto! Não consegue ver quem é? É Erasmus Sunderly! Eu reconheceria esse rosto em qualquer lugar!

– Como? – Faith perguntou, não muito alto, mas com clareza. – Como você reconheceria o rosto dele? – A voz da menina penetrou a conversa, rasgando-a como uma faca, deixando uma fenda de silêncio em seu rastro.

O médico, que estivera fitando a fotografia, ergueu os olhos, perplexo.

– É... boa pergunta. Como você o reconheceu? Eu achava que nunca o tinha visto.

– Ele visitou a minha casa – disse a Sra. Lambent, muito rouca.

– Mas você não o viu enquanto ele esteve lá – disse Faith. – Você não veio jantar, porque se tivesse vindo, ele teria *reconhecido você*. Ele te conheceu na China, quando você viajava com seu marido, o Sr. Hector Winterbourne, que morreu de malária. Algumas pessoas acham que você tem um fraco para gim, Sra. Lambent, mas tenho certeza de que o Dr. Jacklers sabe que não é isso. Ele é seu médico; com certeza sabe por que você tem febres ano sim, ano não. Talvez tenha sido o próprio Dr. Jacklers quem lhe disse que gim e tônica podem ser usados para tratar a malária.

A respiração da Sra. Lambent foi virando um chiado amedrontador, e os olhos esbugalhavam um pouco toda vez que ela respirava.

– Doutor, a Sra. Lambent está passando mal! – disse Crock, acabrunhado, de olho na esposa do chefe.

– Por favor, doutor, deixe-me contar-lhe o resto! – Faith disse, exasperada. – Tem a ver com a morte do meu pai, e eu tenho provas, provas em papel! – Dava quase para ver o médico e o legista se digladiando dentro da mente do Dr. Jacklers.

– Continue – disse ele, fazendo que sim para Faith. Pela primeira vez o médico a fitava sem indulgência nem impaciência.

– O sobrenome da Sra. Lambent era Winterbourne – Faith prosseguiu. – Você pode confirmar no registro da paróquia. Meu pai deixou um diário. Ele escreveu ali sobre ter conhecido os Winterbournes quando viajavam rio acima em busca de um espécime. Quando o Sr. Winterbourne foi preso, meu pai não conseguiu que fosse solto...

– Não conseguiu! – A voz da Sra. Lambent pulsava de emoção. – Ele fez de tudo para manter Hector naquele buraco imundo! Podia tê-lo atropelado também!

Faith sentiu um nó desatando-se dentro de si. O acesso da Sra. Lambent confirmava sua história. O cúmplice mais fraco estava se partindo, do jeito que ela desejava, apesar de tudo, que ocorresse. Era preciso, então, sustentar a pressão, forçar mais confissões.

– Na manhã do dia em que morreu, meu pai recebeu uma carta sem assinatura que ameaçava revelar o passado, e mandava que ele fosse encontrar-se com alguém no vale de Bull Cove à meia-noite. – Faith hesitou, depois comprou a briga e arriscou-se, mentindo. – Demorei muito para encontrar essa carta. Mas agora que a temos, será muito fácil identificar a letra.

Por algum motivo, a ideia da letra deixou Faith um pouco inquieta. Uma lembrança que foi esmagada na janela de sua mente feito um mosquito, mas foi apenas um zumbido irritante, nada de mais.

– Não... – sussurrou a Sra. Lambent. – Ele disse que queimou a carta... – Os brancos dos olhos dela apareciam mais sempre que ela arfava.

– Sei que a armadilha foi ideia do seu marido – Faith continuou. Ela se levantou e chegou mais perto da mulher. – Sei que você jamais arriscaria a sua alma se não fosse assim. Estava apenas sendo uma boa esposa.

– Sra. Lambent, por favor, diga-nos tudo o que puder. – O Dr. Jacklers vestira o papel de legista dos pés à cabeça. Ele se abaixou para olhar a esposa do magistrado nos olhos com uma expressão estranhamente sincera e solene. – A lei respeita a honestidade. Se estiver disposta a falar agora, isso vai fazer uma grande diferença a longo prazo.

A Sra. Lambent abriu a boca, mas tudo o que saía eram baforadas roucas. Finalmente, com visível esforço, ela puxou ar para dentro dos pulmões e forçou fora uma comprida e rouca sílaba.

– *Ben!*

Uma sombra passou por entre Faith e o sol. Era Ben Crock, que saltou para passar o braço em torno do pescoço do Dr. Jacklers e o puxou para trás. Ao mesmo tempo, a Sra. Lambent avançou e agarrou Faith pelos pulsos com a firmeza de algemas.

– Crock, o que voc...

– Livre-se dele, Ben! – ralhou a Sra. Lambent.

Com expressão impassível, Crock arrastou o médico para trás, girou-o e arremessou para o fosso. O médico foi caindo, debatendo-se. Depois que sumiu de vista, as cordas de apoio tremeram feito cordas de harpa. Faith só podia torcer para que tivessem contido a queda do rapaz.

– Por acaso você acaba de esmagar meu marido, Ben? – perguntou Agatha Lambent num tom horrorizado, ainda grudada nos braços de Faith.

Crock inclinou-se para ouvir.

– Acho que não, madame. Ele está gritando. Parece muito saudável.

Os serventes assistiam à cena calmamente. Não protestaram nem correram para enfrentar Crock e deitá-lo ao chão. Olhavam para ele... não, esperavam por ele, por ordens. Eram os serventes dele, se é que eram mesmo serventes. Crock tinha recrutado todos.

– Agora, sua viborazinha – disse Agatha, voltando sua atenção para Faith –, você está com os diários do seu pai. Sabe os segredos dele. *Onde está a minha Árvore?*

Faith começava a suspeitar que suas deduções estavam apenas parcialmente corretas.

34
A VIÚVA

– *Sua* Árvore?

Faith finalmente entendeu. Tarde demais, entendeu a sensação de inquietude que a cutucava por dentro.

A letra. A letra de Lambent no documento do legista, grande, extravagante e indisciplinada. O recado da Sra. Lambent para Myrtle no dia do funeral, cruelmente precisa com suas letrinhas. A letrinha bonita nos rótulos no armário de curiosidades...

– O armário! Era *sua* a letra nos rótulos. Todos aqueles espécimes de história natural... nenhum deles pertencia ao seu marido. Eram *seus*.

As pistas estavam ali, Faith percebeu. Lembrou-se da cobra empalhada estrangulando um mangusto. Não era de surpreender que parecesse tanto quanto a cobra dela. Era da mesma espécie. Agatha devia ter coletado o espécime quando esteve na China.

– Tenho ótimo gosto para maridos – disse Agatha –, mas eles tendem a ser atrapalhados.

A respiração da mulher tinha se firmado, e os olhos estavam pétreos. Faith perguntou-se como chegara a pensar que Agatha fosse o cúmplice mais fraco.

– Cometi o mesmo erro dos outros – disse Faith, refletindo. – Era você a cientista o tempo todo. Winterbourne não levou você em sua busca pela Árvore... foi o contrário. E o Sr. Lambent...

– ... uma bela e nobre alma – Agatha terminou, com ar devoto –, e disposta a escutar bons conselhos.

A imagem que Faith tinha de um marido dominante com uma esposa leal, mas frágil, desvaneceu. No lugar disso ela viu um homem impulsivo e entusiástico guiado de perto por uma mulher esperta e vingativa.

– Você persuadiu seu marido a convidar meu pai para vir a Vane. – Faith imaginou Lambent agarrando-se à ideia feito um cachorrinho, e tornando-a sua. – Mandou contratar Ben Crock.

Finalmente Faith entendeu por que Agatha passava tanto tempo na escavação, e por que Crock ficava tomando tanta conta dela. Enquanto Lambent perambulava e posava em suas pantalonas, a esposa estivera discretamente comandando a escavação.

Ao compreender tudo, Faith sentiu uma mistura esquisita de júbilo, frustração e tristeza. Ali estava a fera mística que todos lhe diziam não existir: uma cientista.

– Podíamos ter sido amigas – disse Faith.

– Como você pode ver, não sou muito de fazer amizade – Agatha respondeu friamente, acenando para os serventes silenciosos. – Nossa amizade foi forjada na China, onde as maquinações do seu pai quase nos colocaram a todos para apodrecer na prisão.

– Mas isso é insano! – Faith continuava lutando para entender toda a situação. – O que você pretende fazer? Vão dar falta das pessoas que estão no fosso! E de mim também! Alguém vai vir investigar. – Ela fitou o fosso. – Se você trouxer o Dr. Jacklers agora, quem sabe ele não morra. Do contrário, vai ser assassinato, e todo mundo vai saber que foi culpa sua!

– Fomos atacados – disse Agatha, sem nem piscar – por aqueles palhaços da cidade que nos jogaram pedras outro dia. Pegaram-nos de surpresa, derrubaram o pobre doutor fosso abaixo e nos mantiveram em desvantagem por um tempo, até que conseguimos detê-los e depois tirar nossos amigos de lá. Dependendo de quão irritante você escolher ser, pode ser que acabe correndo em meio à confusão, caia e quebre o pescoço.

Faith fitou Crock. *Você gostava de mim*, pensou ela. *Teve pena de mim.*

– Desculpe, senhorita – disse Crock. – Eu realmente tinha esperança de que você não sofresse.

Em sua imaginação, Faith viu Crock serrando a corrente do cesto de minerar, depois colocando as cordas de apoio, em pânico, quando duas crianças subiram no cesto, em vez do alvo original.

– Mas eu devo a minha vida a Sra. Lambent – ele continuou. – Eu era imediato do Sr. Winterbourne, e me jogaram naquela prisão também. Eu teria morrido lá, mas a Sra. Lambent não me abandonou. Ficou no pântano até poder persuadi-los a me libertar... mas por causa disso pegou malária.

O rapaz ainda tinha os olhos de céu, mas nesse dia era um céu nublado.

– A Árvore, Srta. Sunderly – disse Agatha. – Todos nós merecemos essa Árvore. É a chave para a prosperidade que há muito nos é negada. É nossa por direito.

Por mais que doesse a Faith admitir, Agatha tinha razão. Os Winterbournes nunca possuíram de fato a Árvore, mas tinham dado anos de suas vidas correndo atrás dos rumores, apenas para tê-la arrancada antes de poderem finalmente pôr as mãos nela. *Eles são assassinos*, sussurrou o pesar de Faith. Mas o reverendo causara a morte do marido de Agatha. Faith compreendia a vingança fria e calculada.

De fato, Faith poderia até sentir verdadeira simpatia por seus inimigos, não tivesse ela acabado de ver o Dr. Jacklers sendo jogado para dentro de um fosso.

– Por favor, senhorita.

O sorriso de Crock não era o de um inimigo, mas cheio de ameaça.

– Eu... – Faith tombou a cabeça. – Eu escondi uma planta, sim. Eu... posso mostrar umas folhas, e vocês podem me dizer se é a planta certa.

Agatha soltou os pulsos de Faith, com Crock logo atrás da menina para que não fugisse. Faith pôs a mão no bolso. Seus dedos roçaram o retículo contendo o revólver e hesitaram por um momento. Contudo, se ela sacasse a arma despreparada, não poderia impedir que Crock a tomasse. Se puxasse o gatilho antes de sacar, seus inimigos ouviriam o clique.

Em vez disso, ela tirou a latinha de tabaco do pai. Ergueu-a, mas não estendeu a ninguém.

– As folhas estão aí dentro? – Agatha avançou, ávida, para pegar. Como Faith esperava, isso a trouxe para a luz do sol.

– Veja por si mesma.

Faith abriu a caixa e jogou o conteúdo em cima de Agatha.

Os fragmentos de folha cobriram o vestido da mulher, e quando o sol os tocou, pegaram fogo. Pequenas chamas ávidas sublevaram-se no cóton e no tafetá, estalando e fervendo. Crock pegou um pano e jogou por cima do vestido de Agatha para apagar as chamas.

Faith saiu em disparada. Antes que os serventes pudessem reagir, ela correu para o cavalo que pastava, soltou o nó da corda e colocou um pé no estribo mais próximo.

Então houve uma gritaria, e pedras estalando sob pés apressados. O corpo do cavalo tremelicou e as pernas traseiras dançaram, nervosas, para o lado. Faith içou-se, desesperada, torcendo para conseguir sentar em cima. Na verdade acabou esparramando-se sobre a sela feito um saco de batatas enquanto o cavalo avançou com passadas assustadiças.

Faith agarrou-se ao outro lado da sela em desespero conforme o cavalo passou para um trote assustado; a montaria socava o peito da menina a cada passo do animal. Cada solavanco ameaçava soltar os dedos dela e arremessá-la para o gramado. Faith ouvia as costuras dos ombros rasgando.

Que bom que a mamãe nunca me fez usar corselete, pensou ela.

Os cascos começaram a pisotear terra batida, em vez de grama. Ainda ouviam-se gritos lá atrás, mas foram diminuindo.

Nessa posição ingrata a menina foi quicando por mais alguns minutos, antes de perder o apoio e pousar com dolorosa força na estrada poeirenta. O cavalo foi desacelerando e parou, deixando pender as rédeas. Faith levantou-se sem jeito, sentindo o joelho ralado por baixo das saias, e foi mancando até o bicho. Fez umas poucas tentativas desajeitadas de montá-lo apropriadamente, mas ele tinha sido selado para comportar um homem. Ela tinha saias demais para pôr de lado, e quando tentara cavalgar de lado acabara deslizando para fora. Não teve escolha, portanto, a não ser prosseguir a pé.

Não havia tempo a perder. A única vantagem de Faith era ter saído na frente. Seus perseguidores, por outro lado, não estavam machucados, exaustos, sofrendo os efeitos de um fruto visionário nem lutando contra três camadas de saias.

Ademais, seus inimigos sabiam onde ela estava indo. Sabiam onde ela morava.

Quando ela chegou à descida que levava à casa em Bull Cove, Faith sentia o sangue jorrando do joelho e grudando nas anáguas.

A Sra. Vellet abriu a porta para a menina e fitou, aturdida, a aparência desgrenhada e empoeirada de Faith. Myrtle apareceu ao lado da governanta um instante depois.

– Faith, por onde esteve? Onde...? Oh, meu Deus, o que aconteceu? – Ela arrastou Faith para dentro e levou-a à sala de desenho. Enquanto a Sra. Vellet corria para o armário de remédios, Myrtle ficou parada em frente à filha, tocando com receio no cabelo dela, vendo o corte na orelha, os rasgos no vestido. – Querida... oh, querida, o que te aconteceu? Foi... foi alguém que...?

Foi preciso um momento para que Faith entendesse aonde Myrtle queria chegar.

– Não. – A menina juntou as mãos e tentou acalmar-se. – Não, não fui violada. Só estou machucada e dolorida e... e estava correndo. Um bando de assassinos está vindo para cá, mãe! Temos que fugir agora, ou eles vão nos matar!

– Assassinos? Faith, do que está falando?

– O papai fez coisas terríveis na China – Faith soltou. – Causou a morte de um homem e roubou um espécime de valor, e agora as pessoas que ele enganou vão vir atrás de nós para se vingar. A Sra. Lambent, Ben Crock, os serventes... Mãe, não há tempo para explicar direito; temos que fugir! Por favor, por favor, acredite em mim pelo menos uma vez!

A governanta chegou nesse momento com uma garrafa de xerez medicinal. Myrtle ficou irresoluta por um momento, a língua enfiada entre os dentes, olhando confusa para o rosto da filha.

– Sra. Vellet – disse –, por favor, busque o Howard. Temos que partir agora, a pé. Um bando de assassinos está vindo nos atacar.

– O Prythe tem uma espingarda? – Faith perguntou, esperançosa.

– Prythe partiu ontem à tarde – Myrtle respondeu, distraída.

– Mas...

Faith lembrou-se de Myrtle ameaçando mandar os empregados expulsarem tio Miles da casa na noite anterior. A mãe olhou a filha nos olhos e sorriu.

– Sim, querida – disse ela, muito vívida. – Eu estava blefando.

A Sra. Vellet partiu e retornou com Howard.

– Pela estrada alta ou pela baixa? – Myrtle sussurrou urgentemente consigo. – Se pegarmos a estrada baixa, não há onde se esconder ou como escapar. Pela estrada alta, pelo menos podemos cortar pelo gramado, ou nos escondermos atrás dos arbustos...

– Madame... – A Sra. Vellet pigarreou. – Nós... devíamos pegar a estrada baixa.

– Posso saber por quê? – Myrtle pareceu surpresa com o conselho não solicitado.

A Sra. Vellet apertou a boca e retraiu o queixo, parecendo incomodada. Se fosse capaz de puxar a cabeça para baixo do colarinho feito uma tartaruga, Faith supôs que a mulher o teria feito.

– Se pegarmos a estrada baixa, encontraremos uma carruagem – disse, finalmente, a Sra. Vellet. – Tem uma pessoa... vindo me encontrar.

A estrada baixa e o mar sempre flertavam um com o outro, e naquele dia estavam particularmente apaixonados. A maré estava alta, e grandes ondas podiam ser ouvidas colidindo contra a margem. O vento refrescante enchia o ar de vapor de água e um borrifo de arco-íris.

A Sra. Vellet trazia Howard pela mão com muita paciência, enquanto Myrtle lutava contra o imaculado vestido preto, soprando e sorvendo o pesado véu com cada respirar. Ninguém portava bagagem, nem mesmo um leque. Os membros de Faith doíam por conta da queda, o joelho começava a inchar e a falta de sono começava a alcançá-la. Vez por outra um denso atordoamento deixava sua mente abafada por um segundo, como tecido sobre uma lamparina.

A menina não podia evitar ficar olhando para trás. Ficava esperando ver homens vindo atrás deles, correndo.

O primeiro estrondo a pegou de surpresa. Estava cansada e confusa demais pelo sol para saber de onde tinha vindo. Então alguma coisa estalou bem alto na estrada a alguns metros dali, e a menina virou o rosto e viu fragmentos amarronzados de rocha sublevarem-se e se espalhar.

– Estão acima de nós, no morro, jogando rochas! – Faith passou para o lado interior da estrada. – Rápido, para esse lado! Embaixo da saliência!

Os outros seguiram o exemplo e logo formaram uma apressada fila sob a pequena porção de abrigo.

– Eles devem ter pensado, uff, que nós pegaríamos, uff, a estrada alta. – Myrtle arquejava, tentando acompanhar.

– Sabem onde estamos, agora – murmurou Faith. – Alguns vão voltar e vir pela estrada baixa atrás de nós.

Mais uma pedra imensa atingiu a estrada, bem perto dos fugitivos. Parte dos fragmentos dela voou e acertou Howard, que soltou um berro de dor e confusão. O som cortou o coração de Faith e a preencheu com uma torrente quente de raiva protetora.

Um pouco mais adiante, a estrada descia, muito íngreme, para nivelar bem lá para baixo. A partir desse ponto, a muralha era tudo o que defendia a estrada do mar abusado e caprichoso. O barulho era ensurdecedor. Cada onda jorrava um arco brilhante de espuma sobre o topo do paredão, caindo com um estalo na estrada e borrifando o morro com manchas escuras.

Um arco branco e fervilhante encharcou a todos, fazendo-os exclamar com o susto. O caminho estava escorregadio, cheio de poças grandes e salgadas. Com um arrepio, Faith lembrou-se de que a estrada tinha sido inundada no dia em que chegaram, um perigo. Não se lembrava, porém, da tabela de marés, nem tinha certeza se as águas não subiriam mais.

Pior ainda, Faith olhou para trás e viu figuras distantes em meio à bruma de vapor d'água pintado de sol.

– Estão vindo! – gritou.

– Onde está a carruagem? – Myrtle berrou.

– Escutem! – gritou a Sra. Vellet.

Havia um estalar tão fraco que era quase imperceptível. Ele foi ficando mais claro e alto, até que finalmente um pônei e uma pequena carruagem fizeram a curva, aparecendo aos fugitivos, ecoando cascos e tilintando sinos.

Havia uma única pessoa na carruagem, usando capa marrom e chapéu, que dirigia com ávida velocidade, às galopadas. Conforme a carruagem chegou mais perto, Faith pôde divisar os cabelos pretos e bandagens pesadas em torno da cabeça. Era a Srta. Hunter.

Ao ver o grupo aproximando-se em correria, a expressão da Srta. Hunter passou de uma de feliz antecipação para de surpresa e insegurança.

– Jane! – ela chamou. – Você trouxe a família?

– Estamos desesperados, Leda – disse a Sra. Vellet, adiantando-se com Howard nos braços. – Eles estão sob ataque. Tinha que ajudá-los a escapar.

Os olhos da governanta brilhavam, e ela parecia mais jovem que de costume.

– Claro que sim.

O sorriso de Leda Hunter tinha aquele toque de tristeza que em geral vem misturado ao afeto verdadeiro.

– Tem como virar a carruagem na estrada?

Assim que Faith disse essas palavras, outra pedra esborrachou-se no chão, jorrando cascalho sobre as rodas da carruagem.

A estrada era ampla o bastante, então a Srta. Hunter começou a virar a carruagem para a direção oposta. Uma parte do cabelo preto se soltara das mechas enroladas, conferindo à moça uma aparência brincalhona e intrépida.

– Você não devia estar dirigindo com esse ferimento! – sussurrou a Sra. Vellet, repreendendo a moça, ao passar Howard para dentro da carruagem.

As duas mulheres trocaram um sorriso rápido. E foi esse lampejo de sorriso que bastou para Faith entender que a Sra. Vellet não era seca, e a Srta. Hunter não era fria, e para captar um momento de harmonia, como de duas notas num acorde, o fragmento mais diminuto de uma melodia que ela não compreendia.

– Rápido! – gritou Myrtle.

Os homens distantes iam ficando cada vez menos distantes. Tinham alcançado a descida íngreme na estrada e corriam encosta abaixo o mais rápido que ousavam, deslizando os pés no solo umedecido pelo vapor das ondas. Um deles carregava um barril do tamanho de uma caixa grande de chapéu.

A Srta. Hunter completou a manobra. Myrtle foi ajudada a subir a bordo da carruagem, ao lado de Howard. A Sra. Vellet escalou e apertou-se lá dentro também; a pequena carruagem rangia e protestava perante o fardo inusitado.

– Faith! Suba!

Faith lançou um último olhar para trás, depois parou. Os homens não continuavam perseguindo-os. Tinham parado na base do morro, onde ficaram ocupados. O barril tinha sido colocado contra o paredão, com rochas empilhadas de qualquer jeito por cima. E agora os homens corriam morro acima, o mais rápido que podiam...

O barril estava a vinte metros da família. Faith desatou a correr, apesar do joelho inchado e do peso das saias molhadas. Ela correu na direção da sinistra pilha de pedras improvisada, sabendo que, se tinha razão, a explosão poderia rachá-la ao meio a qualquer segundo.

Devia ter sido ideia do Crock; tinha as marcas de seu bom senso implacável. Não havia por que alcançar e matar cinco fugitivos numa carruagem se dava para abrir um buraco no paredão e deixar o mar fazer o trabalho sujo.

Faith alcançou a pilha de pedras, com o coração martelando, esperando sentir a pele sendo arrancada dos ossos. Dava para ver somente as tábuas de madeira e os aros do barril de pólvora enterrado. Um som fraco frisante chamou-lhe a atenção. Havia um pedaço de corda grossa envernizada brotando das pedras. Uma flor de vivas chamas alaranjadas tremulava na ponta solta, comendo a corda até deixar um toco.

Faith agarrou o pavio, logo acima das chamas, e arrancou do barril. Ele soltou facilmente, e a menina o jogou longe na estrada, para o fogo se extinguir sibilando numa poça. Depois ela chutou as pedras até poder abaixar-se e pegar o barril. Era pesado, mas ela içou-o até o ombro, e depois jogou por cima do paredão.

– Faith! – gritou Myrtle.

A menina escutou passos correndo morro abaixo, vindo em sua direção. Ela se virou para fugir para a carruagem, mas sabia que era tarde demais. Soube desde o instante em que correra para o barril.

Alguém a agarrou pela traseira da gola, depois um braço segurou-a pela cintura, apertando suas vísceras e erguendo-a do chão.

Myrtle gritava e gritava o nome da filha, enquanto outros homens passaram correndo por Faith na direção da carruagem. Houve gritos e um *craque-craque* de mais pedras caindo, depois o guincho de um cavalo horrorizado. A carruagem alçou voo conforme o cavalo disparou, ondulando muito, mas ganhando velocidade, e desapareceu na curva da estrada.

– Voltem! – gritou uma voz familiar. Os serventes que corriam foram parando, deram meia-volta e retornaram lentamente. – Temos quem queríamos – disse Ben Crock, devolvendo Faith ao chão.

35
SOBREVIVÊNCIA E OS MAIS FORTES

Sob um brilhante céu azul, Faith caminhava pela trilha que dava na praia, ouvindo o barulho das botas de seus inimigos esmagando o cascalho do chão. Sua nuca formigava com uma sensação de perigo.

Essa será a última vez que caminharei por esta trilha, pensou Faith, estranhamente calma.

A menina já tinha calculado suas chances de sobrevivência. Agatha Lambent e Ben Crock não podiam deixá-la viver. Matá-la-iam assim que ela cumprisse sua função.

Com Faith morta, era improvável que alguém pudesse provar qualquer coisa contra Agatha e seus cúmplices. O Dr. Jacklers poderia testemunhar contra eles se tivesse sobrevivido, mas sua sobrevivência parecia improvável. O grupo que escapara na carruagem só sabia o que Faith lhes balbuciara. Viram muito pouco – somente um bando de homens ao longe e umas pedras caindo. Paul sabia parte do que Faith descobrira, mas Agatha e Crock não sabiam disso, e Faith não estava com pressa alguma de contar.

Dava quase para sentir a presença das outras Faiths, de outros tempos. Faith correndo, culpada, pela praia para esconder as luvas entre as pedras. Faith rastejando na escuridão junto ao pai. Faith descobrindo a pessoa pendurada na árvore, no morro. Faith esgueirando-se até o barco no vestido esfarrapado do funeral, louca de tristeza e com sede de vingança. Talvez até uma Faith muito mais criança, em outra praia, encontrando seu primeiro fóssil e esperando a aprovação do pai.

Todos esses outros *eus* pareciam ter vivido muitas eras antes. Faith nem sabia ao certo o que diria a cada um se os encontrasse.

– Aquele é o barco, ali na frente? – perguntou a voz grave de contralto de Agatha Lambent atrás de Faith.

– Sim – disse a menina. Ela tombou para trás a cabeça, vendo um balé de pequenas gaivotas brancas cavalgando nas costas do vento cada vez mais forte.

Já não dava mais para entender a Faith da noite dos ratos, que acreditara que o mundo era apenas dentes e fome, nada além de morte e ossos mortos na poeira. *A fome não pode explicar por que eu amo o azul desse céu*, pensou ela.

Alguém a pegou pelo braço e a puxou com firmeza por sobre o cascalho. Faith não conseguiu evitar mancar; estava difícil dobrar o joelho inchado.

– Mostre-nos a caverna – disse Crock.

Faith ergueu o braço e apontou.

– Não dá para ver direito daqui.

– E não tem outro jeito de entrar? – perguntou o imediato.

Faith virou-se e olhou bem dentro dos olhos claros de Crock, cor de céu.

– Acha *mesmo* que eu ficaria remando nesse barco, nessas correntes, um monte de vezes se houvesse outro jeito de entrar?

Crock estudou-a por um momento, depois mexeu a cabeça, concordando com o ponto de vista da menina. Faith divertiu-se. Até mesmo ali, prestes a morrer, ela conseguia mentir.

O barco era pequeno demais para muitos passageiros.

– Sente-se na popa e indique a direção – Agatha disse a Faith. – Ficarei na proa, e o Sr. Crock vai remar.

Quando todos os três se sentaram, os "serventes" empurraram o barco para a água. Sem dúvida, as viagens noturnas de Faith teriam começado muito mais facilmente com uma hoste de inimigos mortais para ajudar.

As ondas verdes vítreas e a espuma jorrando emitiam um brilho falso feito o sorriso de um lunático. O barco vacilava e pinoteava, deixando um rastro eriçado e perolado, mas Crock manobrava os remos mais facilmente do que Faith já fizera. O sol reluzia no tecido do chapéu de Agatha, lançando uma sombra pontuda no rosto dela. Quem visse de fora, pensaria que era uma família passeando.

No momento, Faith dançava conforme a música de seus captores, fazendo justamente o que a tornaria dispensável. Contudo, isso também a colocava em posição de lidar com dois inimigos, não sete.

– O que vão fazer com a Árvore? – perguntou ela.

– Se vou publicar artigos sobre ela, alvoroçar o mundo científico e ser brindada por toda a Sociedade Real? – A voz grave de Agatha estava carregada de cinismo e amargura. – Acho que não. Já tive ideias como essa antes. Hoje, entendo o mundo bem melhor.

– Acha que ninguém acreditaria em você? – Faith sugeriu.

– Sei que não. É novo demais, estranho demais; tiraria muitos outros cientistas de seus confortáveis lugares. Talvez soe melhor vindo de um cavalheiro de boa criação, mas se fosse *eu* a falar disso? Acabaria certamente enfiada num manicômio.

– Então você pretende mantê-la em segredo e ficar dando mentiras. – Faith percebeu que estava brava. Se era para ser morta por causa de uma planta, que pelo menos os assassinos fizessem o melhor uso possível dela.

– Em breve, se Deus quiser, meu marido será um membro do Parlamento – Agatha disse calmamente. – Estará no posto certo para poder alimentar a Árvore, e dirá tudo que eu mandar que ele diga.

A ideia deixou Faith com náusea. Como membro do Parlamento, Anthony Lambent poderia espalhar mentiras grandiosas de enorme alcance através da Câmara dos Comuns por todo o Império.

– Segredos significam poder – Agatha continuou –, e dinheiro, se a pessoa usar corretamente. Se eu não puder ser famosa, que seja rica, então.

– Mas com certeza você pretende estudá-la! – Faith exclamou. – Você *tem* que pensar nisso! Como vai suportar usá-la sem procurar entendê-la?

– Tem coisas que a ciência não pode explicar – Crock comentou acabrunhado, puxando os remos.

Tanto Faith quanto Agatha bufaram, discordando dele.

– Que absurdo! – Faith exclamou. – Se algo ainda não foi explicado não significa que um dia não possa ser! Achavam que pontas de flecha de sílex eram dardos de elfo! Os anglos achavam que as ruínas romanas tinham sido construídas por gigantes!

– Pode haver questões ainda sem resposta, mas isso significa que *precisamos* da ciência, e não que a ciência é inútil – Agatha retrucou, amarga. – Há peixes no mar esperando para serem pescados, mas isso não significa que as redes de pesca falharam e devam ser postas de lado.

Faith flagrou-se fazendo que sim, concordando.

– Mas todos nós sabemos o que é essa Árvore! – Crock protestou. Ele fitou Faith. – Você é filha de pastor, sabe o bom livro de cabo a rabo... *Tem* que saber o que ela representa.

Faith levou um momento para entender onde Crock queria chegar. Quando o fez, lembrou-se de fragmentos crípticos do diário do pai e finalmente os compreendeu.

Tenho pensado se a Árvore não data dos Dias Antigos... uma era mais afortunada, ora perdida...

– A Árvore do Conhecimento – disse Faith, exasperada, e sentiu uma súbita e profunda tristeza. – Meu pai pensava o mesmo. Não... tinha *esperança* que fosse isso. Queria ter prova científica da Bíblia.

– A esperança é um perigo para um cientista – Agatha disse friamente.

– Eu não acho que ela *seja* a Árvore do Conhecimento – Faith disse lentamente. Chegava a doer contradizer o pai, e ficar ali debatendo a questão com seus algozes era estranho, mas ela não conseguia se conter. – Por que a Árvore estaria fora do Éden, e comendo mentiras? Além disso, o fruto não te dá conhecimento divino. Às vezes eu acho que... – Ela parou e levantou a sobrancelha conforme uma suspeita nebulosa tomou forma em sua mente. – Os "segredos" devem ser apenas coisas que, no fundo, a pessoa já adivinhou.

Crock continuou remando, com semblante fechado agora. Faith sentiu nele um incômodo fervilhante, raivoso, com essa conversa. Foi a primeira vez que ela notou um mínimo que fosse de discordância entre seus inimigos. Crock parecia bem pouco seguro de que a Árvore não era uma planta proibida destinada a condenar sua alma. Faith percebia que ele seguiria Agatha Lambent até o inferno, mas talvez acreditasse que era exatamente isso que estava para lhe acontecer.

Faith reparou em onde estavam.

– Aquela é a caverna! Deixe a onda nos levar lá para dentro!

Ela nunca tinha chegado ali com a maré alta, e a água estava batendo perto do topo da boca da caverna. Quando a onda os empurrou para a frente com força estonteante, os três tiveram que se abaixar no barco, com o intuito de passar sem bater as cabeças.

Faith ouviu seus companheiros arquejando conforme o barco emergiu para a caverna sussurrante, girando daqui para lá, batendo nas paredes. Finalmente parou, não sobre o cascalho, como de costume, mas no platô de pedra acima.

– Que cheiro é esse? – perguntou Agatha. O aroma da Árvore dava a sensação de ter agulhas pinicando os fundos dos olhos e o nariz. Era de gelar os pulmões.

– É da Árvore – disse Faith.

Crock foi o primeiro a sair. Quando Faith saiu, ele a pegou pelo braço com firmeza.

– Não quero perder você de vista no escuro – disse.

Uma luz tremelicou quando acendeu no barco, mostrando Agatha nutrindo a chama de uma lamparina para crescer ainda mais.

– Você não pode levar isso lá dentro! – Faith declarou com avidez. – Uma luz forte dessas vai destruir a Árvore! Você viu o que aconteceu às folhas. Tem que cobrir a lamparina para deixar passar só um pouquinho de luz.

Após fazerem cara de suspeita e trocarem olhares, os inimigos de Faith seguiram o conselho da menina. Ela viu a entrada da caverna escurecer um pouco ao seu redor.

Quando se aproximaram da outra caverna, nem mesmo Faith conseguiu suprimir uma delicada exclamação. À frente havia uma massa de trepadeira negra retorcida, tão densa e escura que parecia ser a beira de um abismo. Vinhas enormes e musculosas de madeira arqueavam-se e entrelaçavam-se em meio às gavinhas negras, como segredos numa linguagem de vegetais.

Com a lamparina erguida, Agatha foi guiando-se para a cortina de gavinhas negras que gingava gentilmente. Ela estendeu a mão protegida pela luva e acariciou gentilmente as vinhas mais próximas, esfregando o indicador no dedão para testar a consistência da seiva. Seus olhos brilhavam num transe. Ao mesmo tempo, havia algo de perdido e distante em seu sorriso. Mesmo o brilho parecia vazio, como o reflexo do ouro nos olhos do garimpeiro.

– Esta é a Árvore – disse, num tom meio desanimado de admiração. – Encontramos. Após todos esses anos.

Sem aviso, Agatha entrou na floresta de tentáculos negros e sumiu, levando consigo a lamparina e toda a luminosidade da primeira caverna. Lá na frente, o brilho da lamparina movia-se por entre as vinhas, uma faísca num matagal sem sol.

– Venha comigo, Ben – Agatha chamou, a voz abafada. – Não vai doer nada.

Crock a seguiu, arrastando Faith por entre as gavinhas grudentas.

Faith tentou prestar atenção na rota, para poder ter como encontrar a passagem secreta que dava para o topo do morro. Infelizmente, Crock a segurava com força demais para que ela pudesse soltar-se dele e escapar por entre as vinhas. Em todo caso, mesmo que o fizesse, a lamparina de Agatha os ajudaria a rastrear a menina antes que ela se fosse muito longe.

Sem ser observada, ela enfiou uma das mãos no bolso e segurou o cabo do revólver do pai. A pequena arma tinha apenas uma bala, contudo, e ela enfrentava o dobro de assassinos.

– Você pode ir seguindo as raízes no chão, elas levam ao centro! – disse Agatha, erguendo a lamparina e chamando Ben. – São como as pás de uma hélice!

Conforme ela avançou, as gavinhas pendentes sussurraram ao roçar o tafetá das saias cheias da mulher e rastejaram inquisidoras sobre os ombros dela. Agatha e a Árvore pareciam estar gostando uma da outra, e Faith sentiu uma tola pontada de ciúme.

Crock, por outro lado, estremecia toda vez que uma vinha acariciava o rosto dele.

– Não prestem atenção às vozes – Faith sussurrou. – Logo vocês se acostumam. – A menina ficou satisfeita quando viu Crock ficando tenso ao notar, pela primeira vez, os fragmentos murmurados.

Conforme prosseguiam, contudo, as vozes foram ficando mais altas, e começaram a incomodar Faith também.

O centro da Árvore compunha agora um amplo entrelaçar torturante de vinhas cascudas largas feito troncos, enrugadas e nodosas. Ao fitá-la, Faith sentiu os tímpanos pulsando com um barulho que lembrava papel rasgando. A cada batida, o descoramento da madeira retorcida parecia pulsar e reluzir. Em sua visão periférica, ela pensou ter visto vapores suaves de negrume vazando nas nódoas para escurecer e engrossar o ar.

Agatha riu, e colocou o pé em cima de uma raiz grossa no chão. Faith não soube dizer se a mulher estava comemorando a conquista da planta ou prestes a escalá-la feito criança. Crock assistia a tudo com uma expressão desconfiada.

– Vimos o que viemos ver – disse ele. – Podemos ir?

O homem olhou para Faith, e ficou tristonho. Já estava imaginando-a morta, Faith entendeu. Estava preparando-se para matá-la, e já lidava com o arrependimento que sentiria. Estava pensando nos modos mais rápidos de fazê-lo.

Se ela não desse mais nada em que pensar a seus captores, eles pensariam em matá-la.

– Por que está com tanta pressa, Sr. Crock? – Faith perguntou com uma ousadia que não sentia, na verdade. – Está com *medo* da planta? Depois de tudo que fez, e as pessoas que matou para estar aqui? É apenas uma *planta*. Ela se alimenta de mentiras e concede segredos, mas essa é a explicação mais simples. Ela forma uma ligação com a pessoa, e o restante é apenas questão de correntes no fluido magnético.

Agatha ficou tensa e virou-se para ver a menina.

– O que disse?

– Magnetismo animal – Faith prosseguiu, radiante. – Induz transes, visões desobstruídas, permite que seres vivos afetem um ao outro sem se tocar, causa efeitos físicos...

– Eu conheço a teoria do magnetismo animal! – Agatha retrucou. – É uma noção absurda e exagerada em que ninguém de bom senso acredita! Somente curandeiros e charlatões falam disso! Como ousa associar um absurdo antiquado desses à minha Árvore? – Havia um brilho ousado nos olhos da mulher que eram quase alegria.

– Como você explicaria, então? – Faith devolveu, imaginando quanto tempo fazia desde que Agatha tivera a chance de discutir alguma coisa com alguém.

– Bom, obviamente a Árvore é uma espécie de carnívoro espiritual. – Agatha foi chegando mais perto. – Suponho que consuma fantasmas, e seja capaz de fornecer respostas usando o conhecimento dos espíritos que assimilou... como uma planta médium. Minha teoria é a de que uma mentira poderosa ganha vida própria, quase se tornando um espírito em miniatura. A Árvore absorve essas mentiras e usa a energia do espírito delas para sustentar os fantasmas assimilados.

A mulher parou bem em frente a Faith, os olhos brilhando sob a luz fraca da lamparina. Tinha a mesma idade de Myrtle, Faith notou, mas as frustrações tinham deixado sulcos profundos. Havia rugas nos cantos da boca, marcas de muitas palavras represadas.

– Obrigada – disse Faith humildemente. – Isso foi... muito esclarecedor.

Então a menina golpeou a lamparina na mão de Agatha, derrubando-a no chão da caverna.

Ficou tudo escuro e cheirando a óleo e madeira verde chamuscada. Faith tentou libertar o braço da mão de Crock, mas ele fincou nela os dedos e prendeu. Com o outro braço ele a envolveu e apertou a garganta dela, enquanto ela se debatia.

Faith tirou o revólver do bolso, tateou às cegas até conseguir puxar o gatilho, depois ergueu a arma de modo que ficou apontada para trás, ao lado do rosto dela. E atirou.

O baque foi como um golpe aplicado na cabeça dela. O revólver sacudiu e pulou fora da mão dela, e o metal quente bateu em seu ombro antes de cair. Alguém atrás dela gritava, e ninguém mais a segurava.

Faith mergulhou para o breu à sua frente, escutando vidro esmagando-se sob seus pés. Havia formas atrás dela tateando, um farfalhar e arquejar como de grandes feras entre o gramado. O próprio tropeçar de Faith fazia igualmente muito barulho. Vinhas açoitavam-lhe o rosto, enroscavam-se no pescoço dela, faziam-na tropeçar, prendiam-lhe os braços, enfiavam-se pelos bolsos, metiam dedos invisíveis nos olhos dela.

Era preciso encontrar a parede da caverna. Assim que encontrasse, poderia segui-la e achar a saída. Mas os dedos da menina davam com vinhas e mais vinhas emaranhadas e o grude melequento das folhas. Entremeou-se na mente dela o receio profundo de que ela e seus perseguidores não estavam mais dentro da caverna, mas numa floresta infinita, sem paredes, que era a Árvore, um inferno particular onde ficariam se caçando por toda a eternidade.

Não, ela disse consigo, *não. Tem uma parede. Tem uma parede.*

Em meio ao farfalhar das folhas e ao emaranhado dos ramos da planta, os dedos da menina tocaram pedra.

Ela acompanhou a parede, cortando os dedos nos nós das vinhas por causa da pressa. Tropeçou em degraus e inclinações, encontrou onde apoiar os pés, escalou. Tateava, apertava, sentindo o caminho pelo toque. As passagens estavam mais estreitas do que antes, forradas agora por vinhas espalhadas, grudentas. Faith perdeu tempo precioso esgueirando-se para fora dos aros das roupas e livrando-se deles, para poder apertar-se por passagens mais estreitas.

Mas agradecia cada fenda desesperada, cada fissura dolorida, sabendo que, se impunham dificuldades para ela, sem dúvida fariam o mesmo para seus perseguidores, com suas garras. Ela era o rato na rachadura, fugindo dos dentes dos cães.

Havia algo acima dela, um brilho que mal podia ser chamado de luz. Faith lutou e batalhou e debateu-se feito um peixe, esforçando-se na direção da pálida promessa. Seus dedos encontraram apoio e seus braços força, e ela puxou-se para cima. O túnel foi ficando mais iluminado e finalmente apareceu um triângulo de céu azul no alto. Faith sorveu o cheiro do ar fresco junto do aroma de grama quente, e sentiu terra entre os dedos.

Mas quando ela tentou emergir para a luz, as vinhas estreitaram-se e a prenderam. Estavam entrelaçadas nos ombros e na cintura dela, nos braços e no pescoço, mordendo e amarrando. Ela tinha chegado à extensão máxima do alcance da Árvore da Mentira, e sentiu os dedos rasparem pela terra quando começou a deslizar de volta, túnel abaixo.

– Não! – Faith sussurrou, mas o sussurro não foi o único barulho. As vozes avultaram-se em torno dela, e então ela entendeu por que tanto a incomodavam. Falavam com a voz dela, misturadas e enlouquecidas num gorgolejar de gato.

Ele era um gênio, as vozes cantaram e rosnaram. *Foi enganado e incompreendido. Era um bom homem. Tínhamos uma ligação especial...*

Palavras que ela nunca dissera à Árvore. Pensamentos que sussurrara com ninguém além de si mesma. E mentiras. Amáveis, sufocantes mentiras.

Faith conseguiu levar uma das mãos ao bolso e sacou o espelhinho. Estendendo o braço para o lado o máximo que pôde, conseguiu botar a face de vidro no raio de luz do sol e refleti-lo para cima de si mesma.

Houve silvos e faíscas quando as vinhas que a prendiam pegaram fogo. Faith ignorou a súbita dor das queimaduras e o cheiro de seus cabelos cauterizando. As roupas, manchadas de seiva, chiaram também, mas ainda estavam encharcadas de água do mar. Conforme as vinhas foram soltando, a menina tateou para subir e ergueu-se para fora do buraco, de barriga para baixo, feito um peixe na terra. Ela rolou e rolou para o lado, apagando, assim, as chamas, e ficou lá deitada, ofegante.

Por uns poucos momentos Faith não teve fôlego nem noção de mais nada além do céu lá no alto. Então ela viu que havia fumaça saindo do buraco. A ideia tinha sido apenas queimar as gavinhas que a prendiam; Faith imaginou o fogo abrindo caminho, vinha após vinha, como as chamas alaranjadas no pavio do barril de pólvora.

Plumas de fumaça cinza passaram para enormes ondas pretas. Lá embaixo, a Árvore estava em chamas.

Faith puxou pés e tornozelos para longe do buraco e cobriu a boca para proteger-se da fumaça. Não podia fazer nada por Ben Crock e Agatha Lambent a não ser buscar ajuda. Vacilante, Faith levantou-se, depois quase desabou de novo quando o mundo todo virou um carrossel, os ouvidos zumbindo.

Ela viu, ao longe, a torre da igreja, e cambaleou nessa direção. Os pés não pareciam pertencer-lhe, e era impossível manter uma rota retilínea. De algum modo a beirada do morro parecia deslizar junto dela, à direita, pegando-a de surpresa. Em certo ponto, Faith flagrou-se respondendo, irritada, a uma pergunta feita sabe-se lá por quem.

Fumaça. Deve ser a fumaça.

Ela olhou para trás e viu que ainda havia uma coluna volumosa de fumaça desprendendo-se da entrada escondida. Ia se espalhando conforme subia, uma mancha amarelada e doentia no azul do céu.

Muito mais próxima, porém, estava uma pessoa. Um fantasma enegrecido, sujo de fuligem, incansável, o cabelo ondulando na brisa feito uma bandeira de guerra. Queimaduras rosadas abriam bolhas no rosto e apareciam nos buracos chamuscados do vestido verde de sereia. Agatha vinha cada vez mais rápido, olhos fixos em Faith, e somente Faith.

As pernas desta lhe falharam, e ela tornou a cair no chão. Abaixo dela, uma das mãos procurou alguma coisa para arremessar, e encontrou uma pedra. Uma pedrinha perfeitamente redonda.

– Afaste-se! – ela gritou, vendo a pessoa chegar ainda mais perto. Ela ergueu a pedra, torcendo para que Agatha não visse nada além de um objeto redondo e escuro. – Isso aqui é um fruto. É tudo que resta da Árvore! Deixe-me em paz... ou vou jogá-lo no mar!

Agatha não parou.

– Você pode fugir! – Faith exclamou, arrastando-se para trás, sobre a turfa, a mão ainda erguida para o arremesso. – Vá para o porto! Pegue um barco!

Agatha olhava diretamente nos olhos de Faith conforme avançava. A expressão desesperada era tão plana e vazia quanto a de alegria tinha sido.

– Pare! – Faith gritou. – Eu falo sério!

Agatha avançou, dedos curvados para agarrar o "fruto", e Faith arremessou-o por cima da mulher, na direção da beirada do morro. Foi a única coisa que pensou em fazer: criar distração para ter tempo de escapar.

A mulher girou e fitou o objeto redondo, que quicou e ricocheteou para a beirada. Ela se virou e foi atrás dele.

Ele quicou, e a luz do sol reluziu em sua superfície de ardósia cinza. Era uma pedra, nada mais que uma pedra. Quicava tão rápido que era impossível pegar, e mesmo assim Agatha o perseguia.

– Pare! – Faith viu-se gritando. – Pare! Eu menti!

Contudo, a pedra mergulhou para o precipício, mas Faith percebeu que Agatha nem mais olhava para ela. Perto da beirada, a mulher acelerou, abriu bem os braços e correu para a eternidade.

Então não havia nada além do insensível azul do céu, o vento fedendo à fumaça e os grilos tagarelando por entre a grama seca.

36
EVOLUÇÃO

As coisas poderiam ter sido diferentes se o Dr. Jacklers não tivesse sobrevivido. Ele sobreviveu, contudo, com muita relutância, mas com grandes chances de recobrar o uso da perna quebrada.

Ele até presidiu o inquérito prorrogado do finado reverendo Erasmus Sunderly, não querendo deixar a tarefa em mãos de pessoa menos gabaritada, e disparou tão severamente contra o júri que alguns dos membros claramente pensaram ser eles quem estavam sob julgamento. Ele foi mais gentil ao falar de Faith Sunderly, mas de fato repreendeu-a por não partilhar suas suspeitas com ele antes.

O reverendo, concluiu-se, morreu sob as mãos de pessoas conhecidas. Ben Crock foi encontrado na caverna, vivo, mas seriamente queimado, e com o olho esquerdo prejudicado pela explosão de pólvora de um revólver. Os "serventes", todos homens que trabalharam junto de Crock para Winterbourne, foram dominados e presos.

O corpo de Agatha Lambent foi encontrado na base do morro. Contudo, a participação da mulher na fraude foi diminuída. Faith sabia que tal delicadeza fora um ato de bondade em memória dela e pelos sentimentos do marido, que ficara devastado ao ouvir sobre os crimes cometidos pela finada esposa. Ao mesmo tempo, isso deixou Faith incomodada. Agatha estava desaparecendo. Sua astúcia, sua vilania, seu zelo científico, seu brilho e suas obsessões derretiam no ar feito vapor. Logo ela seria apenas mais uma "amada esposa" numa lápide de mármore.

A participação de Faith nos eventos acabaria invisível também. Se os jornais chegassem a mencioná-la, a pintariam como uma garotinha tola que dera com a verdade, assim como tropeçara num fóssil importante certa vez. Talvez até usassem a fotografia dela aos sete anos, agarrada, orgulhosa, ao achado.

Não foi encontrado rastro algum da Árvore. O fogo a consumira, deixando apenas as paredes enegrecidas da caverna e um cheiro singular.

Faith lamentou a perda para a ciência, mas não ficou totalmente triste pelo fim da planta.

Evidências inconclusivas, ela escreveu no caderno sob as próprias teorias e as do pai. E depois: *Observações incertas. Objetividade comprometida.*

Numa manhã tranquila, o túmulo do reverendo foi limpo e seu caixão baixado para o local de descanso final. Vendo os torrões caindo suavemente sobre a madeira e a turfa cobrir o caixão feito uma cortina, Faith sentiu o ferimento finalmente se fechar.

Meu pai nunca vai me entender nem perdoar. Mas eu posso entendê-lo, e perdoá-lo, com o tempo. E isso deve bastar.

– Havia algo de bom nele – Myrtle disse a Faith mais tarde, numa longa noite na qual conversaram sobre tudo, comendo bolo, o que passara a ser uma extravagância. – Você e Howard eram muito importantes para ele, pelo menos.

– E quanto a você? – Faith perguntou.

Myrtle balançou a cabeça.

– Eu sempre disse a mim mesma que tive sorte – disse ela. – Seu pai nunca me bateu, nunca bebeu e, se tinha amantes, tinha a decência de ser discreto. Sustentava a mim e a meus filhos, e no entanto eu tentei, ano após ano, tornar-me companheira dele. As portas nunca se abriam, Faith. No fim, perdi a esperança. Ah, mas não posso reclamar! – Myrtle deixou para trás o passado com um aceno delicado. – Isso me fez ser quem sou. Quando todas as portas se fecham, você aprende a pular pelas janelas. Natureza humana, eu diria.

Anthony Lambent recebeu Myrtle e Faith na sala de curiosidades da esposa. Era apenas as ruínas daquele homem entusiasmado de antes, passando os olhos, desconsolado, de item para item.

– Ela era minha âncora – disse –, meu porto na tempestade que é o mundo. Eu conseguia *dormir* porque sabia que ela estava ali. Como é que vou conseguir dormir de novo?

Ele olhou por cima de Faith, que ficou aturdida ao ver um homem tão grande parecer tão ínfimo.

– Eu sou o magistrado – disse ele, muito triste. – Devo aplicar a lei, e existem leis acerca do enterro de suicidas... Vocês sabem disso melhor do que muitos. Srta. Sunderly... você a viu, no final. Ela...?

Lambent não conseguiu terminar a frase. Faith lembrou-se do salto ousado de Agatha para o espaço. Depois fitou o rosto do viúvo e concluiu que o universo a perdoaria por mais uma mentira.

– Ela tropeçou – disse.

Lambent fechou os olhos e exalou lentamente.

– Eu não devia me importar – disse –, mas... eu teria feito tudo por ela. Esses... todos esses... – Ele foi passando pela sala. – A escavação foi feita por ela. Tudo o que eu queria era fazê-la feliz...

Lágrimas brilhantes brotaram dos olhos dele, e sua expressão fez Faith lembrar-se de Howard.

O humor de Lambent chicoteou rápido demais para que alguém pudesse reagir. Ele pôs as mãos na cúpula mais próxima, arrancou-a da parede e jogou ao chão. A moldura quebrou, espalhando lascas de vidro, rótulos e fragmentos de ovo de pássaro pelo piso.

Depois passou para o item seguinte.

– Não! – Faith jogou-se na frente do objeto. Naquele momento, ela seria capaz de lutar até a morte para defender o trabalho de toda uma vida de sua inimiga mortal.

– Por favor, Sr. Lambent! – choramingou Myrtle, ao mesmo tempo. – Se quer essas coisas fora da sua casa... então deixe que nós levemos. Tenho certeza de que, hã, Howard vai apreciá-las muito quando for mais velho.

Numa manhã nublada alguns dias depois, um barquinho inocente aportou no cais da cidade de Vane, sem saber que estava ali para levar embora os mais notórios invasores da ilha.

Transportar a bagagem dos Sunderlys e a coleção de história natural de Agatha ao cais fora uma tarefa demorada. Teria sido impossível sem a ajuda inesperada dos Clays e da Srta. Hunter.

Faith foi até o cais na carruagem da Srta. Hunter, ouvindo um roçar na caixa que trazia ao colo. Sua cobra tinha finalmente se libertado do invólucro seco de pele velha para revelar novas cores, vibrantes e ousadas.

Carrancas prostravam-se nas ruas laterais, nas portas, e Faith pensou ter reconhecido Jeanne entre os que olhavam feio. A família do reverendo era mais uma vez alvo de gozação, ressentimento e desconfiança. Agora verdades e meias verdades espalhavam-se por Vane, e a hostilidade tinha dado lugar a um medo quase supersticioso. As mulheres da família Sunderly, com suas vestes negras, eram as damas do engano e da sedução. Era perigoso cruzar olhares com elas.

A Srta. Hunter, por outro lado, estava imperturbável. Quando Faith deitou mãos na coragem e começou uma atabalhoada confissão, a carteira cortou a menina com surpreendente bom humor.

– Nós duas brincamos de fofocar. – A Srta. Hunter manobrava as rédeas com a confiança de quem tem muita prática. – Depois que sua mãe deixou Jane Vellet chateada, fiquei com raiva e contei a todos sobre o artigo no *Intelligencer*. Você espalhou um rumor, por sua vez, mas não foi quem pôs fogo na minha casa. Uma mulher como eu sempre tem inimigos.

Faith perguntou-se o que seria "uma mulher como eu". Quem sabe uma solteirona convicta e feliz de língua afiada e boa renda. Aos olhos de Faith, a Srta. Hunter fora sempre fria, convencida e inacessível. Agora a menina via lampejos de desafio e uma corda tensa sob os pés, na qual uma mulher tinha de se equilibrar.

Faith sempre dissera a si mesma que não era como as outras damas. O mesmo acontecia, pelo visto, também com outras damas.

Quando passaram pela casa do Dr. Jacklers, a Srta. Hunter ergueu a mão, saudando-o. Uma mão fez um aceno curto de uma das janelas do segundo andar.

– Por que você provoca o Dr. Jacklers por ele ser baixinho? – Essa seria a última chance de Faith fazer essa pergunta.

– Ah. – A Srta. Hunter abriu um sorriso delicado e arteiro. – Bom, em certo ponto ele ficou muito impaciente por eu me recusar a me casar com ele, então me explicou que as mulheres não têm inteligência para cuidar da própria vida. Tentou provar me mostrando as medidas dos crânios dos pacientes. Em média, os crânios dos homens *são* maiores que os das mulheres. Infelizmente para o doutor, os registros dele incluíam também as outras medidas dos pacientes. Depois disso eu falei que tinha sido muito bem convencida pela evidência, e daria meu melhor para me casar com o homem mais alto que encontrasse. Entende, homens mais altos em geral têm crânios maiores. E o doutor não podia alegar que isso não era sinal de que eram mais espertos que ele, visto que isso acabaria com a alegação dele de ser mais esperto do que eu. Pessoas maiores tendem a ter cabeças maiores. Os homens não são mais espertos do que nós, Srta. Sunderly. São só mais altos.

No cais, Faith estava ao lado de Paul Clay, vendo os transportadores carregando as caixas no barco. Era estranho ficar perto dele à luz do dia, sem ser em segredo. Estava muito incomodada para olhar para ele. As discussões tinham sido mais simples, vívidas, cheias de iluminação de palco e gestos dramáticos. Agora havia a chance de que o pouco tempo que tinham ia se esgotar sem ninguém dizer nada.

– Vou te escrever – disse ela.

– Por quê? – Paul examinava o rosto dela, aparentemente procurando pela cilada. – Para você poder me dizer que me odeia? Acha que quero alguma coisa de você?

– Acho.

Ameaçava chover. Umas poucas gotas experimentais preencheram o silêncio.

– Tenho uma confissão a fazer – disse Faith.

– Deus do céu, tem *mais* ainda? – Paul fitou-a. – Tem como piorar?

Agora vinha a parte mais difícil. Era fácil ser a bruxa, a harpia. Perigoso era ser humana.

– Eu... às vezes sou legal – Faith admitiu. – Eu... amo muito meu irmão.

Houve uma longa pausa.

– Na primeira vez que vi uma matança de ratos – disse Paul, sem olhar para ela –, um cachorro perdeu um olho, e eu passei mal. Eu volto para provar que consigo ir sem vomitar.

– Quando eu tinha sete anos, encontrei um fóssil na praia – Faith disse baixinho –, e meu pai ficou muito orgulhoso de mim. Pelo menos... foi o que eu achei que aconteceu. Mas era um dos fósseis falsos dele... Ele achou que seria mais convincente se uma "criança inocente" o descobrisse. Ele pôs ali para eu encontrar.

O momento de ouro na praia, o instante especial de ligação com o pai, fora uma mentira e uma fraude para benefício dele. No fundo, a desconfiança com relação à verdade já vinha crescendo nela, mas somente quando ela achou uma cópia do famoso *Intelligencer* seus piores medos foram confirmados. No centro da página estava a foto do fóssil "dela", com um relato detalhado dos métodos usados para forjá-lo.

Ela mordeu o lábio com força.

– Eu... acho que talvez eu tenha ficado meio maluca depois que ele morreu.

– Você pôs a mão num saco cheio de ratos! – Paul mencionou. – Apontou uma arma para mim!

– Pensando bem, isso... foi um pouco drástico demais mesmo.

Houve outra pausa, ao fim da qual ninguém precisou pedir desculpas.

– Quero ser fotógrafo – disse Paul –, mas não como o meu pai. Quero fotografar lugares distantes, que ninguém nunca viu. Quero provar coisas *novas*, dar um jeito de tirar fotos dos pássaros voando, e cenas à noite.

A confissão do garoto foi ávida e honesta. Faith imaginou-o numa península fria por horas, ajustando minuciosamente a câmera para capturar uma teimosa lua brilhante.

– Quero ser cientista natural – confessou Faith. As palavras soaram frágeis assim que ganharam o ar.

Ela fitou Paul, mas ele não mostrou sinal algum de que ia rir. Em vez disso, concordou sem dizer nada, como se a revelação não o surpreendesse nem um pouco.

O deque moveu-se sob os pés de Faith quando o barco afastou-se da margem. As pessoas encolheram, as casas juntaram-se em fileiras. Preparavam-se para ser apenas lembranças.

Faith sentiu um inusitado assomo de irritação. As semanas que passara em Vane foram tão dolorosamente vívidas que o local parecia ser o único que realmente existia. As outras lembranças tinham se tornado um pano de fundo vago e emplastrado. Agora ela estava retornando à Inglaterra, e tinha que lidar com o fato de que o país existia de fato. O escândalo acerca do pai devia estar fervilhando. A família perderia amigos e a moradia na reitoria. Comparados aos desastres que os ameaçaram pouco tempo antes, contudo, esses problemas eram apenas um gerenciável apocalipse.

– Por que será que os homens de bom temperamento *nunca* têm dinheiro algum? – Myrtle disse com oblíqua avidez ao brandir o lenço para Clay.

– Ele pode ter até menos agora – disse Faith. – A ilha toda o viu ajudando as bruxas dos Sunderlys. Talvez ele se veja pregando para uma igreja vazia aos domingos.

– Ele precisava de um salário decente, coitado, e tenho certeza de que é tímido demais para pedir. – Myrtle estreitou os olhos, e Faith soube que a mulher fazia seus cálculos. – Oh, já sei o que tenho que fazer! Vou espalhar uma boa impressão acerca dele.

Boa impressão acerca dele? Com uma mistura de horror e admiração, Faith entendeu aonde tinha ido parar a mente da mãe. O posto do pai estava em aberto, e ninguém mais sabia disso. Logo precisariam de um substituto. Myrtle conhecia o magistrado responsável pela questão, e podia deitar umas palavrinhas nos ouvidos dele...

Ou será que Myrtle estava pensando ainda mais adiante, no dia em que seu luto acabasse e ela tivesse que procurar por um marido com casa grande e salário razoável?

– Seria perfeito! – Myrtle sussurrou, muito suavemente. – Nem teríamos que redecorar!

– Mãe! – Faith sibilou, mas percebeu que não recuara totalmente, ultrajada, como teria feito antes. Myrtle era terrível, mas sem essa qualidade, onde iria parar a família dentro de um ano?

Minha mãe não é má, Faith lembrou-se. *É apenas uma cobra perfeitamente sensível, que protege seus ovos e vai abrindo caminho no mundo do melhor jeito que pode.*

– Bom – disse Myrtle, defendendo-se da acusação que Faith nem chegara a fazer –, se você for continuar com esse seu entusiasmo por itens de antiquário, não vai ser nada barato. Você quer mesmo persistir nisso, não?

Faith fez que sim.

– Então que os céus te mandem um marido rico e paciente. – Myrtle lançou à filha um olhar ansioso.

Faith sabia agora que a mãe não estava preocupada com o embaraço que seria ter uma filha excêntrica, enfadonha e erudita. Myrtle preocupava-se com a filha, e com razão. Se a menina seguisse carreira nas ciências naturais, como mulher, provavelmente seria zombada, diminuída, subjugada e ignorada a vida inteira. Talvez chegasse ao ponto de não arranjar marido. De que ia viver, e como arranjaria dinheiro para viver sua paixão?

Talvez fosse ao exterior visitar escavações e seria desprezada, um escândalo de mulher viajando sozinha. Talvez se casasse e atribuísse todo o seu trabalho ao marido, como Agatha. Talvez acabasse como uma paupérrima empregada cuja única companhia fosse uma coleção de corais.

E talvez alguma garota, mais tarde, folheando os livros da biblioteca do pai, encontrasse uma nota de rodapé num artigo acadêmico e lesse o nome "Faith Sunderly". *Faith?*, ela pensaria. *Esse nome é de mulher. Foi uma mulher quem fez isso. Se ela pôde... eu também posso.* E aquela pequena chama de esperança, fé e determinação passaria para outro coração.

– Estou cansada de mentiras – disse Faith. – Não quero me esconder, como Agatha fez.

– Então o que quer? – Myrtle perguntou.

– Quero ajudar a evolução.

Tal ideia não enchia Faith do mesmo medo que o pai.

Por que chorar ao descobrir que nada estava gravado na pedra? Tudo pode mudar. Tudo pode melhorar. Tudo já estava mudando, aos poucos, tão lentamente que ela não podia ver, mas saber disso dava-lhe forças.

– Minha querida, não faço a menor ideia do que está falando.

Faith pensou no melhor jeito de reformular sua conclusão.

– Quero ser um mau exemplo – disse.

– Entendo. – Myrtle se mexeu, pronta para caminhar até a proa. – Bom, minha querida, acho que já começou com o pé direito.

AGRADECIMENTOS

Gostaria de agradecer a minha agente, Nancy Miles; minha editora, Rachel Petty; Rhiannon Lassiter, por seu apoio e críticas robustas e claras; meu namorado, Martin, por ter paciência com todas as minhas noites passadas em claro; Plot on the Landscape; Dr. Ruth Charles, por toda a informação fascinante e divertida sobre a arqueologia e a paleontologia do século XIX; Heather Kilgour, por me apresentar aos dinossauros do Palácio de Cristal; Sandra Lawrence, por me levar ao excelente seminário "Creepy Victorians: After-death Photography", no The Old Operating Theatre Museum; Sarah Blake, pelas informações de geologia; a *The Mismeasure of Man*, de Stephen Jay Gould; *Victorian Religion: Faith and Life in Britain*, de Julie Melnyk; *The Victorian Celebration of Death*, de James Stevens Curl; *Crinolines and Crimping Irons: Victorian Clothes: How They Were Cleaned and Cared For*, de Christina Walkley e Vanda Foster; *The Victorian Undertaker*, de Trevor May; *Food and Cooking in Victorian England: A History*, de Andrea Broomfield; *Cave Hunting: Researches on the Evidence of Caves Respecting the Early Inhabitants of Europe*, de William Boyd Dawkins; *The Idea of Prehistory*, de Glyn Daniel.

FONTE: Quadraat
IMPRESSÃO: Paym

#Novo Século nas redes sociais

novo século®
www.novoseculo.com.br